HEYNE BÜCHER

W0405946

Fantasy

Herausgegeben von Friedel Wahren

Das Schwarze Auge

1. Band: Ulrich Kiesow, *Der Scharlatan* · 06/6001
2. Band: Uschi Zietsch, *Túan der Wanderer* · 06/6002
3. Band: Björn Jagnow, *Die Zeit der Gräber* · 06/6003
4. Band: Ina Kramer, *Die Löwin von Neetha* · 06/6004
5. Band: Ina Kramer, *Thalionmels Opfer* · 06/6005
6. Band: Pamela Rumpel, *Feuerodem* · 06/6006
7. Band: Christel Scheja, *Katzenspuren* · 06/6007
8. Band: Uschi Zietsch, *Der Drachenkönig* · 06/6008
9. Band: Ulrich Kiesow (Hrsg.), *Der Göttergleiche* ·06/6009
10. Band: Jörg Raddatz, *Die Legende von Assarbad* · 06/6010
11. Band: Karl-Heinz Witzko, *Treibgut* · 06/6011
12. Band: Bernhard Hennen, *Der Tanz der Rose* · 06/6012
13. Band: Bernhard Hennen, *Die Ränke des Raben* · 06/6013
14. Band: Bernhard Hennen, *Das Reich der Rache* · 06/6014
15. Band: Hans Joachim Alpers, *Hinter der eisernen Maske* · 06/6015
16. Band: Ina Kramer, *Im Farindelwald* · 06/6016
17. Band: Ina Kramer, *Die Suche* · 06/6017
18. Band: Ulrich Kiesow, *Die Gabe der Amazonen* · 06/6018
19. Band: Hans Joachim Alpers, *Flucht aus Ghurenia* · 06/6019
20. Band: Karl-Heinz Witzko, *Spuren im Schnee* · 06/6020
21. Band: Lena Falkenhagen, *Schlange und Schwert* · 06/6021
22. Band: Christian Jentzsch, *Der Spieler* · 06/6022
23. Band: Hans Joachim Alpers, *Das letzte Duell* · 06/6023 (in Vorb.)
24. Band: Bernhard Hennen, *Das Gesicht am Fenster* · 06/6024 (in Vorb.)
25. Band: Ina Kramer (Hrsg.), *Steppenwind* · 06/6025 (in Vorb.)

Das Schwarze Auge

HANS JOACHIM ALPERS

FLUCHT AUS GHURENIA

DIE PIRATEN DES SÜDMEERS
TEIL 2

Neunzehnter Roman
aus der
aventurischen Spielewelt

herausgegeben
von
ULRICH KIESOW

Originalausgabe

WILHELM HEYNE VERLAG
MÜNCHEN

HEYNE SCIENCE FICTION & FANTASY
Band 06/6019

Umwelthinweis:
Dieses Buch wurde auf chlor- und säurefreiem Papier gedruckt.

Redaktion: Friedel Wahren

Printed in Germany 1997
Umschlagbild: Ruud van Giffen
Umschlaggestaltung: Atelier Ingrid Schütz, München
Technische Betreuung: M. Spinola
Satz: Schaber Satz- und Datentechnik, Wels
Druck und Bindung: Presse-Druck, Augsburg

ISBN 3-453-10975-9

1. Kapitel

Da war ein Raunen wie aus weiter Ferne, ein Name, der ausgesprochen und weiter davongetragen wurde, als es in der Absicht desjenigen lag, dessen Lippen ihn geformt hatten. Ein Name, den der Mann, den sie Cassim nannten, nicht einmal richtig verstanden und kurz darauf schon wieder vergessen hatte. Aber dieser Name, dieses Geräusch, diese vielleicht nur zufällige Aneinanderreihung von Lauten, die sich in eine der wenigen Pausen im Hämmern und Klopfen gedrängt hatte, schien tief in seinem Inneren etwas berührt zu haben.

Cassim kam, was ihm nur selten geschah, aus dem Takt. Zum Glück hatte der Aufseher es nicht bemerkt. Cassim schaute sich um, aber er vermochte nicht zu entscheiden, wer von den mehr als zwanzig Sklaven in nächster Nähe den Namen, das Geräusch, den sonderbar vertrauten, sonderbar bedrohlichen Klang über die Lippen gebracht hatte.

Der Aufseher hieß Achak und war ein Tulamide. Sein Gesicht war dunkel, breit und mit unzähligen Narben bedeckt. Eine mächtige gebogene Nase stach daraus hervor, und unter schmalen Augenbrauen glänzten kohlschwarze Augen, denen kaum etwas entging. Obwohl das Haar genauso vom grauweißen Steinstaub bedeckt war wie der muskulöse nackte Oberkörper, der Lendenschurz und die Riemensandalen, schimmerte unter dem Staub fettiges Schwarz. Das Haar war straff nach hinten gekämmt und endete als Zopf.

Scheinbar versunken saß Achak auf einem Felsbrocken und stützte die Hände, derbe Pranken mit kurzgliedrigen Fingern, auf die *glahb* mit den drei verknoteten Lederschnüren. Er sah aus wie ein erloschenes Feuer mit ein paar Stücken Fettkohle in der Asche, aber in Wahrheit war er ein Vulkan. Unberechenbar und stets einen Wimpernschlag vor dem nächsten Ausbruch.

Achak war bei seinem Herrn gut gelitten. Er verstand sich nicht nur darauf, die ihm anvertrauten Sklaven erbarmungslos anzutreiben. Er beherrschte auch die Kunst, sie so zu peitschen, daß sie sich vor Schmerzen krümmten, ohne sie jedoch für die Arbeit zu verderben. Selten schlug er so oft und so fest, daß ihm ein Sklave vollständig verdarb. Sklaven waren teuer. Achak wußte dies und handelte danach. Allerdings war er nicht der Meinung, daß ein Sklave Grund haben sollte, sich seines Lebens zu erfreuen. Er hatte seine besondere Methode entwickelt, die Anforderungen seines Herrn mit seinen eigenen Leidenschaften auf vorteilhafte Art zu verknüpfen.

Cassim beobachtete den Aufseher aus den Augenwinkeln, während er mit seinem zweieinhalb Stein schweren und einen Spann langen Dolerithammer den Steinquader zurechtschlug. Er wußte, daß Achak nur aufspringen und zwei Schritte tun mußte, um Cassim die Schnüre der dreischwänzigen *glahb* über die Hüfte zu ziehen. Und ihm war klar, daß er es früher oder später auch tun würde. Sobald Cassim es wagte, eine Pause einzulegen. Oder ohne besonderen Grund. Vielleicht nur deshalb, um Cassim daran zu erinnern, daß er ein Sklave und Achak ein Aufseher war.

Cassim versuchte sich den Klang des Namens, der ihn beunruhigt hatte, in Erinnerung zu rufen. Es wollte ihm nicht gelingen. Aber sein Körper schien sich zu erinnern. Tief in seinem Inneren ballte sich machtvoll ein Gefühl zusammen und drohte ihn zu übermannen.

Angst!

Nackte, kreatürliche Angst, an der Cassim zu ersticken drohte. Angst, die keinen Namen hatte. Für ihn hatte sie keinen Namen. Und doch war die Angst durch einen Namen ausgelöst worden, den er bewußt nicht einmal wahrgenommen hatte. Ein Name, der etwas in ihm berührt hatte. Etwas Altes.

Angst, Angst, Angst.

Angst, die mit diesem Namen in Verbindung stehen mußte. Angst, deren Ursache er vergessen hatte. Wie er alles vergessen hatte. Aber die Angst hatte nichts vergessen. Cassim fühlte eine Bedrohung. Am liebsten wäre er aufgesprungen und davongerannt. Aber er wußte ja nicht einmal, wovor er flüchtete.

Er kämpfte die Panik nieder, indem er wie besessen mit seinem Hammer auf den Stein einschlug. Allmählich spürte er, daß die Angst zurückwich.

Als Achak plötzlich aufsprang und seine *glahb* schwang, traf sie nicht Cassim, sondern einen anderen. Die Lederschnüre fraßen sich in den schmalen Rücken des alten Zobo, brachen Borke über alten Wunden auf und ließen Blutstropfen aus den Rändern der frischen Striemen perlen. Zobo war zusammengezuckt und biß sich auf die Unterlippe, um keinen Schrei auszustoßen. Aber er hörte nicht damit auf, mit seiner Doleritscheibe, Bimsmehl und Knochenöl den grauen Marmor zu glätten.

»Alter Bock, du bist hier nicht im alveranischen Paradies, verstanden!« brüllte der Aufseher. »Aber ich sorge auf der Stelle dafür, daß du dorthin gelangst, wenn du nicht sofort einen Zahn zulegst! Was habe ich getan, daß Boron mich mit Greisen straft, die ihre Pisse nicht mehr halten können?« Achak legte eine Pause zum Luftholen ein. Erneut schlug er den Alten, dem der Schmerz das Wasser in die Augen trieb und der trotzdem wie ein Besessener seine Polierscheibe kreisen ließ, um den Peiniger zu befriedigen. »Mit alten Scheißern, denen schon die Würmer im Fleisch herumkriechen? Mit alten Furzern, deren runzliges Arschloch wie ein Frosch quakt, wenn sie ihren halbverfaulten Darm lüften?«

Cassim verstand nur die Hälfte von Achaks Tiraden, aber genug, um zu wissen, worum es ging und was für gewöhnlich folgte. Er duckte sich, aber das konnte ihn auch nicht retten. Im nächsten Moment stachen ihm die Lederschnüre in die Hüfte. Er krümmte sich.

»Oder mit Blöden wie dem da!« schickte Achak dem Hieb der *glahb* einen Gruß hinterher. »Die sich das bißchen Hirn, das sie hatten, weggevögelt haben. Die von den Göttern für ihr Saufen und Huren bestraft wurden. Habe ich recht, Schwachkopf?« Ein neuer Hieb. »Ich rede mit dir, Abschaum!«

Die Bedeutung des Wortes Abschaum war Cassim bekannt. Er setzte ein einfältiges Grinsen auf. »Abschaum, ja. Cassim sein Abschaum, ja. Danke, ja. Meister viel klug, ja.«

Achak schwankte zwischen Zufriedenheit und Mißtrauen. Vorsichtshalber ließ er die *glahb* noch einmal Cassims Körper küssen, diesmal die Oberschenkel. »Manchmal habe ich den Eindruck, daß du schlauer bist, als du tust«, knurrte er. »Wenn ich jemals herauskriegen sollte, daß du mich verarschst, schneide ich dir die Eier ab, Blödian! Und anschließend den Schlund! Und wenn mich mein Herr mit einem halben Jahressalär dafür zahlen läßt!«

»Ja, Meister. Danke, Meister, ja.« Cassim nickte mehrmals, vergaß jedoch nicht, weiter den Dolerithammer zu schwingen.

Eine Weile starrte ihn der Aufseher noch an. Dann machte er eine abfällige Handbewegung und drehte sich um. Er schlenderte durch die Reihen der Steinmetzen, Steinpolierer, Steinsäger und Steinbohrer, die zu Füßen der Berge arbeiteten. Hin und wieder holte er mit der *glahb* aus und ließ sie spielerisch auf einen der nackten Rücken hinabsausen. Der graue Staub, der jeden einzelnen dieser Rücken bedeckte und kaum noch die natürliche Hautfarbe zeigte, wirbelte auf und tanzte in der hitzeflirrenden Luft. Die Frauen, die knochentrockene

Holzpflöcke in die Bohrlöcher steckten und dann mit Wasser übergossen, damit das quellende Holz den Stein sprengte, bedachte er besonders üppig mit Schlägen. Nur Eliamet, eine großbrüstige, langmähnige Frau, die derzeit sein Lager teilte, wurde verschont und mußte statt dessen einen derben Griff zwischen die Schenkel erdulden.

Das Hämmern und das Sägen erfüllten das Tal und klangen bis auf die Bucht hinaus, wo die Schiffe aus Ghurenia im Wasser dümpelten. Auf Rollen und Holzschlitten zogen einige Sklaven Marmorquader zum Strand hinab, während nackte Kinder Fischtran in die Gleitbahnen rieben, um den Transport zu erleichtern. Sie mußten aufpassen, nicht überrollt zu werden, wie es einem der Blagen am vergangenen Windstag passiert war. Man hatte die Reste aus dem Fels kratzen müssen, und der riesige Blutfleck war noch immer gut zu erkennen. Als hätte der Felsen selbst geblutet. Blagenblut oder Felsenblut, das kümmerte hier keinen, nicht einmal die Sklaven. Selbst die Mutter des Kindes schaute inzwischen nur noch apathisch drein. Sie war Zeugin des Unglücks gewesen und schreiend herbeigelaufen. Als sie nicht aufhörte zu schreien, hatte der Transportaufseher drei Sklaven aufgeboten, um sie zu fesseln, zu knebeln und zu den Höhlen zu schleppen. Die drei hatten offenbar die günstige Gelegenheit genutzt, die Wehrlose zu besteigen. Zumindest brüsteten sie sich mit dieser Tat. Der Mann, der am lautesten davon geredet hatte, lebte nicht mehr. Er lag am nächsten Morgen mit durchschnittener Kehle in seinem Blut. Die Frau stritt ab, etwas damit zu tun zu haben. Vielleicht sagte sie die Wahrheit, und ein Gerechter unter den Sklaven hatte sich ihrer Sache angenommen. Die überlebenden Schänder schwiegen seither, umklammerten oft ihre Steindolche und wachten des Nachts im Wechsel, während der andere schlief.

An einem Einschnitt der Bucht schoben Sklaven, begleitet von zwei pöbelnden Aufsehern, einige Marmorquader auf ein Treidelboot, das mit Tauen an eine der Potten herangezogen wurde, wo weitere Sklaven die Quader an Deck hievten. Arbeit gab es reichlich auf Minlo.

Endlich kam der von allen herbeigesehnte Moment. Auf ein Zeichen der Oberaufseherin blies einer der anderen Aufseher die *urfhana,* ein Bronzehorn mit zwei Trichtern. Der dumpfe, aber durchdringende Ton drang bis in die fernsten Winkel des Talkessels und überlagerte alles Hämmern, Sägen und Klopfen. Auf der Stelle ließen die Sklaven ihre Werkzeuge fallen. Einige sanken erschöpft zu Boden, aber die meisten strebten bereits den Zelten und Hütten am Strand entgegen, wo das Essen verteilt wurde.

Die Insel war auch ohne Mauern und Zäune ein Gefängnis, dem so leicht niemand entrinnen konnte. Im Westen, Norden und Osten versperrten unzugängliche Felsmassive den Zugang zum Meer. Suchte ein Flüchtling trotzdem sein Heil darin, in diese Wände zu steigen, war er stundenlang den Blicken aller im Tal Zurückgebliebenen ausgesetzt, vor allem denen der Söldner. Die Söldlinge besaßen Armbrüste und Langbogen, mit denen sie jeden herunterschießen konnten, den sie dort entdeckten. Und wenn deren Reichweite nicht ausreichte, fiel gewiß ihrer Tiermeisterin etwas ein. Es hieß, die Frau, die Adler und Falken dressierte und die Vögel dazu bringen konnte, im Fels hängende Menschen anzugreifen, habe Zauberkräfte. Und eine Flucht im Schutze der Nacht hatte noch niemand gewagt. Selbst nicht gesehen zu werden, bedeutete auch, selbst nichts sehen zu können. Angesichts der tückischen Steilwände eine Entscheidung für den Tod. Dann konnte man sich auch gleich in das Schwert eines Söldners stürzen.

Blieb die Südseite der Insel, die Bucht, in der die Schiffe ankerten. Tatsächlich boten die Schiffe die einzige Möglichkeit, Minlo lebend zu entkommen. Die nächste

Insel lag zu weit entfernt, als daß ein Schwimmer darauf hoffen konnte, sie zu erreichen. Aber zwischen dem Talkessel und den Schiffen befand sich das Dorf der Söldner und Aufseher. Es mochten ihrer siebzig sein, gut bewaffnet und stets auf der Hut. Hätten sich alle achthundert Sklaven zu einem Aufstand verschworen, hätten sie die Soldaten mit ihren Schwertern, Degen und Lanzen – sogar die Torsionsgeschütze – vielleicht überwinden können. Aber damit wären sie immer noch nicht an Bord der Schiffe gewesen. Bei Gefechtslärm hätten die Besatzungen die Segel gesetzt, und die nie nachlassende Brise aus Nordost, die die Berghänge herabfiel und zur offenen Seite der Insel drückte, hätte es ihnen leicht gemacht, rasch das Meer zu erreichen. Wenn es wider Erwarten doch gelungen wäre, eines der Schiffe zu kapern, wäre den Flüchtlingen kaum eine Zufluchtsstätte geblieben. Nur die Piraten hätten sie aufgenommen. Das hätte für viele Sklaven bedeutet – selbst für jene, die immer wieder geschlagen und geschunden wurden –, vom Regen in die Traufe zu gelangen. Hinzu kam, daß die meisten von ihren Besitzern nur auf Zeit zur Bestrafung in den Steinbruch geschickt worden waren. Ein massenhafter Sklavenaufstand war hier nicht zu erwarten.

Cassim bewegte sich in der langen Reihe seiner Leidensgefährten zu den Zelten und Hütten der Aufseher am Strand. Heute hatte die *urfhana* mehr als das übliche Signal am Ende des Arbeitstages verkündet. Heute war Markttag, morgen Borontag. Selbst den Sklaven wurde der Borontag als Ruhetag zugestanden. Beim Gedanken an die Stunden der Ruhe kamen Gespräche und hier und da sogar ein Lachen auf. Einige der Sklaven schienen vor Aufregung auf der Stelle zu tanzen, aber Cassim wußte es besser. Wer nach der Schinderei noch so munter die Beine bewegte, tat es aus zwingendem Grund. Die Tanzenden waren Sklaven, die keine Sandalen besaßen und denen der heiße Sand die Fußsohlen zu verbrennen drohte.

Je näher sie den Hütten kamen, desto mehr mischte sich in den Staubgeruch des Windes von den Bergen der Geruch von Salz und Teer, Rauch und frischgebackenem Hirsebrot, saurem Wein und schalem Bier. Vor den Backhütten türmten sich Hunderte von Fladenbroten. Amphoren und Schläuche mit Bier und verwässertem Wein lagerten vor einer der anderen Hütten, bewacht von den Küchensklaven, die mit verschränkten Armen einen Ring um die Schätze bildeten. Die grimmigen Mienen sollten eher die eigene Wichtigkeit betonen als abschrecken. Die Sklaven wußten, daß für alle genug vorhanden war. Man tat ihnen auf der Insel alles mögliche an, aber verhungert oder verdurstet war noch keiner. Die Herren wußten, daß ihnen die teuer bezahlte Menschenware verdarb, wenn die Bäuche nicht gefüllt wurden.

Einige der Ankömmlinge bauten sich vor den Verteilstellen auf, andere stürzten sich in das klare Wasser der Bucht, um den geschundenen Körper abzukühlen und den Staub loszuwerden. Sie wußten, daß ihnen die Brote und Weinschläuche nicht davonlaufen würden.

Auch Cassim wandte sich dem Wasser zu, aber eine magere Hand griff von hinten nach ihm und hielt ihn am Arm fest. Cassim runzelte die Stirn und sah sich um. Er starrte in die fiebrigen Augen von Munro, einem schmalen Mann Anfang Dreißig, den alle wegen seiner Schwächeanfälle längst abgeschrieben hatten, der aber zäh am Leben blieb. Cassim brachte dem dünnen Mann manchmal Wasser, wenn dieser im Fieber schrie, und Munro versuchte im Gegenzug, dem Wohltäter auf die eine oder andere Weise seine Schuld zurückzuzahlen. Die Wörter, die Cassim kannte, hatte er fast alle von Munro gelernt. Und Munro war es auch gewesen, der ihm geholfen hatte, sich in die täglichen Abläufe auf der Insel einzufügen. Er hatte ihm sogar beigebracht, sich mit einem Steinmesser zu rasieren.

»Geh nicht ins Wasser, Cassim«, sagte Munro. »Fremde Leute sind eingetroffen.«

Er zeigte hinaus auf die Bucht. Tatsächlich sah Cassim neben den vier plumpen Potten ein kleineres und viel schlankeres Schiff, das ihm bisher noch nicht aufgefallen war.

»Sie suchen nach einem Gelbhaarigen«, fuhr Munro fort. »Es gibt hier nicht viele davon unter den Sklaven. Ungewaschen bist du für sie einer von vielen Grauhaarigen. Und ich glaube nicht, daß dich einer von uns verraten wird.«

»Was Leute wollen von Gelbhaar?« fragte Cassim zurück. »Was sein das für Leute?«

»Sie wollen bestimmt nichts Gutes. Und was das für Leute sind? Es heißt, Malurdhin hat sie geschickt. Aber mit dem Namen wirst du nichts anfangen ...«

»Malurdhin!« stieß Cassim hervor. Das war der Name gewesen, den er im Steinbruch gehört hatte. Der Name, der die Angst wieder in ihm aufsteigen ließ.

»So kann man sich täuschen! Und ich dachte, der Name würde dir nichts sagen. Woher kennst du ihn? Warst du Malurdhin-Besitz und bist ihm weggelaufen?« Er musterte das Sklavenmal auf Cassims Oberarm. »Schon möglich, daß es sein Zeichen ist. Aber ich kenne mich mit den seltenen Zeichen nicht so gut aus, und es ist ungewöhnlich, daß ein Händler seine Ware selbst brennt.«

Cassim horchte in sich hinein und schüttelte dann den Kopf. »Nicht wissen. Glauben nein. Aber Name machen angst. Irgendwoher kennen. Vielleicht von früher.«

Munro seufzte. »Nicht wissen, nicht wissen. Immer das gleiche mit dir. Malurdhin ist ein berüchtigter Sklavenhändler und obendrein ein Vertrauter des Praefos von Ghurenia. Wenn dir sein Name Angst einjagt, mußt du ihm schon mal in die Quere gekommen sein. Ein Grund mehr, dich zu verstecken. Geh hinauf zu den Höhlen. Ich gebe dir später etwas von meinem Essen ab.«

Cassim schüttelte den Kopf. »Nicht waschen, gut.

Aber davonlaufen, das schlecht. Lieber kämpfen. Lieber sterben.«

»Cassim, du bist wirklich ein Schwachkopf, aber du mußt selbst wissen, was du tust.« Munro wandte sich verärgert ab.

Cassim hatte seine Worte ernstgemeint, obwohl er nicht wußte, was ihn dazu brachte, den gutgemeinten Rat in den Wind zu schlagen. Irgend etwas in seinem leeren, dummen Kopf schien eine törichte Entscheidung gefällt zu haben.

Cassims Gedächtnis reichte von der Stunde, in der er mit bohrenden Kopfschmerzen auf der Insel erwacht und sofort an die Arbeit geprügelt worden war, bis zum heutigen Tag. Sein ganzes bewußtes Leben bestand aus etwas mehr als drei und einem halben Mond, obwohl man sagte, er müsse seinem Aussehen nach etwa zwanzig Jahre alt sein. Jahre… Er hatte nur eine undeutliche Vorstellung von einer derart langen Aneinanderreihung von Tagen, die außerhalb seiner Erfahrung lag.

Man hatte ihm fast jeden Schritt und jeden Handgriff beibringen müssen, obwohl er manchmal seine Lehrmeister verblüffte, wenn ganz unvermutet Fertigkeiten aus seinem früheren Leben durchbrachen. Aber Cassims Kopf blieb leer, so verzweifelt er auch in sich hineinhorchte. Da gab es nur die Tage und Stunden auf dieser verfluchten Insel, die begierig aufgesaugten Erzählungen anderer Sklaven, soweit seine immer noch unzureichenden Sprachkenntnisse ausreichten, sie zu verstehen. Aus all dem war ein Bild von der Welt jenseits des Wassers und erst recht vom Reich der Zwölfgötter entstanden, das so verworren war, daß es ihm selbst höchst merkwürdig vorkam. Die Plackerei im Steinbruch empfand er als endlose Qual, aber die Welt dort draußen machte ihm angst. Dazu bedurfte es nicht einmal irgendwelcher Namen wie Malurdhin. Aber daß ein Malurdhin zu dieser Draußenwelt gehörte, bestärkte Cassim in seinem Wunsch, lieber auf der Insel bleiben zu wollen.

In meinem früheren Leben muß ich Dinge getan haben, die mutig waren. Was sonst bringt mich dazu, Munro zu widersprechen? Lieber kämpfen, lieber sterben? Was weiß ich denn vom Kämpfen? War ich ein Söldner wie jene dort an den Zelten? War ich am Ende gar selbst dieser Malurdhin oder einer seinesgleichen? Ein Sklavenhändler? Habe ich Angst, wieder zu dem zu werden, vor dem ich – vielleicht – geflohen bin?

Am Strand, wo sich die marmornen Blöcke und Platten auftürmten, stand Nossa, die Oberaufseherin, und überragte die sie umgebenden Aufseher und Söldner. Sie schien einen Scherz gemacht zu haben und erntete wieherndes Gelächter ihrer Paladine. Die Frau mit der schwärenden, sonnenverbrannten Haut und den grauen Haaren, dünn und verfilzt wie übereinandergeschichtete, verstaubte Knäuel von Spinnweben, setzte ihre stämmigen Waden zu einem schaukelnden Gang in Bewegung. Unter der Leinentunika wabbelte die Dreieinigkeit von gewaltigem Bauch und prallen, herabhängenden Brüsten, die ihr den Spitznamen ›Geschwür‹ eingebracht hatten. Sie wirkte alt und schwerfällig, konnte aber noch immer blitzartig und mit enormer Wucht zuschlagen. Wer sie für harmlos hielt, wurde schnell eines Besseren belehrt. Sie war so wenig harmlos wie die Großmutter aller Kaimane, und ihr Appetit auf Grausamkeiten ließ so wenig nach wie der auf gutes Essen und Trinken. Auf Minlo fühlte sie sich als eine Art Gouverneur, der nur dem Besitzer der Insel, einem reichen Kaufherren aus Brabak, verpflichtet war. Nicht einmal die Sklavenhändler der Inseln, die ihre Sklaven nach Minlo ausgeliehen hatten, wurden von ihr ernstgenommen.

Erst jetzt, als sich Nossa und ihr Gefolge in Bewegung setzten, wurde deutlich, daß sich Neuankömmlinge auf der Insel befanden. Links neben der Oberaufseherin schlenderten ein Glatzkopf mit Bart sowie eine einäugige Frau mit Hakennase und einer häßlichen Wangennarbe dahin. Beide trugen schmutzigweiße Hemden, die mit einem Stehbund am Hals geschlossen waren und lange Ärmel besaßen, als wollten die beiden ihre Körper weder den Blicken anderer noch der Sonne aussetzen. Dabei konnte der fließende Stoff kaum die muskulösen Körper verbergen, und was an Haut zu sehen war, erwies sich als wettergegerbt und braun. Beide trugen lange Messer im Gürtel, deren Scheiden beim Gehen gegen die Oberschenkel schlugen.

Nossas Aufmerksamkeit galt jedoch nicht diesen beiden, sondern jemandem zu ihrer Rechten, die von Söldnern verdeckt wurde. Die Gruppe bog zu den Verpflegungshütten ab, und endlich gelang es Cassim, einen Blick auf die Person zu werfen, mit der sich Nossa unterhielt. Es handelte sich um eine untersetzte Zwergin mit einem breiten Gesicht und dicken roten Zöpfen. Auch sie trug ein langärmeliges Hemd und bewegte sich darin so steif, als sei dies eine gänzlich ungewohnte Hülle. Im Gürtel steckten zwei Messer, und eine zweischneidige Streitaxt war mit Ledergurten auf dem Rücken befestigt.

Cassim starrte die Frau an. Die anderen Sklaven hatten von Zwergen erzählt, aber er selbst sah zum erstenmal eine Vertreterin dieses Volkes. Er wunderte sich. Keiner der anderen Besucher auf der Insel war derartig gerüstet erschienen. Seeleute trugen oft Messer oder Dolche, die Offiziere manchmal einen Säbel, um ihren Rang zu unterstreichen. Die Zwergin schien eine mißtrauische Person zu sein. Oder gehörte es zu den Eigenarten von Zwergen, mit einer Vielzahl von Waffen die geringe Körpergröße auszugleichen? Diese Zwergin mit ihrem breiten Kreuz und ihren üppigen Muskeln schien eigentlich keinen Grund zu haben, die Körperkraft größerer Gegner fürchten zu müssen.

Während die Zwergin einsilbig auf Fragen von Nossa antwortete, schaute sie sich wachsam um. Sie hatte flinke Augen, und ihre Blicke schienen alles abzutasten und zu bewerten, was sie erspähen konnte, wenn sich zwischen den Körpern um sie herum eine Lücke auftat.

Der Blick der Zwergin glitt über einige Sklaven und blieb auf Cassim hängen. Ihre Augenbrauen schnellten hoch. Als ihr einer der Söldner das Blickfeld versperrte, schob sie ihn so derb beiseite, daß er ins Stolpern geriet.

Cassim, der sich gerade abwenden wollte, um zu einer der Verpflegungsstellen zu gehen, erschrak und senkte die Augen. Malurdhin suchte einen blonden Sklaven, und er zweifelte nicht daran, daß die Zwergin ihn als den Gesuchten erkannt oder zumindest in die engere Wahl genommen hatte.

Ist Malurdhin eine Frau? Ist diese Zwergin Malurdhin?

Cassim horchte in sich hinein. Nichts ... Das Gesicht der Zwergin wirkte eher ... vertraut ... seltsam freundlich ... Er vermochte es nicht mit der Angst zu verbinden, die er mit dem Namen Malurdhin verband. Aber das hatte nicht viel zu bedeuten. Malurdhin konnte die Zwergin geschickt haben, um Cassim von der Insel zu holen.

Aus den Augenwinkeln sah Cassim, daß die Zwergin etwas zu Nossa sagte und in seine Richtung deutete. Die Oberaufseherin reckte sich, ragte noch höher aus dem Pulk ihrer Begleiter heraus.

»He, du!« rief sie. »Strohkopf, ich rede mit dir. Bleib stehen! Wo ist dein Aufseher?«

Wie aus dem Nichts war Achak neben Cassim aufgetaucht, ließ die Schnüre seiner *glahb* sich wie Schlangenleiber um die Beine des Sklaven ringeln und zog mit einem wilden Ruck daran. Cassim wurden die Füße weggerissen, und er fiel in den heißen Sand. Seine nackten Beine begannen sofort zu brennen. Er wälzte sich hin und her und versuchte wieder auf die Füße zu kommen.

Im nächsten Moment standen Nossa und die Zwergin neben Achak, der den Schaft seiner *glahb* drehte und dabei wild mit den Augen rollte.

»Gut gemacht!« lobte Nossa und wandte sich an ihre Begleiter. »Bindet ihn!«

Bevor Cassim wußte, was mit ihm geschah, waren mehrere Aufseher bei ihm, warfen sich auf ihn, preßten ihn in den Sand, drehten ihn auf den Bauch, zwangen ihm die Arme auf den Rücken und banden ihm die Handgelenke mit einer Lederschnur zusammen.

Wolltest du nicht kämpfen, Blöder? Wolltest du nicht sterben, Blöder? verhöhnte Cassim sich selbst.

Es war alles zu schnell gegangen. Er versuchte zu strampeln und um sich zu treten, als sie ihm auch die Füße binden wollten. Das brachte ihm von irgendwoher weitere Hiebe mit der *glahb* ein, und er krümmte sich. Die Hiebe wären nicht nötig gewesen. Er hatte ohnehin keine Möglichkeit, sich zu wehren. Sie drückten ihm die Beine zusammen, fesselten die Fußgelenke, schlangen eine weitere Schnur um Fuß- und Handfesseln und zogen sie zusammen.

»Genug«, sagte die Zwergin, als die Aufseher Cassim weitere Fesseln anlegen wollten. Sie wandte sich dem Glatzkopf und der Frau mit der Narbe zu. »Bringt ihn zum Boot und wartet auf mich. Ich denke, daß ich mit Nossa schnell handelseinig werde.«

Die beiden packten den Sklaven an den Schultern und den Beinen und schleppten ihn zum Strand.

»Sklaven sollten Freie tragen und nicht umgekehrt«, beschwerte sich die Frau. »Und bei den Zwölfen, der Bursche hat ein stolzes Gewicht. He, Nossa, gebt Ihr Euren Sklaven den Schotter aus dem Steinbruch zu fressen?«

Nossa verzog das Gesicht. »Wäre keine schlechte Idee. Die Faulpelze fressen uns nämlich die Haare vom Kopf. Aber leider bringt man uns nur Naschkatzen auf die Insel, die keine harte Kost gewohnt sind.«

»Die Fürze der Faulpelze sind auch so kaum zu ertragen«, mischte sich Achak ein. »Wenn die als Sandwinde aus dem Arsch kämen, würden wir völlig eingenebelt und könnten die Praiosscheibe nicht mehr erkennen.«

Einige der anderen Aufseher lachten. Nossa sah zu,

wie die Begleiter der Zwergin den Sklaven wegtrugen. Die anderen Aufseher schlenderten zu den Hütten und Zelten, um die Ausgabe des Essens zu überwachen.

Cassims Bewacher hoben ihn in das Boot, mit dem sie von der Lorcha zum Strand gerudert waren, und warteten dort auf die Zwergin. Zu seiner Überraschung behandelten sie ihn freundlich, beinahe rücksichtsvoll.

»Geht's dir gut?« fragte die Frau mit der Narbe leise. »Wir nehmen dir die Fesseln ab, sobald wir an Bord sind.«

Cassim nickte. Man nannte ihn einen Dummkopf, weil er sich nicht an sein früheres Leben erinnern konnte, aber Malurdhins Leute schienen noch um einiges dümmer zu sein. Wenn sie ihm wirklich die Fesseln abnähmen, spränge er über Bord, sobald er unbeobachtet wäre. Er hörte die Stimmen der Zwergin und der Oberaufseherin in einiger Ferne, verstand aber nicht, was geredet wurde.

Die Oberaufseherin führte die Zwergin zu einem Zelt, das abseits von den anderen stand, und hieß sie, mit ihr im Schatten des Vordaches auf einem Teppich Platz zu nehmen.

»Von Zwergen sagt man, daß sie gern in den Bergen hausen«, sagte die Oberaufseherin. »Ihr seid die erste seefahrende Zwergin, die mir begegnet ist.«

»Ich unterscheide mich in manchem von meinen Brüdern und Schwestern«, erklärte die Zwergin, während sie sich setzte. »Aber es bedurfte schon besonderer Umstände, um meine Zurückhaltung gegenüber dem Meer aufzugeben und sie in Leidenschaft zu verwandeln.«

»Ich verstehe, Ihr wollt nicht darüber sprechen.«

»Nicht hier und jetzt. Ich möchte so bald wie möglich auf mein Schiff zurück.«

»Warum so eilig? Freßt und sauft mit uns, bis es uns zu Nase und Ohren herauskommt. Wir haben reichlich von allem. Raschtulswaller und Aranischen Schlauchwein, Trollzacker und sogar ein Fäßchen dunkles Waskir-Bier. Fragt mich nicht, wie es von Thorwal hierher gelangt ist, aber wir haben es. Das haut den stärksten Ochsen um, glaubt es mir. Es ist durch den Seetransport gut gerüttelt und nachgegärt.«

»Hört sich an, als würd man davon schneller 'nen flinken Difar als 'nen Rausch bekommen«, erwiderte die Zwergin. »Aber das würd ich glatt riskieren. Doch wir wollen die Gunst Efferds nutzen und sofort nach Ghurenia zurückkehren. Nicht einmal Zwergenbier könnte mich davon abhalten.«

»Was seid Ihr für eine Zwergin, Garletta, wenn Ihr für eine zünftige Sauferei keine Zeit habt? Schiebt die Verspätung auf widrige Winde, falls Ihr sie mit Eurer schnellen Lorcha nicht aufholen könnt. Steht Euch der Sinn nach anderen Genüssen? Wir haben unter den Dienersklaven ein paar Böcke, die immer können und bestimmt scharf darauf sind, mal einer Zwergin zu Diensten zu sein.«

Die Zwergin hob den Kopf und faßte Nossa fest ins Auge. »Ich danke Euch für den guten Willen, aber die Antwort bleibt nein. Malurdhin will den Sklaven sofort, aus Gründen, die nur er kennt, die ihm aber furchtbar wichtig sind. Er hat es mir mehr als einmal eingeschärft. Und wenn Ihr es genau wissen wollt: Ich erhalte einen Bonus, wenn ich vor dem nächsten Markttag zurück bin, und das wird selbst mit meiner *Seewolf* knapp.«

»Na schön.« Nossa zuckte die Achseln. »Ich sehe ein, daß ich Euch unter diesen Umständen nicht überreden kann. Bringen wir also den Handel hinter uns. Cassim ist jung und kräftig. Obwohl er blöd ist, kann man ihn gut einsetzen. Im Namen von Kaufherr Kaskor, dem diese Insel und dem dieser Sklave gehört, verlange ich sechshundert Dukaten für ihn.«

»Sechshundert? Dafür bekommt man ja ein Lowanger Streitroß!« empörte sich Garletta.

Nossa lachte. »Wenn Ihr es stehlt, bekommt Ihr es

sogar umsonst. Nach allem, was ich weiß, müßt Ihr für ein gut ausgebildetes Roß mindestens siebenhundert hinlegen. Da sollte Euch ein so prächtig gebauter Sklave doch leicht sechshundert Dukaten wert sein.«

»Wenn es mein Geld wäre, würde ich Euch sogar tausend zahlen«, gab Garletta zurück. »Aber ihr kennt Malurdhin. Er zahlt nur das, was auf dem Markt üblich ist. Also dreihundert und keinen Heller mehr. Ich darf Euch daran erinnern, daß Malurdhin Kaskor eben diesen Sklaven für ganze zweihundert Goldstücke verkauft hat.«

»Davon weiß ich nichts. Und wenn schon. Als er auf die Insel kam, war er keine fünfzig Dukaten wert. Er konnte nicht mal allein pissen. Wieso will Malurdhin ihn denn plötzlich zurückhaben?«

»Ich sagte bereits, das geht weder Euch noch mich etwas an. Ich führe nur einen Auftrag aus. Es bleibt dabei: dreihundert und nicht mehr!«

»Ich weiß nicht, was in mich gefahren ist«, seufzte Nossa. »Wahrscheinlich dauert mich Euer Leid, daß Ihr nicht die Muße habt, dem Waskir-Bier zuzusprechen und mit Sklaven zu vögeln. Also gut, weil Ihr es seid und weil Ihr einem Geizkragen wie Malurdhin dient: Ich lasse Euch den Sklaven für fünfhundert Dukaten.«

»Malurdhin schnitte mir den Schlund ab, wenn ich darauf einginge.« Garletta schüttelte so wild den Kopf, daß die Zöpfe flogen. »Aber ich sagte schon, ich hab es eilig. Und nur deshalb – seid gewiß, ich werde Blut und Wasser schwitzen, wenn ich Malurdhin meinen Leichtsinn gestehen muß – bin ich bereit, Euch vierhundert zu bieten.«

Nossa machte ein bekümmertes Gesicht. »Das hat man nun davon, wenn man aus Mitleid nachgibt. Man wird für dumm gehalten und bekommt einen Spottpreis geboten. Aber Ihr weist darauf hin, daß Ihr in Eile seid, und ich bringe es nicht über das Herz, daraus meinen Vorteil zu ziehen. Kaufherr Kaskor wird mir die Aufsicht entziehen, wenn er von dem unvorteilhaften Handel erfährt, obwohl oder gerade weil er, wie Ihr wohl wißt, ein Freund von Malurdhin ist. Na schön, erzählt es nur überall herum, daß die sonst so beinharte Nossa von einem Zwergenweib bezwungen wurde. Ich will heute leiden. Deshalb kriegt Ihr den Sklaven für vierhundertfünfzig. Mein allerletztes Wort. Schlagt ein oder verlaßt die Insel!«

Garletta streckte die Rechte aus. »Einverstanden. Vierhundertfünfzig. Ich denke, damit können wir beide gut leben.«

Nossa klatschte ihre Hand auf die der Zwergin. »Ihr seid eine lausige Händlerin, Garletta, und viel zu hoch eingestiegen. Und Ihr habt keine Ausdauer. Ihr habt ja überhaupt nicht versucht zu feilschen! Dabei hätte ich Euch den Strohkopf zur Not für zweihundertfünfzig gelassen.«

Die Zwergin lachte. »Und ich hatte Vollmacht, bis siebenhundert zu gehen.«

»Siebenhundert? Was ist an diesem blöden Sklaven, daß Malurdhin ihn unbedingt zurückhaben will? Ihr wißt es wirklich nicht? Will er mit ihm vielleicht Blödiane züchten?« Nossa schüttelte den Kopf.

»Was ich nicht weiß, kann ich Euch nicht verraten«, sagte die Zwergin. »Was kümmern uns die Narreteien der Geldsäcke? Laßt ein Papier über den Handel anfertigen, damit Kaufherr Kaskor sein Geld von Malurdhin fordern kann.«

»Ihr habt es nicht dabei?« Die Oberaufseherin zog die Augenbrauen hoch.

»Wie Ihr wißt, treiben Piraten in diesen Gewässern ihr Unwesen. Malurdhin sagte, er werde mit Kaskor abrechnen, sobald dieser von seiner Reise nach Minlo zurück sei. Es gebe viele Posten gegeneinander aufzurechnen.«

Die Oberaufseherin überlegte eine Weile, nickte dann und rief einen schreibkundigen Sklaven aus dem Zelt. Kaufverträge dieser Art schienen für diesen nichts Neues zu sein. Er kehrte schon nach kurzer Zeit zurück.

Offenbar hatte er nur die Namen und die Summe in ein bereits fertiges Dokument eingesetzt.

Nossa malte mit einem Federkiel ein verschlungenes Symbol unter den Vertrag, während Garletta ein Kreuz machte. Der Sklave nahm den Vertrag, streute feinen Sand über die Signaturen, ließ ihn kurz antrocknen und schüttelte ihn ab. Dann nahm er den Vertrag, Federkiel, die Streusanddose sowie das Bronzegefäß mit der Tinte und verschwand wieder im Zelt. Die Zwergin erhob sich, aber Nossa bedeutete ihr, sich wieder zu setzen.

»Haltet mich nicht für mißtrauisch«, sagte die Oberaufseherin, »aber da Ihr zum erstenmal für Malurdhin auf Minlo seid, benötige ich von Euch eine Legitimation, bevor Ihr mit dem Sklaven die Insel verlassen dürft. Bisher habe ich nur Euer Wort, daß Malurdhin Euch schickt. Ich zweifle keinesfalls daran, versteht mich recht, aber Kaufherr Kaskor ist ein strenger Herr, der keinerlei Nachlässigkeit durchgehen läßt.«

»Ich verstehe Euch gut«, erwiderte Garletta. »Tatsächlich hat mir Malurdhin ein Dokument mit auf den Weg gegeben, das von ihm eigenhändig signiert und gesiegelt wurde.«

»Das ist sehr gut. Würde es Euch etwas ausmachen, es mir zu zeigen?«

»Durchaus nicht, denn schließlich ist es genau für diesen Zweck gedacht. Ihr müßt Euch allerdings an Bord meiner *Seewolf* bemühen. Ich bewahre es an einem sicheren Ort auf, damit es nicht den Piraten in die Hände fällt. Es könnte sonst mißbraucht werden.«

»Eine kluge Entscheidung, Garletta«, lobte Nossa. »Könnte ich Euch trotzdem überreden, mir dieses Dokument zu bringen? Ich nehme doch an, es handelt sich um ein Stück Pergament und nicht um eine Schiffsbohle.«

»Verzeiht meine Grobheit.« Die Zwergin erhob sich. »Ich lasse mich zur *Seewolf* rudern und bin schneller als der Wind zurück.«

»Soll mir recht sein.« Nossa griff nach einem weingefüllten Becher, den einer der Küchensklaven neben ihr auf einem Kupfertablett abgestellt hatte. »Überlegt Euch in der Zwischenzeit, ob Ihr nicht doch noch etwas Zeit für einen Umtrunk habt.«

Garletta grinste nur und eilte mit kurzen, schnellen Schritten davon.

»Laßt den Sklaven solange am Strand zurück, hört Ihr!« rief Nossa der Zwergin hinterher.

»Seid unbesorgt, ich hatte nichts anderes vor«, antwortete Garletta über die Schulter zurück.

Cassim sah im Liegen nur ein Stück Himmel, das abgewetzte, beinahe blanke Holz der Ruderbänke, klobige Holme auf geschmiedeten Gabeln, gehalten von brüchigen Lederschlaufen, und die stämmigen Gestalten seiner Bewacher, die auf der Bootswand saßen und die Beine ins Wasser baumeln ließen. Cassims Augen nahmen vor allem breite Hintern und stämmige Schultern wahr. Wenn sich die beiden unterhielten, sah er auch etwas von den Gesichtern. Aus Cassims Blickwinkel wirkten die Nasen der beiden riesig. Er roch den sauren Schweiß ihrer Achselhöhlen. Ihre Kleidung stank nach Pisse, ranzigem Fett und Teer. Cassim spürte etwas Feuchtes an den Beinen und dachte schon, er habe sich in die Hosen gemacht. Aber dann sah er, daß die Kielbretter Wasser zogen.

»Wir müssen Malurdhins Dokument von der *Seewolf* holen«, erklärte die Zwergin, als sie das Boot erreicht hatte. »Außerdem wünscht Nossa, daß wir den Sklaven wieder ausladen und erst mitnehmen, wenn die Sache mit dem Dokument erledigt ist. Was haltet ihr davon?«

Der Mann spuckte aus. »Gar nichts, *kulko*.«

Die Frau zog eine Grimasse. »Was mich angeht, so können mich die Landratten mitsamt ihrer verschissenen Insel mal kreuzweise. Wüßte auch nicht, welches Papier wir denen zeigen sollten.«

Die Zwergin lachte. »Dann sind wir uns ja einig.« Sie kletterte ins Boot, bewegte sich an Cassim vorbei zum

Heck. »Schiebt uns ins Wasser, ihr verdammten Piraten! Und dann will ich euch pullen sehen, was das Zeug hält!«

Wortlos sprangen die beiden an den Strand, stemmten sich gegen das Boot und drückten, bis der Sand den Kiel freigab. Die beiden wateten hinterher, kletterten nacheinander über den Bug ins Boot und hatten im nächsten Moment schon die Ruderblätter im Wasser. Das Boot drehte den Bug hinaus in die Bucht.

Die Zwergin stand im Heck und gab Zeichen, die für die Lorcha bestimmt waren. Sie bekam Antwort, und im Nu setzte auf dem Schiff ein hastiges Treiben ein. Seeleute enterten die Wanten und kletterten auf die Rahen, andere drehten die beiden Spills. Beinahe dreieckig geschnittene Drachenflügelsegel wurden hochgezogen, und wenig später bewegte sich die Ankerkette. Offensichtlich hatte man an Bord bereits auf das Kommando der Zwergin gewartet.

Als die Zwergin sah, daß die *Seewolf* segelfertig gemacht wurde und das Boot bereits ein gutes Stück von der Küste entfernt war, wandte sie sich zurück. Nossa stand vor ihrem Zelt und brüllte Befehle. Mehrere Söldner rannten zum Strand und stießen einen Sklaven von dem einzigen Treidelboot, das dort lag. Das mit Steinquadern beladene Boot lag tief im Wasser. Damit würden sie die Flüchtlinge im Leben nicht einholen. Mit einem raschen Blick schätzte die Zwergin die Lage auf den anderen Schiffen ab, die in der Bucht ankerten. Dort war man noch nicht aufmerksam geworden. Und was wollte man tun? Die *Seewolf* lag abseits der anderen Schiffe auf Reede und war dem Ausgang der Bucht näher. Wenn nicht in Windeseile Boote zu Wasser gelassen würden, um den Flüchtlingen noch den Weg abzuschneiden, könnte kaum noch etwas mißlingen.

»He, Nossa, du fette Schnecke!« schrie die Zwergin. »Das Handeln mit dir hat Spaß gemacht, aber den Vertrag kannst du dir in die Ritze schieben. Und erzähl deinem Herrn bloß nichts von einer Garletta! Ich heiße Cedira und bin die rechte Hand von Eiserne Maske. Wir sind der Schrecken des Südmeers. Sag's deinem Herrn. Er wird unsere Namen kennen. Und grüß mir auch das Arschloch Malurdhin!«

Cassim hatte die Ereignisse mit ungläubigem Staunen verfolgt. Er verstand nicht, was in die Zwergin gefahren war. Am meisten wunderte er sich darüber, daß dieses Täuschungsmanöver offenbar einzig und allein dem Zweck diente, ihn von der Insel zu holen. Cassim wußte nur das wenige über die Zwölfgötter, was andere Sklaven gelegentlich geäußert hatten. Aber er hatte das dumpfe Gefühl, nur sie könnten die Zwergin – diese Cedira, wie sie sich jetzt nannte – zu ihrem Tun veranlaßt haben. Eines allerdings hatte er klar und deutlich und mit allergrößter Befreiung zur Kenntnis genommen: Cedira hatte nur zur Tarnung behauptet, im Auftrag von Malurdhin zu handeln. In Wahrheit hatte sie nichts mit ihm zu tun. Die Angst fiel von Cassim ab wie ein nasses Wringtuch, das ihm den Hals eingeschnürt hatte.

»Weiter so, versautes Piratenpack!« feuerte Cedira die Ruderer an, die sich mächtig ins Zeug legten.

Sehnen und Muskeln zuckten im Takt der Ruderbewegungen, und das Boot bewegte sich in zügiger Fahrt auf die Lorcha zu. Die Linie der an Lee liegenden Potten war bereits passiert. Von dort drohte keine Gefahr mehr. Söldner rannten am Strand hin und her, reckten Fäuste und Waffen, schickten Schmähungen zu den Flüchtlingen hinüber. Cedira lachte. Sie ließ die Beinlinge hinunter und zeigte den Zurückgebliebenen den blanken Hintern. Die Ruderer grunzten beifällig. Der verwirrte Cassim starrte auf die Stelle zwischen den stämmigen Beinen, wo ein dichtes Gestrüpp aus rotem Schamhaar zu sehen war.

»Glotz nicht so, Thalon«, sagte die Zwergin und grinste, während sie die Beinlinge wieder hochzog. »Außerdem wünsche ich mir etwas mehr Begeisterung über deine Befreiung. Du könntest dich wenigstens mal bei uns bedanken, oder?«

Sie beugte sich mit dem Messer in der Hand zu ihm herab und säbelte an den Lederschnüren herum. Es dauerte nicht lange, dann hatte sie ihn davon befreit.

»Danke.« Cassim richtete sich auf, rieb sich erst die Hände und massierte sich die Fußgelenke. »Wie du mich genannt? Talom? Ich Cassim.«

»Blödsinn, du bist Thalon. Hör zu, mein Spatz, du kannst jetzt mit dem Scheiß aufhören. War auf der Insel vielleicht nützlich, aber das hast du zum Glück hinter dir. Und red nicht so bescheuert, klar?«

»Ich Cassim.«

Cedira sah ihn aufmerksam an. Dann trat ein beinahe mütterlich wirkendes Gefühl von Mitleid und Traurigkeit in ihre Augen. »Es ist also doch wahr«, sagte sie leise. »Haya hatte recht. Sie müssen irgendwas mit dir angestellt haben. Ich wollte es einfach nicht glauben. Aber der Kerl, der Haya verraten hat, wo wir dich finden können, erzählte was in der Richtung. Du kannst dich an nichts mehr erinnern, wie? Du erkennst nicht mal die alte Cedira wieder? Verdammte Scheiße noch mal!«

Immer näher schob sich das Boot an die Lorcha heran. Das Schanzkleid war vom Deck bis knapp oberhalb der Wasserlinie in gelben, blauen und roten Wellenlinien bemalt. Gegenüber den schmutzigbraunen Lastseglern wirkte sie wie ein bunter Papagei. Das etwa dreißig Schritt lange Schiff schien auf den ersten Blick aus einem Stück gefertigt zu sein. Erst aus nächster Nähe erkannte man die winzigen Fugen zwischen den Bohlen aus glattem Zedernholz. Gleichzeitig sah man, daß die Farbschichten brüchig waren und an einigen Stellen schon abblätterten.

Der Glatzkopf ruderte verhaltener, während die Frau mit der Narbe mit ihrem Ruderblatt gegensteuerte. Langsam drehte sich das Boot der Bordwand zu. Auf dem Mitteldeck stand eine dunkelhäutige Frau mit krausen Haaren, die wie eine Löwenmähne abstanden, und mit je zwei dicken Silberringen in jedem Nasenflügel. Sie grinste und warf Cedira eine Leine zu.

»Warum habt ihr die *falon* noch nicht gesetzt, Shanka?« schnauzte die Zwergin, während sie die Leine festmachte. »Der Mummenschanz hat ein Ende. Wir sind jetzt wieder Piraten!«

»*Falon* hissen!« brüllte Shanka über das Deck. Sie zog eine Peitsche aus dem Gürtel und ließ die Lederschnur laut schnalzend durch die Luft gleiten. Offenbar wollte sie damit ihre Befehlsgewalt unterstreichen.

»Laß den Quatsch«, rügte Cedira. »Gib uns ein Tau! Oder hältst du mich für eine Katze, die am Schanzkleid hochklettert?«

Die Beschwerde war unnötig. Ein Mann, dessen Gesicht mit Pusteln übersät war und dessen schwarze Haare zu einer Hahnenkammfrisur ausrasiert waren, warf ihnen bereits ein Tau zu und befestigte das andere Ende an einem Belegnagel.

»Du zuerst!« bestimmte die Zwergin und drückte Cassim das Tauende in die Hand.

Das Boot dümpelte leicht auf den Wellen, und Cassim fühlte sich unsicher. Er wußte nicht, wie er es anstellen sollte, auf das Deck zu gelangen, obwohl der obere Rand des Rumpfes nur zwei Schritt über ihm lag.

»Verdammte Scheiße, hast du denn alles vergessen, Spatz?« schimpfte Cedira. »Ich hab dich schon wie ein Wiesel durch die Wanten turnen sehen, und jetzt kannst du nicht mal eine Spuckweite nach oben klettern? Aber das werden wir gleich haben!«

Sie tauchte unter ihn, bohrte ihren Kopf zwischen seine Schenkel, umklammerte sie gleichzeitig mit den Armen und richtete sich auf. Im nächsten Moment fühlte sich Cassim nach oben gestemmt. Verzweifelt hielt er sich an dem Tauende fest.

»Zieht ihn hoch!« schrie Cedira.

Shanka beugte sich über das Schanzkleid, packte Cassims Arme und zog ihn an Deck. Dann schlug sie ihm das Tauende, das er immer noch umklammert hielt, aus den Händen und warf es wieder zum Boot hinab.

Scheinbar mühelos kletterte die Zwergin an Bord, wo Cassim gerade wieder auf die Beine kam. »Du bist um einiges schwerer geworden, Spatz«, stellte sie fest. »Und kräftiger. Ich hätte dich beinah nicht wiedererkannt. Ist ja auch kein Wunder. Vier Jahre sind eine lange Zeit. Du bist jetzt ein Mann, was? Brauchst 'nen größeren Klötenhalter als auf der *Schwarze Rose*, wie? Ich hab's gespürt.«

Sie lachte, und Shanka fiel in das Gelächter ein. »Komm nachher mit mir in den Lastraum, Spatz, und zeig mir, was du in der Hose hast«, sagte die Schwarze und rollte mit den Augen.

»Zunächst mal nennst du ihn nicht Spatz, sondern Thalon«, wurde sie von Cedira zurechtgewiesen. »Und ansonsten läßt du ihn gefälligst in Ruhe. Wir müssen aus diesem tumben Sklaven erst wieder einen Piraten machen. Wenn er weiß, wer er früher mal war, kannst du dein Angebot wiederholen. Bin gespannt, ob er Lust hat, es dir zu besorgen. Ich an seiner Stelle würde dankend verzichten. Im übrigen habe ich an ihm die älteren Rechte, klar? Und jetzt Schluß damit.«

Cedira wandte sich dem Oberdeck zu und rief: »Wird der Kahn nun endlich gesegelt, oder was ist hier los? Piratenpack, ich mach euch Beine!«

Ein Johlen war die Antwort, aber vielleicht galt es auch dem dreieckigen Wimpel, der gerade von einer Frau nach oben gezogen wurde, die in einem Korb hoch oben am Mast saß. Vor dem schwarzen Hintergrund des Wimpels waren in Weiß ein Totenschädel und gekreuzte Knochen zu sehen. Was dieses Symbol zu bedeuten hatte, konnte sich sogar Cassim gut vorstellen.

Die Frau mit der Narbe kletterte an Bord, dichtauf gefolgt von dem Glatzkopf. Der Mann mit dem Hahnenkamm zog das Tau hoch, während Shanka das Boot an der Leine zum Heck zog. Dort ließ sie ein Stück Leine nach, bis das Boot weit genug vom Rumpf entfernt war, um nicht dagegenzuschlagen. Dann befestigte sie die Leine mit einem kunstvoll geschlungenen Knoten an einem Belegnagel. Offenbar sollte es von der Lorcha im Schlepp mitgezogen werden. An Bord der *Seewolf* schien es ohnehin keinen Platz für das große Beiboot zu geben.

Cedira und Shanka brüllten Befehle. Ein halbes Dutzend Männer und Frauen rannte an Deck herum und verrichtete fieberhaft irgendwelche Arbeiten, deren Sinn Cassim nicht verstand. Vier weitere stemmten sich gegen lange Holzholme und drehten auf diese Weise eine Trommel, um die ein Tau geschlungen war. Da sich gleichzeitig die Segel schräg in den Wind stellten, hielt Cassim das Rad für den Teil einer geheimnisvollen Apparatur, deren wichtigste Teile sich wohl unter Deck befanden.

Verwirrt blickte er sich an Deck um. Was immer Cedira behauptete, er konnte sich nicht erinnern, jemals an Bord eines Schiffes gestanden zu haben. Alles war ihm neu und unbekannt. Er sah drei Masten, an denen mehrere kleine sowie zwei großflächige Segel befestigt waren. Die Großsegel schienen Rippen zu haben, aber dann erkannte Cassim, daß sie durch Holzlatten versteift wurden. Sie sahen aus wie braungelbe Drachenflügel. Cassim sah ein Gewirr von Leinen, Stangen und Strickleitern, in dem er keinen Sinn entdecken konnte. Staunend betrachtete er einen Apparat, der mitten auf dem Deck stand. Es schien sich um eine riesige Schleuder zu handeln. Daneben lagen dicke Steine, die wohl als Munition dienten.

Cassim begab sich zögernd zum Hinterdeck, wo er Cedira in der Nähe eines senkrecht angebrachten großen Rades sah. Sie war im Moment seine einzige Stütze, um sich in der ungewohnten Umgebung zurechtzufinden. Er bemühte sich, den herumrennenden Seeleuten nicht in die Quere zu kommen, und hielt sich auch so weit wie möglich von den weit ausladenden Segeln fern.

Die *Seewolf* nahm Fahrt auf.

»*Rasho*, du übernimmst das Schiff!« sagte Cedira, als sie Cassim die Leiter zum Oberdeck hinaufsteigen sah. Sie nahm ihn beim Arm und zog ihn ein Stück vom Ruder weg, wo Shanka und ein Mann mit einer dreieckigen blauen Kappe, der das große Rad drehte, Platz benötigten. Shanka brüllte jetzt die Befehle. Offenbar war *rasho* eine Art Titel.

Cedira schüttelte den Kopf, als sie Cassims staunende Blicke sah. »Ich werde dich wieder bei der Hand nehmen und dir alles erklären müssen«, sagte sie leise. »Weißt du, daß wir das gleiche Spiel schon vor vier Jahren gespielt haben? Nein, das weißt du natürlich nicht. Verdammte Kacke! Wenn ich nur wüßte, was mit dir los ist.«

Cassim antwortete nicht. Was sollte er auch antworten? Was auch immer die Zwergin sagte, es rief kein Echo in ihm hervor. Aber er begann die Frau zu mögen. Trotz ihrer manchmal derben Art schien sie ein freundliches Wesen zu besitzen.

Die *Seewolf* hielt Kurs auf die Mitte der Buchtöffnung. Cedira sah zum Land zurück und lachte. Einige Söldner rannten um die Bucht, um den Strand an der schmalsten Stelle zu erreichen. »Diese dämlichen Landratten! Viel zu langsam. Und selbst wenn sie's schaffen würden, könnten sie nichts ausrichten. Sie können dem Schiff nichts anhaben.«

Die Söldner schienen die Fruchtlosigkeit ihres Tuns einzusehen. Sie blieben stehen und reckten hilflos die Waffen.

»Armselige Tröpfe!« Cedira wandte sich Cassim zu. »Komm mit in meine *taba*. Da wirst du jetzt wohnen. Ich will mit dir reden, dir von den alten Zeiten erzählen. Vielleicht gibt es doch irgendwas, woran du dich erinnerst.«

Cassim nickte und folgte ihr, als sie die Treppe zum Niedergang hinabstieg. »Wohin wir fahren?« fragte er.

»Ein Schiff fährt nicht, sondern es segelt«, erklärte die Zwergin. »Wir treffen uns mit Eiserne Maske. Er wird staunen, daß ich dich bringe. Er weiß nämlich nichts davon und hält dich für tot. Abgesoffen beim Kampf mit den Praefos-Schiffen. Er wollte dich noch rausfischen, konnte dich aber nicht mehr zu fassen kriegen. Keine Ahnung, wer oder was dich gerettet hat. Auf jeden Fall wird er sich freuen, dich wiederzusehen.«

Eiserne Maske schien der Name eines Mannes zu sein. In Cassim weckte er keine Erinnerung. So wenig wie alles andere. Er zweifelte daran, daß er wirklich jener Thalon war, für den die Zwergin ihn hielt. Vielleicht sah er diesem Thalon nur ähnlich.

An Deck wurde wieder laut gejohlt. Die *Seewolf* hatte die Ausfahrt der Bucht passiert und segelte hinaus in die offene See.

2. Kapitel

Cedira ließ gedörrtes Hammelfleisch, Schiffszwieback, Datteln sowie einen Schlauch Bitterwein kommen. Eine blutjunge bronzehäutige Piratin tischte auf. Cassim konnte nicht vermeiden, sie immer wieder anzustarren. Sie besaß einen schlanken, geschmeidigen Körper. Unter dem geflickten, aber sauberen roten Seidenhemd zeichneten sich wohlgeformte Brüste ab. Cassim sah allerdings nicht auf die Brüste, sondern auf ihr Gesicht. Die eine Hälfte war ebenmäßig und anmutig, die andere Hälfte hoffnungslos zerstört. Die Nase war gebrochen und vernarbt. Ein Auge wurde von einer schwarzen Klappe verdeckt. Zwei breite Narben zogen sich auf dieser Seite von der Stirn über die Wangen bis zum Hals. Wenn das dichte schwarze Haar zurückfiel, waren weitere Narben zu sehen. Das Mädchen sprach kein Wort und huschte wieder hinaus, als die Speisen und Getränke auf dem Tisch der *taba* standen.

Cassims Blicke waren der Zwergin nicht verborgen geblieben. »Sie heißt Mishia und ist stumm«, erklärte Cedira, als das Mädchen gegangen war. »Ihr Bruder war ebenfalls ein Pirat, bevor er zu den Fischen geschickt wurde, und der Hurensohn Gorm, der stinkende Praefos von Ghurenia, wußte davon. Er hat Mishia foltern lassen, um unser Versteck herauszubekommen, und ihr dabei höchstpersönlich ein Auge ausgestochen. Sie hat ihm nichts verraten. Daraufhin hat Gorm seine Folterknechte angewiesen, ihr die Zunge abzuschneiden und die eine Hälfte des Gesichts aufzuschlitzen. Er hat sich scheckig dabei gelacht, als sie Salz in die Wunden rieben.

Anschließend ist sie zu uns gekommen. Und nun iß den Zwieback, bevor die Maden rauskommen und dich nach dem Weg fragen.«

Cassim schluckte, aber dann forderte der Körper sein Recht. Er hatte einen Tag lang nichts mehr gegessen und fiel über die Speisen her. Die Zwergin sah ihm beifällig zu und schnitt sich selbst nur ein Stück von dem Dörrfleisch ab. Sie kaute darauf herum, während sie sich selbst und Cassim von dem weißen Wein einschenkte. Sie schob ihm einen randvollen Zinnbecher hinüber.

»Der Wein schmeckt scheußlich, ist aber immer noch besser als unser brackiges Wasser.« Unbekümmert trank sie ihren Becher auf einen Zug leer und goß sich sofort wieder neu ein. Sie rülpste. »Eine wahre Pißbrühe. Es war ein Fehler, Nossas Angebot auszuschlagen. Ich hätte dich noch ein paar Stunden zappeln lassen und ihr den guten Raschtulswaller wegsaufen sollen. Oder besser noch die Biervorräte. Na egal, bitter macht auch lustig.«

Sie nahm wieder einen vollen Zug, während Cassim an dem Wein nur nippte. Er schmeckte tatsächlich bitter und obendrein nach Holz.

Ungeniert zog die Zwergin ihr Hemd aus, erlaubte ihm einen Blick auf volle, von unzähligen Sommersprossen bedeckte Brüste und schlüpfte dann in ein Wams, das die Arme unbedeckt ließ. »Ich hasse Hemden mit langen Ärmeln«, sagte sie, »aber es mußte sein. Nossa hätte mich vielleicht an dem Mal erkannt.« Sie wies auf eine Kreuznarbe am linken Unterarm. »Unser Abzeichen. Du hast auch so etwas, und zwar auf der Brust. Richtig? Das hat dir Eiserne Maske eingeritzt. Solltest du dich immer noch fragen, ob es wahr ist, was ich dir erzählt habe, dann schau dir deine eigene Narbe an. Sie beweist, daß ich dir nichts vorlüge.«

Cassim hatte sich schon oft gefragt, woher die Narbe wohl stammte. Ob die Zwergin wirklich recht hatte? War er wirklich ein Pirat gewesen? Er konnte es nicht glauben.

Als Cassim satt war, ließ die Zwergin die Reste abräumen. »Du stinkst so scheußlich nach Schweiß, daß es sogar mir zuviel ist«, sagte sie dann. »Und dein schönes blondes Haar ist unter dem Staub kaum zu erkennen. Geh nach oben und wasch dich. Einer von meinen Halunken soll dir eine Pütz Wasser an Deck ziehen oder auch zwei, wenn dir danach ist.«

Cassim nickte. Er hatte selbst das dringende Bedürfnis, sich zu säubern. Cedira öffnete eine Runddeckeltruhe, kramte darin herum und warf ihm ein paar Kleidungsstücke zu. Sie lachte, als sie seinen mißtrauischen Blick sah, mit denen er die beiden Hemden und die Hose musterte. »Wird dir schon passen. Sie stammen vom früheren Besitzer dieses Kahns, und der hatte ungefähr deine Größe.«

Cassim stapfte mit der Kleidung an Bord. Er traf auf Shanka und radebrechte ihr seinen Wunsch. Sie grinste, schickte ihn aufs Mitteldeck und schrie einem der Piraten zu: »Gib Thalon eine Pütz Wasser.«

Der Mann, ein dicker Tulamide mit Zopf, warf einen Ledereimer an einer Leine über Bord, zog ihn gefüllt wieder hoch und goß ihn dann ungerührt über Cassim aus. Von überall her kam unbändiges Gelächter.

Cassim beschloß, sich nicht zu ärgern. Er griff selbst nach dem Eimer, warf ihn erneut ins Wasser und zog ihn hoch. Erleichtert stellte er fest, daß die Piraten wieder ihren Beschäftigungen nachgingen und sich nicht weiter um ihn kümmerten. Lediglich Shanka sah zu ihm herüber und ließ ein anerkennendes Schnalzen hören, als er sich auszog und wusch.

»He, Thalon«, rief sie, »dein Ding wäre genau das richtige für mich! Gönn ihm mal ein bißchen Bewegung!« Sie grinste und schob den Daumen zwischen Zeige- und Mittelfinger.

Cassim kümmerte sich nicht um sie und zog die Sachen an, die ihm Cedira gegeben hatte. Sie waren naß geworden, als der Pirat ihn übergossen hatte, aber das störte ihn wenig. Die Hose paßte, und mit dem blauen Linnenhemd war er auch zufrieden. Die zu langen Ärmel krempelte er hoch. Er wusch seine abgelegten Kleider und legte sie an einer windgeschützten Stelle zum Trocknen auf das Deck. Eine Weile achtete er nur auf die ungewohnten Geräusche ringsum. Er nahm das Knattern der Segel wahr, das leise Winseln des Windes, der sich an ihnen rieb, das Scheppern der Takelage, das Ächzen der Bohlen, das leise Rauschen und Gurgeln des Wassers, das Knarren des Ruders, das Quietschen des Ruderrads. Er spürte das Rollen und sanfte Zittern des Schiffes, das Zupfen des Windes in seinem langsam trocknenden Haar. Er roch Salz und Teer. Er sah einer Ratte zu, die aus einem Versteck zwischen zwei Taurollen hervorkroch, in den Wind schnupperte, ihn aus wachen kleinen Augen anstarrte und dann blitzschnell wieder verschwand. Cassim nahm dies alles wahr, obwohl er für die meisten seiner Eindrücke keine Worte hatte. Ratten kannte er allerdings. Davon hatte es auch auf der Insel eine Menge gegeben. Schließlich kehrte Cassim zu Cedira zurück.

»Na also«, sagte sie, »jetzt siehst du dem Jungen, den ich vor vier Jahren an Bord geholt habe, um einiges ähnlicher, Spatz.«

»Wieso du sagen Spatz?« fragte Cassim. »War mein Name Thalon Spatz?«

Die Zwergin lachte laut auf. »Klingt gar nicht so übel. Aber sei unbesorgt, Spatz ist nur mein besonderer Name für dich. Ein Spatz ist ein frecher kleiner Vogel, weißt du das nicht?«

An Cassims Gesicht las sie ab, daß er nichts über diesen Vogel wußte. »Wenn ich bloß wüßte, wie ich dich aus deiner Blödheit reißen kann… Nun sei nicht gleich beleidigt, Spatz, ich weiß, daß du nicht wirklich blöd bist. Hast eben nur alles vergessen. Scheußlich so was.« Sie zog die Stirn kraus. »Vielleicht kann Haya dir helfen. Sie hat gegen manches ein Kraut. Oder Diss'Issi, der alte

Scharlatan. Der soll mal beweisen, daß er ein richtiger *fhadiff* ist, soll dir deine Dämonen wegtanzen. Leider dauert es noch mindestens zehn Tage, bis wir die *Schwarze Rose* treffen. Verdammt, es muß doch irgendwas geben, woran du dich erinnern kannst…«

»Ich Cassim, Sklave, aufgewacht auf Insel…«

»Ja, ja, ja!« fluchte Cedira. Sie entdeckte eine Wanze und drückte sie platt. »Das heißt natürlich nein! Bist du nicht. Du bist nicht Cassim und erst recht kein Sklave!« Sie goß sich wieder von dem Bitterwein ein und forderte ihn auf, ihr gegenüber Platz zu nehmen. »Weißt du wirklich gar nichts mehr über die Zeit auf der *Schwarzen Rose*? Wie Eiserne Maske dich geritzt hat? Mensch, so was vergißt man doch nicht. Oder… Parazzin! Sagt dir der Name nichts? Du hast das Mädchen in Charypso vor ihm beschützt, und zur Rache wollte er sein Ding in dich hineinstecken und dich töten. Du hast ihn mit dem Florett des *kulko* an die Planken genagelt! Alles vergessen? Oder der Sturm? Erinnerst du dich nicht mal an den schrecklichen Sturm, bei dem die *Schwarze Rose* um ein Haar abgesoffen wäre? Auch nicht, ich seh es schon. Oder denk mal an den fetten Kapitän der *Adrian Vandenbosten*! Du hast gekotzt, als Eiserne Maske mal wieder seinen Koller kriegte und den Kerl aufgeschlitzt hat. Und ich dachte, das hätte dich wirklich bis ins Mark erschüttert!«

»Da ist Name…«, begann Cassim. »Nur Name aus Vergangenheit. Malurdhin. Du ihn benutzen. Ich Angst und nicht wissen warum.«

»Malurdhin, warum ausgerechnet Malurdhin?« rief Cedira. »Malurdhin ist einer der abgefeimtesten Schurken im Südmeer, ein Vasall von Gorm, dem Praefos von Ghurenia, der seinerseits das Oberarschloch in dieser Ecke von Aventurien ist. Wie kannst du ihn kennen…« Sie schlug sich mit der Hand vor die Stirn. »O ja, du hast ihn mal erwähnt. Dieser Hurensohn hat deine Mutter geschändet und anschließend umgebracht, als du noch ein kleiner Junge warst. Ist es das? Kommt jetzt die Erinnerung zurück?«

Hoffnungsvoll sah sie ihn an. Aber Cassims Gesicht blieb reglos. Er konnte sich nicht erinnern. Er fragte sich selbst, wie ein Mensch die Schändung seiner Mutter vergessen konnte. Er hatte Mütter und Kinder auf der Insel gesehen. Er hatte die Frau schreien hören, deren Kind zerquetscht worden war. Er nahm an, daß ein Kind gegenüber seiner Mutter ähnlich empfand. »Nein, ich nicht erinnern. Ich nicht glauben, daß man kann vergessen so was. Ich nicht glauben, daß ich Thalon. Du mich verwechseln.«

»Ausgeschlossen!« stieß Cedira hervor. »Dann müßtest du schon Thalons Zwillingsbruder sein. Und der hätte nicht die Narbe des *kulko*.« Sie riß ihm das Hemd an der Brust auseinander und zeigte darauf. »Ich hab dir mit eigenen Händen Salbe auf die frische Wunde geschmiert!«

Cassim sagte nichts dazu.

Bevor Cedira dazu kam, ihm weitere Episoden aus seinem angeblichen früheren Leben zu erzählen, brach an Deck ein Tumult aus. Die Männer und Frauen, die dort Dienst taten, stießen laute Rufe aus, die allerdings eher überrascht als alarmiert klangen. Shanka brüllte den Niedergang hinab nach dem *kulko*.

»Komm mit nach oben«, sagte Cedira. »Wenn meine Worte es nicht vermögen, dann bringen vielleicht die Segel, die Rahen, das Meer und der Wind die Erinnerung zurück. Und wenn auch das fruchtlos bleibt, kannst du die Gelegenheit nutzen, etwas über Schiffe und die Seefahrt herauszufinden. Ich erinnere mich, daß du mir vor vier Jahren Löcher in den Bauch gefragt hast.«

»Besucher«, sagte Shanka, als die beiden das Oberdeck betraten.

Cassim bot sich ein seltsames Bild dar. Diesmal war er jedoch nicht der einzige, der erstaunt dreinschaute. Einer der Piraten starrte sogar mit offenem Mund auf das Meer hinaus. Dort näherten sich zehn oder zwölf grünhäutige Wesen, die auf Delphinen ritten. Die ersten zwei hatten bereits die Schiffswand in Höhe des Mitteldecks erreicht. Sie besaßen, vom Kopf einmal abgesehen, menschliche Gestalt und waren auch ungefähr von derselben Größe. Allenfalls die Schultern wirkten breiter und stämmiger als bei den meisten Menschen, und der Brustkorb wölbte sich weit vor. Die Köpfe allerdings sahen viel zu groß aus für die Körper und wirkten überhaupt nicht menschlich. Riesige Fischaugen ohne Lider und Pupillen starrten aus diesen Köpfen zum Schiff herüber, und ein Kamm zog sich von der Stirn über Nacken und Rücken, wo er in einem kurzen Schwanz endete. Eine Vielzahl spitzer Zähne steckte in einem breiten Maul, das an den Seiten von fächerähnlichen Auswüchsen begrenzt wurde, die weit vom Kopf abstanden. Es mochten Ohren sein, aber vielleicht waren es auch Kiemen. Diese Köpfe glichen in der Tat mehr Fischen als Menschen. Schaute man die Körper genauer an, entdeckte man, daß die Haut geschuppt war und sich Schwimmhäute zwischen Fingern und Zehen befanden. Die Wesen saßen nackt auf Sätteln, die aus Echsenleder bestanden und mit Gurten an den glatten Leibern der Delphine befestigt waren, und hielten sich mit einer Hand an einem dicken Knauf fest. In der freien Hand trugen einige von ihnen Harpunen, andere Dreizacke, wieder andere Dolche. Die Waffen waren aus Fischbein gefertigt. Die Delphine bewegten die Köpfe frei von jedem Zaumzeug und schienen doch den Befehlen ihrer Reiter zu gehorchen.

»Risso«, sagte Cedira. »Was wollen sie?«

Shanka zuckte die Schultern. »Schwer zu sagen, sie scheinen keinen Sprecher dabei zu haben. Vermutlich wollen sie wie üblich handeln.«

»Haben wir etwas für sie?«

»Schon möglich. Ich lasse im Laderaum nachsehen.«

Shanka schickte einen bärtigen Piraten mit straff gebundenem Kopftuch und einem gegürtelten Säbel in den Niedergang des Mitteldecks.

»Brassen und beidrehen!« befahl Cedira und überließ es dann Shanka, die Mannschaft auf Trab zu bringen. Die Lorcha verlor an Fahrt, als die Segel aus dem Wind genommen wurden.

»Risso …«, wiederholte Cassim leise.

Cedira wandte sich ihm zu. »Ist was? Erinnern dich die Risso an etwas? Während unserer gemeinsamen Zeit auf der *Schwarze Rose* sind uns keine begegnet. Zumindest kann ich mich nicht daran erinnern.«

»Weiß nicht … etwas bekannt …« Cassim wußte selbst nicht genau, was er beim Anblick dieser Fischmenschen empfand. Er glaubte, ihnen schon einmal irgendwo begegnet zu sein. Und der Name Risso klang seltsam vertraut. Er empfand seinen Kopf als eine Art Teich, in den Kiesel geworfen wurden. Jeder einzelne dieser Kiesel versank im Bodenlosen. Nur der Kiesel Malurdhin war gegen etwas gestoßen und hatte ein Echo verursacht. Und der Kiesel Risso schien ebenfalls etwas zurückzuwerfen. Aber es war zu undeutlich, als daß Cassim es hätte zuordnen können. Auf keinen Fall war es der Öffner zu den verschütteten Erinnerungen.

»Na schön.« Die Zwergin drang nicht weiter in ihn. »Bis auf wenige kriegerische Stämme, die unter ihresgleichen als Abtrünnige gelten, sind sie harmlos. Sie können sowohl an der Luft als auch im Wasser atmen. Manchmal nähern sie sich den Schiffen und bieten Perlen im Tausch gegen Dinge aus Glas oder Metall an. Es heißt, daß sie Kalmare, Oktopoden, Wale, *bashas* und andere Meeresriesen anbeten und ihre Altäre mit den eingetauschten Gegenständen schmücken.«

»Wie sie machen, daß Reittiere gehorchen?«

»Sie können mit ihnen und mit anderen Wasserbewohnern sprechen. Jedenfalls wird dies behauptet, und es scheint verdammt noch mal auch zu stimmen. Was du Reittiere nennst, sind übrigens Delphine.«

»Risso sprechen auch zu Menschen?«

»Nur ganz wenige, die engeren Kontakt zu Menschen hatten.«

»Zu Zwergen?«

Cedira grinste. »Nur mit menschlicher Zunge. Eigentlich sollte ich dir für diese Frechheit eine Kopfnuß verpassen. Hältst du mich für ein Meeresungeheuer?«

»War nur Frage«, verteidigte sich Cassim.

Der Rest der Gruppe hatte inzwischen den Schiffsrumpf erreicht. Einer der Risso unterschied sich von den anderen. Er war einen Kopf größer, und sein Kamm schillerte in pulsierenden Regenbogenfarben. An seinem Sattel hingen zwei Taschen, die prall gefüllt waren und von ihrem Gewicht tief ins Wasser gezogen wurden.

»Scheint ein Rissodruide zu sein«, erklärte Cedira und faßte das Wesen ins Auge.

»Druide?« fragte Cassim verständnislos.

»Hör auf, Spatz, ich kann dir jetzt nicht erklären, was Druiden sind. Außerdem nennt man sie nur so, weil man früher glaubte, sie würden magische Kräfte anwenden. Tun sie aber nicht. Unter ihresgleichen gelten sie als Hohe Risso. Sie können Zauberkräfte aussenden, ähnlich wie Zitteraale. Ach, das wird dir auch nichts sagen. Wie Blitze. Gleichgültig – nimm es einfach so hin. Sie können ihre Beute und ihre Feinde lähmen, sogar töten, wenn sie es darauf anlegen, und das macht sie unter den Risso zu geborenen Anführern. Wenn ich so was könnte, triebe ich mich nicht als lausige Piratin herum, das kannst du mir glauben. Aber ich bin eben nur eine aus der Art geschlagene Zwergin, die sich mit den Hieben ihrer Streitaxt durchbringen muß.«

Der Hohe Risso schlug mit der flachen Hand auf eine der Satteltaschen. Dann hob er den Kopf, brachte ein Grunzen hervor und sah mit seinen ausdruckslosen, hervorquellenden Augen zum Schiff herüber.

»Viel Perlen«, meldete sich der Risso neben ihm zu Wort. Er sprach dumpf und merkwürdig verzerrt. »Wollen tauschen?«

»Aha, sie haben einen Sprecher dabei«, meinte Cedira. Sie stieß Cassim in die Rippen und grinste. »Er redet wie du, nur mit etwas tieferer Stimme. Findest du nicht auch?«

Cassim spürte, daß es nicht böse gemeint war, und lächelte zurück.

Die Zwergin hob die Stimme an. »Shanka, was haben wir zu bieten?«

Die *rasho* stolzierte zum Gitterdeckel des Laderaums und ließ sich einige Sachen heraufreichen, die sie auf dem Deck ausbreitete: ein paar Gefäße aus Bronze, grüne Butzenscheiben, eine Schnabelkanne aus Kupfer, zwei Zinnbecher, mehrere Gürtelschnallen aus Bronze, etliche Messer mit zerbrochenen Klingen, fünf Kerzenhalter, zwei Laternen, eine Öllampe.

»Das reicht!« rief Cedira und wandte sich dem Sprecher der Risso zu. »Kommt an Bord und seht euch die Ware an. Aber nicht mehr als drei von euch!«

Der Sprecher übersetzte den Text in die Sprache der Risso, die sich für menschliche Ohren wie ein schwerfälliges tiefes Quaken anhörte. Der Hohe Risso gab ein Kommando und glitt mit einer eleganten, fließenden Bewegung von seinem Delphin. Mit einem einzigen kraftvollen Schwimmstoß überbrückte er die Entfernung zur Bordwand der Lorcha. Im nächsten Moment hieb er seinen Dreizack in das Schanzkleid, zog sich an dem Schaft des Dreizacks hoch, schnellte aus dem Wasser und landete an Deck.

Der Sprecher und ein weiterer Risso, ein besonders stämmiges Wesen mit zahlreichen Narben auf dem Körper, folgten seinem Beispiel. Es handelte sich um männliche Risso. Da sie nackt waren, erkannte man ihre Geschlechtsteile. Kleine Glieder und winzige Hoden, nicht größer als bei menschlichen Säuglingen.

Shanka und der schwarzbärtige Pirat, der ihr dabei geholfen hatte, die Tauschware auf dem Mitteldeck auszubreiten, wichen hastig ein paar Schritte zurück und griffen unwillkürlich nach ihren Waffen. Die Schnelligkeit, mit der die Risso an Deck erschienen waren, schien sie überrascht zu haben. Und die riesigen glotzäugigen Köpfe der drei Wesen mochten sogar hartgesottene Piraten erschrecken.

An Deck bewegten sich die Fischmenschen eher schwerfällig. Der Sprecher und der narbenbedeckte Risso beugten sich über die Bordwand und zogen die Waffen aus dem Schanzkleid. Mit einer unterwürfigen Geste überreichte der Hüne dem Hohen Risso den Dreizack. Dann watschelte er zusammen mit dem Sprecher über das Deck. Die beiden blickten kurz auf die Waren, aber wichtiger schien es ihnen zu sein, den Hohen Risso abzuschirmen. Sie starrten die Piraten in ihrer Nähe an. Der vierschrötige Risso mit den Narben blickte nach oben und entdeckte eine Piratin in den Wanten über ihm. Drohend reckte er seinen Speer. Die Piratin kletterte ein Stück höher.

Der Hohe Risso würdigte die Piraten in seiner Nähe keines Blickes. Auch die Metallgegenstände schienen seine Aufmerksamkeit nicht zu erwecken. Er stierte unverwandt zum Achterdeck, wo Cedira und Cassim standen.

Cassim spürte, wie sich ihm die Haare sträubten. Er hatte das Gefühl, der Blick des Hohen Risso gelte allein ihm. Dabei konnte wirklich niemand erkennen, was die pupillenlosen Augen betrachteten. Daß der Hohe Risso nicht ihn, sondern Cedira als *kulko* und Verhandlungsführer anstarrte, erschien viel wahrscheinlicher. Trotzdem hatte Cassim Angst, beinahe die gleiche Art von Angst wie auf Minlo, als der Name Malurdhin fiel. Ohne einen Grund nennen zu können, empfand er eine Bedrohung. Sie ging von dem Hohen Risso aus und stand in keinem Verhältnis zu der Waffe des Fischmenschen.

Wenn Cedira nicht weit und breit die einzige Person gewesen wäre, zu der Cassim ein gewisses Zutrauen gefaßt hatte, hätte er sein Heil in der Flucht gesucht.

»Komm mit mir«, sagte Cedira und ging dem Hohen Risso entgegen.

Cassim bekämpfte seine Angst und stieg hinter ihr die Treppe zum Mitteldeck hinab. Der Wind wehte ihnen ins Gesicht und trug den Körperdunst der Risso heran. Es roch nach Salz, Algen und fauligem Fisch.

»Ihr schaut die Waren ja gar nicht an«, sagte Cedira, die zwei Schritt vor dem Hohen Risso stehengeblieben war. »Gefallen sie euch nicht?«

Der Hohe Risso gab ein paar Laute von sich, und der Sprecher übersetzte: »Bieten zwei Taschen Perlen. Wollen nicht Metall. Wollen den da!«

Er reckte den Speer nach vorn.

Cassims Herz setzte für einen Schlag aus. Der Speer zeigte unmißverständlich auf ihn!

Einen Moment lang schien Cedira sprachlos zu sein. Der Hohe Risso glaubte wohl, sie habe den Sprecher nicht verstanden. Mit einem dumpfen Grunzen richtete er seinen Dreizack nach vorn und zeigte ebenfalls auf Cassim.

»Warum ausgerechnet ihn?« stieß die Zwergin hervor. »Gefällt er euch so gut? Soll er's mit euren Weibern treiben und ihnen Bastarde machen? Oder wollt ihr ihn etwa auffressen?«

Der Sprecher übersetzte, und der Hohe Risso gab eine Antwort.

»Grund unwichtig«, sagte der Sprecher. »Wollen den. Viele Perlen. Guter Handel für euch.«

»Laßt euch ein für allemal gesagt sein, wir handeln nicht mit Menschen!« antwortete Cedira wütend. »Diesen hier könnt ihr nicht haben, basta! Auch keinen anderen, klar? Und nun schaut euch das Metall an oder verschwindet!«

Der Sprecher übersetzte. Der Hohe Risso entgegnete

nichts. Reglos starrte er die Zwergin an. Seine Begleiter verhielten sich genauso. Man konnte diesen fremdartigen Gesichtern und glotzenden Augen nicht ansehen, was in den Köpfen vorging. Die Risso machten weder Anstalten, sich die Waren anzuschauen noch die Verhandlungen abzubrechen und zu ihren Leuten zurückzukehren.

Trotz seiner Schwierigkeiten mit der Sprache hatte Cassim den Verhandlungen in groben Zügen folgen können. Ungewiß, ob sich Cedira nicht doch entscheiden würde, ihn gegen die Perlen einzutauschen, war er ein Stück zurückgewichen. Erleichtert hörte er, daß die Zwergin nicht schwach wurde. Hinter sich spürte er das Geländer der zum Achterdeck führenden Treppe. Der Knauf, der den Abschluß bildete und in der Form eines Widderkopfes geschnitzt war, drückte ihm gegen die Rippen. Das harte Holz wirkte wie ein trostvolles Stück Wirklichkeit in einer Welt, die ihm so schemenhaft erschien wie die Nebelschwaden, die über dem Wasser lagen und sich allmählich verdichteten.

Seit Cassim auf Minlo als fertiger Mensch ins Leben getreten war, litt er darunter, daß er seinen Platz in der Welt nicht kannte. Auf Minlo allerdings waren die Dinge festgefügt gewesen. Er war ein Sklave, der zu tun hatte, was ihm aufgetragen wurde. Niemand kümmerte sich darum, was er vorher gewesen sein mochte und wie es in seinem Inneren aussah. Er war der dumme Tropf, dem man die simpelsten Dinge beibringen mußte. Doch ansonsten war er für die Aufseher wie für die Leidensgenossen ein Sklave wie die anderen auch. Als die Piraten ihn von der Insel holten, zerbrach diese einfache Welt. Neue Wege, neue Welten schienen sich anzubieten. Aber die Aussicht, sich für etwas anderes entscheiden zu können, war für Cassim mehr Qual als Befreiung. Und die wenigen Stunden in Freiheit reichten nicht aus, dies alles zu verarbeiten. Er war voll und ganz damit beschäftigt, die neuen Eindrücke in sich aufzunehmen. Er fühlte sich ratlos. Er brauchte Zeit. Unbeachtet, am Rande. Statt dessen stand er im Mittelpunkt. Man wollte etwas von ihm. Er spürte, wie die Angst wuchs. Einen Moment lang überlegte er, ob es nicht die beste Lösung wäre, über Bord zu springen. Fort von den Piraten, fort von den Risso, fort von allem. Was immer ihn erwarten mochte. Allein die Einsicht, daß er den Fischmenschen im Wasser wohl kaum entkommen würde, hielt ihn davon ab, seiner Eingebung zu folgen.

Plötzlich hörte er in nächster Nähe ein leises Geräusch. Es klang wie schwaches Schaben, als glitte ein nasser Putzlappen über Holz. Das Geräusch kam aus dem Winkel zwischen Treppe und Schanzkleid.

Erschreckt wandte sich Cassim um. Er starrte in das fischköpfige Gesicht eines weiteren Risso, der die Oberkante des Schanzkleides umklammert hielt und sich gerade an Deck stemmte. Das Gesicht war nur einen Schritt von Cassim entfernt. Im nächsten Augenblick wuchtete sich das Wesen an Bord und verkürzte die Entfernung zu Cassim auf einen halben Schritt.

Cassim war wie gelähmt. Unfähig zur Flucht starrte er dem Risso entgegen, atmete den fauligen Pesthauch ein, der dem offenen Maul mit den spitzen Zähnen entwich. Die flügelartigen Auswüchse an den Seiten des Kopfes zuckten. Die schuppigen grünen Arme hoben sich.

»Thalon, beweg deinen Arsch!« brüllte Cedira. »Verdammt, ich hab dich nicht von Minlo geholt, damit du Fischfutter wirst!«

Endlich gelang es Cassim, seinen Körper unter den Gehorsam seines Geistes zu zwingen. Er wich zurück.

Wie ein verspätetes Echo kamen von irgendwoher ein warnender Ausruf und wenig später aus den Wanten ein Fluch: »Bei allen Zwölfen! Die wollen uns doch wahrhaftig bescheißen!«

»Jagt das elende Gesindel von Bord!« schrie Cedira. Sie griff zum Rücken, suchte vergeblich nach der Streitaxt, die sie in ihrer *taba* abgelegt hatte. Sie nahm statt dessen mit dem Dolch vorlieb, der in ihrem Gürtel steckte.

»Murkst die stinkenden Fischköppe ab!« brüllte Shanka. »Laßt sie über die Klinge hüpfen! Macht Filet aus ihnen! Reißt ihnen Milch und Rogen heraus!«

Die *rashu* hatte ihren Säbel gezogen, beschränkte sich aber vorerst darauf, wie wild mit der Waffe in der Luft herumzufuchteln.

Leute stürzten aus den Niedergängen, rannten über Deck. Waffen klirrten. Für einen Moment schien hastige Bewegung ohne Plan und Ziel das Bild zu beherrschen. Die drei Abgesandten der Risso bildeten Rücken gegen Rücken einen Block. Zischend streckten sie ihre Speere und Dreizacke aus. Der Kamm des Hohen Risso schwoll gewaltig an, und die Luft über ihm begann bläulich zu schimmern.

»Vorsicht vor dem Anführer!« warnte Cedira. »Wer ihn berührt, ist hinüber! Werft Messer oder Speere gegen ihn! Nagelt den verdammten Fisch an die Planken!«

Beim Auftauchen des vierten Risso hatte sich die Zwergin Cassim und seinem Bedroher zugewandt. Als sie sah, daß der Blonde sich endlich bewegte und zurückwich, glaubte sie ihn außer Gefahr. Die größere Bedrohung schien von dem Hohen Risso auszugehen. Sie riß einem der unschlüssig verharrenden Piraten den Enterhaken aus der Hand.

»Was ist mit euch, ihr blöden Pisser?« herrschte sie ihre Leute an. »Seid ihr Piraten oder feige Memmen? Eiserne Maske wird jeden einzelnen von euch an die Rah der *Schwarze Rose* knüpfen, wenn ihr mit diesen Transtinkern nicht fertig werdet!«

Eine dicke Piratin mit wulstigen Lippen und einem hüftlangen Zopf schleuderte ein Messer gegen den Hohen Risso. Es war ein guter, kraftvoller Wurf, aber der Hohe Risso bewegte sich mit einer geschmeidigen, fließenden Bewegung fast beiläufig zur Seite. Die Klinge durchschnitt die Stelle, an der sich sein Brustkorb befunden hatte, senkte sich leicht ab und blieb mit zitterndem Heft im Schanzkleid stecken.

Cedira holte mit dem Enterhaken aus, um ihn wie einen Speer gegen den Hohen Risso zu werfen. Von der anderen Seiten drangen Shanka und zwei weitere Piraten mit blanken Säbeln auf die Risso ein. Ihre Attacke galt dem Sprecher und dem narbenübersäten Fischmenschen. Einer der Piraten kam ins Straucheln, als er über eine der Öllampen stolperte, die zu den Tauschwaren gehörte. Fast hätte er sich dabei mit seiner Waffe selbst den Hals aufgeschlitzt. Im letzten Augenblick gewann sein Körper das Gleichgewicht zurück, und er stürmte weiter.

Cassim wich weiter vor dem Risso zurück, der mit vorgestreckten Armen auf ihn zuging. Diesem Fischmenschen war nichts von der Schnelligkeit des Hohen Risso zu eigen. Scheinbar schwerfällig bewegte er sich vorwärts, beinahe wie ein Blinder, der nur ahnt, wo sich der Gegner befindet, es aber nicht genau weiß. Cassim schloß eine Finte nicht aus. Er hielt ausreichend Abstand, um auch bei einer blitzschnellen Attacke des Wesens nicht in Gefahr zu geraten. Er starrte auf die muskulösen Arme des Angreifers, auf die langen, sehnigen, mit Schwimmhäuten verbundenen Finger. Die Arme wirkten so stark, die Finger so klauenhaft. Cassim konnte sich gut vorstellen, daß diese körpereigenen Werkzeuge des Wesens ausreichten, einen Gegner zu erdrosseln, vielleicht sogar auseinanderzureißen, und er hoffte darauf, daß ihm einer der Piraten beistehen werde. Tatsächlich kletterte ein bärtiger Mann mit einem roten Kopftuch, ein Messer zwischen den Zähnen, in den Wanten und versuchte, über den Risso zu gelangen. Die anderen Piraten, Cedira eingeschlossen, schienen sich jedoch auf den Hohen Risso und seine beiden Begleiter zu konzentrieren.

Der Hüne wehrte mit seinem Speer einen Säbelhieb ab. Dabei brach die Spitze aus Fischbein ab, aber das schien den Risso wenig zu kümmern. Mit schier unglaublicher Kraft trieb er den nunmehr stumpfen Schaft in den Körper des Angreifers, spießte dessen Magen auf. Der Pirat krümmte sich, versuchte vergeblich, an dem Speer zu zerren, der aus seinem Körper ragte. Dickflüssiges rotes Blut quoll träge aus der Wunde. Mit einem gurgelnden Schrei brach der Mann zusammen, verdrehte die Augen, bis nur noch das Weiße zu sehen war, zuckte noch einmal und starb. Der Risso duckte sich unter Shankas Säbelhieb, griff den Säbel des Toten und wehrte den nächsten Hieb ab. Seine Fechtkünste waren miserabel, aber er glich diesen Nachteil durch Kraft und Ungestüm aus.

Der Sprecher verzichtete auf Gegenangriffe, aber sein Dreizack wirbelte durch die Luft, fing jeden gegen ihn gerichteten Hieb ab und schien wie ein undurchdringliches Hindernis überall zu sein. Der Hohe Risso tat nichts weiter, als seinen Dreizack wie eine Standarte hochzurecken und mit vollendeter Körperbeherrschung allem auszuweichen, was gegen ihn geworfen wurde. Auch der von Cedira geschleuderte Enterhaken vermochte ihn nicht zu treffen, streifte aber den Hünen und brachte diesem eine heftig blutende Fleischwunde bei. Falls er den Kampf überlebte, würde ihm eine weitere häßliche Narbe als Erinnerung bleiben.

Die drei wichen langsam zum Schanzkleid zurück, als würden sie sich darauf vorbereiten, ins Meer zu springen. Dabei verständigten sie sich durch leise Quak- und Grunzlaute. Aus irgendwelchen Gründen schienen sie noch immer keinen Grund zur eiligen Flucht zu sehen. Es schien rätselhaft, was sie noch an Deck ausharren ließ. Sie folgten wohl einem Plan. Das blaue Schimmern über dem Kamm des Hohen Risso verstärkte sich noch, nahm einen satteren Farbton an. Gleichzeitig löste sich der Anführer ein kleines Stück von seinen Begleitern. Entweder wollte er vermeiden, sie durch eine zufällige Berührung in Gefahr zu bringen, oder er bereitete einen

Angriff vor. Der Zackenkamm war zur doppelten Größe angeschwollen, und selbst der Schwanz wirkte jetzt deutlich länger, berührte fast die Planken. Er zuckte hin und her wie das Schwanzende einer Viper. Als Waffe schien er wenig tauglich zu sein, aber offenbar waren Kamm und Schwanz die Organe, die das Aufladen des Körpers mit tödlicher Energie bewirkten. Der Hohe Risso duckte sich.

»Paß auf deinen Arsch auf!« schrie Cedira und riß eine junge Piratin zurück, die sich zu weit vorgewagt hatte. »Rissodruiden greifen meistens mit dem Kopf an!«

Der Hohe Risso verharrte in geduckter Stellung und wich erneut einem heranfliegenden Messer aus. Offenbar war der Zeitpunkt für einen Gegenangriff noch nicht gekommen.

So behäbig sich Cassims Gegner auch bewegte, er schaffte es doch, den jungen Mann allmählich auf die andere Seite des Decks zu treiben und dabei von Cedira und den anderen Piraten zu trennen. Dabei wankte er unstet einmal in diese, einmal in jene Richtung. Jeder Versuch des Piraten, der über ihm in den Wanten turnte, mit dem Messer nach ihm zu schlagen oder sich auf ihn hinabfallen zu lassen, scheiterte bereits im Ansatz.

Plötzlich preschte der Risso vor. Jetzt wurde deutlich, daß er nur ein Spiel gespielt hatte. Er war keinesfalls blind und auch nicht langsam. Trotzdem konnte er den wachsamen Cassim, der seinerseits zurücksprang, nicht in Gefahr bringen.

Zu spät erkannte Cassim die wahre Absicht des Feindes. Der Risso hatte ihn nicht wirklich greifen wollen. Er war der Treiber, nicht der Fänger.

Glitschige kalte Arme umfaßten Cassim von hinten und legten sich ihm wie eine Klammer um den Brustkorb. Cassim schrie auf. Zwar sah er seinen Gegner nicht, doch der faulige Geruch, der dem geöffneten Maul der Kreatur entwich, raubte ihm den Atem. Verzweifelt wehrte sich der junge Mann gegen den Griff des Risso, der unbemerkt auf der Leeseite des Schiffes an Bord geklettert war. Aber alle Anstrengung war vergeblich. Der Risso war ihm körperlich weit überlegen, und er verlor keine Zeit. Die Beute fest umklammert, stieß er sich von den Decksplanken ab, streifte den oberen Rand des Schanzkleides und ließ sich mit dem Rücken voran ins Meer fallen. Mit einem gewaltigen Satz sprang der Risso hinterher, der Cassim so lange genarrt hatte.

Cedira war bei Cassims Schrei herumgefahren und sah gerade noch, wie die beiden Risso mit ihrem Opfer über Bord sprangen.

»Verdammte Ogerpisse!« rief sie wütend. »Die Stinker haben uns hereingelegt.«

Jetzt wurde der Plan der Risso offenbar. Sie hatten damit gerechnet, daß man ihr Tauschangebot nicht annehmen werde. Vielleicht war das Angebot nur eine Finte gewesen, um an Bord zu gelangen und von den Entführern abzulenken. Oder, wenn sich die Gelegenheit bot, selbst zur Tat zu schreiten.

Als der Hohe Risso und seine beiden Begleiter sahen, daß ihre Kumpane mit dem Opfer in der See verschwanden, gab es für sie keinen Grund mehr, der Übermacht der Piraten standzuhalten. Der Hohe Risso stieß einen dumpfen, grimmigen Laut aus. Hastig legten die drei die wenigen Schritte zum Schanzkleid zurück und sprangen beinahe gleichzeitig ins Meer.

»Sie dürfen mit Thalon nicht entkommen!« rief Cedira. »Wir lassen uns doch von diesen wandelnden Kadavern nicht zu Trotteln der Meere machen!«

Die Piraten stürzten zur Luvseite, wo die Risso verschwunden waren. Mit schnellen Schwimmzügen strebten die drei ihren Leuten zu, die in sicherer Entfernung vom Schiff mit den Delphinen warteten. Am Heck der *Seewolf* kamen vier weitere Gestalten in Sicht, die sich ebenfalls auf die Delphine zu bewegten. Sie schwammen gut einen Schritt unter Wasser. Nur eine der Gestalten, die langsamer vorankam, weil sie nur einen Arm zum

Schwimmen benutzte, tauchte gelegentlich auf. Deutlich war zu erkennen, daß sie mit dem anderen Arm einen zappelnden Menschen umklammert hielt.

Einer der Piraten warf einen Speer nach den flüchtenden Risso. Die Waffe tauchte ins Meer und versank, ohne Schaden anzurichten.

»Verdammter Blödian!« herrschte Cedira den Piraten an. »Du hättest Thalon treffen können!« Sie rannte zum Heck und zog an der Leine des Schleppbootes. »Brazzo, Tilo, Riva – kommt mit. Wir nehmen die Verfolgung auf. Und du, Shanka, bringst die *Seewolf* vor den Wind. Wenn wir es mit dem kleinen Boot nicht schaffen, segeln wir sie mit der Lorcha nieder. Was immer sie mit Thalon vorhaben, sie wollen ihn sicherlich nicht auf der Stelle umbringen. Also können sie mit ihm nicht tauchen. Schließlich hat er keine Kiemen wie sie. Wir werden die Seehundficker schnappen!«

Sie griff sich das Beil des Schiffszimmermanns. Die Zwergin schätzte Beile und Äxte als Waffen, und dieses Beil war das einzige in Griffweite. Sich die eigene Streitaxt aus der *taba* holen zu lassen, dazu blieb keine Zeit. Wütend zerrte Cedira an dem Seil, bis das Boot dicht genug am Heck lag. Sie griff eines der Taue und kletterte über die Reling in das Boot hinab. Die drei Piraten, die Cedira bestimmt hatte, folgten ihr in Windeseile und legten sich sofort fluchend in die Riemen.

Die See kräuselte sich unter einer leichten Brise, setzte der Fahrt des Bootes aber kaum Widerstand entgegen. Doch so kraftvoll sich die Piraten auch ins Zeug legten, die Risso waren schneller, selbst der Fischmensch, der Cassim mitschleppte. Zwei von ihnen ließen sich zurückfallen und schirmten ihn gegen die Verfolger ab. Wütend stand Cedira im Bug des Bootes, stieß Verwünschungen aus und reckte den Risso das Zimmermannsbeil entgegen. Aber der Abstand zu ihnen wurde nicht kleiner, sondern größer.

Als Cassim gemeinsam mit dem Risso außenbords fiel

und ins Wasser klatschte, empfand er nichts als Panik und Entsetzen. Er wehrte sich mit aller Kraft, aber gegen den Griff des Risso konnte er nichts ausrichten. Beim Eintauchen bekam er sofort Wasser in die Nase und geriet in Todesangst. Das setzte neue Kräfte frei. Er schlug wie wild um sich und traf mit ungezielten Faustschlägen den Leib des Risso. Der zuckte zusammen, bäumte sich auf, ließ aber nicht los. Statt dessen paddelte er mit den Füßen, um von der Schiffswand fortzukommen. Endlich tauchte er auf und schob den Kopf seines Opfers über die Wasseroberfläche. Cassim schnappte nach Luft, prustete und hustete das Wasser aus den Atemwegen und pumpte sich dann die Lungen voll. Dabei sah er, daß der andere Risso ebenfalls ins Wasser sprang und zwei weitere Fischmenschen unter der Lorcha auf Lauer gelegen hatten.

Cassims Entführer zog ihn wieder unter Wasser. Er löste den rechten Arm, um ihn zum Schwimmen zu benutzen, aber der linke umklammerte immer noch Cassims Brustkorb, war ehern, fest und unerbittlich wie die aus Hartholz gefertigte Schraubzwinge eines Schreiners. Einige Sklaven, die auf Minlo Truhen und andere Holzgegenstände für die Aufseher gefertigt hatten, hatten solche Zwingen benutzt. Cassim hatte sich einmal den Daumen gequetscht, als er damit herumhantierte, um ihre Wirkungsweise zu verstehen. Deshalb kam ihm dieser Vergleich in den Sinn. Der einzige Vorteil des neuen Griffs bestand darin, daß Cassims Armen ein wenig mehr Spielraum blieb.

Cassims Lungen wollten schier bersten, und er schlug erneut um sich. Ein weiteres Mal tauchte der Risso nach oben und erlaubte seinem Opfer, wieder Atem zu schöpfen. Bei dieser Gelegenheit sah Cassim, daß sich das Schleppboot von der *Seewolf* löste. Er glaubte, die Zwergin im Bug zu erkennen, war sich aber nicht sicher. Das Boot und die Lorcha waren schon zu weit entfernt. Dann schlugen über ihm wieder die Wellen zusammen. Er schloß die Augen und versuchte, so lange wie möglich mit dem Luftvorrat auszukommen. Er hatte es aufgegeben, gegen die Umklammerung anzukämpfen. Irgendwann würde der Risso möglicherweise den Griff lockern. Vielleicht gäbe es für Cassim dann noch eine Hoffnung. Er wollte seine Kräfte für diesen Moment aufsparen.

Zufällig berührte sein linker Arm den Unterleib und streifte dabei die Geschlechtsteile. Die klatschnasse Hose lag so eng an, daß der Stoff kaum zu spüren war. Genauso gut hätte er nackt sein können. Aus irgendwelchen Gründen, die Cassim nicht verstand, erinnerte ihn die Berührung seines Glieds daran, wie er sich nackt an Bord gewaschen hatte. Es war erst wenige Stunden her und schien doch schon eine Ewigkeit zurückzuliegen. Er spürte wieder Shankas Blick auf seinem Geschlecht und hörte, wie sie ihr Angebot erneuerte, mit ihm zu schlafen. Er wußte nicht, ob es ernstgemeint war, aber auf unbestimmte Weise fühlte er sich geschmeichelt und sogar ein wenig erregt. Er hatte sich schnell bedeckt, um ihren Augen möglichst wenig von dem zu bieten, was sich zwischen seinen Beinen zu regen begann.

Er hatte sich angezogen und, ohne sich dessen richtig bewußt zu sein, die Schnur …

Daß ich *nicht früher daran gedacht habe!*

Unter den Sklaven auf der Insel hatte es beständig Streit um irgend etwas gegeben. Einige stritten um Bier, das man den Aufsehern gestohlen hatte, oder um Pilze, die dem, der sie kaute, einen Traumkopf oder einen irren Blick bescherten. Andere wollten eine Frau oder einen Mann haben, was ihnen von den Zielen ihrer Lust oder von anderen verwehrt wurde, die ältere Besitzrechte geltend machten. Manchmal war schlechte Laune, Angeberei oder die pure Lust, anderen weh zu tun, Ursache für Prügel, derbe Angriffe und Schlimmeres. Ein paar Sklaven waren wegen ihrer Bösartigkeit oder ihres rüden Verhaltens verrufener als die Aufseher. Sich gegen andere zu wehren, gehörte zu den Dingen, die Cassim auf Minlo gelernt hatte. Er lernte es schneller als die Art, wie man Dinge aß und wo man seine Körperausscheidungen ließ, ohne andere zu verärgern. Er wurde dazu gezwungen. Er machte die Erfahrung, daß Fäuste nicht immer genug waren, um sich eines stärkeren Feindes zu erwehren. Der schwächliche Munro hatte ihm gezeigt, wie man aus einem geeigneten Stein eine dolchähnliche Waffe anfertigte. Es war den Sklaven verboten, Waffen zu tragen, aber es gab immer Mittel und Wege, Verbote zu umgehen. Man hatte Cassim gesagt, er sei an einem Wassertag wie ein Toter auf die Insel getragen worden. Am nächsten Wassertag trug er schon sein Messer unter der Kleidung. Es war mit einer dünnen Schnur an der Innenseite der linken Wade befestigt und wurde gewöhnlich durch die Beinkleider verdeckt, die man den Sklaven im Steinbruch zugestand, sofern gerade welche im Lager vorhanden waren. Einmal nur hatte er die Waffe benutzen müssen und einem dreisten Angreifer eine schlimme Wunde am Oberarm zugefügt. Seither ließ man ihn in Ruhe. Cassim hatte den Dolch, eigentlich nur einen ungemein scharfen und spitzen Steinsplitter, seither nur dann abgelegt, wenn er badete. Und es war ihm ganz natürlich erschienen, den Dolch unter seiner neuen Hose zu verbergen, als er sich an Deck wieder angezogen hatte. So selbstverständlich, daß er keinen Gedanken daran verloren und seither auch nicht wieder an den Besitz der Waffe gedacht hatte.

Der Risso tauchte erneut auf und ließ Cassim Luft holen. Cassim keuchte, als schnüre ihn der Griff des Fischmenschen zu sehr ein. Tatsächlich verringerte der Risso den Druck seines Arms ein wenig, und Cassim nutzte die Gelegenheit, sich leicht zu drehen, um dem rechten Arm mehr Bewegungsfreiheit zu geben. Als der Risso ihn wieder unter Wasser tauchte, zog er die Beine an und brachte das linke Fußgelenk in die Höhe der rechten Hand. Er öffnete die Augen, erkannte aber kaum etwas, sah nur den schattenhaften Umriß seines Feindes. Cassim tastete nach der Wade, streifte das nasse Bein der Hose hoch und löste den Knoten der Schnur. Um ein Haar wäre ihm die Waffe entglitten, als das Wasser daran zerrte. Aber dann lag ihm der Steindolch sicher in der Hand.

Cassim spannte die Muskeln an, holte mit dem Arm so weit aus, wie der Griff des Risso dies zuließ. Dann stieß er zu.

Er hatte sich kein Ziel aussuchen können, sondern mußte nehmen, was sich der Reichweite des Arms anbot. Er traf den Risso am Oberschenkel.

Die Attacke traf den Fischmenschen gänzlich unerwartet. Obwohl er offenbar nur eine Fleischwunde davontrug und der Schmerz gewiß nicht unerträglich war, bäumte sich der Risso im Wasser auf. Sein Arm zuckte, drückte Cassim ein paar Spannen von sich weg. Ein dunkelrotes Rinnsal ergoß sich aus der Wunde und vermischte sich mit dem Wasser.

Cassim stieß ein zweitesmal zu, wieder blind, aber diesmal mit ganzer Kraft und aus größerer Entfernung. Der Risso warf im gleichen Moment den Körper herum, wollte Cassim erneut in den Zwinggriff unter die Achsel bringen, ihm wohl auch gleichzeitig die Waffe aus der Hand schlagen.

Der Steindolch traf den Fischmenschen mitten im Gesicht, drang durch weiches Fleisch, riß es auf, glitt höher, drang in eines der riesigen starren Augen ein. Cassims Faust berührte die glibbrige Masse, tauchte darin ein, bis der Dolch gegen etwas Hartes prallte, daran abglitt, eine Fuge fand und sich ein letztes Stück in den Kopf der amphibischen Kreatur bohrte.

Der Risso brüllte vor Pein, was sich im Wasser wie ein unheimliches Röhren anhörte. Endlich ließ er Cassim los. Dieser öffnete die Faust, die den Dolch umklammert hatte, stieß sich mit den Füßen von dem trudelnden Körper des Fischmenschen ab und schnellte der Wasseroberfläche entgegen. Als letztes sah er, wie der Risso, den Dolch wie ein seltsames Horn im Auge, noch einmal wild um sich schlug, dann erstarrte und träge in die Tiefe sackte.

Cassim ruderte mit den Armen und paddelte mit den Füßen. Irgend etwas tief in seinem Inneren ließ ihn das Richtige tun, obwohl er zuvor keinen Gedanken daran verschwendet hatte, wie er allein im Wasser zurechtkommen würde. Die Lungen schmerzten ihn, sein Luftvorrat ging zur Neige. Im allerletzten Moment, als er schon glaubte, es nicht mehr aushalten zu können, den Mund öffnen zu müssen, um den Lungen irgend etwas anzubieten, durchbrach sein Kopf die Wasseroberfläche. Prustend entließ er die verbrauchte Luft, pumpte sich die Lungen voll, hustete, als sein Mund dabei erneut unter Wasser geriet. Er strampelte und zappelte, um nicht wieder in die Tiefe zu sacken. Seine Beine wirkten so schwer, als wäre der tote Risso zurückgekehrt und versuche ihn zu sich hinabzuziehen. Cassim geriet in Panik und empfand eine Todesangst, die schlimmer als alles war, was er zuvor durchgemacht hatte.

»Halt aus, Spatz!« hörte er in der Ferne eine Stimme rufen, die Cedira gehören mußte. »Wir holen dich da heraus!«

Wasser war alles, was Cassim sah und spürte, womit er kämpfte, was seinen Horizont ausfüllte. Wasser war in seiner Nase und brauste in seinen Ohren. Wasser raubte ihm den Atem und nahm ihm die Sicht. Undeutlich erkannte er, daß sich der Schatten eines Ruderbootes näherte, aber das Boot war noch zu weit entfernt, um ihm Hoffnung zu geben. Den anderen Schatten, der aus der entgegengesetzten Richtung heraneilte, hätte er um ein Haar zu spät wahrgenommen. Cassim wußte nicht einmal, ob es der drohende Umriß im Wasser oder der Schrei gewesen war, der ihn aufmerksam machte.

»Aufpassen, Thalon!« schrie die Zwergin. »Der Rissodruide!«

Unwillkürlich warf sich Cassim zur Seite, obwohl sein Kopf durch die hastige Bewegung wieder unter Wasser geriet. Der Schatten, der wie ein Pfeil auf ihn zugeflogen war, verfehlte ihn, aber Cassim spürte fast hautnah einen Körper an sich vorübergleiten. Der durch den Körper erzeugte Druck schob eine Welle über Cassim hinweg, als es ihm gelang, den Kopf aus dem Wasser zu strecken.

Dann sah er den Hohen Risso ein paar Schritt voraus. Das Wesen legte sich gerade auf die Seite, um den eigenen Schwung abzufangen und den Körper zu wenden. Drohend reckte es den Dreizack aus dem Wasser. Es sah aus, als hätte das Wesen den Schaft in den Grund des Ozeans gebohrt und ihn als Wendemarke benutzt. Das Wasser in der Nähe der Kreatur schien weißblau zu flimmern. Der Körper des Hohen Risso war von einer Aura umgeben. Cassim hatte Cediras Warnung nicht vergessen. Ein Rissodruide benötigte keinen Dreizack und keine Harpune, um zu töten. Er vermochte dies durch pure Berührung. Und der Hohe Risso schoß auf ihn zu! Mit vorgerecktem Kopf, die Arme seitlich angelegt, den Dreizack eng am Körper, die Füße in unglaublich schneller Bewegung, so griff er Cassim an.

Noch einmal versuchte Cassim auszuweichen, aber er war viel zu langsam und zu unerfahren. Fast alle seine Bewegungen dienten dem verzweifelten Versuch, sich überhaupt im Wasser zu halten, ohne hinabgezogen zu werden. Für den Hohen Risso hingegen war Wasser das angestammte Element, in dem er sich mühelos und elegant wie ein Fisch bewegte.

Allerdings kannte der Fischmensch nur Beute, die sich kraft ihrer eigenen Schnelligkeit flüchtend davonbewegte, deren Fluchtweg auszurechnen war. Ein Ziel, das unstet zappelte und sich einmal in diese, einmal in jene Richtung bewegte, lag außerhalb seiner Erfahrung. Er konnte es nicht verfehlen wie beim erstenmal, als es unvermutet ausgewichen war, aber er traf es trotzdem nicht so, wie es in seiner Absicht gelegen hatte. Der

Rammstoß mit dem Kopf war auf Cassims Brust gerichtet gewesen. Statt dessen prallte der Schädel gegen den Oberarm des Jungen. Ein Teil des Schwungs ging ins Leere und trug den Hohen Risso von seinem Opfer fort.

Ohnmächtig hatte Cassim zusehen müssen, wie das Wesen heranschoß. So kraftvoll Cassims von Todesangst getriebene Bewegungen auch sein mochten, sie trugen ihn kaum vom Fleck. Als der Kopf des Fischmenschen Cassim berührte, raste ihm eine feurige Schmerzwelle durch den Körper und schien jeden Muskel und jeden Nerv, jeden Knochen und jede Fleischfaser zu erfassen. Der Herzschlag setzte ihm aus. Cassim erstarrte mitten in der Bewegung, das Gesicht in grauenhafter Angst verzerrt.

Aber dann setzte der Herzschlag wieder ein, und zaghaft versuchten die Sinne, Eindrücke zu verarbeiten; der Zustand des Körpers wurde dem Gehirn mitgeteilt.

Cassim brüllte auf, zuckte in unsäglicher Pein und loderndem Schmerz. So mußte jemand fühlen, der auf einem Scheiterhaufen verbrannt wurde. Andere Sklaven hatten erzählt, daß es in Al'Anfa jenen so erging, die ihre Hand gegen den eigenen Herrn erhoben hatten.

Trotz allem oder gerade wegen der schier unerträglichen Schmerzen begriff der Junge, daß er nicht tot war. Dieses Schicksal war ihm für den Moment noch erspart geblieben. Vielleicht deshalb, weil der Stoß nicht voll getroffen hatte. Oder der Hohe Risso, und das schien wahrscheinlicher zu sein, hatte sein Opfer ohnehin nicht töten, sondern nur betäuben wollen. Immerhin waren die Risso nicht an Bord der *Seewolf* gekommen, um Cassim umzubringen, sondern um ihn zu irgendeinem Zweck zu entführen.

Während er schrie und sich aufbäumte, war der Junge noch einmal an die Wasseroberfläche getragen worden. Aber jetzt spürte er, wie er nach unten sank. Jeder Muskel schmerzte schlimmer als nach dem ersten Arbeitstag im Steinbruch, schlimmer als nach der Flucht vor Malurdhin, als er durch den Dschungel geirrt war. Nur zögernd und widerwillig bewegten sich die Beine und der linke Arm, meldeten mit gräßlichen Schmerzwellen ihren Protest. Der rechte Arm fühlte sich wie taub an und ließ sich überhaupt nicht bewegen.

Irgendwie schaffte es Cassim, den Sog nach unten zu beenden und langsam wieder aufzusteigen. Und plötzlich, beinahe im gleichen Augenblick, als er den Kopf über Wasser bekam, überkam den jungen Mann eine Erkenntnis, die ihn beinahe so erschütterte wie der Stoß des Hohen Risso.

Malurdhin! Ihm war Malurdhin in den Sinn gekommen, dieser Hundsfott von einem Sklavenhändler. Die Flucht durch den Dschungel. Und der Grund für die Flucht. Die Schändung seiner Mutter. Malurdhin hatte sie grausam mißhandelt und getötet. Die Jahre bei den Waldmenschen, die Jahre in Charypso, Abrash und Eloanta, Poll ... Und Cedira, Parazzin, Eiserne Maske und die *Schwarze Rose* ... Er hatte sein Gedächtnis zurückgewonnen! Alles war zurückgekehrt, stand ihm wieder klar und deutlich vor Augen. Cedira hatte recht. Er war Thalon. Ein Küchenjunge, der eine junge Frau zu beschützen versuchte, als Parazzin ihr Gewalt antun wollte. Der von der Zwergin an Bord der *Schwarze Rose* gebracht wurde, der Parazzin besiegt und getötet hatte ...

Die Kraft des Hohen Risso, die ihn wie Feuer durchströmt, ihn tief erschüttert und für kurze Zeit vollständig gelähmt hatte, mußte dies bewirkt haben.

Thalon hatte noch immer mit seinen schmerzenden Muskeln zu kämpfen, bewegte sich aber sicherer im Wasser, als dies Cassim möglich gewesen war. Thalon erinnerte sich, daß seine Mutter ihm das Schwimmen beigebracht hatte, als er noch ein kleiner Junge gewesen war.

Wie habe ich dies als Cassim alles vergessen können? Wer oder was hat mir das angetan? Wodurch können einem Menschen nicht nur die bewußten Erinnerungen, sondern auch die tiefer eingeprägten Erfahrungen des Körpers genommen werden?

Thalon hatte keine Zeit, sich seinen Gedanken hinzugeben. Obwohl er gewandter durch das Wasser glitt als vorher, befand er sich noch immer in größter Gefahr. Der Hohe Risso wendete und kehrte zurück, um seine Beute in Empfang zu nehmen. Der Kopf mit den großen Augen ragte kurz aus dem Wasser. Ob er verblüfft war, das Opfer munterer vorzufinden als erwartet, war den Augen nicht abzulesen. Dann tauchte er, setzte zu einem neuen Angriff an. Ohne jeden Zweifel würde er wieder seine Kraft einsetzen. Vielleicht würde er sie verstärken. Vielleicht würde er Thalon lieber umbringen als dulden, daß er entkam.

Thalon sah keine Möglichkeit, sich zu wehren. Die einzige Waffe, die er besessen hatte, steckte im Schädel des toten Risso.

Der Rissodruide schoß auf ihn zu. Diesmal nicht mit dem Kopf voran, sondern mit vorgerecktem Arm, dessen Faust den Dreizack hielt. Selbst die Waffe glühte im blauen Feuer, das den Körper des Wesens umwaberte.

Thalon schnellte sich mit aller Kraft, die sein müder Körper noch aufbringen konnte, aus dem Wasser. Aber das war nicht genug, um ihn aus der Reichweite der Waffe zu bringen. Er sah die drei Spitzen aus Fischbein auf sich zu schnellen. Sie zielten auf seine Brust. Sein eigenes Gewicht würde ihn aufspießen, wenn er aus der Luft ins Wasser zurückfiel.

Thalons letzter Gedanke war schmerzvoll und galt den Zwölfgöttern.

Warum habt ihr mich nicht als Cassim sterben lassen? Er war ein Tropf und hätte den Tod als unvermeidbare Fügung angenommen.

Eine letzte Drehung des Körpers in der Luft konnte nichts vermeiden. Thalon spürte die Spitzen des Dreizacks an der Brust. Sie durchbohrten das Hemd und drangen in das Fleisch ein.

Aber der Tod kam nicht. Es gab von unten keinen Druck mehr, nicht einmal einen nennenswerten Widerstand. Thalons Körper drückte den Dreizack ins Wasser. Das eigene Gewicht ließ die Waffe aus den Wunden gleiten, die ein wenig schmerzten und bluteten, aber Thalon spürte, daß sie nicht tief waren. Keines der inneren Organe schien verletzt zu sein. Der Dreizack versank indes.

Ungläubig bewegte Thalon die Beine und den gesunden Arm. Sogar der zuvor gelähmte andere Arm versuchte, den Wünschen des Körpers zu entsprechen. Er war zwar nur zu einem kraftlosen Schlenkern in der Lage, aber immerhin bewegte er sich wieder.

Thalon drehte sich im Wasser, kehrte den Tauchvorgang um und gelangte an die Oberfläche zurück. Er schüttelte den Kopf, um Augen und Ohren freizubekommen. Neben ihm trieb der Körper des Hohen Risso auf dem Rücken. Ein Zimmermannsbeil steckte klaftertief in dem riesigen Schädel. Das blaue Leuchten war verschwunden. Neben dem Risso ragte der Rumpf eines Bootes auf. Im Bug stand die Zwergin und beugte sich zu ihm herab.

»He Spatz!« rief Cedira und grinste. »Komm endlich heraus! Oder hältst du dich jetzt für einen Risso? Zuviel Baden ist ungesund. Besonders für euch Kerle. Ihr kriegt davon verschrumpelte Eier.«

Die anderen Piraten im Boot grölten. Einer hielt Thalon sein Ruder hin. Dankbar griff dieser danach und zog sich näher an das Boot heran. Kräftige Fäuste packten zu und hievten ihn über die Bordwand.

»Wo sind die anderen Risso?« fragte Thalon, als er sich heftig atmend aufrichtete.

»Auf der Flucht«, antwortete Cedira und zeigte auf das Meer hinaus. »Sie konnten es nicht verwinden, daß ihr Anführer den Arsch zugekniffen hat. Was hältst du übrigens von meinem Wurf? Acht Schritt entfernt und im schaukelnden Boot! Das soll mir mal einer nachmachen.«

»Danke, Cedira«, sagte Thalon schlicht. »Ich stehe tief in deiner Schuld. Wieder einmal.«

Die Zwergin winkte ab. »Ich hab's doch nicht deinetwegen getan«, meinte sie und feixte. »Wollte bloß mal sehen, ob man 'nen Rissodruiden mit'm Wurfbeil zu Boron schicken kann.« Plötzlich leuchteten ihre Augen auf. »He, habe ich eben recht gehört? Du kannst wieder richtig quasseln?«

Thalon setzte sich auf eine freie Ruderbank. »Cedira, ich kann mich wieder erinnern. An die Zeit auf der *Schwarze Rose*. An al...« Er brach ab. ›An alles‹, hatte er sagen wollen. Und plötzlich wußte er, daß er sich nicht an alles erinnern konnte. Er war sechzehn gewesen, als er auf die *Schwarze Rose* kam. Seine letzte Erinnerung aus dieser Zeit war das Gefecht mit den Praefos-Schiffen. Die nächsten Erinnerungen waren die Cassims auf der Insel Minlo! Er wußte, daß man ihn für zwanzig hielt. Es bedurfte keines Blickes an sich hinab, um Thalon wissen zu lassen, daß Jahre zwischen den Ereignissen bei den Piraten und denen auf Minlo lagen. Und an diese Zeit besaß er noch immer keine Erinnerung. Das letzte, woran er sich als Thalon erinnerte...

O ja, dachte er bitter. *Ich war heute nicht zum erstenmal dem Ertrinken nahe. Es war schon einmal fast soweit. Oder ist es damals sogar geschehen? Als ich mit Eiserne Maske auf dem Deck der* Stolz von Ghurenia *stand und das Schiff unterging. Das* ghordium *des* fhadiff *hätte meine Rettung sein können – wenn Eiserne Maske mich nicht gezwungen hätte, das Tauende loszulassen. Eiserne Maske... Blutgierig, ja, aber er hat mir auch geholfen. Im Kampf. Und gegen Parazzin. Ich bin nicht freiwillig Pirat geworden, und ich war es nicht gern. Ich wollte fliehen. Aber er war mein* kulko. *Er hätte mich nicht auf diese Art verraten dürfen.*

Die Zwergin sah ihn aufmerksam an, während die anderen Piraten sich in die Ruder legten. Langsam bewegte sich das Boot auf die *Seewolf* zu.

»Was ist los?« fragte Cedira. »Doch nicht alles in Ordnung mit dir?«

Thalon fragte sich, ob er Cedira erzählen sollte, was

Eiserne Maske ihm angetan hatte. Er selbst hätte es ihr wohl kaum gesagt. Aber Thalon zögerte, verzichtete schließlich darauf. Er erinnerte sich an das enge Band, das Cedira und Eiserne Maske miteinander verknüpfte. Er war nicht sicher, auf wessen Seite Cedira sich stellen würde, wenn sie zwischen ihm und dem *kulko* zu entscheiden hatte.

Sie kann sich nur für den kulko *entscheiden. Also halt den Mund!*

»Cedira«, sagte er statt dessen, »mir fehlen ein paar Jahre, vier wahrscheinlich. Ich kann mich an alles erinnern, was mir als Thalon widerfahren ist. Bis zu dem Kampf mit den Schiffen des Praefos. Ich ... ich trieb im Meer und bin ertrunken, glaube ich. Aber die Zwölfe haben mir das Leben zurückgegeben und mich Jahre später auf Minlo erwachen lassen, wo jemand mir den Namen Cassim gab.«

»Red keinen Scheiß«, meinte Cedira. »Du weißt, daß ich von dem Göttergedöns nichts halte. Und wofür zum Henker hältst du dich, daß du meinst, die Götter nähmen sich deiner an und würden seltsame Sachen mit dir anstellen? Die pissen doch auf dich, mein Spatz!«

Er wußte selbst nicht, ob er daran glauben sollte, daß die Götter sich seiner angenommen hatten. Cedira hatte recht. Was sollten die Götter sich schon um einen Küchenjungen und Piraten scheren? Aber wenn nicht die Götter eingegriffen hatten, wenn er damals nicht ertrunken war, dann mußte es andere Mächte geben, die mit ihm spielten. Aus Gründen, die er sich selbst nicht erklären konnte, glaubte er an diese anderen Mächte, wer immer sie auch sein mochten. Und er wollte unbedingt mehr über sie erfahren. Ein Name formte sich in seinem Kopf.

Malurdhin ...

3. Kapitel

Die frische Brise war längst eingeschlafen. Die *Seewolf* dümpelte mit schlaff herabhängenden Segeln in einer Flaute. Das Meer erstreckte sich wie eine tote graue Einöde ohne Leben. Bleierne Stille stülpte sich über das weite Rund, und jedes Klirren und Knacken, Ächzen und Knarren an Bord des Schiffes klangen unnatürlich laut. Nebel breitete sich aus und verschluckte das Licht der Praiosscheibe, löste die Linie des Horizonts auf, hüllte das Meer in einen grauweißen Mantel. Die *Seewolf* tauchte ein in eine Nebelwand, die so dicht war, daß man kaum die Hand vor Augen sah.

Cedira schickte einen Mann in den Mastkorb und ließ ihn in regelmäßigen Abständen ein Krummhorn blasen, um andere Schiffe zu warnen. Das Geräusch klang wie das Blöken eines Ochsen.

Es war schwülwarm wie in einer Wäscherei oder in einem charypsanischen Dampfbadehaus, wo Wasser auf heiße Steine gegossen wurde. Der feuchte Dunst kroch in die Kleidung, legte sich auf den Atem, trieb den Schweiß aus den Poren und verleibte ihn sich ein.

Die *kulko* spähte hinaus in die graue Suppe, als könnte sie sehen, was anderen verborgen blieb. Aber schließlich wandte sie sich mißmutig ab. Obwohl ihr Volk im Dunkel der Berge lebte, waren ihre Augen nicht anders beschaffen als die eines Menschen. In diesem Nebel gab es nichts zu sehen. Sie stieß Thalon an, der dicht neben ihr stand, aber nur in schemenhaften Umrissen zu erkennen war.

»Erzähl mir von deinen letzten Eindrücken, bevor du auf Minlo zu dir kamst«, sagte sie.

»Ch'Rabka, die Mutter der Schlünde, wollte mich verschlingen«, antwortete Thalon. »Aber ich konnte mich aus dem Strudel befreien.« Er ließ die Einzelheiten aus, die mit dem *basha*-Panzer des Schiffsschamanen und mit Eiserne Maske zu tun hatten. »Ich sah noch die Segel der *Schwarze Rose* in der Ferne verschwinden. Dann verließen mich die Kräfte. Ich konnte einfach nicht mehr. Es kam der Augenblick, als mir alles gleichgültig wurde. Ich wollte nur noch ausruhen. Ich gab auf. Als letztes erinnere ich mich an Borons kalte Hand und wie die Wasser über mir zusammenschlugen.«

»Hm, hm, hm«, machte Cedira. »Klingt wirklich so, als hättest du den großen Hüpfer gemacht und seist durch ein Wunder wieder ins Leben gekommen. Vielleicht hat dich Ch'Rabka ausgespien und an Land geschleudert, weil du ihr nicht geschmeckt hast.«

»Ch'Rabka hat schon vorher auf mich verzichten müssen«, erinnerte Thalon. »Ich sagte ja, dem Strudel bin ich entkommen. Das Meer war ziemlich ruhig. Kein plötzlicher Sturm, keine Woge, die mich hätte anheben und davontragen können. Und selbst wenn es so gewesen wäre, selbst wenn mich die See nach Minlo gebracht hätte – wie erklärst du dir dann, daß ich plötzlich ein paar Jahre älter war und meine Erinnerungen verloren hatte?«

Tatsächlich hatte es ihm zu schaffen gemacht, plötzlich ein erwachsener Mann und nicht mehr ein halbwüchsiger Junge zu sein. Gewiß, er besaß auch die Erinnerungen Cassims, so daß diese Erkenntnis nicht wie eine gewaltige Woge über ihn hereinbrach. Aber Cassim hatte die Dinge als gegeben angesehen und sich nicht über seinen Körper gewundert. Thalon dagegen konnte das, was er als Sechzehnjähriger gewesen war, mit dem vergleichen, was er heute war. Er besaß inzwischen einen stärkeren, größeren, muskulöseren Körper. Erstaunt hatte er wahrgenommen, daß ihm ein Bart wuchs, wenn er sich nicht jeden zweiten oder dritten Tag die Stoppeln aus dem Gesicht schabte. Dieses Gesicht besaß schärfere

Züge, die weichen, kindlichen Linien waren verschwunden. Nicht ohne Stolz hatte er sein Gemächt betrachtet. Das Glied war um einiges größer geworden, die Hoden hingen schwerer in ihrem Sack, und das Ganze war in ein Vlies aus goldgelben Haaren gebettet.

»Wir leben in einer Welt voller Wunder«, meinte Cedira. »Warum sich also den Kopf über Dinge zerbrechen, die man doch nicht verstehen kann? Ich kannte einen Piraten, dem wurde im Kampf das Gehänge abgeschlagen. Und ob du es glaubst oder nicht, es ist ihm nachgewachsen und war später sogar größer als vorher. Und der Hurenbock hatte vorher schon einen stattlichen Schwanz, alles was recht ist! Wuchs ihm nach und war noch länger! Das nenne ich ein wahres Wunder! Und weißt du was? Der Kerl hat's anschließend wilder getrieben als zuvor und sich an keinem Tag seines Lebens gefragt, wieso ihm das Gemächt ein zweitesmal gewachsen ist. Das ging so lange, bis ihm ein Söldner den Kopf abschlug. Und der ist ihm nicht nachgewachsen. Jedenfalls haben wir nicht darauf gewartet, sondern seinen Kadaver ins Meer geworfen, bevor er zu stinken anfing.«

Thalon glaubte der Zwergin kein Wort. Aber er wußte, Cedira konnte so leicht nichts erschüttern. Was ihn betraf, so zählte für sie allein, daß er sich wieder an die gemeinsame Zeit auf der *Schwarze Rose* erinnerte. Und daß er zu den Piraten zurückkehrte, was für sie ausgemacht zu sein schien. Aus irgendeinem Grunde hatte sie einen Narren an ihm gefressen, nach seinem Verbleib geforscht und schließlich eine Menge riskiert, um ihn von Minlo wegzubringen.

»Malurdhin«, sagte er nach einer Weile. »Ich kann nicht verstehen, daß mich dieser Name auf Minlo sosehr in Angst versetzt hat. Das Schwein hat meine Mutter geschändet und gequält und vor meinen Augen umgebracht. Soviel weiß ich jetzt wieder. Als Kind hatte ich Angst vor ihm, ja. Und wie! Er war für mich der Namenlose in Gestalt eines Menschen. Aber heute empfinde ich Haß und Wut, wenn ich an diesen Schurken denke. Ich habe mir geschworen, ihn zu finden und meine Mutter zu rächen. Wenn ich ihn erwische, dann töte ich ihn. Angst – nein, Angst habe ich vor ihm nicht mehr. Doch auf Minlo, als Cassim, da hatte ich schreckliche Angst vor diesem Namen, mehr noch als der kleine Junge, der ich einmal war. Und ich weiß ums Verrecken nicht, warum das so war.«

»Vielleicht deshalb, weil du auf Minlo wieder ein kleines Kind warst, wenngleich im Körper eines Mannes.«

»Möglich.«

Obwohl Thalon Cediras Gesicht nicht erkennen konnte, hatte er den Eindruck, daß irgend etwas sie beunruhigte. Immer wieder starrte sie mit brennenden Augen hinaus in den Nebel.

»Siehst du sie auch?« flüsterte sie heiser.

Thalon schaute in die angegebene Richtung, konnte aber nichts erkennen. Trotzdem fühlte er, daß sich in seinem Nacken und auf seinen Armen eine Gänsehaut bildete.

»Was denn?« fragte er zurück. »Ich kann beim besten Willen nichts erkennen.«

»Die Geister der Toten… Sie glotzen mich an… Alle die traurigen Gestalten, denen ich den Garaus bereitet habe. Von Aalen und Würmern zerfressen, von Fischen angenagt, vom Wasser aufgedunsen und von Gasen aufgebläht. Kerle mit gespaltenen Schädeln und Weiber mit aufgeschlitzten Kehlen. Sie alle hausen im Nebel, weißt du. Und wenn der Nebel so dicht ist und nach uns greift, dann kommen sie mit ihm und wollen mich würgen.«

Thalon grauste beim Tonfall ihrer Stimme. So gequält und furchtvoll hatte er die Zwergin noch niemals erlebt. Er glaubte, die Geister beinahe selbst zu sehen, wie sie im wabernden Nebel dahinschwebten. Er meinte, den aufgespießten Parazzin zu erkennen und den Hünen von der *Adrian Vandenboosten*, der so unglaublich zäh gewesen war und ihn noch angegriffen hatte, als einer seiner Arme schon abgetrennt auf den Planken lag. Aber dann riß sich Thalon zusammen. Da war nichts. Nur Nebel. Die Geister, die Cedira sah und die er selbst beinahe erblickt hatte, steckten im Kopf und sonst nirgendwo.

Cedira streckte die geballte Faust in den Nebel und brüllte: »Bleibt mir vom Leibe, ihr stinkenden Kadaver! Weg, ihr Ratten, ihr Drecksgesindel, ihr Hurenvolk! Jeder von euch hat den Tod verdient gehabt, jeder einzelne! Ich habe euch nur genommen, womit ihr nie etwas anfangen konntet und was ihr längst weggeworfen hattet! Euer elendes, nichtsnutziges Leben!«

Sie beruhigte sich wieder, nahm Thalon beim Arm und führte ihn in den Niedergang zu ihrer *taba*. »Es ist wirklich nicht gut, in diesem Nebel an Deck zu stehen«, sagte sie nüchtern. »Man fängt an zu spinnen. Eines Tages holt der Nebel uns alle. Dann haben wir reichlich Zeit, uns mit seinen Kreaturen herumzuschlagen. Bis dahin wollen wir uns an die Lebendigen halten.«

Cedira setzte sich und goß sich aus dem halbvollen Schlauch von dem Bitterwein ein. Sie trank und rülpste danach. »Wird Zeit, daß wir unsere Kehlen wieder mit Bier anfeuchten. Dieses Zeug zerfrißt einem die Eingeweide.«

Thalon stand unschlüssig da. Er überlegte, ob er vorschlagen sollte, sich ein Quartier bei den *zusha* im Bug zu suchen. Jetzt, da er sich wieder erinnern konnte, wußte er nur zu gut, daß die Piraten wenig Sinn für faule Kostgänger besaßen. Es würde ihm sogar Spaß machen, wieder in den Wanten herumzuklettern. Aber bevor er dazu kam, den Mund zu öffnen, trat Cedira zu der Truhe, kramte darin herum und reichte ihm schließlich ein langes Messer.

»Willkommen an Bord, Spatz. So was kann man immer gebrauchen, wie? Ich hätt es dir früher geben sollen. Aber ich wußte nicht, ob Cassim etwas damit anfangen konnte. Du kriegst von mir noch 'ne bessere Waffe, vielleicht ein Florett, falls ich einem unserer Leute eins abkaufen kann.«

Thalon nahm das Messer und steckte es in den Gürtel. Dann wies Cedira ihn an, sich ihr gegenüber auf die Truhe zu setzen. Offenbar wollte sie noch mit ihm reden.

»Eiserne Maske wird sich freuen, dich wiederzusehen«, sagte sie. »Wir sind zur Zeit knapp an guten Leuten. Der Praefos von Ghurenia, der arschgeborene Hurensohn, setzt uns wieder einmal hart zu. Wir hatten Verluste. Kann sein, daß der *kulko* dich zum *jhabo* macht. Glaub mir, du bist im Nu ein *rasho*. Du hast das Zeug dazu. Ich bring dir schon bei, was du dazu wissen mußt. Und die nötige Erfahrung kommt im Laufe der Zeit.«

Thalon bezweifelte, daß Eiserne Maske sich freuen würde. Wie würde der *kulko* sich verhalten, wenn er sah, daß der Junge lebte, den er in die See gestoßen hatte? Bestimmt nicht mit Entzücken. Eiserne Maske arbeitete sorgsam an seiner eigenen Legende. Er wollte, daß die Nachwelt ihn als Piraten in Erinnerung behielt, der grausam zu den Feinden, aber wie ein Vater zu den eigenen Leuten gewesen war. Ein strenger Vater, aber eben ein Mann, der die Seinen mit Klauen und Zähnen verteidigte. Da paßte es kaum ins Bild, einen der eigenen Leute zu opfern, um das eigene Leben zu retten.

Er wird verhindern wollen, daß ich davon erzähle. Vielleicht besticht er mich, indem er mich in der Tat zu einem rasho *macht oder mir Gold gibt. Aber eigentlich ist das nicht seine Art. Er wird mich töten. Vielleicht unter einem Vorwand. Oder er fordert mich zum Spaß zum Duell und bringt mich gewissermaßen aus Versehen um.*

Noch wußte Thalon nicht, wie er es anstellen sollte, aber er wollte um jeden Preis eine Begegnung mit Eiserne Maske vermeiden. Zumindest zu diesem Zeitpunkt und im Kreise der Piraten, wo er gänzlich auf verlorenem Posten stand. Was Thalon anging, so empfand er Bitterkeit, wenn er an das Verhalten des *kulko* dachte, aber keinen Haß. Eiserne Maske hatte ihm zuvor zweimal das Leben gerettet. In Thalons Augen waren sie quitt.

»Seid ihr so knapp an Leuten, daß er dich zum *kulko* der *Seewolf* gemacht hat?« fragte er, um von dem heiklen Thema abzulenken.

»He, was soll das heißen?« beschwerte sich Cedira. »Das klingt ja gerade so, als sei ich der allerletzte Furz unter den Piraten!«

»So habe ich das nicht gemeint«, beeilte sich Thalon zu sagen. »Ganz im Gegenteil, du bist so beschlagen in allen Dingen, daß ich mich längst gefragt habe, warum du kein eigenes Schiff führst.«

»Ah, das geht hinunter wie Öl«, meinte Cedira und grinste.

»Es schien mir aber«, fuhr Thalon fort, »daß Eiserne Maske dich gern in seiner Nähe hat und dir deshalb kein eigenes Schiff gibt.«

»Mein schlauer Spatz«, lobte die Zwergin. »Ja, in der Tat, das könnte der Grund sein. Nimm von dem Wein, Thalon. Warum soll ich allein leiden?«

Thalon schüttelte den Kopf. »Ich mag das Zeug nicht. Also, was ist? Seid ihr tatsächlich so knapp an Leuten, oder hattest du Streit mit Eiserne Maske?«

»Streit mit Eiserne Maske? Red keinen Dünnschiß, Spatz. Na schön, du neugieriger Balg, ich erlöse dich aus deinen Nöten. Eiserne Maske gab mir die *Seewolf* für eine besondere Aufgabe. He, nicht um dich zu finden! Ich sagte ja schon, davon weiß er nichts. Nein, wir wollten Verbindung mit unserem Verbündeten in Ghurenia aufnehmen, von dem wir schon lange nichts mehr gehört haben. Kein Wunder, denn wir erfuhren, daß man ihn enttarnt und ihn einen Kopf kürzer gemacht hat. Tja, so ist das im Leben. Schade für ihn und nicht gut für unsere Pläne. Wir wollten die Kaufherrin Murenbreker für ein Bündnis gegen den Praefos gewinnen. Sie schien nicht abgeneigt zu sein. Aber daraus wird nun wohl nichts.« Cedira lehnte sich zurück. »Jetzt zufrieden, mein

Spatz? Wenn wir die *Schwarze Rose* treffen, kriegt Shanka die *Seewolf*. Wir beide gehen dann auf die *Schwarze Rose*. Da wirst du bekannte Gesichter entdecken. Haya ist immer noch an Bord, leider auch die Pestbeule Diss'Issi. Laß mich überlegen … Zipp und den stinkenden Hucki wirst du noch kennen und Ada, die Segelmacherin. Und Shuuk, der immer große Stücke auf dich gehalten hat. Aisha und ein paar andere sind über die Klinge gesprungen. Auch Kebo hat sein Holzbein endgültig abgeschnallt. Daran wird sich ein Haifisch verschluckt haben …«

Während Cedira erzählte, überlegte Thalon fieberhaft, wie er die neuen Informationen für seinen Plan nutzen konnte, die *Seewolf* zu verlassen, bevor das Treffen mit der *Schwarze Rose* stattfand. Und plötzlich kam ihm ein Gedanke.

»Laß mich die Sache der Piraten in Ghurenia vertreten!« platzte er heraus. »Ich werde versuchen, mit dieser Kaufherrin zu reden.«

»Du?« Cedira schüttelte den Kopf. »Obwohl … Nun ja, du siehst nicht unbedingt wie ein Pirat aus … Aber warum, Thalon? Bist du meiner Gesellschaft schon überdrüssig, obwohl wir uns doch nach vier Jahren gerade erst wiedergesehen haben?«

»Cedira, ich würde gern wieder mit dir segeln«, widersprach Thalon. Mit gewissen Einschränkungen stimmte das sogar. Eindringlich fügte er hinzu und meinte jedes Wort so, wie er es sagte: »Ich betrachte dich wirklich als gute Freundin und werde nie vergessen, was du für mich getan hast.«

Die Zwergin winkte ab. »Bloß keinen Schmus. Sag mir lieber, was du bei den verdammten Landratten in Ghurenia willst.«

Auf diese Frage war Thalon gut vorbereitet. »Mir geht noch immer dieser Name im Kopf herum. Malurdhin. Er ist Sklavenhändler und hält sich zumindest manchmal in Ghurenia auf. Ich muß ihn finden. Ich will meine Mutter rächen. Und ich will herausfinden, ob Malurdhin etwas mit meinen gestohlenen Jahren zu tun hat.«

Cedira schwieg eine Weile, ließ die Worte nachhallen und überlegte. »Das kann ich verstehen«, sagte sie schließlich. »Du hast recht, du findest Malurdhin in Ghurenia, wenn er nicht gerade unterwegs ist. Aber sei nur ja vorsichtig. Der Kerl ist erzgefährlich, ein enger Freund des Praefos und in dessen Abwesenheit sogar sein Stellvertreter.« Sie seufzte. »Ich muß aber sagen, daß ich nur ungern Abschied von meinem Plan nehme, dich zu 'nem *rasho* oder gar zu 'nem *kulko* zu machen.«

»Wer sagt denn, daß ich nicht zu euch zurückkehre, wenn meine Aufgabe erfüllt ist? Du hast selbst gesagt, ich sei ein *zusha*, und ich fühle mich auch so. Ich bleibe bestimmt nicht lange an Land!«

Das ist gut möglich, dachte Thalon. *Aber wenn mir die Wahl bleibt, heure ich lieber auf einem Kauffahrer an ...*

»Du weißt nicht, was du auf dich nimmst, wenn du für uns Spitzeldienste in Ghurenia leisten willst«, meinte die Zwergin. »Du bist dort ein Fremder und fällst auf. Unser bisheriger Vertrauensmann war ein Einheimischer mit guten Verbindungen. Und selbst er ist gescheitert.«

»Ich bin nicht dumm und kann mich anpassen. Die Verbindungen besorge ich mir schon.«

»Und was ist damit?« Cedira sprang auf, griff blitzschnell nach Thalons Hemdärmel und riß ihn hoch. »Ein Sklavenzeichen! Wenn jemand das sieht, bist du im Handumdrehen wieder auf Minlo. Und zwar für immer. Ein zweitesmal ließe sich Nossa nicht übertölpeln.«

»Ich werde das Mal zu verbergen wissen. Ich lasse niemanden an mich heran.«

»Ja, wenn du schlau bist«, sagte Cedira mit Nachdruck. »Niemanden, hörst du? Auch und vor allem keine Weiber!«

»Keine Sorge. Außerdem kann ich mir ein Stück Stoff um die Stelle binden und so tun, als hätte ich eine Wunde.«

»Oho, Freundchen, du planst schon vor, falls dir Rahjas Ruf doch zu laut im Ohr klingt, wie? Aber deine Idee taugt nichts. Den Braten riecht man schnell. Jeder entlaufene Sklave würde es auf diese Weise versuchen. Damit erweckst du nur Argwohn. Lange Ärmel und Enthaltsamkeit sind ein tauglicheres Mittel.«

»Dann habe ich also deine Zustimmung?« fragte Thalon. »Ihr bringt mich nach Ghurenia?«

»Ja, verdammt noch mal!« rief Cedira. »Vorausgesetzt, wir entkommen jemals diesem Nebel und dieser elenden Flaute.«

Thalon erhob sich. »Danke, Cedira.«

»Dank mir nicht für eine Sache, die in meinen Augen ein Fehler ist. Und setz dich wieder. Auch wenn es noch Tage dauert, bis wir dich vor Ghurenia aussetzen, sollten wir die Einzelheiten bequatschen.«

Thalon nickte und nahm wieder auf der Truhe Platz.

»Zunächst mal bleibt unter uns, was hier besprochen und entschieden wurde«, erklärte Cedira. »Ich werde meinen Leuten sagen, daß du ein Mädchen auf den Waldinseln hast. Wir können dich nicht hinbringen, also nimmst du angeblich ein Schiff von Ghurenia aus. Du weißt, wir hatten auf der *Schwarze Rose* einen Verräter. Vielleicht gibt es auch einen auf der *Seewolf*. Oder einen Piraten, der später zum Verräter wird. Oder einen, der zuviel redet, wenn er sich in einem Hafen vollaufen läßt. Einen, den sie erwischen und dem sie Daumenschrauben anlegen. Irgendwas in der Art.« Sie warf den leeren Becher in eine Ecke, setzte der Einfachheit halber den Weinschlauch an und wischte sich mit dem Ärmel des Wamses den Mund ab. »Also, du kriegst genügend Zeit, um dir angeblich dein Mädel gehörig vorzunehmen und ihr ein Kind zu machen. Du wirst später wieder zu uns stoßen. Mehr muß außer mir keiner an Bord wissen.«

»Das wird niemand glauben.«

»Alle werden es glauben, wenn ich es sage. Du kennst uns noch nicht richtig, Spatz. Wir schneiden Leuten die

Gurgel durch, wenn es sein muß, und manchmal gehen wir uns auch gegenseitig ans Leder. Aber es gibt auch andere Seiten. Eiserne Maske selbst hat schon Leute ausbezahlt und für immer gehen lassen. Eine Frau, weil sie, obwohl früher ein Haudegen, halb irre wurde aus Angst vor der See und zaghaft wie 'ne Memme. Zwei andere, weil ihr Liebesschmerz ihn anrührte.«

»Eiserne Maske rührt so etwas an?« fragte Thalon erstaunt.

»Ja, wenn er in der richtigen Stimmung ist. Um ehrlich zu sein, ich hätte die *zusha* nicht laufen lassen, sondern ihnen im nächsten Hafen die Dienste einer kundigen Metze spendiert. Da wären sie schnell auf andere Gedanken gekommen. Die meisten Kerle sind so.«

»Schätzt du mich auch so ein?« fragte Thalon.

Die Zwergin grinste. »Für mich bist du noch immer ein Hemdenschisser und kein Kerl. Oder höchstens einer auf Probe. Einer, auf den man aufpassen muß, damit er keinen Unsinn anstellt. Beweis mir deine Standhaftigkeit, dann fälle ich mein Urteil, ob und was für 'ne Sorte Kerl du bist.«

Thalon wußte nicht so genau, ob das anzüglich gemeint war. Immerhin hatte Cedira schon Shanka gegenüber auf ihre älteren Rechte hingewiesen. Allerdings glaubte er, daß Cedira nur ihren Spaß mit ihm trieb. Er entschloß sich, nicht näher darauf einzugehen.

Die *kulko* der *Seewolf* schien auch nichts anderes erwartet zu haben. »Du siehst also, unsere Geschichte wird niemanden wundern. Denk dir'n paar Einzelheiten aus, falls du auf Fragen antworten mußt. Kommen wir jetzt dazu, was dich wirklich in Ghurenia erwartet.« Sie zeigte auf eine Schatulle in der Ecke ihrer Schlafkoje. »Du kriegst von mir ein paar Silbertaler mit auf den Weg, um eine Weile klarzukommen, aber nicht soviel, um aufzufallen. Ich zahle dir die Münzen aus der Schiffskasse. Es schmälert deinen Anteil nicht, der dir aus dem Aufbringen der *Adrian Vandenboosten* zusteht.

Außerdem gab es 'ne Prämie für den Kampf mit den Praefos-Schiffen. Und wenn du in Ghurenia Erfolg hast, soll es ebenfalls nicht dein Schaden sein.«

»Es geht mir nicht um Geld. Wenn ich euch helfen kann und gleichzeitig Malurdhin zum Reden bringe, bevor ich ihn töte, dann ist mir das Lohn genug.«

»Ich wollte es nur erwähnt haben. Wenn du bei den Piraten auf etwas bauen kannst, dann darauf, daß sie dich nicht um deinen Anteil bescheißen.«

»Ein Grund mehr, zurückzukehren, wenn die Sache in Ghurenia erledigt ist«, log Thalon.

Cedira beugte sich vor und senkte unwillkürlich die Stimme. »Wende dich an einen Flickschuster mit Namen Ramurdas. Er gehört nicht unmittelbar zu uns und ist eine Ratte, bei der du vorsichtig sein mußt. Deshalb wird er auch nicht in wirklich wichtige Sachen eingeweiht. Aber für zwei Silbertaler wird er dir'n Quartier besorgen und dir helfen, dich einzuleben. Du findest ihn in der Schustergasse, und zwar im Schroffen. So nennt man den steileren der beiden Felsen, die den Kern der Stadt bilden. Der andere heißt der Runde. Du siehst, die Landratten haben keine große Mühe daran verschwendet, sich für ihre verkackten Felsen großartige Namen auszudenken.«

»Ghurenia liegt im Inneren von zwei Felsen?« wunderte sich Thalon. Er fragte sich, ob er in den verlorenen vier Jahren dort gewesen war. Eine Stadt im Inneren von zwei Felsen war seltsam genug, um sie sich einzuprägen. Aber in seinem Kopf gab es kein Echo.

»Zum Teil. Man mußte die Felsen aushöhlen. Aus Platzmangel.«

»Warum hat man sich keine größere Insel ausgesucht?«

»Weil Ghurenia den Archipel Efferds Tränen beherrscht. Deshalb.«

»Hört sich nach einer Stadt an, in der sich eine Zwergin wohl fühlen könnte«, meinte Thalon und schaute Cedira an.

»Die Zwergin, an die du denkst, fühlt sich auf Schiffen wohl«, bekam er zur Antwort. »Anderen Zwergen, die den Vorlieben ihres Volkes frönen, könnte es allerdings in Ghurenia gefallen. Wenn es nicht so'n verfluchtes Rattennest wäre.«

»Angenommen, es gibt trotzdem Zwerge in Ghurenia ... Werden sie mir weiterhelfen, wenn ich ihnen von dir erzähle?« fragte Thalon.

Cedira lachte. »Sie werden dich totschlagen, vor allem dann, wenn sie wohlhabend sind und ihr Gold in Schiffen oder Schiffsladungen gesteckt haben. Vergiß nicht, ich bin eine Piratin. Die einzige Zwergin unter den Piraten. Keine Zierde ihres Volkes.«

»Das sehe ich anders«, meinte Thalon aus ehrlichem Herzen.

»Halt's Maul, du bist voreingenommen. Und lenk mich nicht immer ab. Merk dir den Namen Murenbreker. Ich erwähnte ihn vorhin schon einmal. Canja Murenbreker ist 'ne einflußreiche Kaufherrin und gilt als unversöhnliche Feindin des Praefos Gorm. Aber das trifft nur für sie persönlich zu. Hüte dich vor den älteren Söhnen. Sie stehen ganz im Banne des Praefos.«

Obwohl Thalon in erster Linie herausfinden wollte, was Malurdhin mit den fehlenden Jahren zu tun hatte, fühlte er sich Cedira verpflichtet. Er hörte aufmerksam zu und merkte sich die Einzelheiten. Wenn nicht für die Piraten, so wollte er doch für Cedira den Mittler spielen, falls sich die Gelegenheit ergab. »Wird sie die Piraten nicht noch mehr hassen als den Praefos? Wie viele ihrer Schiffe habt ihr schon geplündert?«

»Das eine oder andere. Aber wir wissen, daß sie 'nem Bündnis trotzdem nicht abgeneigt ist. Wir sind die einzigen, die dem Praefos die Stirn bieten.«

»Und wie soll es mir gelingen, an sie heranzukommen?«

»Ich sagte bereits, du bringst als Fremder in Ghurenia nicht gerade die besten Voraussetzungen mit. Aber es war deine Idee, oder hast du das schon vergessen? Laß dir was einfallen. Die Murenbreker ist 'ne Frau, die mit anpackt und oft in den Speicherhäusern nach dem Rechten sieht. Vielleicht gelingt es dir, 'nen Vorwand zu finden, um sie unter vier Augen zu sprechen. Außerdem soll sie eine hübsche Tochter haben. Mach dich an die Kleine heran. Ich wette, sie hat das Ohr ihrer Mutter.«

Diesen Hinweis nahm Thalon nicht ernst. Wenn eine reiche Kaufherrin für ihn nicht zu sprechen war, um wieviel weniger dann erst ihre wohlbehütete und vermutlich eingebildete Tochter!

»Sie könnte eine Falle vermuten, wenn ich mich als Beauftragter der Piraten zu erkennen gebe«, sagte er.

»Ja, damit mußt du rechnen«, gab ihm Cedira recht. »Wenn du Pech hast, ruft sie nach der Praefosgarde, und dann kannst du nur noch die Zwölfe um Hilfe anflehen. Deshalb sag zu Anfang nichts von Piraten. Sag ihr, du hättest 'ne Botschaft von Murenius. Aber erwähn den Namen nur ihr und sonst keinem gegenüber.«

»Wer ist dieser Murenius?«

»Murenius war das Arschloch, das mit Jaddar o'Chatta in Verbindung stand, soviel haben wir inzwischen herausgekriegt. Er ist mit der *Schwert des Praefos* untergegangen, obwohl einige meinen, er habe sich durch Zauberei befreien können. Aber das ist Unfug. Der Name könnte bei der Murenbreker ein Türöffner sein, denn offenbar steckte sie mit Murenius unter einer Decke, als dieser versuchte, den Praefos zu stürzen.«

»Ich begreife die Zusammenhänge nicht«, gab Thalon zu.

»Da bist du nicht der einzige. Aber wie es aussieht, wollte Murenius Praefos von Ghurenia werden und hat dabei sowohl die Murenbreker als auch uns Piraten als Werkzeuge benutzt.«

»Dann wird mich die Murenbreker sofort hinauswerfen lassen.«

»Wird sie nicht. Sie sieht die Dinge anders.«

»Und wie lautet die angebliche Botschaft?«

»Du sagst, Murenius habe sich mit Eiserne Maske verbündet, und bittest sie, sich den Piraten anzuschließen, um Gorm zu töten und Ghurenia einzunehmen. Dräng sie nicht sofort zu einer Antwort. Sie soll dir Nachricht geben, ob sie bereit ist, mit Eiserne Maske zu reden, und selbst Zeit und Ort der Verhandlungen bestimmen. Es müßte aber irgendwo im Südmeer sein. Auf keinen Fall kommt Eiserne Maske nach Ghurenia.«

»Angenommen, sie stimmt zu. Wie trete ich dann mit dir in Verbindung?«

»Tja…«, meinte Cedira. »Weiß ich noch nicht. Wir kreuzen 'ne Weile in der Nähe von Efferds Tränen. Wahrscheinlich sende ich dir in einigen Tagen den am manierlichsten aussehenden Piraten nach Ghurenia. Oder ich komme selbst vorbei. Vielleicht hast du die Rattenstadt dann schon so satt, daß ich dich gleich wieder mitnehmen kann. Notfalls wendest du dich an Ramurdas. Der kennt viele Wege.«

Auf dem Deck wurde die vierte Stunde und damit zum Wachwechsel geglast. Die Zwergin erhob sich. »Ich bin jetzt dran. Auf der *Seewolf* haben wir nur zwei Wachen. Shanka und ich wechseln uns ab und haben jeweils den *jhabo* und den *rasho* als Vertretung. Auf 'ner Lorcha ist einiges anders als auf größeren Schiffen. Wir segeln auch nicht so stramm, wenn wir es nicht gerade besonders eilig haben, und ankern nachts oft in Küstennähe. Dann ist die Wache ein Kinderspiel.«

»Für welche Wache hast du mich eingeteilt?« fragte Thalon, während er hinter der *kulko* die Treppe zum Deck hinaufstieg. Draußen klarte der Himmel auf, und die letzten Nebelschwaden lösten sich auf.

»Ho, ho!« schrie hoch über ihnen eine Frau, von der nur eine breite schwarze Nase und ein enggebundenes gelbes Kopftuch aus dem Mastkorb ragten. »Wind kommt auf! Wind kommt auf!«

»Hoffentlich ist es nicht der Wind, den du aus deiner

Arschritze hast fahren lassen«, kam vom Bug eine bissige Antwort.

Cedira hob den angefeuchteten Daumen in die Luft. »Tatsächlich ein Lufthauch, wenn auch nur das Söhnchen von 'nem Wind. Wir scheinen die Flaute überwunden zu haben.« Sie wandte sich Thalon zu. »Was deine Frage angeht, mein Spatz: Bis jetzt hab ich dich keiner Wache zugeteilt.« Die Zwergin grinste, und ihre listigen kleinen Augen funkelten. »Konnte mir einfach nicht vorstellen, daß ein Kopfkranker zu irgendwas nutze sein könnte. Es sei denn, die Außenbordprunze zu scheuern, die stinkt nämlich erbärmlich. Aber selbst dabei wärst du mir wahrscheinlich in die See gekippt.«

»Ich bin kein Blödian mehr«, erinnerte Thalon.

»Sicher?« fragte die Zwergin spitzbübisch. »Na schön, du neunmalkluger *zusha,* ich leg Wert darauf, dich höchstpersönlich in die Wanten zu scheuchen. Also teile ich dich meiner Wache zu.« Sie sah den Großmast hinauf. »Das Marssegel ist schlecht aufgegeit. Worauf wartest du noch, Pirat? Mach es fest, als würde 'n Sturm heranziehen. Zeig mir, daß du nichts verlernt hast! Oder willst du, daß ich dich weiterhin für 'nen blöden Steineklopfer halte?«

Das ließ sich Thalon nicht zweimal sagen. Als hätte es das Sklavendasein auf Minlo und die verschwundenen Jahre niemals gegeben, kletterte er geschickt die Wanten hinauf und machte das lose sitzende Segel fest. Cedira sah ihm von unten beifällig zu. Thalon fühlte sich gut. Hier oben spürte er deutlich die schwache Brise, die die Topgästin gemeldet hatte. Sie strich um sein schweißverklebtes Hemd und löste es vom Körper. Das Schiff erwachte zögernd zum Leben. Holz ächzte, als es sich im Wasser streckte und reckte, sich sanft wiegend den zögernden Bewegungen der Wellen anpaßte. Hier und dort schnalzte ein Segeltuch, steifes Grobleinen flappte gegen stehendes Gut. Thalon roch Salz und Teer, auch ein paar weniger angenehme Dünste, die vom Deck aufstiegen.

Vor allem aber sah und fühlte er das Meer, das endlich aus der Totenstarre erwacht war. Schüchtern kräuselten sich die Wellen und ließen ein paar winzige Schaumperlen auf dem Wasser erblühen. Er sah zum Himmel, wo die Praiosscheibe noch immer verhüllt war, blickte zum Horizont, der allmählich wieder eine Linie formte, atmete tief durch und warf den blonden Haarschopf zurück. O ja, er war ein *zusha*. Er liebte das Meer!

»Komm herunter, du Faulpelz!« rief ihm die *kulko* zu. »Es werden Hände am Gangspill gebraucht!«

Thalon kam dem Befehl nach, und schnell eroberte die Schiffsroutine seinen Geist und seine Muskeln. Er hatte eine Ewigkeit nicht mehr geschlafen, war müde wie ein Igel nach dem Winterschlaf, Hals und Rippen schmerzten ihn, Arme und Beine spürte er kaum, weil die Bänder und Sehnen es längst aufgegeben hatten, sich zu beklagen. Und doch fühlte er sich frei und tatendurstig. Er hätte mit Freude und ohne Murren bis zum Wachwechsel gearbeitet. Aber Cedira hatte ein Einsehen. Sie trat einem dürren Piraten in den Hintern, der es sich an Deck bequem gemacht hatte, ein Tauende spleißte und sich dabei alle Zeit der Welt ließ.

»Hoch mit dir, Harkos! Mir scheint, dir könnte etwas Bewegung guttun. Los, Kerl, rein in den Spill! Du löst Thalon ab!«

Murrend ließ der Pirat das Tauende fallen, trottete zum Gangspill, mit dem eine Fockrah hochgezogen wurde, und nahm Thalons Platz ein.

»Du gehst zum Bugquartier und suchst dir 'nen Schlafplatz«, befahl Cedira, als Thalon sie fragend ansah. »Deine Murmeltiervisage lockt bloß die Haie an. Beim übernächsten Wachwechsel will ich dich putzmunter sehen! Na los, hau ab, oder weißt du nicht mehr, wo der Bug ist, *zusha*?«

Von den Piraten an der Ganspill kamen spöttische, aber eher gutmütig gemeinte Bemerkungen wie »Ho, ho, ho«, »Immer diese Hemdenschisser«, »Verkackte Landratte« oder »Halt ja deine Fürze im Zaume, wenn du bei uns pennst.«

Thalon holte sein Kleiderbündel aus der *taba*, überquerte das Hauptdeck und duckte sich unter den Segeln hinweg, die sich gemächlich wölbten, als etwas mehr Wind aufkam. Er stieg über eine Gräting, unter der Steinbrocken als Munition für die Schwere Rotze und zusammengelegte Segeltuchbahnen zu erkennen waren. Dann quetschte er sich durch das enge Backbordluk und stieg die Leiter hinunter, die eng und schmal war. Eine Öllampe rußte unmittelbar vor seiner Nase, und der beißende Qualm reizte ihn zum Husten. Als der Rauch längst aus den Lungen gewichen war, glaubte er immer noch, keinen Atem zu bekommen. Die Luft im Inneren war heiß und stickig, viel schlimmer, als er sie in der *taba* empfunden hatte. Hinzu kam ein erbärmlicher Gestank, der ihn einen Moment lang wie betäubt verharren ließ. Er erinnerte sich, daß es auch auf der *Schwarze Rose* nicht gut gerochen hatte, aber so derb wie hier war es ihm nicht vorgekommen. Der Teergeruch, der aus kalfaterten Ritzen drang, störte ihn am wenigsten. Im Gegenteil, der Geruch von Teer gehörte für ihn zur Seefahrt, seit er im Hafen von Charypso herumgestromert war und sich sehnsüchtig in der Nähe der Schiffe herumgedrückt hatte. Schlimmer war der Schwefel, der gegen Wurmbefall des Holzes helfen sollte. Am ärgsten jedoch waren die Ausdünstungen des Ongel und der Harpüse. Beides wurde auf das Holz aufgetragen, um es gegen Wind, Wasser und Ungeziefer zu schützen. Es bestand neben Teer und Schwefel aus Holzkohlenpulver, Ruß, Talg, Pech, Fichtenharz und Tierhaaren, und dies alles roch wie verbranntes Aas. Offenbar war die *Seewolf* erst vor kurzem überholt und neu gestrichen worden, was sich der Nase auf beleidigende und ätzende Art mitteilte. Als wäre dies alles nicht übergenug, stank es obendrein nach Schweiß, Urin und Kot, verwesten Ratten und einigen anderen Scheußlichkeiten, deren Ursprung Thalon nicht unbedingt nachforschen wollte. Er fragte sich, warum seine Nase plötzlich so empfindlich auf den Gestank ansprach. Immerhin hatte sie in den Prunzhäusern von Charypso Schlimmeres ertragen müssen. Vielleicht lag es daran, daß der allgegenwärtige Steinstaub von Minlo den Geruchsnerv gründlich abgeschottet hatte. Und dieser Staub war ausgewaschen worden, als er im Wasser mit dem Risso gekämpft hatte.

Er entschloß sich, den Gestank als unabänderlich hinzunehmen. Etwas anderes blieb ihm auch gar nicht übrig. Er ließ sich die letzten Stufen der Leiter hinabgleiten und sah sich um. Es dauerte eine Weile, bis sich die Augen an das Zwielicht gewöhnt hatten.

Es war eng an Bord der Lorcha, viel enger, als Thalon dies von der *Schwarze Rose* gewohnt war. Die Hängematten hingen so dicht nebeneinander, übereinander und hintereinander, daß sie einander häufig berührten und kaum Platz zum Durchkommen war. Jeder Spann bis zu den Spanten und weit hinein in die Bugwulst war ausgenutzt. Das Ganze sah aus wie ein derbes Spinnennetz aus grobfaserigen Tauen, in das ein emsiges Ungeheuer Kokons gewebt hatte, in denen Beutetiere ihrem Verderben entgegendämmerten. Thalon dachte an den Tisch im Quartier der Schivone, an dem Vulbo und seine Spießgesellen miteinander gespielt und getrunken hatten. Hier gab es keinen Ort, der groß genug gewesen wäre, um diesen Tisch zu dulden. Der Boden unter den Hängematten war mit den Habseligkeiten der Piraten bedeckt, die eine der aus Segeltuchresten grob zusammengenähten Schlafstätten für sich beanspruchten. Zumeist handelte es sich um schwere Seekisten oder pralle Seesäcke, aber es gab auch Stoffbündel, aus denen das eine oder andere hervorlugte, was unschwer als Beute früherer Raubzüge zu erkennen war. Jemand hatte sogar eine rostige Hellebarde halb in einem Bündel verborgen, halb als Stolperfalle in den kaum erkennbaren Pfad gelegt, der sich zwischen den Besitztümern hindurchschlängelte. Wer nicht der Bordwache zugeteilt war, schlief und trug mit einem mehr oder weniger regelmäßigen Schnarchen, Röcheln, Keuchen oder Prusten zu einem Chor bei, dessen schnarrende Disharmonie wie ein mißtönendes Echo auf das Ächzen der Spanten und Querbalken erschien. Einige wenige Piraten hockten im Schneidersitz auf ihren Seekisten. Zwei schienen in sich versunken und befanden sich wohl im Halbschlaf. Zwei weitere hatten ihre Kisten weit genug zusammengeschoben, um miteinander zu würfeln. Sie unterbrachen ihr Spiel und starrten Thalon mißmutig an. Einer hatte ein wüstes rotes Gesicht, der andere besaß eine Zottelmähne und einen struppigen Bart. Thalon hatte jedoch nur Augen für einen ausgemergelten kleinwüchsigen Mann, der zwischen zwei Seesäcken hockte. Der Mann, bronzehäutig, mit einem rasierten Schädel, aus dem drei struppige Haarinseln wie Hörner aufragten, trug einen breiten Ledergurt um die Schulter, in dem mehrere Wurfmesser steckten, und war ansonsten nackt. Sein Glied wirkte viel zu groß für den kleinen Körper, und die Hoden hingen in dicken Hautfalten so weit hinab, daß sie wie Geschwüre aussahen, die sich auf dem Segeltuch der Seesäcke gebildet hatten. Thalon nahm an, daß der Mann Hosen trug, wenn er arbeitete oder kämpfte. Anders wäre sein allzu frei herumbaumelndes Gemächt längst einer hochruckenden Talje, einem sich plötzlich straffenden Seil und erst recht einem beiläufigen Säbelhieb zum Opfer gefallen. Tatsächlich nahm Thalon die hingegossenen Geschlechtsteile des Mannes mit Erstaunen, doch nur am Rande wahr. Es war das Gesicht des Mannes, das seine Aufmerksamkeit beanspruchte. Der Kerl starrte ihn mit verzerrter Miene an, durchbohrte ihn förmlich mit seinen Blicken. Und die fiebrigen Augen, rot unterlaufen, mit winzigen Pupillen, glühten vor Haß. Thalon konnte sich das nicht erklären. Er kannte den Mann nicht, hatte ihn nicht einmal zuvor an Deck bemerkt.

Tapfer begegnete er dem Blick. Er hatte Parazzin erdulden müssen und ihn am Ende besiegt. Damals war er gerade sechzehn Jahre alt gewesen. Jetzt, auf unerklärliche Weise um Jahre älter und entsprechend stärker, hatte er nicht die Absicht, sich einem neuen Feind zu beugen. Er wollte auf der Stelle klare Verhältnisse schaffen.

Er schob eine Seekiste aus dem Weg, tauchte unter den Seilen einer Hängematte hinweg, ging geradewegs auf den Kerl zu und blieb erst stehen, als er ihn mit ausgestreckter Hand hätte berühren können.

»Was starrt du mich so giftig an, *zusha*? Hast du etwas gegen mich? Bin ich dir vielleicht nicht fein genug?«

Der Mann senkte keinen Augenblick lang die Augen, und diese schrecklichen kleinen Augen über schweren Tränensäcken, fast so schlaff wie die Hoden, loderten weiter vor Haß wie glühende Kohlen in einem Aschegesicht.

Endlich, von einem Moment auf den anderen, sah der Mann zur Seite, spie Thalon einen grünen Saft vor die Füße, kam schwerfällig auf die Beine, packte das Seil einer Hängematte, zog sich hinauf, rollte sich hinein, stopfte das herabbaumelnde Gemächt zu sich in das Segeltuch und kehrte Thalon den Rücken zu.

Thalon hatte unwillkürlich nach seinem Messer gegriffen, als der Mann sich von seinem Lager erhob. Er war erleichtert, daß der Pirat keinen Angriff versucht hatte. Obwohl Thalon damit rechnete, daß er sich früher oder später mit den Fäusten oder mit dem Messer Respekt an Bord verschaffen mußte, wollte er einer solchen Herausforderung lieber entgegentreten, wenn er ausgeruht und besser mit den Gegebenheiten auf dem Schiff vertraut war.

Der bärtige Spieler lachte heiser. »Denk dir nichts dabei. Flacco kaut irgendein Zeug, das ihn regelmäßig umhaut. Dann ist er zu nichts zu gebrauchen. Ich weiß nich mal, ob er uns dann hört oder sieht. Hörst du zu, Flacco? Wir reden über dich!«

Aus der Hängematte kamen kein Laut und keine Regung.

Der bärtige Pirat trug eine frische Narbe auf dem Teil der rechten Wange, die der Bart unbedeckt ließ. Die Narbe flammte im Flackern der Öllampe grell auf. Er zuckte die Achseln. »Da hast du's. Nimm ihn, wie er ist. Bis jetzt hat er sich noch mit keinem von uns angelegt.«

Thalon hatte sich zur Seite gewandt, behielt aber immer noch Flaccos Hängematte im Auge. »Er hat mich angestarrt, als wollte er mich umbringen.«

»Tja, is mir auch aufgefallen«, gab der Bärtige zu. »Weiß nich, was er hat. Vielleicht siehst du einem der Landstinker ähnlich, die ihn mal bös in die Mangel genommen hab'n. Oder seine mürbe Birne hat ihm was vorgegaukelt, was nich is. Egal. Ich bin Quastides, falls dir Namen wichtig sind.«

Thalon nickte. Bevor er seinen eigenen Namen nennen konnte, winkte der Bärtige ab: »Weiß schon – Thalon. Du bist an Bord bekannt wie'n bunter Hund. Wenn du 'ne Matte suchst, mußt du nur die Nase heben. Da, einen Schritt weiter rechts. Die mit dem dicken Teerfleck is frei.«

Eigentlich hätte Thalon es vorgezogen, ein Stück weiter von Flacco entfernt zu schlafen. Aber es sah nicht so aus, als stünden in der drangvollen Enge allzu viele freie Schlafstätten zur Auswahl. Und er wollte sich keine Blöße geben, indem er diese ablehnte. Man hielte ihn für einen Hasenfuß, und das würde ihm den Einstand an Bord erschweren. Er warf das Bündel mit den Kleidern unter die Hängematte und kletterte hinauf. »Muß erst mal für eine Weile pennen«, murmelte er. »Wir haben bestimmt noch genug Zeit, miteinander zu reden.« Er sagte nichts davon, daß er die *Seewolf* bald wieder verlassen würde. Das ging hier keinen etwas an. Seine neuen *zusha* würden es früh genug mitbekommen.

Quastides grunzte eine Art Zustimmung und wandte sich wieder seinem Kumpanen zu. Der hatte die ganze

Zeit mehr vor sich hingeglotzt als aufmerksam zugeschaut und im übrigen geschwiegen. Jetzt schwang er den Würfelbecher und stülpte ihn um.

Thalon hörte noch flüchtig das Würfeln und Murmeln der beiden Männer. Obwohl Flaccos Verhalten ihn beunruhigte, reichte dies bei weitem nicht aus, ihn vom Schlaf abzuhalten. Die Augenlider wurden schwer wie Blei, und wenig später schenkte ihm Boron die Gunst, sich für eine Weile in seinem Reich aufhalten zu dürfen.

4. Kapitel

Die Gelegenheit, sich unter den Piraten Respekt zu verschaffen, kam früher, als Thalon es erwartet und sich gewünscht hatte.

Mitten im tiefsten Schlaf griff eine schwielige Hand nach seiner rechten Schulter. Obwohl Thalon kaum vier Stunden geschlafen und noch immer entsetzlich müde war, wurde er sofort hellwach. Er brauchte nur einen winzigen Moment, um sich bewußt zu werden, wo er sich befand und was er erlebt hatte, bevor er sich in die Hängematte legte. In dem Glauben, Flacco habe sich zu einem Angriff entschlossen, versuchte er, die Hand abzustreifen und gleichzeitig nach seinem Messer zu greifen.

Weder das eine noch das andere gelang ihm auf Anhieb. Statt dessen packte ihn eine zweite kräftige Hand an derselben Schulter, zog mit Macht daran und drehte die Hängematte. Die Matte kam in Schwung und legte sich schief. Thalon versuchte sich festzuhalten. Verzweifelt angelte er nach den Haltetauen, bekam sie aber nicht zu fassen. Seine Fingernägel glitten über das Segeltuch, rutschten ab, glitten durch ein Gesicht, das vor ihm auftauchte und zu den schwieligen Händen gehörte.

Der Mann gab einen leisen Schmerzenslaut von sich und zuckte zurück. Dann stieß er einen wütenden Fluch aus.

Da die Finger und auch die herumschlagenden Füße keinen Halt fanden, segelte Thalon durch die Luft. Geistesgegenwärtig krümmte er sich zusammen, bevor er den Boden erreichte, und kam mit dem Hinterteil auf. Es tat nicht einmal besonders weh, denn er fiel auf einen

Seesack. Aber er konnte von Glück sagen, daß sein Kopf nur um Fingerbreite die scharfe Kante einer daneben stehenden Kiste verfehlte.

Cediras Ausbildung an Bord der *Schwarze Rose* zahlte sich genauso aus wie der Überlebenskampf auf Minlo. Thalon verschwendete nicht die Dauer eines Herzschlags. Er rollte sich seitlich von dem Sack herunter, kam auf die Füße, ohne sich mit den Händen abzustützen, hatte die Rechte bereits am Gürtel. Er spürte den Gegner mehr, als daß er ihn in dem trüben Licht sah. Zwei weitere Herzschläge mehr, und er schlang den linken Arm um den Hals des Mannes. Gleichzeitig drückte er mit der Rechten die Spitze des Messers gegen den Kehlkopf des anderen.

»Boron holt dich, wenn du eine falsche Bewegung machst!« zischte er dem Mann ins Ohr.

Dieser zeigte sich von Thalons Angriff überrumpelt. Er versuchte keine Gegenwehr. Die Schultern sackten herab, die Arme baumelten schlaff herunter. »Es … es war doch nur Spaß«, stammelte der Mann.

»Spaß?« stieß Thalon hervor. »Ich hätte mir das Genick brechen können.«

Er hatte inzwischen erkannt, daß der Mann, den er im festen Griff hatte, nicht Flacco war. Als er sah, daß die Hände des Mannes leer waren, nahm er das Messer von dessen Kehle, öffnete den Würgegriff und stieß den anderen zurück. Der stolperte und ging kurz zu Boden, rappelte sich aber schnell wieder auf. Thalon beobachtete ihn wachsam. Obwohl der Mann keine Waffe im Gürtel trug, hatte er mit einiger Gewißheit irgendwo am Körper einen Dolch oder ein Messer verborgen. Thalon rechnete damit, daß der andere es ziehen würde. Aber er tat es nicht. Er hob nur die Arme leicht an. Ein halbherziger Versuch, um sich vor einem Angriff zu schützen, vielleicht auch nur eine Verlegenheitsgeste. In einer Mischung aus Angst, Wut, Trotz und Verlegenheit sah er Thalon an. Schließlich hob er langsam die Rechte, um sich mit dem Handrücken Blut aus dem Gesicht zu wischen. Wo Thalons Fingernägel durch sein Antlitz gepflügt waren, zeigten sich auf Stirn und Wangen blutige rote Striemen.

Thalon hatte ausreichend Zeit, den Mann zu mustern. Die Kratzwunden entstellten ihn. Obwohl sie beide nicht tief waren, flossen zwei rote Rinnsale die Wangen hinab. Es sah aus, als würde der Mann blutige Tränen weinen. Er hatte Glück gehabt, daß seine Augen verschont geblieben waren. Nur eine Braue hatte etwas abbekommen. Sie blutete am heftigsten.

Der Mann war jünger als Thalon, höchstens achtzehn Jahre alt, und besaß ein bartloses, etwas einfältig wirkendes Milchgesicht. Es fehlten die harten Linien und die Narben, die sich in die meisten Piratengesichter gegraben hatten, auch die Tätowierungen, von denen er lediglich einige an den Oberarmen trug. Die schwarzen Haare waren schulterlang und glänzten vor Fett. Wahrscheinlich hatte er Talg hineingeschmiert. Er besaß eine leicht gekrümmte kleine Nase. In einem Nasenflügel steckte ein dicker Ring aus Kupfer. Die breite nackte Brust glänzte vor Schweiß.

»Du suchst Streit, oder?« fragte Thalon. »Spaß, wie du es nennst?«

»Nein, du Armleuchter!« Der Mann wurde wieder etwas mutiger. »Ich wollte pennen, das war alles!«

»Na und? Doch wohl nicht in meiner Hängematte, oder?«

Quastides, der ein Stück weiter auf seiner Seekiste saß, lachte laut auf und hörte erst auf, als er sich verschluckte.

»Zufälligerweise is das meine Hängematte, aus der ich dich geworfen hab«, stieß der Mann hervor.

Endlich begriff Thalon, was los war. Der Pirat sah wirklich nicht wie ein Streithahn aus, der nur einen Vorwand suchte. »Moment mal«, sagte er und zeigte auf Quastides. »Er hat mir gesagt, die Matte sei frei.«

Der andere Pirat starrte Quastides wütend an. »Stimmt das, du Mistkerl? Mir hast du gesagt, er hätt sich das Ding genommen, ohne zu fragen!«

Quastides lachte erneut, diesmal satt und selbstzufrieden. »Wollte mal sehen, wie ihr euch beharkt. Du bist auch einfach zu blöd, Lurba. Schaukelst 'nen *zusha* aus der Matte und kriegst die Sache nich rund. Pah, an dir hat Rondra wenig Freud.«

Aus einigen Matten hörte man es murren und fluchen. Die Besitzer wollten weiterschlafen und ihre Ruhe haben. Aus einigen anderen Matten lugten Köpfe und schauten neugierig herüber. Außerdem saßen fünf oder sechs Piraten wie Quastides auf ihren Kisten oder Seesäcken. Eine Würfelrunde hatte das Spiel unterbrochen. Als Thalon hörte, daß Quastides der Übeltäter war, und gleichzeitig bemerkte, daß ihnen die Aufmerksamkeit so vieler Piraten galt, entschloß er sich zum Handeln. Wenn er jetzt zeigte, daß mit ihm nicht zu spaßen war, hätte er für den Rest der Reise Ruhe.

»Wenn es deine Matte ist, Lurba, dann sollst du sie auch behalten«, sagte er und steckte das Messer weg.

Er wandte sich zur Seite, sah Quastides breit grinsen und bückte sich. Es sah aus, als griffe er nach seinem Kleiderbündel und würde sich eine andere Matte suchen. Das wollte er auch tun, aber zuvor hatte er noch etwas zu erledigen.

Er schnellte sich aus der gebückten Haltung nach vorn und warf sich auf Quastides.

Der war überrascht, aber nicht gänzlich unvorbereitet. Trotz seiner Körperfülle wich er behende zur Seite. Thalon streifte Quastides nur, bekam ihn nicht zu packen und schoß über ihn hinweg. Er prallte mit Kopf und Schultern gegen einen harten Seesack und war für einen Augenblick benommen. Thalon verfluchte sein Ungeschick. Er hatte es verpatzt! Als er versuchte, wieder auf die Beine zu kommen, stand Quastides über ihm, einen schartigen Säbel in der Hand. Die Spitze zeigte auf Thalons Bauch.

»Das versuchst du nicht noch einmal, du Arsch!«

Thalon erinnerte sich an eine ähnliche Situation, als er mit Cedira geübt hatte. Er hoffte, daß sein Körper noch immer so geschmeidig war wie damals. An Kraft mußte er sogar erheblich hinzugewonnen haben. Die Schulter schmerzte ihn, aber er biß die Zähne zusammen und preßte sich gegen den Seesack. Der verdammte Besitzer des Gepäckstücks schien harte, kantige Gegenstände aus Metall darin aufzubewahren. Wie auch immer!

Er spürte, daß der Sack seiner Schulter genügend Halt gäbe. Jetzt spannte er den ganzen Körper an, ruckte mit den Schultern gegen den Seesack, krümmte sich zusammen, stützte sich mit der Linken auf und drehte dabei den restlichen Körper in einer seitlich kreisenden Bewegung von der Säbelspitze weg. Unwillkürlich versuchte Quastides der Bewegung zu folgen. Dabei mußte er den weit ausgestreckten Arm sowie den Oberkörper verdrehen und sich obendrein nach vorn beugen.

Thalon war viel schneller als die Degenspitze. Er schwang die Beine hoch in die Luft, vollführte fast einen Kopfstand, rollte auf der anderen Schulter ab – es tat erbärmlich weh – und kam gebückt auf die Füße. Quastides' Degenarm trug den Piraten noch immer in die Richtung, in die Thalon ihn gelockt hatte. Der Pirat stand unglücklich verdreht vor Thalon, belastete nur das rechte Bein, während das linke ausholte, um sich der Körperdrehung anzupassen.

Es war noch einfacher als bei der Zwergin mit ihren kurzen Beinen. Thalon griff mit beiden Unterschenkeln nach der Wade von Quastides' Standbein. Ein kräftiger Ruck genügte. Quastides verlor den Halt und stürzte der Länge nach auf die Holzbohlen. Im nächsten Augenblick war Thalon über seinem Gegner und trat ihm den immer noch umklammerten Säbel aus der Hand. Klirrend fiel die Waffe zu Boden.

Thalon wußte, daß dies noch nicht genügte. Quastides wäre wütend. Gewiß hatte er noch eine andere Waffe.

Thalon wollte sein Kampfglück nicht erneut auf die Probe stellen. Er mußte dem Kampf ein Ende machen, ohne den Piraten ernsthaft zu verletzen.

Er sprang auf Quastides' Rücken, bevor dieser sich drehen konnte, und drückte ihm die breiten Schultern zu Boden. Dann packte er den linken Arm des Piraten und drehte ihn mit aller Kraft.

Quastides konnte sich nicht rühren und stöhnte vor Schmerz. Einige Piraten murmelten Anerkennung, andere feuerten Thalon an. Aus einer der Hängematten kam ein begeisterter Schrei. Wahrscheinlich lag dort jemand, der nicht gut auf Quastides zu sprechen war. Zu den wenigen, die den Kampf überhaupt nicht beachtet hatten, gehörte Flacco.

»Du hast deinen Spaß gehabt und ich meinen«, keuchte Thalon mit vor Anstrengung verzerrter Stimme. »Gib auf, und wir haben keinen Streit mehr miteinander.«

»Einverstanden«, stöhnte Quastides.

Thalon ließ den Arm sofort los und kletterte vom Rücken des Mannes. Selbst wenn Quastides einen hinterhältigen Charakter besaß, konnte er es sich nicht erlauben, Thalon vor den anderen Piraten erneut anzugreifen.

Quastides rappelte sich auf und rieb sich fluchend den schmerzenden Arm. Dann bückte er sich, ergriff den Säbel, steckte ihn wortlos in die Scheide und verstaute beides wieder neben seiner Kiste. Als er sich aufrichtete, grinste er. Er trat auf Thalon zu und schlug ihm anerkennend auf die Schulter.

»Verdammt gute List, *zusha*«, sagte er. »Wo hast du das gelernt?«

»Weiß ich nicht mehr«, log Thalon. »Man schnappt hier und da was auf.«

»Man braucht 'nen schlanken, sehnigen Körper, um so was hinzukriegen«, antwortete Quastides. »Ich würd's nicht packen. Bin zu dick dafür.« Er zuckte die Schulter.

»Ach ja, nimm die Matte rechts von meiner. Die ist wirklich frei. Ich schwör's bei Efferd!«

Nachdem sich Thalon auf diese Weise bei der Mannschaft eingeführt hatte, begegneten ihm fast alle mit Respekt, selbst die Streithähne, die sich sonst jeden Neuen vornahmen.

Unter den Piraten gab es etliche, mit denen schwer auszukommen war. Einige liefen beständig mit mürrischen Mienen herum und bekamen die Zahnstummel nicht auseinander, andere wurden gemieden, weil sie jähzornig waren und schnell das Messer in der Hand hatten. Wieder andere waren dumpf und blöd und deshalb kaum ansprechbar. Die meisten hätten eine lange Geschichte von Elend, Not, Blut und Gewalt erzählen können, aber sie taten es nicht. Das war auch nicht nötig. Denn die Geschichten derer, die bei Gelegenheit den Mund öffneten, glichen einander, so unterschiedlich im Ablauf, in den Orten und den Personen sie auch sein mochten. Mit denen der Stummen wäre es nicht viel anders gewesen. Es ging stets um schreckliche Dinge, die man von anderen erlitten hatte, während die Opfer der eigenen Grausamkeiten verhöhnt wurden. Man konnte davon ausgehen, daß die Zwölfe in der Tat wohl selten ihre schützenden Hände über diese Menschen gehalten und sie so zu den Piraten getrieben hatten. Richtig war aber gewiß auch, daß viele dieser Kerle den Göttern bereits Grund für Mißmut und Zorn gegeben hatten, als sie noch nicht auf der See, sondern irgendwo an Land lebten, meistens auf einer der vielen Inseln im Südmeer.

Selbst unter den Außenseitern und Sonderlingen stach Flacco in besonderem Maße hervor. Er lachte nie, war zu niemandem freundlich und sprach nur das Nötigste. Er kaute mehrmals am Tag getrocknete Blätter einer Pflanze, die niemand außer ihm kannte, und verlor niemals seinen fiebrigen Blick. Mit einer einzigen Frau, Tunjah, hielt er etwas engeren Kontakt. Er tuschelte manchmal mit ihr, und es hieß, daß sie sich gelegentlich im Frachtraum miteinander vergnügten. Da Tunjah ein stumpfes, knochiges, männlich wirkendes Gesicht, einen verwachsenen Rücken und einen mit Pusteln übersäten Leib besaß, sich obendrein niemals wusch und stank, als wäre sie gerade einer Kloake entstiegen, hatte Flacco keinen Nebenbuhler zu fürchten. Es gab lediglich ein paar Neugierige, die gern einmal zugesehen hätten, wenn die beiden es miteinander trieben. Allerdings wollte sich niemand damit brüsten, sie im Frachtraum beobachtet zu haben. Flaccos unförmiges Gemächt mußte manchmal für unflätige Witze herhalten, wenn er selbst nicht in der Nähe war. Aber die meisten bezweifelten, daß es etwas anderes konnte als pinkeln und lang herabhängen.

Trotz alledem genoß Flacco einen gewissen Respekt, da er seine Arbeit untadelig verrichtete und im Kampf ein zwar etwas langsamer, aber doch verläßlicher Gefährte war. Er schien auch beizeiten ein paar Lästerern das Maul gestopft zu haben, denn selbst die Raufbolde verzichteten in seiner Gegenwart darauf, sich über ihn lustig zu machen.

Thalon hatte den Eindruck, daß Flacco den anderen Piraten mit völliger Gleichgültigkeit begegnete, sich einfach nicht um sie kümmerte. Ihn, Thalon, schien er jedoch zu meiden, so oft dies nur möglich war. Da Flacco Shankas Wache zugeteilt war, gab es nur selten die Notwendigkeit, Seite an Seite zu arbeiten. Beim Wachwechsel drückte sich Flacco stumm an Thalon vorbei und schaute dabei zu Boden. Und doch war das Schiff zu klein, als daß nicht die eine oder andere zufällige und überraschende Begegnung stattfand. Niemals wieder starrte Flacco Thalon so herausfordernd an wie am ersten Nachmittag. Aber wenn sich ihre Blicke für einen flüchtigen Moment begegneten, bevor Flacco zur Seite oder auf die Decksplanken starrte, glomm sofort abgrundtiefer Haß in den ständig geröteten und tränenden Augen des Piraten auf. Dabei verkrampfte sich Flaccos

Körper. Seine Hände erstarrten mitunter zu kampfbereiten Klauen. Aber er griff niemals an. Er drohte Thalon nicht. Ganz anders als damals Parazzin, der Thalon ebenfalls haßte, daraus aber keinen Hehl machte, ihm nachstellte und ihn schikanierte, wann immer dies ungestraft möglich war. Und immerhin hatte Parazzin in gewisser Beziehung einen Grund für seinen Haß besessen, sosehr dieser Grund auch in dem abgefeimten Verhalten des *jhabo* wurzelte. Dieser hatte seine ausschweifende und wenig wählerische Vorliebe für Löcher aller Art, seine Leidenschaft, die eigenen Lüste auf Kosten anderer zu genießen, gewiß als etwas Selbstverständliches angesehen. Daß ihm Rache für ein von Thalon verdorbenes Vergnügen zustand, hatte Parazzin für sein gutes Recht gehalten. Was Flacco anging, so war sich Thalon hingegen nicht der Spur einer auch noch so versteckten und hingebogenen Schuld bewußt. Vielleicht stimmte das, was Quastides gesagt hatte: Flacco verwechselte ihn mit einem anderen, der ebenfalls blonde Haare gehabt hatte. Oder er haßte alle Blonden, aus Gründen, die nur er kannte.

Thalon sprach mit Cedira darüber. Der Zwergin fiel keine Erklärung ein. Sie kannte Flacco erst seit einigen Wochen und wußte nichts über seine Vergangenheit. Aber sie war die *kulko* des Schiffes und sich dieser Rolle bewußt. Sie befahl Thalon und Flacco in ihre *taba* und redete nicht lange um den heißen Brei herum.

»Hast du etwas gegen Thalon, *zusha*?«

»Warum sollte ich?« knurrte Flacco und spuckte aus. Nach einer beinahe beleidigenden Pause fügte er herausfordernd hinzu: »*Kulko*.«

»Ich hab dich gefragt, also komm mir nicht mit Gegenfragen, du Arschloch! Und werd mir gegenüber bloß nicht frech. Das bekommt dir nicht!«

»Ich hab nich mehr gegen ihn als gegen andere, *kulko*.« Dieses Mal verzichtete er darauf, die Anrede zu betonen. »Hat er sich beschwert?«

»Hat er nicht. Aber wir kennen uns gut, und er hat mir davon erzählt, weil er dachte, ich wüßte 'nen Grund für dein Verhalten. Du benimmst dich ihm gegenüber anders als gegen andere. Sag ihm, was du mir erzählt hast, Thalon.«

»Ich habe es ihm schon mal gesagt, und er hat nicht darauf geantwortet«, sagte Thalon.

»Dann sag es ihm noch mal, jetzt, in meiner Gegenwart«, befand Cedira.

Thalon zuckte die Achseln und wandte sich an Flacco. »Du siehst mich immer so haßerfüllt an, *zusha*. Jedesmal, wenn wir einander begegnen. Ich wüßte gern, warum.«

»Unsinn, *zusha*, du täuschst dich«, behauptete Flacco. Er starrte an Thalon vorbei, als müßte er eine der Wanzen beobachten, die über die Holzwand der *taba* krochen.

Was er sagte, klang wie eine Lüge, und es war eine Lüge. Das hörte auch Cedira heraus. Aber wie sollte sie den *zusha* dazu bringen, die Wahrheit zu sagen, wenn er es nicht wollte? Ein jeder Pirat war stolz darauf, daß niemand ihn zu etwas zwingen konnte, was nicht unmittelbar mit der Arbeit an Bord oder dem Kampfeinsatz zu tun hatte. Kein *jhabo*, kein *mustag*, kein *rashi*, nicht einmal ein *kulko*. Es gab gewiß quaderschwere andere Gründe, das Land gegen die schwankenden Planken eines Piratenschiffes einzutauschen. Aber dieser eine gehörte auch dazu. Wer sich einem übermächtigen *kulko* wie Eiserne Maske fügte, gab einen Teil dieser Freiheit wieder auf. Aber selbst den Piraten der *Schwarze Rose* blieb die Genugtuung, sich aus eigenem Willen und im Dienst der Sache gebeugt zu haben. Eiserne Maske hätte Flacco gewiß zum Reden gebracht. Aber dies war die *Seewolf* und nicht die *Schwarze Rose*, und obendrein hatte Cedira das Schiff nur auf Zeit übernommen.

Thalon wäre zufrieden gewesen, wenn Flacco geschwiegen hätte. Doch die Lüge reizte ihn zum Widerspruch. »Soll die *kulko* Quastides kommen lassen? Er kann bezeugen, daß du mich angeschaut hast, als wolltest du mir jeden Moment an die Gurgel gehen.«

Flacco blieb gelassen. Er nahm den flackernden, fiebrigen Blick vom Boden und heftete ihn starr auf die gegenüberliegende Wand, als wollte er die Ritzen in den tabakbraunen Bohlen zählen oder das Versteck der Wanzen finden. »Ich seh dich wie alle andren an. 'n bißchen verbittert vielleicht. Wußtest du, daß ich manchmal etwas verbittert bin? Nein? Gut, dann weißt du's jetzt.«

Es war die längste Rede, die Thalon bisher von Flacco gehört hatte.

»Hör zu, *zusha*!« sagte Cedira eindringlich. »Ich weiß nicht, wie das bei euch auf der *Seewolf* ist. Aber wir auf der *Schwarze Rose* sind 'ne verschworene Gemeinschaft, ob wir miteinander vögeln, miteinander saufen oder am liebsten dem anderen den Arsch spalten möchten. Niemand verlangt, daß wir einander leiden können. Aber wir sind ein Haufen. Die Totmacher der Meere. Efferds dunkle Soldaten. Meinetwegen auch nur sein Stinkefinger. Wir schlitzen die seefahrenden Büttel der Landratten und nicht uns selber. So sehn wir das auf der *Schwarze Rose*. Und so sollten es alle Flibustiers sehn, wie ich meine. Wenn es Händel auszutragen gibt, dann sag, was dich stört, und verlang eine *malrhas*. Wenn du das nicht willst, dann schweig und halt Frieden. Spar dir deine Bitterkeit für Kauffahrerkehlen.«

Zum erstenmal blickte Flacco der *kulko* in die Augen. »Ich halt ja Frieden, *kulko*. Dein Schütz ..., ich mein, der Neue hat von mir nichts zu fürchten. Ich versprech's bei den Zwölfen. Schert euch nich um meine Blicke. Sie töten nich. Ich würd eher mich selbst schlitzen als 'nen andren *zusha*.«

»Freut mich zu hören«, gab Cedira zur Antwort. Mißtrauisch fragte sie nach: »Thalon ist für dich doch ein *zusha*, oder?«

Flacco schaute wieder die Wand an. »Keine Frage. Ja,

er is jetzt 'n *zusha*. War's nich immer, aber jetzt isser einer. Das bindet mich. Ich tu ihm nichts.«

»War's nicht immer? Was soll das nun wieder heißen?« fragte Cedira.

Flacco gab keine Antwort.

»Hast du dein Maul schon wieder eingesteckt? Antworte deiner *kulko*, Kerl!«

»Weiß nich, was ich damit sagen wollte«, behauptete Flacco.

Cedira gab auf. »Hast hier 'ne Menge Scheißdreck geredet, Pirat. Aber was die eine Sache angeht, nehm ich dich beim Wort. Du rührst keinen *zusha* an! Wenn du Thalon oder einen anderen aus der Mannschaft angreifst, wirst du 'nen verdammt schweren Abgang haben. Dafür sorg ich. Also gut, verpiß dich, Flacco.« Um dem Piraten nicht noch mehr Grund zu geben, Thalon als ihren verhätschelten Schützling zu sehen, fügte sie hinzu: »Du genauso, Thalon. Du hast gehört, er kann nichts für seine Blicke. Also kümmre dich nicht um sie und behandle ihn als *zusha* wie alle anderen auch.«

Die beiden Männer verließen die *taba*. Ohne Thalon auch nur im geringsten zu beachten, schlurfte Flacco die Treppe zum Oberdeck hinauf. Thalon fragte sich, wie alt der Mann wohl sein mochte. Sein Haar wurde bereits grau, und die meisten seiner Zähne waren nur noch Stummel. Aber das hatte wenig zu bedeuten. Manche, die kaum dreißig waren, liefen nicht anders herum. Doch die schwerfälligen Bewegungen deuteten auf müde Knochen hin. Thalon befand, daß Flacco weit über vierzig Jahre alt war.

Er ließ dem Piraten einen Vorsprung und ging dann ebenfalls an Deck. Flacco bewegte sich über das Hauptdeck und war dann nicht mehr zu sehen. Thalon lehnte sich gegen das Schanzkleid und sah auf die See hinaus. Sie war spiegelglatt und gleißte im Licht der Praiosscheibe.

Thalon dachte über Flaccos Bemerkung nach. *War's*

nich immer. Natürlich nicht. Keiner an Bord war als *zusha* geboren worden. Und Thalon konnte sich nur an ein paar Wochen auf See erinnern. Trotzdem beunruhigten ihn Flaccos Worte. Aber wenn der Pirat ihn von früher kannte, aus den Jahren, die Thalon fehlten, dann hätte er, verdammt noch mal, darüber reden sollen!

Thalon schob die Gedanken beiseite und genoß das Gefühl von Weite und Freiheit. Er brauchte diese Augenblicke und dachte mit Grauen an das vollgestopfte Bugquartier, das ihn bald wieder umfangen würde.

Die drangvolle Enge an Bord erklärte sich nicht nur daraus, daß eine Lorcha wesentlich kleiner war als eine Schivone wie die *Schwarze Rose.* Zwei Piratenschiffe, die im Verbund mit *kulko* Eiserne Maske segelten, waren erst kürzlich nach einem Kampf mit der Praefos-Flotte gesunken. Die Überlebenden waren auf die anderen Schiffe verteilt worden, und die *Seewolf* hatte mehr als zwanzig Piraten aufnehmen müssen. Zusammen mit der Stammbesatzung ergab das fast sechzig Männer und Frauen. Und dafür war das zwar dickbauchige, aber nur gut dreißig Schritt lange Schiff eigentlich zu klein.

Thalon hatte eine Reihe weiterer Unterschiede zur *Schwarze Rose* entdeckt. Die Lorcha besaß keinen Kiel, sondern einen Plattboden, und die dreieckigen, zusätzlich versteiften Hauptsegel erforderten andere Segelmanöver, als Thalon sie gewohnt war. Ihm kam es auch vor, als zöge die *Seewolf* erheblich mehr Wasser als die *Schwarze Rose.* Das Lenzen mit Handpumpen und einer Stafette von Wasserträgern gehörte zu den wichtigsten Aufgaben der Besatzung und schien zeitweise mehr Leute zu erfordern als die Decksarbeit. Offenbar hatten auch zusätzliches Kalfatern und der neue Schutzanstrich nicht allzuviel an diesem Umstand geändert.

Es gab keine Kombüse an Bord der *Seewolf* und damit auch keine warmen Mahlzeiten. Die Piraten erhielten nach jedem Wachwechsel Rationen, die teils aus hartem Schiffszwieback und Dörrfleisch bestanden, teils aus

Dörrobst und Speck und dann wieder aus einer Pampe aus Talg, Honig und aufgeweichtem Hartbrot, die *patas* genannt wurde. Dazu gab es Wasser und manchmal Wein. Die Besatzung murrte, daß es kein Bier gab, aber die Vorräte waren ausgegangen. Es gab eine *reffas*, eine Proviantmeisterin, die die Zuteilungen überwachte.

Die Besatzung besaß mehr Rechte an Bord als auf der *Schwarze Rose*, und Cedira schien gar nicht erst zu versuchen, daran etwas zu ändern. Eiserne Maske hätte das Schiff gewiß anders geführt und keinen Zahlmeister neben sich geduldet. Er bestand darauf, die Beute selbst zu verwalten und auszuzahlen. Auf der *Seewolf* dagegen gab es wie auf anderen Piratenschiffen einen *drastag*, der von den Piraten gewählt wurde. Es handelte sich dabei um einen kraushaarigen Burschen namens Hobolo, der im Gegensatz zu den meisten Piraten lesen und schreiben konnte. Er nutzte seine Position weidlich aus und führte oft ein loses Mundwerk, auch gegenüber Cedira oder den *rashi*. Thalon hatte den Eindruck, daß er neben den für die Steuerung des Schiffes verantwortlichen Offizieren die wichtigste Person an Bord war, bei ruhigem Wetter und außerhalb der Kampfzeiten vielleicht sogar wichtiger als der *kulko*.

Statt eines *jhabo* wie an Bord der *Schwarze Rose* gab es einen *mustag*, einen Segelmeister. Vielleicht war dies auch nur eine andere Bezeichnung für einen ähnlichen Aufgabenbereich. Thalon fiel auf, daß die Piraten auf der Lorcha teilweise andere Ausdrücke benutzten und manchmal in Charypto, der ›Piratenzunge‹, sprachen. Für ihn war dies ein Hinweis, daß die *Seewolf* und ihre Stammbesatzung aus einem anderen Bereich des Südmeers kamen. Die Gespräche der Piraten bestätigten dies. In ihnen kamen Inseln und Städte vor, von denen Thalon noch nie etwas gehört hatte. Einige ihrer Rituale und Gebräuche waren ihm ebenfalls fremd. So frönte eine größere Gruppe, die aus ihrer Mitte einen eigenen Wogenpriester bestimmt hatte, einem Kult, der die Wellen des Meeres für Totengeister hielt, sie anbetete und mit Opfergaben milde zu stimmen versuchte.

Das meiste allerdings war ihm von der *Schwarze Rose* vertraut. Es gab Torsionsgeschütze wie Rotzen und Aale und *chicas*, die als Geschützmeister die Aufsicht über die schweren Waffen ausübten. Die *rashi* trugen *colbas* wie auf der *Schwarze Rose*, obwohl sie die Peitschen nicht einsetzten. Und es kam zu den üblichen Reibereien zwischen *zusha* und *gesha*, den Seeleuten und den Kämpfern, ergänzt noch um zusätzliche Rangeleien zwischen den *zusha* und *gesha* der Stammbesatzung und jenen, die als Schiffbrüchige neu hinzugekommen waren.

Thalon nahm dies alles neugierig in sich auf, während er seiner Arbeit an Deck, in der Bilge oder in der Takelage nachging. Er war froh, daß die *Seewolf* sich nicht auf Raubzug befand, und konnte nur hoffen, daß ihr nicht zufällig leichte Beute vor den Bug lief, die zu entern Cedira vielleicht nicht widerstehen konnte. Er wollte nicht wieder ein Schlachten erleben, wie es den Seeleuten der *Adrian Vandenboosten* widerfahren war. Trotzdem nahm er das Florett, das ihm die Zwergin besorgte, dankbar entgegen und übte jeden Tag. Er bedauerte, es nicht mit nach Ghurenia nehmen zu dürfen. Aber Cedira hatte wohl recht: Mit einer solchen Waffe würde er auffallen. Obendrein erlaubte der Praefos nur seiner Garde, seinen Günstlingen und deren Leibwächtern, längere Waffen als Messer zu tragen.

Manchmal fühlte sich Thalon eigenartig zerrissen. In Gedanken befand er sich oft schon an Land und jagte den verlorenen Jahren und Malurdhin nach. In anderen Momenten versuchte er, bewußt den Wind und das Meer zu genießen, die prallen Segel, den rötlichen Dunst vor der Praiosscheibe und das heisere Zetern der Möwen, Lummen und anderen Seevögel, die nach Brocken tauchten, die ihnen der eine oder andere Pirat zuwarf. Dann gestand er sich ein, daß diese Fahrt gern noch ein paar Tage länger dauern könnte. Denn nur die Zwölfe wußten, was ihn in Ghurenia erwarten würde.

Als Thalon während seiner zehnten Wache aus den Wanten stieg und müßig ausruhte, bemerkte er mittschiffs zwischen einem zum Trocknen aufgespannten Stück Segeltuch und dem Kabelgatt ein paar Piraten, die sich über eine Frau hermachten. Es so offen an Deck zu treiben, war ein Tabu, dessen Verletzung die Offiziere normalerweise nicht durchgehen ließen. Seltsamerweise machte Cedira keine Anstalten einzugreifen, obwohl ihr nicht verborgen geblieben sein konnte, was dort vor sich ging. Thalon konnte nicht anders, als in die Nische vor dem Kabelgatt zu starren. Dabei entdeckte er, daß zwei Piraten die sich offenbar wehrende Frau festhielten, während sich der dritte zwischen ihren gespreizten nackten Beinen zu schaffen machte. Thalon wurde unruhig. Er sah nur Hinterköpfe, ein paar Arme, die nackten Beine. Immerhin war es möglich, daß die Piratin die drei eingeladen hatte, sie gemeinsam zu besteigen. Doch weshalb mußten sie die Frau dann festhalten? Chinza kam ihm in den Sinn, auf der Flucht vor Parazzin, der sie schänden wollte. Und – eine Erinnerung, die um einiges schrecklicher für ihn war – seine Mutter, hilflos Malurdhin ausgeliefert, der sie nicht nur schändete, sondern auch quälte und am Ende tötete. Alles vor den Augen eines kleinen Jungen, der entsetzt und tatenlos zuschauen mußte. Thalon war dieser kleine Junge gewesen.

Als die Frau aufschrie, war sich Thalon seiner Sache gewiß. Er griff nach seinem Messer und stürmte los.

Cedira hatte ihn aufmerksam beobachtet, während sie Kommandos über das Deck schrie oder der Rudergängerin Anweisungen gab. Sie schien zu ahnen, was in ihm vorging. Als die Frau schrie und Thalon losrannte, sprang sie ihm in den Weg.

Thalon versuchte auszuweichen, aber die Zwergin packte zu und erwischte sein Handgelenk. Sie umschloß es mit eisernem Griff und riß ihn so heftig herum, daß er beinahe auf die Decksplanken gestürzt wäre.

»Du mischst dich da nicht ein!« zischte sie.

»Aber ...« Thalon konnte es nicht fassen. War es nicht Cedira gewesen, die ihm und damit letztlich auch Chinza geholfen hatte, Parazzin außer Gefecht zu setzen? Er wußte, daß die Zwergin einen starken Sinn für Gerechtigkeit besaß. Gewiß, sie hatte angeblich nichts dagegen, wenn die Piraten nach einer Enterung die Überlebenden schändeten. Thalon bezweifelte allerdings, daß ihr dieses Tun wirklich gefiel. Auf keinen Fall jedoch konnte sie es gutheißen, daß einer Frau aus ihrer Besatzung dieses angetan wurde.

»Was meinst du denn, was die dort machen?« fragte Cedira und grinste.

Die Frau schrie wieder auf. Thalon wollte sich losreißen, aber Cedira hielt ihn unerbittlich fest. Er hätte sich den Arm abreißen müssen, um diesem Griff zu entgehen.

»Sie schänden eine *zusha* oder eine *gesha* oder wen auch immer! Und du schaust einfach zu!«

»Spatz, du bist ein Hornochse!« sagte Cedira milde. Sie deutete auf die Gruppe. Der Pirat, der sich zwischen den Beinen der Frau zu schaffen gemacht hatte, wandte sich gerade zur Seite und reckte triumphierend eine leicht gebogene, nadelspitze Lanzette in die Höhe. Die Spitze war blutig. Thalon war entsetzt. Dann erkannte er den Piraten. Genauer gesagt erkannte er, daß es kein Pirat, sondern eine Piratin war. Mishia, das stumme Mädchen mit dem zerstörten Gesicht, das Cedira manchmal in der *taba* zur Hand ging. Wie Thalon inzwischen wußte, war sie ein weiterer Schützling, über den Cedira ihre Hände hielt. Die beiden anderen Piraten hatten die Arme und Beine der Frau losgelassen und halfen ihr jetzt auf die Beine. Auch diese vermeintlichen Schänder erwiesen sich als Frauen. Die eine war Erthe, eine scharfzüngige, hohlwangige Waldfrau, die andere die zottelmähnige Tulamidin Kabotao. Die Frau, die auf den Planken gelegen hatte, stand mit wackligen Beinen auf. Sie schlang sich ein Tuch um die nackten Hüften. Es war eine kraushaarige *gesha* mit einer weit herabhängenden Unterlippe. Ihren Namen hatte sich Thalon nicht gemerkt. Sie war nicht gerade hübsch zu nennen, aber sie hatte eine sinnliche Ausstrahlung und guckte manchmal herausfordernd. Auch Thalon hatte ihre herausfordernden Blicke gespürt, aber nicht erwidert. Jetzt allerdings sah die Frau nur wie ein kleines Stück Elend aus. Sie tupfte sich das Blut ab, das ihr zwischen den Schenkeln hinablief. Erthe und Kabotao mußten sie stützen, als sie über das Deck wankte.

»Das war keine Schändung, sondern der Versuch, ihr ein Balg wegzumachen«, erklärte Cedira ungerührt. »Tessaki hurt zuviel herum. Sie läßt sich nicht zum erstenmal was wegmachen, heißt es. Früher oder später wird sie dabei draufgehen. Aber da sie das Vögeln nicht aufgibt, bleibt ihr keine andere Wahl, wenn sie Piratin bleiben will. An Bord können wir keine plärrenden kleinen Scheißer gebrauchen.«

Thalon versuchte zu verarbeiten, was er da gehört hatte. Er wußte wenig über diese Dinge, wollte es auch gar nicht wissen. In Charypso hatte er das eine oder andere aufgeschnappt, wenn die Dienstmädchen miteinander tuschelten. Es gab am anderen Rand der Insel, hinter den Dreibergen, eine alte Hexe, die so etwas besorgte, hieß es. Aber seines Wissens war von einem brennenden Saft die Rede gewesen, den die Frauen sich einführen mußten.

»Ich wußte nicht, daß man es mit ... mit einer Waffe macht«, sagte er schließlich.

»Es gibt verschiedene Mittel, und die meisten sind besser als das da«, erwiderte Cedira. »Ich hab selbst schon zu solchen Mitteln greifen müssen. Tessaki kann froh sein, daß überhaupt jemand an Bord ist, der dieses Handwerk beherrscht.« Sie machte eine verächtliche

Handbewegung. »Die *Seewolf* ist nicht die *Schwarze Rose*, Spatz. Hab ich schon mal gesagt, glaub ich, aber man kann's gar nicht oft genug wiederholen. Auf der *Schwarze Rose* haben wir Haya. Sie kennt sich auch in diesen Sachen bestens aus.«

Weil es Thalon gerade in den Sinn kam, fragte er: »Warum hast du eigentlich keine Kinder, Ced?«

Er hatte erwartet, die Zwergin würde lachen oder eine abschätzige Bemerkung machen. Zu seiner Überraschung schwieg sie, hob den Kopf und blickte auf das Meer hinaus. Er dachte schon, sie werde nicht mehr antworten, aber dann sagte sie mit klarer, nüchterner Stimme: »Es hat sich nicht ergeben, als ich es wollte. Und als es sich ergab, wollte ich's nicht.«

Dann hob sie die Stimme und jagte ihn mit drei anderen zum Segelreffen in die Wanten.

Nach der Deckswache rief Cedira Thalon und Mishia zu sich. »Kommt mit in die *taba*«, befahl sie.

Die beiden sahen sich fragend an und folgten dann der *kulko* die Stufen hinab.

»Mach die Tür zu«, sagte die *kulko* zu Thalon, der als letzter eingetreten war.

Thalon kam dem Befehl nach und ließ sich auf eine Handbewegung Cediras hin neben dem Mädchen auf der Truhe nieder, während die Zwergin im Lehnsessel des *kulko* Platz nahm. Sie grinste, als sie die beiden ansah. »Glotzt mich nicht so blöd an. Ich will euch nicht fressen.«

Ihr Blick verharrte auf Mishias zerstörtem Gesicht. Für einen Moment schien etwas wie Wehmut in ihren Augen zu schimmern. Dann sah sie Thalon an. »Mishia war einmal sehr hübsch, Thalon. Und sie ist es noch immer, wenn du an den schlimmen Sachen vorbeisehen kannst. Und schau dir ihren Körper an. Reizt sie dich nicht? Wenn Gorm und seine Folterknechte sie nicht bestiegen haben, ist sie vielleicht sogar noch Jungfrau.«

Mishia zuckte zusammen.

Cedira meint es nicht böse, aber manchmal ist sie verdammt rauh, dachte Thalon.

Cedira lachte, als sie die Gesichter der beiden sah. »Ja, im Ernst, ich hätte nicht übel Lust, euch beide miteinander zu verkuppeln. Ich nehme Mishia nämlich mit auf die *Schwarze Rose*. Du wirst sie wiedersehen, wenn du aus Ghurenia zurück bist, Spatz. Mishia ist eine ganz Sanfte, eigentlich zu weich für die Piraten. Trotzdem ist sie keine Heulsuse und schaut den Dingen ins Gesicht. Ihr würdet gut zueinander passen.«

Mishia bewegte sich unruhig neben Thalon. Sie schwieg, weil sie stumm war. Thalon schwieg ebenfalls. Er kannte dieses Mädchen nicht, und sein Gesicht erschreckte ihn. Und nach dem, was er vorhin an Deck gesehen hatte, brachte er Mishia außerdem noch mit blutigen Dingen in Verbindung. Sie konnte ihm gestohlen bleiben, mochte ihr Körper noch so reizvoll und ihr Gemüt noch so sanft sein. Sie war für ihn eine Piratin wie alle anderen. Keine Frau, für die er Zärtlichkeit empfinden könnte.

Wieder einmal schien Cedira seine Gedanken zu erraten. Sie wandte sich dem Mädchen zu. »Er ist noch zu jung, Mishia, um dich zu schätzen. Du darfst ihm das nicht vorwerfen. In seinem Kopf ist er gerade eben sechzehn, denn ihm fehlen vier Jahre. Doch er wird reifer werden. Ich weiß, daß du ihn willst, denn ich habe deine Blicke bemerkt. Wart einfach auf ihn. Er ist es wert, daß du wartest.«

Unsicher sah Thalon das Mädchen von der Seite an. Er hatte nicht bemerkt, daß Mishia ihm irgendwelche heimlichen Blicke zugeworfen hatte. Es hätte ihn auch nur verlegen gemacht. Mishia schaute mit ihrem unversehrten Auge starr geradeaus, ein bißchen erschrocken, wie es schien. Zu seiner Überraschung stellte Thalon fest, daß von der linken Seite kaum etwas von den Zerstörungen des Gesichts zu sehen war. Cedira hatte recht:

Mishia war ein ausgesprochen hübsches Mädchen gewesen. Auf dieser einen Seite war sie es immer noch.

»Er hat dich vorhin an Deck beobachtet, Mishia«, fuhr Cedira fort. »Als du Tessaki die Wohltat erwiesen hast, weißt du. Der Dummkopf hat nicht kapiert, was los war. Ich mußte ihn daran hindern, euch auseinanderzujagen.«

Mishia senkte den Blick.

Cedira lachte. »Ha, sie schämt sich sogar. So'n Blödsinn!« Sie wandte sich Thalon zu. »Mishias Mutter war eine Heilkundige, und Mishia hat ihr Wissen und ihre sicheren Hände geerbt. Sie ist äußerst geschickt. Wenn Haya sie unterrichtet, wird sie die weiseste Frau des Südmeers werden.«

Allmählich fragte sich Thalon, warum Cedira ihn und Mishia zu sich gerufen hatte. Um ihnen zu eröffnen, daß sie miteinander verkuppelt werden sollten? Wohl kaum. Aber vielleicht wollte Cedira erreichen, daß ihre beiden Schützlinge zumindest gute Freunde wurden. Dagegen hatte Thalon nichts einzuwenden. Allerdings würde die Freundschaft nicht von Dauer sein. Da er nicht die Absicht hatte, zu den Piraten zurückzukehren, wenn er erst einmal in Ghurenia war, würde er auch Mishia schwerlich wiedersehen.

Thalon glaubte allerdings, daß Cedira einen handfesteren Grund haben mußte, sich mit ihm und Mishia zu befassen. Soweit glaubte er die Zwergin zu kennen. Er sollte sich nicht täuschen. Cedira kam zur Sache.

»Thalon weiß noch nichts davon, Mishia. Aber er braucht deine Hilfe. Runter mit den Plünnen, Spatz. Zeig dem Mädchen dein Brandmal!«

Obwohl er nicht wußte, was Mishia dies anging, zog Thalon das Hemd aus. Er sah an sich hinab. Die Wunden, die der Dreizack des Rissodruiden ihm zugefügt hatte, waren nur noch borkige Schrammen. Dann streckte er den Arm aus. Mishia nahm den Arm in die Hände und besah mit ihrem gesunden Auge das Sklavenmal. Nach langer Zeit nahm Thalon es selbst wieder in Augenschein. Es war kreisrund, etwas größer als ein Taler, und zeigte drei Sterne, die durch eine Schlangenlinie voneinander getrennt wurden.

Ungewollt stellte Thalon fest, daß Mishia schlanke, sanfte Finger hatte, die seine Haut ganz behutsam berührten. Er fühlte die Wärme, die von ihren Händen ausging. Als er in ihr Auge schaute, sah er Bedauern darin. Thalon fühlte, daß dies nicht richtig war. Mishia hatte Schlimmeres erlebt als er; ihr Mitgefühl stand ihm nicht zu.

»Thalon wird nach Ghurenia gehen, um für uns Piraten eine Aufgabe zu übernehmen«, sagte Cedira. »Du bist die einzige, die außer uns beiden davon weiß. Ich erzähle es dir, weil ich deine Hilfe brauche und weil ich dir vertraue. Du würdest nicht darüber reden, selbst wenn du es könntest. Habe ich recht?«

Mishia nickte eifrig.

»Das Sklavenmal kann ihn verraten. Kannst du es ihm wegmachen?«

Mishia fuhr sanft mit den Fingerspitzen über das Mal. Mehrmals. Es war, als liebkose sie die Narben. Dann ließ sie Thalons Arm los und gestikulierte mit den Händen. Thalon sah zum erstenmal, daß sie eine Art Zeichensprache benutzte und Cedira diese offenbar lesen konnte.

»Mishia sagt, daß es Kräuter gibt, die das Mal fast völlig verschwinden lassen, aber sie besitzt solche Kräuter nicht«, übersetzte die Zwergin. »Ich sagte dir ja, daß Haya dir helfen könnte, aber davon hast du jetzt nichts.« Sie beobachtete weiter Mishias sprechende Finger.

»Sie kann mit der Nadel was machen«, fuhr Cedira fort. »Davon wird das Mal nich verschwinden, aber sein Aussehen wird sich verändern. Ja, Mishia, ich glaub, das ist 'ne gute Idee. Dieses Mal kennzeichnet Thalon als Besitz eines bestimmten Eigentümers. Wenn du die typischen Merkmale verstecken kannst, wird man zwar immer noch wissen, daß er ein entlaufener Sklave ist. Aber man kann ihn nicht mehr seinem früheren Herrn zur Bestrafung übergeben.« Sie zwinkerte Mishia zu. »Ist ja sowieso nur für den Fall, daß unser *zusha* leichtsinnig wird und meint, er müsse unbedingt den Weibern in Ghurenia seine Muskeln und seine Rute zeigen.«

Mishia zeigte ein halb verstecktes Lächeln.

»Ich habe nichts dergleichen vor«, versicherte Thalon. »Meinetwegen muß jetzt gar nichts an dem Mal verändert werden. Ich möchte, daß es irgendwann weggemacht wird, denn ich will ums Verrecken nicht wieder ein Sklave sein. Und dieses verdammte Brandzeichen macht mich dazu. Aber ich passe schon auf, daß es niemand sieht.«

»Nichts da«, entschied Cedira. »Beim Raufen und anderen Händeln kann dir leicht der Ärmel zerrissen werden. Hol die Nadel, Mishia.«

»Ich will aber keine Riesentätowierung um das Mal herum!« sagte Thalon ärgerlich. Daraus sprach die Sorge, daß Mishia das Mal vergrößern würde, um es unkenntlich zu machen. Das Brandmal selbst war schlimm genug, aber eine Tätowierung, die ihn als Piraten auswies, konnte er genausowenig gebrauchen. Er wollte nach Ghurenia, um Malurdhin und die verlorenen Jahre zu finden. Und er wollte zugleich mit den Piraten und seinem bisherigen Leben brechen. Nichts sollte ihn daran hindern. Oder doch möglichst wenig. Die Kreuznarbe, die ihm Eiserne Maske auf die Brust gesetzt hatte, würde ihn natürlich für den Rest seines Lebens begleiten. Und ein paar andere Narben ließen sich auch nicht verstecken. Aber zur Not konnte man sie erklären.

Mishia hatte sich erhoben, ließ aber noch einmal ihre Finger sprechen, bevor sie aus der *taba* eilte.

»Sie sagt, sie verändert nur das Zeichen selbst. Und nun halt die Klappe. Ihr Männer seid immer so zimperlich, wenn euch ein paar Kratzer drohen. Was sollen wir

Frauen sagen? Wir müssen jeden Monat bluten und Blagen ausbrüten, bis wir beinahe platzen.«

»Gib nicht mit Sachen an, die du nur vom Hörensagen kennst.« Diese Bemerkung konnte sich Thalon nicht verkneifen.

»Noch ein Wort, und ich greif dir so hart in die Nüsse, daß du vor Schmerz den Großmast hochrennst!«

Mishia kehrte bereits mit einem Lederbeutel zurück, dem sie mehrere verschieden lange und dicke Nadeln, einen Alaunstein und einen kleinen Tiegel entnahm, in dem sich eine übelriechende braune Paste befand. Von Cediras Schreibtisch borgte sie sich ein brennendes Talglicht. Ohne viel Aufhebens zu machen, hockte sie sich neben Thalon nieder, packte seinen Arm fester als beim erstenmal, legte ihn auf ihren Schoß und zwang ihn, die Schulter so zu drehen, daß das Mal für sie gut erreichbar war. Thalons Gesicht berührte ihre linke Brust. Eine feste Brustwarze drückte sich leicht gegen seine Wange. Gegen seinen Willen empfand er die Berührung als angenehm und aufregend. Dabei nahm er ihren Duft auf. Sie roch frisch und sauber und ein bißchen nach Kamille und anderen getrockneten Wiesenkräutern. Aber ihre saubere Kleidung hatte ihm bereits verraten, daß sie, anders als die meisten Piraten, reinlich war. Als er sah, daß sie eine der Nadeln nahm und sie in der Flamme des Talglichts drehte, wandte er den Kopf ein wenig zur Seite. Er wollte ihr nicht unbedingt dabei zusehen, was sie mit seinem Arm anstellen würde.

Er zuckte zusammen, als Mishia eine der Nadeln in die Haut stach. Es tat höllisch weh.

Cedira lachte laut auf. »Was habe ich gesagt? Zimperliche Memme!«

Die nächsten Stiche taten ebenfalls weh, aber nicht mehr sosehr wie der erste. Mishia arbeitete schnell und gab sich offenbar die größte Mühe, ihm so wenig Schmerzen wie möglich zuzufügen. Thalon mußte zugeben, daß sie wirklich geschickte Finger besaß. Sie schien so etwas nicht zum erstenmal zu machen. Zwischendurch beugte sie sich über die Wunde, berührte sie mit den Lippen, leckte mit der Zunge darüber, um das Blut aufzunehmen. Im ersten Moment mußte Thalon an Eiserne Maske denken, doch es war irgendwie anders. Er empfand die Linderung, die ihm Mishias Lippen verschaffte. Vor allem jedoch spürte er, daß zwischen ihnen nun eine Vertrautheit herrschte, die seine Gedanken in Unordnung brachte.

Mishia war fertig, entließ seinen Arm und zeigte ihm das Ergebnis. Die Sterne, die Schlangenlinie und die kreisrunde Umrandung des Mals waren zu einer knospenden Blüte geworden. Wer Sklavenmale kannte, ließe sich nicht täuschen, aber das ursprüngliche Symbol in der Marke war nicht mehr zu erkennen.

»Phantastisch!« Thalon war ehrlich beeindruckt.

Cedira trat näher und nahm das neue Mal in Augenschein. »Mishia ist eine kleine Künstlerin.«

Das Mädchen senkte zum Dank leicht den Kopf. Dann nahm es wieder Thalons Arm und leckte noch einmal die Blutperlen von den Stellen, wo es mit der Nadel gearbeitet hatte. Schließlich rieb Mishia das Mal mit dem Alaunstein ab und trug etwas von der braunen Salbe auf. Thalon kräuselte die Nase. Die Paste roch nach Ziegenbock oder Schlimmerem.

Mishia gestikulierte mit den Fingern.

»Die Salbe trocknet schnell ein, hilft beim Heilen und verleiht den frischen Wunden die Farbe der alten«, übersetzte Cedira. »Du sollst dich an der Stelle drei Tage lang nicht waschen. Den Sachen zwischen den Beinen darfst du trotzdem ein wenig Wasser gönnen.«

Cedira amüsierte sich köstlich, als sie die Gesichter der beiden sah, das von Mishia empört, das von Thalon verblüfft. »Hahaha, der letzte Satz war natürlich nicht von Mishia, sondern von mir.«

Thalon streifte das Hemd über. Als er seine Umgebung wiedersehen konnte, hatte Mishia die *taba* bereits verlassen.

»Ich habe ihr nicht einmal gedankt«, murmelte Thalon.

»Ja, du bist ein Stußkopf«, sagte Cedira. »Aber der Kahn ist nich' so groß, als daß du sie nicht finden und es nachholen kannst. Du mußt sie aus Dankbarkeit nicht gleich stoßen, aber sei ein bißchen nett zu ihr. Und nutz sie vor allem nicht aus. Die Kleine hat viel durchgemacht. Mehr als wir alle zusammen.«

»Ich dachte, so etwas ließe dich kalt.«

»Ich fang deshalb nich an zu flennen, wenn du das meinst. Uns allen wurde schon mal ins Gesicht gefurzt. Das ist nichts Besonderes. Aber auf sie hatte das Preafos-Schwein es überreichlich abgesehen. Außerdem kann ich sie gut leiden, wie du vielleicht bemerkt hast.«

»Habe ich«, sagte Thalon, »und zwar so gut, daß du einen, den du auch ganz gut leiden kannst, wie ich glaube, unbedingt mit ihr zusammenbringen willst.«

Cedira grinste. »Es ist einfacher, wenn man seine Schäfchen im gleichen Stall hält.«

»Sie ist ...«, begann Thalon und suchte nach Worten. »Man muß sich an ihr Aussehen gewöhnen.«

»Ja, das muß man allerdings.« Cedira spuckte aus. »Wenn du lieber Weiber wie Shanka besteigen willst, dann tu es doch. Deinem Schwanz werden solche Damen vielleicht guttun. Aber wenn sie dich satt haben, kriegst du 'nen Tritt in den Arsch oder sogar 'n Messer zwischen die Rippen.«

»Ich will überhaupt niemanden besteigen.«

»Früher oder später wirst du es wollen.« Cedira wechselte das Thema. »Du kannst dir übrigens etwas darauf einbilden, daß Mishia dein Blut mit dem Mund aufgenommen hat. Ich hab sie schon mehrmals tätowieren sehen, und da hat sie es nich gemacht. Sie kann dich wirklich gut leiden. Das ist ein seltenes Geschenk, Spatz. Wirf es nich weg.«

Wieder an Deck, suchte Thalon das Mädchen. Er fand Mishia im Proviantraum, wo sie der *reffas* beim Zuteilen der Rationen half. Ihm wurde zum erstenmal bewußt, daß sich Mishia überall nützlich machte, aber weder als *zusha* noch als *gesha* Dienst an Deck leisten mußte. Hier zeigte sich erneut, daß die *kulko* ihre Hand über das Mädchen hielt. Sie wurde auch nicht von den Männern belästigt, soweit Thalon dies mitbekam, obwohl sie jung und schlank war. Normalerweise waren Piraten nicht wählerisch und hätten sich von Mishias Narben kaum abhalten lassen. Auch in dieser Beziehung schien Cediras Hand Wunder zu wirken. Zudem stellte Thalon fest, daß Mishia bei den Frauen in hohem Ansehen stand und wohl auch bei ihnen Unterstützung fand, wenn sie Hilfe benötigte.

Thalon holte seinen Dank nach, und die beiden tauschten einen flüchtigen Blick und ein Lächeln aus. Dann verließ er den Proviantraum. Er wußte nicht, wie er Zugang zu einem stummen Mädchen finden sollte. Und er wußte auch gar nicht, ob er das überhaupt wollte.

An einem freundlichen Nachmittag verbrachte Thalon die Freiwache an Deck, um wieder einmal dem nie nachlassenden Gestank im Bugquartier zu entgehen. Ermuntert durch die ruhige Fahrt der *Seewolf* und das gleichmäßige, kaum spürbare Rollen des Schiffes, hatte er sich eine Pütz Wasser an Bord gezogen, sich damit abgekühlt und gewaschen. Er streckte sich an einer Stelle des Oberdecks aus, wo er niemanden behinderte, halb verborgen unter einem der Drachenflügelsegel. Hier schloß er die Augen und genoß die langsam an Kraft verlierenden Strahlen der sinkenden Praiosscheibe, deren Hitze durch eine frische Brise auf ein bekömmliches Maß verringert wurde. Die *Seewolf* hatte gute Aussicht, ihn in den Schlaf zu wiegen.

Plötzlich ließ ihn ein Geräusch auffahren. Etwas war unweit von ihm nahe der Bordwand an Steuerbord ins Wasser geklatscht. Es konnte sich nur um einen kleinen

Gegenstand gehandelt haben, aber Thalon war sofort hellwach. Er spähte nach oben und versuchte zu erkennen, ob jemand in den Wanten hing, der mit irgend etwas geworfen hatte.

Er entdeckte niemanden. Aber im nächsten Augenblick flog erneut etwas von hoch oben ins Wasser. Es segelte nur einen Schritt von Thalon entfernt durch die Luft, und er erkannte, was es war. Eine Ratte.

Im ersten Moment glaubte er, die Ratte sei aus freien Stücken ins Meer gesprungen. Er hatte Geschichten über die kleinen Nager gehört, die in Scharen ein sinkendes Schiff verließen. Und ein Pirat hatte ein Schaudern in der Stimme nicht unterdrücken können, als er von Ratten erzählte, die angeblich bereits an Land ein Schiff verlassen hatten, das sodann auf der nächsten Reise in einem Sturm gesunken war.

Thalon beugte sich über das Schanzkleid und sah, daß das Tier leblos im Wasser trieb. Die Ratte mußte bereits vorher tot gewesen sein.

Etwas sauste ihm knapp am Ohr vorbei und tauchte dann ebenfalls in das Wasser ein. Wieder ein Rattenkadaver, dieser blutiger als der andere. Jemand an Bord hatte sich als Rattenjäger betätigt oder auch nur ein paar tote Tiere eingesammelt und beseitigte seine Beute. Die meisten Piraten beachteten die Tiere nur dann, wenn sie ihnen Nahrung streitig machten oder die Hängematten heraufkletterten und dreist an ihren Zehen zu knabbern begannen. Es war aussichtslos zu versuchen, der Rattenplage Herr zu werden. Es gab zu viele von ihnen, und die Zahl der Verstecke war riesengroß. Das war auf jedem Schiff so, wie man Thalon erzählt hatte, nicht nur auf Piratenseglern.

Als Thalon nach oben sah, entdeckte er den Umriß eines Mannes. Jemand saß auf der Rah, neben sich einen Ledereimer.

Das Gegenlicht der Praiosscheibe verhinderte, daß man den Rattenfeind erkennen konnte.

»Hör auf damit, du Schrumpfhirn!« schrie Shanka wütend nach oben. »Du lockst damit die Haie an!«

Ungerührt holte der schattenhafte Umriß mit dem Eimer aus und kippte den Inhalt in hohem Bogen ins Meer. Thalon brachte sich rechtzeitig unter dem Segel in Sicherheit, bevor weitere sechs oder sieben Tiere nahe der Stelle, an der er sich über das Schanzkleid gebeugt hatte, ins Wasser platschten. Den leeren Eimer ließ der Mann auf das Deck fallen.

»Ich peitsche dich mit der *colba* an die Arbeit, du Dreckskerl!« brüllte Shanka.

Der Mann verschwand von der Rah, ohne daß Thalon ihn erkannt hatte.

Die Müdigkeit war verflogen, und Thalon hatte wenig Lust, sich erneut auf den Planken auszustrecken. Der Frieden war gestört worden. Er beugte sich über das Schanzkleid und sah die toten Ratten davondriften. Einige sahen halb verwest aus, aber andere besaßen große blutige Wunden.

Plötzlich sah Thalon in der Nähe der Ratten eine dreieckige Flosse. Ein rundes Maul klaffte auf, dolchspitze Zähne schnappten zu. Wasser schlug spritzend zusammen. Dann war eine der fettesten und blutigsten Ratten verschwunden.

Haie! Shankas Warnung hatte nur allzusehr ihre Berechtigung gehabt.

Von einem Augenblick zum anderen tauchten weitere dreieckige Flossen und gierige Rachen auf. Der Kampf um die karge Beute begann. Im Nu hatte jede einzelne der Ratten einen Abnehmer gefunden. Erregt und blutgierig umkreisten die Haie das Schiff. Sie schienen weitere Gaben zu erwarten.

»*Atar-ator!* Jede Menge Haie!« kreischte die Topgästin, die offenbar gedöst hatte wie zuvor Thalon und erst jetzt erkannte, was vor sich ging.

»Das haben wir diesem Stinkbeutel Flacco zu verdanken!« rief Shanka. »Paßt auf, wenn ihr eure Ärsche aus dem Prunzhaus hängt, besonders ihr Männer. Sonst ist der Arsch ab, und erst recht euer Gehänge. Haie lieben Klöten.«

»Flacco soll prunzen gehn!« schrie irgendwo am Bug eine Frau.

Ihre Forderung wurde von allen Seiten mit Gelächter beantwortet. Wahrscheinlich dachten die meisten an Flaccos üppiges Gehänge und fanden die Vorstellung erheiternd, ein Hai würde danach schnappen.

Also war Flacco der Mann auf der Rah, dachte Thalon. Der seltsame Pirat wurde ihm immer unheimlicher. Erst die haßerfüllten Blicke auf Thalon, jetzt die Jagd auf Ratten. Was trieb diesen Kerl an? Hatte ihm sein Rauschkraut den letzten Rest Vernunft aus dem Schädel getrieben?

Thalon suchte die Wanten ab, um zu sehen, wie Flacco mit den Beschimpfungen und dem Gelächter umging. Er entdeckte ihn nirgends, aber der Kerl mußte noch irgendwo in der Takelage stecken. Unwillkürlich streiften Thalons Blicke die Stelle auf der Rah, wo der Pirat vorhin gehockt hatte. Er bemerkte eine Bewegung vor der blendenden Praiosscheibe.

Flacco!

Er war überhaupt nicht von dort oben verschwunden gewesen. Offenbar hatte er sich lediglich um den Großmast herumgeschlängelt und außer Sicht auf der Backbordseite verborgen. Jetzt trat er wieder auf die Rah hinaus und hielt sich mit einer Hand an einer Leine fest.

»Ich bin Flacco!« schrie der Mann. »Und wer seid ihr? Hurensöhne, Hurenböcke, allesamt!«

Das war eine offene Herausforderung. Alle starrten zu ihm hinauf. Das Gelächter war verstummt. Selbst Shanka verzichtete auf eine Bemerkung und schaute stumm den Mast hinauf.

Thalon hatte sich nach der ersten Begegnung mit Flacco gefragt, ob der Mann wohl nackt seiner Arbeit nachging. Diese Frage war längst beantwortet worden.

Er trug eine Hose, wenn er an Deck kam. Jetzt allerdings öffnete er das Band, mit dem er sie zusammengebunden hatte, und holte sein Glied heraus.

»Ich bin Flacco!« schrie er noch einmal. »Und ich piß auf euch.«

Er tat es, aber seine Absicht ging fehl. Der Wind trieb Flaccos Wasser gegen das Segel.

»Der hat sie nicht mehr alle!« rief jemand.

»Flacco, laß den Scheißdreck und komm runter!« befahl Shanka.

Der Mann achtete nicht auf sie. Er ließ zuerst sein Glied los, dann die Leine und trat freihändig auf die Rah hinaus. Dort balancierte er im Wind wie ein Seiltänzer. Atemlos starrte jeder zu ihm hinauf, der sich an Deck befand.

Dann stieß er sich von der Rah ab und sprang ins Meer.

Der Sprung besaß eine gewisse Eleganz, die der Mann nie besessen hatte, wenn er sich schleppend über die Planken des Schiffes bewegte.

Flacco sprang mitten unter die Haie.

Thalon schrie unwillkürlich auf. Er war nicht der einzige, dem ein Schrei entwich. Am lautesten jedoch schrie Flacco, als der erste Raubfisch angriff. Es war ein schriller, unmenschlicher Schrei, der jäh abriß.

Ein Hai biß ihm einen Arm ab, ein zweiter ein Bein. Der nächste verschlang den Unterleib bis zum Bauchnabel. Um den Rest stritten sich zwei weitere Tiere. Dann gab es nur noch schlagende Schwanzflossen, hochschnellende und wieder abtauchende Fischleiber in einer sprudelnden Mischung aus aufgewühltem Wasser, Blutrinnsalen und rötlichem Schaum.

Jemand warf einen Speer zwischen die Bestien. Niemand vermochte zu erkennen, ob die Waffe einen der Leiber traf. Flacco konnte dies ohnehin nicht mehr helfen. Der Speerschaft splitterte, als ein wütender Hai ihn zerbiß.

Thalon wandte sich schaudernd ab. Auch in die Schar der Piraten kam Bewegung. Ein paar Neugierige, geweckt durch die lauten Stimmen, kamen mit verschlafenen Augen aus den Quartiersluken. Eine Weile sprach niemand an Deck. Schließlich rief Shanka mit tonloser Stimme: »Quastides, rauf in die Wanten! Du übernimmst Flaccos Arbeit.«

Man hätte meinen können, Flaccos Tod hätte auf Tage hinaus Gesprächsstoff geboten. Zu Thalons Erstaunen war dies nicht der Fall. Ein paarmal fielen beiläufig herzlose Sprüche wie »Flaccos letzter Hüpfer« oder »Laß dir doch wie Flacco 'ne Sackrasur von den Haien verpassen«. Ansonsten schienen die meisten den Piraten selbst und die Umstände seines Todes schon fast vergessen zu haben. Sogar Cedira hatte keine Lust, mit Thalon darüber zu rätseln, warum Flacco sich das Leben genommen hatte. Thalon nahm an, daß die Piraten schon zu oft gesehen hatten, wie Männer und Frauen starben, zu oft selbst dafür gesorgt hatten, zu oft dem Tod ins Auge geblickt hatten, es vielleicht schon morgen wieder tun würden. Einige mochte dies abgestumpft haben. Sie nahmen den Tod nicht mehr so wichtig. Andere mochten sich weigern, ihn zur Kenntnis zu nehmen. Oder sie billigten ihm nicht zu, zu einem Thema ihrer Gespräche zu werden.

Als sich die Gelegenheit nach einem Wachwechsel bot, sprach Thalon Tunjah an. Er mußte sich dazu überwinden, denn die Frau roch nicht nur übel, sondern zeigte allen an Bord stets ein grimmiges Gesicht. In dieser Beziehung wirkte sie tatsächlich wie das weibliche Gegenstück zu Flacco.

»Ich möchte mit dir über Flacco reden«, sagte er und wich einigen Piraten aus, die ins Quartier hinabsteigen wollten.

»Flacco is bei den Haien«, sagte die Frau mit dem derben, knochigen Gesicht. Sie machte den Piraten ebenfalls Platz. »Was gibt's da noch zu reden?«

»Weißt du, warum er es getan hat?«

Die Frau sah ihn mit Augen an, die starr und bösartig wirkten wie die eines Reptils. »Wie sollt ich?«

»Du bist die einzige, mit der er gesprochen hat.«

»Und wenn schon.«

Thalon verlor allmählich die Geduld. »Kennst du die Gründe, oder kennst du sie nicht?«

»Was geht dich das an, *zusha*?« Tunjah wandte sich brüsk um und machte Anstalten, die Treppe hinabzusteigen.

»Warte noch!« bat Thalon. »Bitte!«

Die Frau zögerte. Dann wandte sie sich ihm wieder zu und trat mit dem jungen Mann ein paar Schritte nach Backbord, wo sie die anderen Piraten nicht mehr störten.

»Es geht mich deshalb etwas an, weil ich mich frage, ob mich an Flaccos Tod eine Schuld trifft«, sagte Thalon. »Ich selbst bin mir keiner Schuld bewußt, denn ich habe Flacco erst hier an Bord kennengelernt und ihm nichts zuleide getan. Die *kulko* hat Flacco gefragt, warum er mich haßte, aber es war nichts aus ihm herauszubekommen. Ich wüßte gern, ob er dir gegenüber einen Grund für seinen Haß auf mich erwähnt hat.«

»Kannst wohl nich pennen deswegen, Spatz?« fragte Tunjah mit einem schäbigen Grinsen. Offenbar hatte sich der Name herumgesprochen, den Cedira gelegentlich benutzte.

Thalon hatte eine derbe Antwort auf der Zunge, aber er schluckte sie hinunter. Diese Frau ließ sich so wenig wie Flacco zu einer Antwort zwingen. Mit einer Beleidigung erreichte er erst recht nichts. Vielleicht machte es sie gesprächiger, wenn sie meinte, ihn verspotten zu können.

»Ich sagte schon, ich bin mir keiner Schuld bewußt. Wenn du mir keinen Grund nennen kannst, spucke ich meine Zweifel in die See. Dann soll Praios darüber richten, wer wem etwas Böses wollte.«

Die Frau besann sich. »Flacco is zu den Haien gegangen, weil er kein echter *zusha* war und es auch nie sein wollte«, sagte sie. »Hatte Schiß vor dem Wasser, war 'ne verdammte Landratte. Hat die See gehaßt. War 'n Hasenfuß und mußte kämpfen. Hat es sogar ganz gut gemacht. Hatte aber alles satt. Wollt 'n Ende machen mit all dem.«

Thalon atmete auf, ohne es sich anmerken zu lassen. Also hatte Flaccos Haß auf ihn damit nichts zu tun. Aber er hatte sich zu früh gefreut.

»Aber du, Spatz«, fügte Tunjah gehässig hinzu, »du bist schuld, daß Flacco bei den Piraten gelandet is. Und dafür hätt er dich schlitzen können. Aber er hatte Schiß, dir was zu tun. Die Piraten hätten ihn gehaßt, wenn er hinterrücks 'nen *zusha* geschlitzt hätt. So wollt er nich vor Praios treten. Nich als einer, den alle hassen, die ihn kannten. Und für 'ne *malrhas* fehlte ihm der Mumm. Da hat er wohl in sein'm verrückten Kopf gedacht, daß 'n Sprung zu den Haien die beste Lösung is. Daß er's tun wollt, hat er auch mir nich erzählt.«

Thalon hatte der Piratin geduldig zugehört, weil er hoffte, sie werde einen Grund für seine Schuld nennen. Als sie endete, fragte er: »Wie kann ich denn schuld sein, daß Flacco Pirat wurde? Ich war bis vor kurzem noch Sklave auf Minlo. Ein Sklave treibt niemanden zu den Piraten.«

»Flacco war zwei Jahre bei'n Piraten«, gab Tunjah zur Antwort, »und du warst vor zwei Jahren bestimmt nich auf Minlo. Wo warst du vor zwei Jahren, he?«

»Ich weiß es nicht«, gab Thalon zu.

»Du wirst selbst wissen, ob du lügst oder nich«, meinte Tunjah lakonisch. »Was Flacco angeht, so hat er gesagt, du hätt'st ihm was angetan, was ihn zur See und zu den Piraten zwang. Was es war, hat er nich verraten. Mehr weiß ich nich, und mehr kriegst du aus mir nich raus. Und nun leck mich am Arsch, *zusha*!« Sie drehte sich um und verschwand im Niedergang, ohne sich noch einmal umzusehen.

Thalon starrte ihr hinterher. In seinem Nacken hatte sich eine Gänsehaut gebildet. Er spürte den Schatten, den die verlorenen Jahre warfen. Doch er konnte nicht glauben, daß er wirklich für Flaccos Schicksal verantwortlich war. Flacco mußte ihn mit einem anderen verwechselt haben. Oder Flacco war tatsächlich mit ihm zusammengetroffen und machte ihn für etwas verantwortlich, das er nicht getan hatte. Schließlich gab es noch die Möglichkeit, daß Flacco tatsächlich krank im Geiste gewesen war und sich alles nur zusammengesponnen hatte. Thalon schüttelte den Kopf. Er konnte dieses Rätsel nicht lösen. Es erhöhte lediglich die Zahl der Gründe, etwas über die verlorenen Jahre herauszufinden.

Am frühen Morgen des fünften Tages nach der Flucht von Minlo schrie die Topgästin plötzlich aus dem Mastkorb: »*Atar-ator!* Land in Sicht!«

Thalon, der zur Bordwache gehörte und gerade das Deck schrubbte, eilte mitsamt Schrubber und Ledereimer nach Backbord, beugte sich über das Schanzkleid und versuchte, den morgendlichen Dunst zu durchdringen, der über dem Wasser lag. Zunächst konnte er nichts erkennen. Die Topgästin besaß einen besseren Überblick und außerdem ein Fernrohr. Thalon zweifelte jedoch nicht daran, daß Ghurenia oder eine andere Insel des Atolls Efferds Tränen vor ihnen lag. Seit zwei Nächten legten sie bereits ihren Kurs nach dem Feuer des Leuchtturms von Ghurenia fest. Er stieg hinauf in die Wanten, bis er sich auf der Höhe des Krähennests befand. Endlich entdeckte er in der Ferne einen steilen sowie einen runden Felsen und sah auch den Umriß des Leuchtturms, der ihnen den Weg gewiesen hatte.

Es war soweit. Er würde die Piraten verlassen. Für immer, wie er hoffte.

5. Kapitel

Strull da nicht hin, du Ork!« Der kleine Händler mit dem abstehenden Haarkranz reckte drohend die magere Faust. Als das keinen Erfolg hatte, brachte er eilends zwei Tonkrüge aus der Reichweite des Strahls. Der breitschultrige Lastträger grinste nur. Zwei muntere Augen leuchteten in einem rußverschmierten Gesicht. Er schüttelte in aller Ruhe sein Glied ab und band sich die Schamkapsel fest. Dann nahm er die Kiepe mit den Kohlen wieder auf und trottete schwerfällig davon.

Schweine suchten grunzend zwischen den Marktständen nach Futter und vermehrten den Dreck in der Gasse. Ein geckenhaft gekleideter Gaukler stiefelte mit seinen Schnabelschuhen ungerührt durch die Hinterlassenschaften des Lastträgers und der Schweine. Er umklammerte eine lange Flöte, schien aber keine Lust zu einer Darbietung zu haben. Ein Dienstmädchen, das sich mit einem schweren Weidenkorb abschleppte, hatte den langen Rock vorsorglich hochgeschlagen und den Saum an zwei Stellen in den Taillengürtel gestopft. Sie ging barfuß, und ihre strammen Waden waren kaum sauberer als die Füße.

Heute war Markttag. Die leibeigenen und die freien Bauern aus dem Umland, die Sklaven von den großen Gütern, die Fischer, die Händler aus den Basaren und viele der Handwerksmeister der Stadt nutzten die Gelegenheit, Waren anzubieten. Man sah Leinweber und Gürtler, Gerber, Pantinenmacher, Schneider und Seiler, Kannengießer, Drechsler, Bäcker und Beutler, die neben Krämern und Hökern, Badern, Zauberheilern und Barbieren nach Kunden Ausschau hielten. Am Markttag kamen sie aus allen Gassen heran und herüber von den anderen Inseln des Archipels. Die Bürger der Stadt nutzten die Stunde, und die Handelshäuser deckten sich mit Vorräten für ihre Speicherhäuser ein, aus denen sie die Fracht der Schiffe zusammenstellten, um mit fernen Inseln und dem Festland Handel zu treiben. Dienstfrauen und -männer, Proviantmeister von Schiffen, Einkäufer der Speicherhäuser, Gutsverwalter, Kochmamsellen der Garküchen und viele andere, manchmal auch ein vornehm gekleidetes Mitglied der Kaufmannsgilde feilschten mit den Marktleuten oder brachten ihre Träger, Kommis, Sklaven oder Tagelöhner auf Trab, wenn der Abtransport der erstandenen Waren ihnen nicht schnell genug ging. Einige Vornehme der Stadt ließen sich von Sklaven oder Dienstboten in Sänften über den Platz tragen und nahmen im Sitzen das Angebot in Augenschein.

Gewürzhändler boten Pfeffer und Paprika, Curry und Ingrim, Kurkumer Nelkenöl, Safran und Rosenöl in Säckchen, Tiegeln und Flakons feil; Ölhändler hockten neben Amphoren mit Leinöl, Hanföl und Palmöl; Kräuterhändler hatten Süßmoos, Tee, Knoblauch und Rauschkraut auf roh gezimmerten Tischen ausgebreitet; Fischer priesen Miesmuscheln, glotzäugige Barsche, Seesterne, Krabben und Tintenfische an. Die feinen und die schweren Gerüche vermischten sich mit durchdringenden Aromen, die von dem Räucherwerk ausströmten, das hier und da abgebrannt wurde. Die üblen Gerüche, die hier und da vom Boden aufstiegen, gingen darin unter.

Kesselflicker und Flickschuster boten eifrig ihre Dienste an. Bauern verkauften lebende Hühner und Küken. Drechsler und Schnitzer hatten Teller und Schalen, Nudelhölzer und andere Küchengeräte aus Holz vor sich ausgebreitet. Eisenkessel, Kohlezangen, Feuerschapen, Grapen und Kesselgriffe, die man ›kalte Hände‹ nannte, waren ebenso zu haben wie Pfannen, Tiegel, Mörser, allerlei Werkzeuge, Talglichter, Zinnkrüge, gegerbte Felle und Tuche.

Vor der Marktschenke saß der Marktmeister mit seinen Gehilfen. Man hatte ihnen aus der Schenke Schemel und einen Tisch herausgetragen. Auf dem Tisch befanden sich ein Tintenfaß, ein Federkiel, das Marktbuch, ein Rechenbrett und verschiedene Eichmaße. Wenn es auf dem Markt Streit zwischen Käufern und Verkäufern gab, entschied der Marktmeister, ob der Käufer auch wirklich die bezahlte Menge erhalten hatte, und er half mit seinem Rechenbrett aus, wenn die Rechenkünste der Verkäufer versagten. Wurde jemand dabei erwischt, daß seine Waage, seine Gewichte oder seine Hohlmaße nicht den Eichmaßen genügten, erging es ihm schlecht. Ohne viel Federlesens wurde der Übeltäter von den Gehilfen des Marktmeisters ergriffen und zur Stadtrichterin gebracht. Die saß zusammen mit dem Büttel, dem Scharfrichter sowie zwei Schöffen und einer Schöffin am Markttag auf einem Podest am gegenüberliegenden Ende des Marktes, wo sich auch der Pranger und der Richtblock befanden. Markttag war zugleich Gerichtstag. Einem Marktbetrüger drohten Pranger und Prügelstrafen, die sofort vollstreckt wurden. Dies galt für zu knappes Abmessen und Wiegen. Mutwilliges Fälschen von Maßen und Gewichten, vor allem jedoch Münzbetrügereien wurden oft sogar mit der Todesstrafe geahndet. Dann waltete der Scharfrichter seines Amtes und schlug dem Verurteilten mit dem Schwert den Kopf ab. Oder er versuchte es zumindest. Scharfrichter Eitel Galantes, in die Jahre gekommen und selbst an Markttagen selten nüchtern, benötigte in der Regel zwei, manchmal bis zu sieben Versuche, um ein Haupt vom Körper zu lösen. Oft krachte sein Schwert nur in das Holz des Richtblocks. Dafür bekam er von den Zuschauern allerlei Spott zu hören, aber den Opfern bescherte sein Unvermögen in ihren letzten Momenten ein Übermaß an Qualen.

Allerdings war die letzte Hinrichtung durch Eitel Galantes schon einige Monate her. Die Scharfrichter des Praefos, Söldner der Praefosgarde, die allein vom Richterspruch Gorms befehligt wurden, hatten in diesen Monaten eine blutigere Spur hinterlassen. Auch sie richteten auf dem Marktplatz, aber nur am Borontag, wenn die Praefosgarde die Festung und die Wachstuben verließ und in der Stadt aufmarschierte. Es gab nicht wenige, die über die Entweihung des Tages heimlich die Fäuste ballten. Mehr Grund, den Praefos zu hassen, hatten die Freunde und Angehörigen der Opfer. Aber wer es wagte, seinen Unmut und seine Wut offen zu zeigen, landete schnell im Folterkeller der Festung und früher oder später ebenfalls auf dem Richtblock. Wenn ihm letzteres widerfuhr, konnte er sich sogar glücklich schätzen. Das Eisen eines Scharfrichters – wenn dieser nicht gerade Eitel Galantes hieß – war allemal gnädiger als die Daumenschrauben, glühenden Haken und Streckbänke der Folterknechte.

Das Marktgericht befaßte sich gerade mit einem Ehestreit, und die Richterin entschied, daß die Klagen der Böttchermeisterin berechtigt waren, die sich über die Faulheit ihres Gatten in der Werkstube wie im Bett beklagte. Der Böttchergeselle bog offenbar lieber die Leiber der Weiber in den Badehäusern als die Bretter seiner Fässer. Die Richterin verurteilte ihn dazu, zwei Tage nackt im Pranger zu verharren, und forderte die Anwesenden auf, ihn nach Kräften anzuspucken oder mit dem Inhalt der Nachttöpfe zu bewerfen und dabei auch sein im Ehebett faules, ansonsten aber übereifriges Gemächt mit solchen Gaben zu verzieren.

Erstaunt nahm Thalon das Treiben auf dem Marktplatz wahr, der von reichverzierten, in bunten Aquarellfarben bemalten und mit zahllosen Türmchen und Erkern versehenen Häusern gesäumt wurde. Nie zuvor hatte er so viele Menschen an einem Ort gesehen. Der Markt in Charypso, in seiner Erinnerung der Inbegriff von wildem Trubel, verblaßte dagegen zur Bedeutungslosigkeit. Der Marktplatz von Ghurenia wurde im Hintergrund von den steil ansteigenden Hängen eines abgerundeten Kalkfelsens gesäumt, auf dessen Kuppe sich eine trutzige und schier unüberwindbar wirkende Festung befand. Zur anderen Seite hin fiel der Platz terrassenförmig nach unten ab und endete in engen Gassen, felsgesäumten Hohlwegen und Bogengängen, die zu den Hafenkais hinabführten. Schräg hinter dem runden Felsen reckte sich ein zweiter Fels in die Höhe, steiler, höher, schroffer als der andere. Das mußte der Fels sein, den man den Schroffen nannte. Als Krönung des Schroffen ragte der stufenförmig gebaute Leuchtturm in die Höhe. Ein kleines Stück der Steinbrücke war zu sehen, die die beiden Felsen miteinander verband.

Obwohl es auf dem windgeschützten Marktplatz allmählich heiß wurde, genoß Thalon die Gaben der Praiosscheibe. Sein Haar war bereits wieder trocken, und allmählich vertrieb die Wärme auch das klamme Gefühl, das von seiner Kleidung ausging. Die *Seewolf* hatte sich in respektvoller Entfernung von Ghurenias Felsen gehalten. Zu groß war die Gefahr, von den Spähern auf der Festung als Seeräuberschiff erkannt zu werden, auch ohne die *falon* im Top. Thalon war im frühen Morgengrauen im Boot zur Insel gebracht worden. Aber die Steilküste bot außerhalb des Hafens keine Anlegeplätze. So geschah es, daß Thalon durch eine Felsspalte schwimmen mußte, die für das Boot zu eng war, um sich dahinter auf einen Felssockel zu ziehen. Nach einer kurzen Kletterpartie hatte er einen Pfad gefunden, der ihn am Runden entlang zum Hafen führte.

Das bunte Markttreiben betrachtete er als Geschenk der Götter. Er war in Sorge gewesen, als Neuankömmling in der Stadt aufzufallen. Fremde konnten nur mit einem Schiff nach Ghurenia kommen. Was hätte Thalon sagen sollen, wenn ihn jemand befragt hätte? Sein erster Gang hatte ihn deshalb in den Hafen geführt. Erleichtert stellte er fest, daß Dutzende von Schiffen, wenn auch in der Mehrzahl kleine Plattboote und Nachen, welche Besucher von den anderen Tränen Efferds befördert hatten, an den Kais vertäut lagen. Zuerst hatte er sich den Namen einer massigen Karracke einprägen und behaupten wollen, er sei mit ihr gereist. Aber der Schwindel wäre schnell aufgeflogen, hätte man ihn nach dem Urspungshafen oder dem Namen des Kapitäns gefragt. Das Gewimmel der kleineren Schiffe ließ ihn zu einer besseren Geschichte Zuflucht nehmen. Wenn ihn jemand in die Mangel nehmen sollte, wollte er erzählen, er sei bereits vor Wochen eingetroffen und habe im Auftrag eines auswärtigen Kaufherrn Efferds Tränen bereist; von dort sei er nach Ghurenia gekommen.

Angesichts der vielen Menschen auf dem Markt schwanden seine Sorgen. Es schienen sich viele Fremde in der Stadt aufzuhalten, die den Einheimischen nicht einmal flüchtig bekannt waren. Dies schloß er aus Gesprächen, die er am Rande aufschnappte. Die Stadt war offenbar größer, als er gedacht hatte. Obwohl die meisten Anbieter auf dem Markt sich kannten, schien dies für ihre Kunden nicht unbedingt zu gelten, nicht einmal für jene, die in Ghurenia heimisch waren. Thalon fühlte sich erleichtert. Dieser Teil seiner Aufgabe schien einfacher zu sein als befürchtet.

Müßig schlenderte er an den Ständen und Zelten vorbei, langsam und aufmerksam genug, um als Käufer durchzugehen, der die Waren begutachtete. Allerdings blieb er nur stehen, wenn sich andere vor ihm drängten, um nicht in ein Gespräch verwickelt zu werden. Statt dessen sperrte er die Ohren auf, um den Marktklatsch und ganz nebenbei das eine oder andere über die Stadt und die Bewohner zu erfahren. Er gesellte sich zu jenen, die der Verhandlung des Gerichts folgten und nicht mit zotigen Bemerkungen über den faulen Böttcher geizten. Dabei erfuhr er nicht nur den Namen und die Gewohnheiten des Scharfrichters Eitel Galantes, sondern auch den

Umstand, daß sich die Marktrichterin Assamira wegen ihrer Urteile allgemeiner Wertschätzung erfreute. Die einzige Kritik, die flüsternd geäußert wurde, betraf ihren unbändigen Appetit, der sie bei den häufigen Festgelagen zu einem vom Gastgeber gefürchteten Gast machte. Der Praefos Gorm oder sein Paladin Malurdhin wurden von niemandem erwähnt. Der Markt hatte zu viele Ohren. Statt dessen erfuhr Thalon, daß die Badestube in der Korbgasse unter den billigen die beste war und über gleichermaßen kundige wie willige Bedienerinnen verfügte.

Einmal fiel der Name Murenbreker, und Thalon horchte auf. Ein Bauer ermahnte seine Frau, sich nicht wieder vom Kaufherrn Murenbreker übers Ohr hauen zu lassen. Wie aus der Antwort hervorging, war allerdings nicht die Kaufherrin selbst, sondern ihr Sohn Nhood gemeint, der diesem Zeugnis nach ein ruppiger Bursche war, der die kleinen Leute auspreßte.

Thalon war sich darüber im klaren, daß er nicht endlos zwischen den Ständen umherschlendern konnte, ohne aufzufallen. Am Ende hielt man ihn noch für einen Spion des Praefos oder gar einen Dieb, der nach Gelegenheiten Ausschau hielt. Er entschloß sich, in der Marktschenke eine Mahlzeit zu bestellen und nach einem Quartier zu fragen. Da er seine eigenen Wege gehen wollte, hatte er nicht die Absicht, sich der Dienste des Flickschusters Ramurdas zu versichern. Über Ramurdas hätte Cedira ihn leicht auffinden und die Einlösung seines Versprechens anmahnen können.

Was Malurdhin anging, hatte er noch keinen Plan. Zunächst mußte er sich mit den Gegebenheiten der Stadt vertraut machen und herausfinden, ob der Sklavenhändler sich überhaupt in Ghurenia aufhielt. Er machte sich keine Illusionen. Malurdhin schien reich und mächtig zu sein. Einen solchen Mann traf man gewiß nicht zufällig auf dem Markt. Und wenn er wider Erwarten hier erscheinen sollte, dann gewiß nicht ohne bewaffnete Begleiter.

In der Schenke herrschten Lärm und Gedränge. Thalon erspähte einen freien Platz an einem der hinteren Tische und setzte sich zu den drei Männern, die ihr Mahl gerade beendet hatten und nun dem Wein zusprachen. Er bestellte gedörrtes Ziegenfleisch mit Feigenreis, dazu einen Becher Dattelwein. Die Dienstmagd, eine bäurisch-plumpe Frau mit nackten Füßen und einer schmuddeligen Schürze, nahm mit einem Nicken die Bestellung entgegen. Wenig später brachte sie einen Holzteller und einen Holzbecher mit dem Gewünschten und legte einen Holzlöffel dazu. Sie bedachte Thalon mit einem flüchtigen, gelangweilten Blick. Sie schneuzte sich in die Schürze und verschwand wieder, ohne ein Wort gesagt zu haben.

Das Fleisch war noch zäher, als Ziegenfleisch üblicherweise war, Feigen waren im Reis nicht zu finden, und der Wein war gehörig mit Wasser gestreckt worden. Thalon ließ es sich trotzdem schmecken und musterte dabei seine Tischnachbarn. Sie hatten nur einmal kurz aufgeschaut, als er sich zu ihnen setzte, ohne ihre gedämpfte Unterhaltung zu unterbrechen. Offenbar gehörten die drei zusammen und waren selbst fremd in der Stadt. Das Stimmengewirr in der Schenke war zu laut, und die Männer sprachen zu leise, als daß Thalon das Gespräch in allen Einzelheiten verfolgen konnte. Hinzu kam, daß ein südlicher Dialekt gesprochen wurde, bei dem die Wörter langgezogen wurden und breiig klangen. Immerhin verstand Thalon genug, um daraus zu schließen, daß die Männer ihm keine Hilfe sein konnten. Sie kamen offenbar von einer Insel am Südzipfel des Archipels, kannten sich in Ghurenia wenig aus und wollten offenbar vor allem die Fertigkeiten von möglichst vielen Huren der Stadt erkunden. Dieser Wunsch schien weniger von der eigenen Lust als von dem Wunsch bestimmt zu sein, daheim mit den Taten prahlen zu können und einen gewissen Erm Turgas auszustechen, der bislang als größter Bock ihrer Insel galt.

Da die Männer weiteren Wein bestellten und damit Thalon die Aussicht auf lohnendere Tischnachbarn verhagelten, rief er die Dienstmagd. Er mußte einen Heller und zwei Kreuzer für Speise und Trank bezahlen, was ihm angesichts der dürftigen Qualität unangemessen teuer erschien. Er verzichtete darauf, die Magd nach einem Quartier zu fragen. Die Schenke selbst hatte sich ihm nicht gerade als übertrieben gastlicher Ort empfohlen. Vor allem jedoch wollte er sich den drei Männern gegenüber nicht als alleinreisender Fremder ausweisen. Es hätte sie auf dumme Gedanken bringen können. Vielleicht reichte ihr Geld nicht für die ausschweifenden Pläne mit den Huren. Zudem mochte ein ausgeraubter Tor zu Hause ihren Ruhm noch steigern und Erm Turgas vollends aus dem Felde schlagen.

Wortlos stopfte Thalon den Brustbeutel mit seiner Barschaft ins Hemd zurück und verließ die Schenke. Er war unzufrieden mit sich selbst, weil seine Pläne keinen Fortschritt genommen hatten.

»Sucht Ihr vielleicht ein gutes Quartier, edler Herr?«

Im ersten Moment nahm Thalon die Frage gar nicht wahr, weil er sie für ein Echo seiner eigenen Gedanken hielt.

»Ich kenne die besten und preiswertesten Quartiere in Ghurenia, edler Herr. Travia ist mein Zeuge!« fuhr die Stimme fort. Sie klang ziemlich hoch und dünn.

Thalon, der ein paar Schritte getan und sich an zwei stämmigen Marktweibern vorbeigeschoben hatte, sah in die Richtung, aus der die Stimme gekommen war. Dort saß der Marktmeister vor der Schenke an seinem Tisch. Er schrieb etwas in sein Buch, war völlig in diese Arbeit vertieft und steckte beim Schreiben vor Anstrengung die Zungenspitze heraus. Er konnte es nicht gewesen sein, der Thalon angesprochen hatte. Und gewiß besaß er auch nicht eine derart hohe, fast piepsige Stimme. Aber sonst konnte er niemanden entdecken. Da ihm schien, die Stimme sei beim erstenmal aus einer anderen Richtung gekommen, wandte er sich den Marktfrauen zu. Aber die waren in ein eigenes Gespräch vertieft und besaßen laute, fast keifende Stimmen. Allerdings glaubte er seitlich von ihnen eine flüchtige, huschende Bewegung wahrgenommen zu haben.

»Hier bin ich, edler Herr!« meldete sich die Stimme wieder.

Jemand zupfte von hinten an Thalons Hemdärmel. Thalon fuhr herum und sah einen ziemlich dicken kleinen Jungen, bestimmt nicht älter als zwölf Jahre.

»Macht es dir Spaß, mich zu foppen, indem du herumrennst wie ein Wiesel?« fragte Thalon halb ärgerlich, halb belustigt.

»Bei Travia, ich wollte Euch nicht foppen, edler Herr!« beteuerte der Junge. Weitaufgerissene Augen blickten unschuldig aus einem runden goldgelben Gesicht, das wie ein Pfannkuchen mit einem dunklen Haarbüschel aussah.

»Du bist verdammt schnell, Junge«, gestand Thalon ein. So wie der Knirps aussah, hätte man ihn eher für einen dicken kleinen Tolpatsch halten können. Aber das schien er ganz und gar nicht zu sein.

»Ich heiße Babbil, edler Herr. Immer zu Diensten, edler Herr.« Der Junge strahlte ihn an. »Nun ja, es ist wohl wahr, edler Herr, man sagt, ich sei recht flink auf den Beinen. Aber ich muß es auch sein, edler Herr. Ich bin hier nicht gut gelitten. Man tritt und schlägt den armen Babbil, wenn er nicht schnell auf den Beinen ist, edler Herr.«

»Hör auf, mich dauernd edler Herr zu nennen, Babbil!« sagte Thalon. Noch nie hatte ihn jemand so genannt, und er legte auch keinen Wert darauf. Es überraschte ihn, daß der Junge so höflich war und sich obendrein erstaunlich gewählt auszudrücken verstand.

»Wie soll ich Euch dann nennen, edler Herr?« fragte Babbil und wich geschickt einer mit den Händen rudernden Handwerksgesellin aus, die sich mit raschen

Schritten ihren Weg zur Schenke bahnte. Babbil rannte mit unglaublich schnellen Trippelbewegungen der kurzen Beine um Thalon herum und stand im nächsten Moment an dessen anderer Seite. Er hatte sich dabei so eng an Thalons Körper gehalten, daß dieser die Bewegung als gleitende Berührung seines Hemds empfand.

Thalon sah auf den Knirps hinab. »Nenn mich – Thalon.« Er hatte kurz gezögert, seinen richtigen Namen zu nennen. Aber er sah keinen Grund, damit hinter dem Berge zu halten. »Was das Quartier angeht, so könnte ich tatsächlich eines gebrauchen. Wie hast du das erraten?«

»Ich sah es Euch an der Nasenspitze an, edler Herr, ich meine edler Thalon«, behauptete der Junge mit einem spitzbübischen Grinsen. »Wißt Ihr, Babbil kann nämlich Nasenspitzen lesen.«

Thalon lächelte ebenfalls. Irgendwie mochte er den Jungen, obwohl er ihm einige Rätsel aufgab.

»Wie war das nun mit dem Quartier?«

»Folgt mir, edler Thalon«, bat der Knabe. »Dort hinüber, die Gasse, die in den Runden hineinführt.«

Thalon folgte seinem kleinen Führer. Er wußte zwar nicht, ob Babbil das gleiche unter einem guten Quartier verstand wie er, aber es war gewiß von Vorteil, einen kundigen Begleiter zu haben. Gewiß würde Babbil zwei oder drei Kreuzer für seine Dienste verlangen, aber Thalon war gern bereit, ihn zu entlohnen, wenn er auf diese Weise zu einer brauchbaren Unterkunft kam.

Babbil allein wäre viel schneller vorangekommen, denn er schlängelte sich gewandt durch das Gedränge, während Thalon höflich anderen den Vortritt ließ. Immer wieder blieb der Junge stehen oder trippelte ein paar Schritte zurück, wenn er bemerkte, daß er Thalon zu weit enteilt war.

Als sie den Marktplatz überquert hatten, hatte Thalon weniger Mühe, den Anschluß zu halten. Der Tunnel, in den sie einbogen, wurde nur von wenigen benutzt. Es war schummrig, aber hell genug, um den Pfad und die

Felswände zu erkennen. Irgendwo weiter oben gab es Durchbrüche zur Oberfläche, die Tageslicht hereinließen.

Da er endlich jemanden aus der Stadt gefunden hatte, mit dem er sich unterhalten konnte, nutzte Thalon sogleich die Gelegenheit. »Dieser Malurdhin scheint ein mächtiger Mann in Ghurenia zu sein«, sagte er vorsichtig. »Ich frage, weil der Name auf dem Markt mehrmals genannt wurde.«

»Ihr müßt von weither kommen, wenn Ihr noch niemals zuvor von Malurdhin gehört habt«, entgegnete der Junge und schaute ihn neugierig an.

»Die Schilderung, welches Geschick mich in diese Stadt verschlagen hat, würde zu weit führen«, erwiderte Thalon. »Tatsächlich komme ich von einer fernen Insel, deren Name dir nichts sagen wird.«

Babbil nahm die Erklärung hin, ohne neugierig nach Einzelheiten zu fragen. »Malurdhin ... hmm, Ihr seid hier fremd und scheint mir kein Spitzel des Praefos zu sein ... Deshalb will ich offen zu Euch sein. Malurdhin ist ein alter Furz, aber im Bunde mit dem Namenlosen und noch immer erzgefährlich. Es gibt viele, die ihn hassen, genauso hassen wie seinen Freund und Herrn, den Praefos Gorm, dessen Stellvertreter er ist. Ein abgefeimter Sklavenhändler und Hurenbock, wie die Leute sagen, der hoffentlich bald den Arsch zukneift. Wie die Leute sagen, wohlgemerkt.«

»Wie alt bist du, Babbil, daß du etwas über Hurenböcke weißt?« fragte Thalon, dem die altkluge Art des Jungen ein Schmunzeln entlockte.

»Fünfzehn«, behauptete der Knabe, »und alt genug, um über alle wichtigen Dinge Bescheid zu wissen. Ich kann nichts dafür, daß ich so klein gewachsen bin, edler Thalon.«

»Wenn dieser Malurdhin so viele Feinde hat, dann verschanzt er sich wohl auf der Festung des Praefos?«

»Durchaus nicht. Er besitzt eine eigene Villa zwischen

der Festung und dem Leuchtturm.« Babbil war stehengeblieben, legte den Kopf in den Nacken und versuchte im Zwielicht, Thalons Gesicht zu erforschen. »Wollt Ihr ihm etwa an den Kragen? Das könnt Ihr getrost vergessen. Malurdhin hat sich mit einer Schar von Leibwächtern umgeben, die er besser bezahlt als Gorm seine Praefosgarde.«

Thalon ärgerte sich, daß der Junge ihn so leicht durchschaut hatte. »Warum sollte ich mich mit Malurdhin anlegen wollen? Nach allem, was du mir erzählt hast, werde ich ihm erst recht aus dem Wege gehen.«

»Wenn Ihr klug seid«, meinte Babbil.

Thalon wich einem alten Mann aus, der eine riesige Last aus Reisigbündeln durch den engen Tunnel trug, den Rücken tief gebeugt, die Augen nach unten gerichtet, ohne mehr von der Umwelt wahrzunehmen als die Spur des Pfades.

»Travia zum Gruß, Zabatoo«, grüßte der Junge artig, bekam aber nur ein Grunzen als Antwort.

Erstaunt fragte sich Thalon, wo auf diesen kargen Felsen denn Bäume oder Sträucher wuchsen, von denen das Reisig stammte. Aber vielleicht schaffte der betagte Lastenträger die Bündel aus einem der Speicherhäuser zum Markt oder zum Hafen heran.

Ansonsten begegneten ihnen nur ein paar halbnackte schmutzige Kinder, eine schwitzende Waschfrau sowie ein Hütejunge mit einer Schar schnatternder Gänse. Babbil kannte jeden einzelnen und grüßte, und Thalon hätte es nicht gewundert, wenn er auch die Gänse mit ihrem Namen angesprochen hätte. Allmählich fragte er sich allerdings, wohin ihn der Junge eigentlich führte.

»In den Sud«, antwortete Babbil, als Thalon die Frage laut stellte.

»Was ist das? Hört sich nicht gerade vornehm an.«

»Das Viertel unter der Steinbrücke, zwischen dem Runden und dem Schroffen. Eine angenehme Gegend zum Wohnen, edler Thalon. Es wird Euch dort gewiß gefallen. Nicht zu vornehm, nicht zu armselig, genau Eure Kragenweite, wie ich denke.«

»Aber der Name …«

»Der Teich dort unten … nun, er stinkt ein wenig. Und früher haben ein paar dreiste Kerle und auch Weiber den Arsch über die Brücke gehalten. Nach unten gekackt und gepißt, Ihr versteht? Daher kommt der Name. Aber seid unbesorgt, das tut heute kaum noch jemand. Der Brückenwächter paßt auf. Wenn er jemanden erwischt, piekst er ihn so lange mit seinem Spieß, bis er sich seiner Kacke hinzugesellt.«

So ganz wollte Thalon ihm das nicht abnehmen. »Klingt trotzdem anrüchig.«

»Man kann nicht alles haben, edler Thalon. Nehmt einen Flakon Nelkenöl, wenn es Eurer Nase nicht bekommt. Ich kann ihn Euch zu einem wohlfeilen Preis besorgen.«

Dieser Schlingel schien wirklich mit allen Wassern gewaschen zu sein. Allmählich bekam Thalon den Eindruck, mit dem Knirps einen guten Fang gemacht zu haben. Vielleicht war er wirklich schon fünfzehn Jahre alt und nur etwas kleinwüchsig. Thalon hielt es für gut möglich, daß Babbil ihm behilflich sein konnte, in Malurdhins Villa zu gelangen. Oder er kannte Leute, die dies tun konnten. Aber das mußte warten. Er wollte sich erst ausgiebig mit Ghurenia vertraut machen, bevor er einen Plan schmiedete. Dann war immer noch Zeit, Babbil zu suchen und ins Vertrauen zu ziehen. Thalon zweifelte nicht daran, daß der Junge in Ghurenias Gassen bekannt war wie ein bunter Hund.

Nach einem kurzen Stück im Freien ging es wieder in einen Tunnel, der sich rasch verengte. Es wurde dunkler. Schließlich gab es keine Querstollen und Lichthöfe mehr, die von oben oder von den Seiten her Licht spendeten. Nur einige rußende Pechfackeln sorgten dafür, daß dieser Abschnitt nicht völlig in Finsternis versank. Sie steckten in klobigen Wandringen, die dicht an dicht entlang der Wand angebracht waren. Aber nur in einem von jeweils fünf oder sechs Ringen klemmte eine Fackel.

»Wer kümmert sich um die Fackeln?« fragte Thalon neugierig.

»Die Gilde der Beleuchter«, gab Babbil zurück.

»Ghurenia unterhält eine Beleuchtergilde, um die Stadt mit Licht zu versorgen?« fragte Thalon erstaunt. In Charypso hatte es dergleichen nicht gegeben. Da mußte jeder sehen, wie er allein zurechtkam. Dann fielen ihm die Scheißeträger ein, die ja auch jedermann dienten. Sie wurden vom Aldermann der Stadt eingesetzt. Allerdings mußte man dafür zahlen, wenn man ihre Dienste in Anspruch nahm.

»Es gibt viele Tunnel wie diesen in der Stadt«, erklärte Babbil. »Vergeßt nicht, daß Ghurenia zur Hälfte in den Fels hineingehauen ist, edler Thalon. Da braucht man Licht. Aber die Ausleuchtung der Tunnel gehört zu den geringeren Aufgaben der Gelben. Vor allem versorgen sie das Feuer auf dem Leuchtturm.«

»Die Gelben?«

»Ihr kennt Euch hier wirklich nicht aus, edler Thalon. Sind Euch die gelben Wämser denn nicht schon aufgefallen? Wer zur Gilde der Beleuchter gehört, trägt ein solches Wams.«

Thalon erinnerte sich, daß er am Hafen und auf dem Markt hier und da gelbe Wämser gesehen, sich aber nichts dabei gedacht hatte. »Und wer zahlt dafür?«

Babbil kicherte. »Die reichen Kaufleute, wer sonst? Schließlich sind es ihre Schiffe, die sonst an den Klippen zerschellen würden.«

»Kaufleute wie die Murenbrekers?«

Babbil stieß einen anerkennenden Pfiff aus. »Ihr kennt Euch ja doch aus. Die Murenbrekers sind die reichsten von allen. Wir sind wahrhaftig nicht gerade die Freunde der Kaufleute, aber die alte Murenbreker hat auch bei uns einen guten Ruf. Sie kann den Praefos nicht leiden und hat einen schweren Stand auf der Festung. Was man von ihren ältesten Söhnen nicht behaupten kann. Die sind gut Freund mit Gorm.«

»Wer ist *wir?* Deine Familie?«

»So ungefähr. Meine Freunde, sagen wir mal.«

»Du hast keine Eltern mehr?«

»Erraten, edler Thalon. Meinen Vater habe ich niemals kennengelernt, und meine Mutter starb, als ich noch ein Kind war.«

Es lag Thalon auf der Zunge, Babbil darauf aufmerksam zu machen, daß er immer noch ein Kind war. Dann fiel ihm ein, daß er selbst, seinen Erinnerungen nach, erst sechzehn Jahre alt war. Er vermied es, allzuoft über die fehlenden Jahre nachzudenken. Eines allerdings erschien ihm eigenartig: Obwohl ihm die Erinnerungen an einen wichtigen Abschnitt seines Lebens fehlten, an den Übergang vom Kind zum jungen Erwachsenen, fühlte er sich nicht mehr wie ein Sechzehnjähriger. Sein Körper, der einem Zwanzigjährigen gehörte, mochte dazu beitragen. Aber das war es nicht allein. Tief in ihm, verschüttet und für den Moment – vielleicht auf ewig – unerreichbar, gab es die verlorenen Jahre. Er wußte, daß er sie durchlebt hatte, auch wenn er durch etwas oder jemanden um ihre Früchte betrogen worden war. Auf geheimnisvolle Art teilten ihm die nicht zugänglichen Erinnerungen mit, daß er älter war. Wie ein Stummer, der eine Geschichte zu erzählen hat, sie aber nicht über die Lippen bringen kann. Deshalb fühlte er sich nicht wie ein Sechzehnjähriger im Körper eines Zwanzigjährigen, sondern wie der junge Mann, der er dem Alter seines Körpers nach war. Aufgrund dieses Gefühls betrachtete er Babbil als Kind.

Er verzichtete auf seinen Einspruch und fragte stattdessen: »Und warum halten deine Freunde nicht viel von Kaufleuten?«

»Habe ich das behauptet? Dann verzeiht mir, edler Thalon. Ehrlich, wir halten sehr viel von den großen Kaufherren. Aber, Phex sei's geklagt, diese halten nicht viel von uns.«

»Warum nicht?«

»Edler Thalon, Ihr müßt dem armen Babbil erlauben, daß er nicht auf jede Frage eine Antwort gibt.«

Babbil war ein so erstaunlicher Junge, daß Thalon ihm den versteckten Tadel nicht einmal übelnahm. Wahrscheinlich waren Babbils Freunde kleine Straßenhändler, die von den großen Kaufleuten verachtet, vielleicht auch als lästige Mitbewerber befehdet wurden.

Plötzlich hatte Thalon eine eigenartige Empfindung, die vom Magen auszugehen schien. Unruhe. Vielleicht auch Angst. Etwas, das so rätselhaft auftauchte wie die Angst, die er empfunden hatte, als auf Minlo der Name Malurdhin fiel. Drohte ihm Gefahr? Er schaute sich im Tunnel um. Außer ihm und Babbil schien niemand in der Nähe zu sein. Und dennoch ... Hatte es vielleicht mit dem Tunnel selbst zu tun? Thalon hatte von Leuten gehört, die irre und rammdösig wurden, wenn man sie zwang, in engen Räumen zu verweilen oder in den Bauch eines Berges zu kriechen. Thalon allerdings glaubte sich frei von solchen Ängsten. Höhlen und Tunnel waren ihm seit seiner frühesten Jugend vertraut. Er hatte sie oft als Versteck zu schätzen gelernt. Das konnte es nicht sein.

Als er sich umwandte und wieder nach vorn schauen wollte, streifte sein Blick ein dunkles Maul im Berg, einen kleinen Tunnel, nicht groß genug, um einen Menschen aufrecht hindurchzulassen. Ein Stollen, den die Hauer begonnen und aus irgendwelchen Gründen nicht weitergeführt hatten. Mitten in dieser schwarzen Höhle leuchteten zwei kleine rote Punkte.

Augen! Rote Augen, die Haß und wilde Angriffslust versprühten. Raubtieraugen oder Schlimmeres. Augen, die angst machten. Augen der Finsternis, die einer Kreatur gehören mußten, die mit gutem Grund das Licht der Praiosscheibe scheute. Augen ohne Gesicht und ohne Körper. Die Augen eines Schattens. Dämonenaugen!

Thalon stockte der Schritt, als er diese schrecklichen

Augen sah. Zugleich glaubte er ein schwaches Keuchen, eine Art Röcheln zu hören. Es kam ebenfalls aus dem Stollen.

»Babbil«, flüsterte er, »schau einmal dort hinüber! Siehst du diese fürchterlichen Augen? Hörst du das Röcheln?«

Der Junge war stehengeblieben und blickte in die von Thalon gewiesene Richtung. Im gleichen Moment verschwanden die Augen, als habe die Kreatur sie geschlossen.

»Ich sehe nichts, edler Thalon, und ich höre nichts. Ihr müßt Euch getäuscht haben.«

»Nein, nein, ich habe sie deutlich gesehen. Sie haben mich angestarrt, mich allein. Dort ist etwas, das es auf mich abgesehen hat. Etwas ... Böses.« Ein besseres Wort fiel ihm dafür nicht ein.

Unbekümmert trippelte der Junge zu dem Stollen und lugte hinein. Er griff in die Höhle und kicherte. »Nichts, edler Thalon, wie ich es dir versichert habe.«

Babbil hatte recht. Thalon spürte es, ohne sich selbst dem Loch im Berg zu nähern. Die Kreatur war verschwunden. Sie hatte sich nicht in das Innere des Berges zurückgezogen. Dann hätte Thalon sie noch gespürt. Sie war fort. Er wußte dies mit einer Sicherheit, die ihn selbst erstaunte. Das Gefühl der Unruhe und der Angst war fort, die klobigen Pranken eines Riesen, die seinen Magen umfangen, gepreßt und geknetet hatten, lösten sich in nichts auf.

Mit fröhlichem Gesicht kehrte Babbil zurück. »Sorgt Euch nicht, edler Thalon. In diesem Tunnel droht Euch kein Unheil. Ihr dürft es mir glauben. Babbil geht fünfmal am Tag durch diesen Tunnel. Und öfter, wenn Phex ihm Beine macht. Nie ist ihm etwas geschehen.«

Jetzt, da die Kreatur fort war, fing sich Thalon wieder. »Was ist das für ein Loch?« fragte er.

Babbil kicherte. »Wollt Ihr es wirklich wissen?«

»Ja, natürlich!«

»Ein Ort, an dem oft und viel der Rahja geopfert wird. Er hat gerade die richtige Größe, um zwei Leuten Platz zu bieten. Man kriecht hinein und kann sich dort ausstrecken wie in einem Alkoven. Die Jungfrauen im Sud erzählen sich Geschichten darüber, wenn sie die Köpfe zusammenstecken und miteinander tuscheln. Es heißt, daß eine Maid nicht lange warten muß, wenn sie sich dorthin begibt. Früher oder später schaut einer der Böcke des Suds vorbei und besorgt es ihr. Da es dort dunkel ist, so heißt es, kommt jede zu ihrem Recht, und sei sie noch so häßlich.«

Thalon wußte nicht, ob er Babbils Geschichte glauben sollte. Wenn sie wirklich stimmte, hätte er seinem ärgsten Feind nicht geraten, sich an diesen Ort zu begeben, schon gar nicht einer Maid. Diese Augen, die er dort gesehen hatte, versprachen alles andere als Lust. Sie versprachen den Tod. Oder Schlimmeres. Er war froh, als das Loch im Berg hinter einer Biegung des Tunnels verschwand.

Ein paar schemenhafte Gestalten kamen aus der entgegengesetzten Richtung des Tunnels. Thalon und Babbil machten ihnen Platz, als sie wortlos vorüberstapften. Es waren vier Leute. Thalon sah harte, kantige Gesichter von Frauen und Männern unter metallisch schimmernden Helmen, lederne Brustpanzer. Waffen oder andere Metallgegenstände klirrten im Takt der Schritte. Diesmal verzichtete der Junge darauf, ihnen Travias Segen oder andere gute Wünsche mit auf den Weg zu geben. Er sprach sie nicht einmal mit Namen an.

»Praefosgardisten«, raunte Babbil, als sie außer Hörweite waren. »Von den Zwölfen verdammte Rotfäuste.«

»Wieso Rotfäuste?« fragte Thalon ebenso leise zurück.

»Hast du die aufgemalte rote Faust nicht gesehen, die sie auf dem Brustpanzer tragen?«

»Es war zu dunkel.«

»Unmittelbar über dem Herzen. Sehr passend.«

Thalon erinnerte sich plötzlich, das Symbol einer roten

Faust bei einem Bewaffneten gesehen zu haben, den er auf dem Markt gesehen hatte. »Du scheinst sie nicht zu mögen«, sagte er leise.

»Alles Hurensöhne«, antwortete Babbil, um schnell hinzuzufügen: »Sagen meine Freunde. Der arme kleine Babbil weiß nur, daß man sich vor ihnen in acht nehmen muß.«

Thalon fragte sich, was den Jungen bewogen hatte, seine Aussage abzuschwächen. Vielleicht war ihm eingefallen, daß er Thalon noch nicht gut genug kannte, um ihm voll und ganz vertrauen zu können. Wenn ein Knirps wie Babbil sich derartig vorsichtig verhielt, zeigte dies zugleich, wie unbarmherzig der Praefos über Ghurenia herrschte. Offenbar schreckte er nicht davor zurück, selbst Kinder grausam zu bestrafen, wenn er in ihnen Gegner vermutete.

Endlich gab es wieder Lichtschächte, die den Strahlen der Praiosscheibe Zugang in den Berg gewährten. Zehn Schritt vor ihnen machte der Tunnel eine weitere Biegung und öffnete sich dahinter in eine Schlucht. Sofort stieg Thalon ein übler Geruch in die Nase, und als er mit Babbil den Tunnel verließ, entdeckte er sofort die Ursache des Gestanks. In der Mitte der Senke befand sich ein Tümpel mit beinahe schwarzem Wasser. Von dort drang der beißende Gestank herüber. Offenbar handelte es sich um Brackwasser am Boden jener Spalte, die einst ein vom Meer durchspülter Einschnitt zwischen den beiden Felsen gewesen war. Jetzt versperrten an den Schmalseiten der Schlucht dicke Mauern aus ummörtelten Felsbrocken dem Meer den Zutritt. Der Tümpel schien der Rest des Sees zu sein, der sich in diesem Becken befunden hatte. Thalon zweifelte nicht daran, daß die Bewohner des Suds in dieses tote Gewässer alles hineinkippten, was ihnen lästig war.

Die vom Wasser freigegebene Fläche war mit einem dichten Gewirr von schmalen, meist zwei Stockwerken hohen Häusern bebaut, durch die sich ein Labyrinth schmaler Gassen schlängelte, an einigen Stellen so eng, daß gerade eben ein Mensch passieren konnte. Allzu beleibte Männer und Frauen würden hier gar steckenbleiben. Aber der Sud sah nicht nach einem Viertel aus, in dem es viele dicke Menschen gab. Es sei denn, sie besaßen den Speck der jungen Jahre wie Babbil. Der Sud schien das Armenviertel der Stadt zu sein.

Obwohl Babbil die Sache anders geschildert hatte, war Thalon ihm deswegen nicht gram. Immerhin waren die Häuser aus Stein, den es auf der Insel reichlich gab, und die Bewohner schienen sich Mühe zu geben, ihre Behausungen nicht verfallen zu lassen.

Als Thalon den Kopf hob, sah er gut vierzig Schritt über ihnen die eindrucksvolle Steinbrücke, die den Runden und den Schroffen an der engsten Stelle verband. Sie ruhte auf zwei mächtigen Steinbögen, deren Mittelpfeiler aus dem schwarzen Wasser des Tümpels ragten.

Zum Felsrand hin waren die Häuser wie Adlerhorste in den Fels gebaut, wuchsen förmlich aus ihm heraus. Sie wirkten etwas größer als die in der Nähe des Wassers, und einige von ihnen waren sogar buntbemalt. Selbst im Sud schien es noch Rangunterschiede zu geben. Die Ärmsten der Armen mußten sich mit den Häusern am Wasserrand zufriedengeben, während die nicht ganz so Armen die Randlagen, am weitesten weg vom Gestank, für sich beanspruchten.

Zu Thalons Enttäuschung steuerte Babbil dem Zentrum des Suds zu und winkte ihm zu folgen.

Nun ja, es dürfte meiner Barschaft förderlich sein. Hier wird eine Unterkunft nicht viel kosten. Und ablehnen kann ich immer noch, wenn sich die Zumutung als zu groß erweisen sollte.

Unwillkürlich dachte er an seine enge Dachkammer im *Anker*. Ein größeres Quartier hatte er niemals für sich allein besessen. Soweit er sich erinnern konnte.

Und ich glaube nicht, daß ich die Zeit, an die ich mich nicht erinnern kann, in einem Palast verbracht habe.

Der Sud war wie der Boden eines Kessels, in dem ein Seifensieder Knochen und Tierkadaver kochte, um ihnen ihr Letztes zu entreißen. Es stank hier genauso, und es war auch beinahe so heiß. Efferds Atem wurde der Zutritt versperrt. Die Luft stand regungslos über der Senke. Je tiefer man hinabkam, desto schlimmer wurde es. Es schien Thalon sogar wahrscheinlich, daß sich tatsächlich die Seifensieder und Trankocher hier angesiedelt hatten. Er überlegte ernsthaft, schon jetzt auf die weiteren Dienste Babbils zu verzichten. Aber dann sagte er sich, daß er nicht beabsichtigte, sich tagsüber im Quartier auf die faule Haut zu legen. Abends, wahrscheinlich schon am frühen Nachmittag, wenn die Praiosscheibe hinter dem Schroffen stand, wäre es hier nicht mehr so unerträglich heiß. Und an den Gestank würde er sich gewöhnen, so wie er sich an den des Bugquartiers auf der *Seewolf* gewöhnt hatte. Dies hoffte er zumindest.

Babbil verhielt sich auffällig still. Ob ihn die Praefosgardisten eingeschüchtert hatten? Oder bereute er seine vollmundigen Worte, mit denen er versucht hatte, Thalon den Sud schmackhaft zu machen? Thalon bemerkte, daß der Junge ihn einmal mit einem Seitenblick bedachte. Wie ein ertappter Sünder wandte der Knabe die Augen ab, als Thalon aufsah. Nur einen winzigen Augenblick lang kreuzten sich die Blicke der beiden. In Babbils Augen glaubte Thalon Sorge zu erkennen, vielleicht eine Spur von Angst.

»Vornehm ist dieses Viertel gewiß nicht«, stellte Thalon mit einem spöttischen Unterton fest. »Zumindest dieser Teil deiner Beschreibung stimmt. Was den Rest angeht… Nun ja. Du findest mich nicht gerade begeistert.«

»Der erste Eindruck trügt«, erwiderte Babbil etwas lahm. Die Munterkeit von vorhin schien verflogen zu sein, und er verzichtete sogar auf die Floskel ›edler Thalon‹.

Es überraschte Thalon, daß der Sud wie ausgestorben

dalag. Niemand begegnete ihnen in den engen Gassen. Ein paarmal glaubte er, an Ecken und in versteckten Winkeln huschende Bewegungen, vielleicht die von Kindern, wahrzunehmen. Aber sobald die beiden näher kamen, war nichts mehr zu sehen. Die Bewohner schienen mißtrauisch gegenüber Besuchern zu sein. Aber vielleicht gingen die meisten auch ihrem Tagewerk außerhalb des Suds nach. Anderen mochte es draußen zu heiß sein.

Sie durchschritten eine besonders enge Gasse, als Babbil stehenblieb und auf ein mausgraues Haus mit einem schief herabgesackten Erker deutete. »Wir sind da. Ich geh mal schnell hinein und schaue nach den Wirtsleuten.«

Er wieselte so rasch davon, wie Thalon das auf dem Markt beobachtet hatte, und verschwand in einer gähnenden Pforte, die sich bei näherem Hinsehen als durch das Haus führender Torweg entpuppte. Offenbar lag sein Ziel im dahinterliegenden Hof.

Etwas ratlos stand Thalon in der Gasse und wartete. Er betrachtete das Haus. Es sah so ärmlich aus wie die anderen, aber auch nicht schlechter. Der unter seinem Gewicht verrutschte Erker war die einzige Verzierung, die der Baumeister seinem Werk gegönnt hatte. Ein Baumeister, der gewiß längst für Praios baute und nur noch ein Schatten in den Erinnerungen seiner Enkel oder Urenkel war. Die kleinen Fenster hoch über Thalon wirkten wie die Speigatts eines Schiffes und waren von innen mit rissigem Pergament abgedeckt.

Thalon war unzufrieden mit Babbil, vor allem aber mit sich selbst. Für einen Moment fühlte er sich wieder wie der Küchenjunge, der vom dicken Abrash hierhin und dorthin geschickt und mit dieser oder jener Maulschelle bedacht worden war. Das schien noch gar nicht so lange her zu sein, und doch mutete es Thalon wie eine ferne Vergangenheit an, mit der er nichts mehr zu tun haben wollte. Dazwischen lagen nicht nur jene unbekannten Jahre. Die wenigen Wochen bei den Piraten hatten ihn verändert. Zu vieles hatte er bei ihnen erlebt, Gutes und Schlechtes. In der Summe hatte es ihn zum Mann reifen lassen. Er ließ sich nicht mehr herumstoßen.

Du hast dich wie ein Narr benommen! Läßt dich von einem Kind in einer fremden Stadt herumführen, von einem Knirps, der sich wahrscheinlich nur wichtig machen wollte! Hätte sich Cedira so benommen? Oder Eiserne Maske? Der gewiß nicht.

Er erschrak über den Vergleich. Bewunderte er insgeheim den grausamen Piratenkapitän, der ihm anfangs geholfen, aber letztendlich verraten hatte, als er ihn dem Ertrinken preisgab? Er versuchte, sich selbst zu erforschen.

Nein, keine Bewunderung! Eher Erschrecken. Angst und Mißtrauen. Aber auch so etwas wie Respekt. Seltsamerweise kein Haß. Nicht der Wunsch, es ihm heimzuzahlen. Nur die Hoffnung, ihm nie wieder zu begegnen.

Thalon hatte den Eindruck, schon eine Ewigkeit auf die Rückkehr von Babbil zu warten. In der Gasse war es auf geradezu unnatürliche Weise still. Auch aus dem Torweg, in dem der Junge verschwunden war, drang nicht das geringste Geräusch. Dabei hätte man doch erwarten sollen, daß Babbil laut nach den Wirtsleuten rief, wenn er sie nicht finden konnte. Oder daß laut palavert wurde, sobald er sie gefunden hatte.

»Babbil, du Strolch, wo steckst du?« rief Thalon in den Torweg hinein. Er wartete einen Augenblick lang. Als keine Antwort kam, fügte er ärgerlich hinzu: »Babbil! Ich habe die Schnauze voll! Ich gehe!«

»Wartet, edler Thalon!« kam die piepsige Stimme des Knirpses vom anderen Ende des Torwegs. »Schaut Euch doch wenigstens das Quartier an! Nie zuvor habt Ihr eine so große und prächtige Kammer gesehen!«

Täuschte sich Thalon, oder klang die Stimme des Jungen tatsächlich ängstlich, beinahe traurig? Sie schien überhaupt nicht zu den schwärmerischen Worten zu passen, die Babbil von sich gegeben hatte.

Unwillkürlich war Thalon in den Torweg getreten, als Babbil sich meldete. Der allgegenwärtige Gestank wurde von einem scharfen Geruch von altem Urin überlagert. Thalon konnte kaum etwas erkennen. Er war aus dem blendenden Licht der Praiosscheibe in das Zwielicht getreten. Seine Augen hatten Mühe, sich umzustellen. Im Moment sah er nur ein helles Halbrund, wo der Torweg endete. Zögernd fügte Thalon ein paar Schritte hinzu und schalt sich sogleich einen Narren. Hatte er sich nicht entschieden gehabt, die Posse zu beenden? Er verstand sich selbst nicht mehr und wollte sich umdrehen.

In dem hellen Halbrund tauchten drei Schatten auf, bewegten sich auf ihn zu. Drei Leute. Alle größer als Babbil. Jeder von ihnen trug etwas in der Hand, der eine hochgereckt, die anderen in Hüfthöhe. Was sie trugen, sah nach Knüppeln oder anderen einfachen Waffen aus.

Schlagartig wurde Thalon klar, was ihm zugedacht war.

Dieser kleine, scheinbar so treuherzige Babbil hat dir eine Falle gestellt, und du bist mit allergrößter Dämlichkeit hineingetappt!

Thalon fuhr herum. Aber es war zu spät. Er sah noch die beiden anderen Schatten, die geräuschlos am anderen Eingang des Torwegs auftauchten und auf ihn zurannten. Jetzt senkte Thalon den Kopf und griff gleichzeitig nach seinem Messer, wollte den ersten der Schatten angreifen. Doch dann war einer der drei von der anderen Seite bereits auf Armlänge herangekommen. Thalon nahm nur noch ein Schnaufen aus nächster Nähe wahr. Dann traf ihn etwas mit voller Wucht am Kopf. Daß er unter dem Schlag zusammenbrach, nahm er nicht mehr wahr.

6. Kapitel

Er erwachte von dem durchdringenden Geschrei eines Säuglings. Dann hörte er eine weibliche Stimme, die beruhigend auf das Kind einredete. Das Schreien verlor an Heftigkeit und verstummte schließlich, wurde durch ein schmatzendes Geräusch abgelöst.

Thalon öffnete die Augen. Er starrte gegen eine verräucherte Decke aus Lehm und darin eingebettetem Stroh. Als er den Kopf leicht anhob und zur Seite drehte, sah er einen Tisch, auf dem eine brennende Öllampe stand. Er nahm wahr, daß er auf einem Strohsack lag.

Plötzlich spürte er den bohrenden Schmerz im Kopf. Er sank zurück und schloß für einen Moment wieder die Augen. Er tastete den Hinterkopf ab und fühlte eine riesige Beule. Schlagartig wurde ihm bewußt, was geschehen war. Man hatte ihn im Sud überfallen! Er schlug die Augen auf und tastete nach dem Brustbeutel mit den Münzen. Er war verschwunden! Natürlich. Etwas anderes hatte er nicht erwarten können. Er konnte von Glück sagen, daß sie ihm das Leben gelassen hatten. Und die Kleidung.

Die Kleidung? Schon die Berührung der nackten Brust hätte es ihm verraten müssen. Er richtete sich kerzengerade auf. Als er jetzt an sich hinabsah, stellte er fest, daß er nackt war.

Gleichzeitig bemerkte er die junge Frau, die auf einem zweiten Strohsack neben dem seinen saß, einen nackten Säugling im Arm hielt und ihn stillte. Sie trug ein schlichtes, mehrfach geflicktes hellgraues Gewand, hatte die rechte Brust über den Stoffrand geschoben und ließ das Kind daran saugen. Dabei sah sie zu Thalon herüber und lächelte.

Unwillkürlich drehte sich Thalon so, daß sein Schritt nicht mehr dem Blick der Nachbarin preisgegeben war.

Das Lächeln der Frau wurde breiter. »Ihr habt keinen Grund, Euch abzuwenden, Thalon, oder gar zu schämen. Ich hatte ausreichend Zeit, mir alles genau anzusehen, und ich habe es mit Vergnügen getan. Eure Manneszierde vermag es an Schönheit und Größe mit allem aufzunehmen, was ich kennengelernt habe.«

Thalon verharrte trotzdem in der leicht abgewandten und gekrümmten Stellung. Ärgerlich spürte er, daß er rot wurde. Hatte er nicht viel Derberes bei den Piraten gehört, ohne zu erröten? Lag es daran, daß die Frau weiblicher und weicher wirkte als Piratinnen wie Shanka, die sich zu seinem Gemächt geäußert hatten? Oder daran, daß er sich mit dieser fremden Frau allein – wenn er von dem Säugling absah – in einer Hütte befand?

»Woher kennt Ihr meinen Namen?« fragte er. »Wer seid Ihr? Warum bin ich hier? Was ...«

»Eines nach dem anderen«, wehrte die junge Frau seine Fragen ab. Sie wickelte den Säugling, der sich satt getrunken hatte, in ein Tuch und legte ihn auf den Strohsack. Dann ließ sie die entblößte Brust wieder unter der Tunika verschwinden. Eine volle, große und hübsche Brust, wie Thalon eingestehen mußte. Er ertappte sich bei dem Wunsch, die Frau einmal ohne ihr Gewand sehen zu dürfen.

»Ich heiße Vanicella«, sagte sie, umrundete den Strohsack sowie den Tisch mit der Lampe und setzte sich neben ihn auf einen Schemel. Diesmal verzichtete Thalon darauf, abermals seine Blößen abzuwenden. Vanicella strich ihm sanft über das Haar. »Wie geht es Euch? Tut es sehr weh? Ich habe das Blut abgewaschen und Wundsalbe aufgetragen, doch die Beule konnte ich nicht verhindern. Man sieht sie aber kaum, denn Ihr habt schönes dichtes Haar, dazu noch gelbes. Nehmt Euch vor Ghurenias Frauen in acht, Thalon. Sie sind verrückt nach weizenblonden Haaren.«

»Mir dröhnt der Kopf, aber sonst geht es mir gut, denke ich. Ihr müßt wissen, man hat mich niedergeschlagen und ausgeraubt und ...«

»Ich hatte keineswegs vermutet, Ihr hättet Euch selbst eins über den Schädel gegeben«, unterbrach ihn Vanicella lächelnd.

Als Thalon sie im Licht der Lampe näher anschaute, sah er, daß die Züge der Frau nicht ganz so weich waren, wie sie das Zwielicht gemalt hatte. Tiefe Schatten lagen unter ihren Augen, einige Falten hatten sich in die Stirn eingegraben, und die ausgeprägten Linien entlang des Mundes verrieten eine Spur Bitterkeit. Ihre Hände sahen rauh und schwielig aus, als seien sie grobe Arbeit gewohnt, und die mittellangen dunkelbraunen Haare wirkten strähnig. Sie schien auch nicht mehr ganz so jung zu sein, wie es ihm zuerst vorgekommen war. Möglicherweise ging sie schon auf die Dreißig zu. Wenn sie den Mund öffnete, sah man, daß ihr nur noch wenige Zähne verblieben waren. Trotzdem besaß Vanicella eine pralle weibliche Sinnlichkeit, die sich Thalon auf eine Art mitteilte, die er als verwirrend empfand.

»Bin ich noch im Sud?« fragte Thalon. Er schnüffelte. Nein, der Gestank war verschwunden. Er nahm nur den Geruch des frischen Strohs wahr, den Rauch der Lampe und einen schwachen, herben, aber nicht unangenehmen Duft, der von Vanicella ausging.

»Nein, Ihr seid im Runden.«

»Wie komme ich dann hierher?«

»Kuadim und seine Freunde haben Euch gebracht. Sie gaben mir fünf Heller und baten mich, Euch wieder auf die Beine zu bringen.«

»Ich kenne keinen Kuadim.«

»Sicher? Er scheint Euch aber zu kennen. Ich soll Euch etwas von ihm ausrichten: Er hat Euch in Erinnerung an die alten Tage nicht getötet, aber Ihr sollt niemals in den Sud zurückkehren, wenn Euch Euer Leben lieb sei. Er traut Euch nicht mehr, nachdem Ihr damals aus Ghurenia verschwunden seid.«

»Verdammt noch mal, was redet Ihr da? Aus Ghurenia verschwunden? Ich bin nie zuvor in Ghurenia gewesen!«

»Ich habe nur wiederholt, was er mir gesagt hat«, erklärte Vanicella. »Es hat mich selbst überrascht, denn ich glaubte, alle Freunde von Kuadim zu kennen. Aber ich bin erst seit gut einem Jahr in Ghurenia. Ich nehme an, Ihr kennt Euch aus der Zeit davor.«

»Nein und nochmals nein. Ich kenne niemanden, der Kuadim heißt.«

»Auch nicht Chelchia? Er erwähnte diesen Namen. Er sagte, Euer Verschwinden sei auch undankbar gegenüber ihr gewesen.«

»Ich kenne auch keine Chelchia!«

»Sie ist Kapitänin für die Murenbrekers.«

»Selbst den Namen Murenbreker habe ich hier zum erstenmal gehört«, sagte Thalon, obwohl dies nicht ganz der Wahrheit entsprach. Er spürte wieder den eisigen Hauch der verlorenen Jahre. Wahrscheinlich hatte Kuadim recht. Sie hatten sich gekannt. Nur konnte sich Thalon nicht mehr daran erinnern. Was hatte er in diesen Jahren getrieben? Flacco, Kuadim, Chelchia ... Die Schatten jener Jahre wurden länger. Vielleicht sollte er Kuadim und Chelchia befragen, bevor er sich mit Malurdhin anlegte. Aber wie es aussah, hatten diese beiden ihn schon vor längerer Zeit aus den Augen verloren. Sie wüßten wahrscheinlich so wenig wie er selbst, wie er sein Gedächtnis verloren hatte. Aber möglicherweise vermochte er durch diese beiden zumindest ein Stück des Dunkels zu lüften.

»Kuadim finde ich also im Sud ...«

»Ich würde an Eurer Stelle seine Warnung beherzigen, nicht wieder dorthin zu gehen. Ein zweitesmal verschont er Euch nicht.«

Dazu hatte Thalon seine eigene Meinung, aber die behielt er für sich. »Und wo finde ich diese Kapitänin?«

»Wenn sie nicht auf See ist, in einem kleinen Haus unten am Hafen. Jeder an den Kais kennt sie und kann Euch das Haus zeigen.«

Thalon hatte keinen Zweifel mehr daran, daß Kuadim zu den Sudratten gehörte, die ihn niedergeschlagen und ausgeraubt hatten. Er fragte sich allerdings, ob er ihnen zufällig ins Netz gegangen war oder ob Babbil den Auftrag hatte, ihn ausfindig zu machen und mitzulocken.

»Wollte sich Kuadim an mir rächen?« fragte er deshalb.

Vanicella schüttelte den Kopf. »Sie waren überrascht, Euch wiederzusehen.«

»Macht Babbil so etwas öfter?«

»Ja, gewiß. Babbil gehört zu ihnen, und sie alle gehören natürlich zur Diebeszunft. Kuadim hat sich diese List ausgedacht. Sie ist sehr einträglich. Es gibt so viele Tröpfe, die ... Oh, es tut mir leid, Thalon. So war das nicht gemeint.«

»Und die ausgeraubten Tröpfe landen dann bei Euch?« fragte Thalon, der ihr nicht böse war. »Gehört Ihr auch zur Diebeszunft?«

Sie hatte ja recht. Er, ein wilder Pirat, der das Florett zu führen wußte, der den Risso trotzte und Ch'Rabka, der Mütter der Schlünde, entgangen war, hatte sich hereinlegen lassen wie ein unbedarfter Bauernjunge.

»Die Tröpfe landen nicht bei mir«, empörte sich Vanicella. »Wofür haltet Ihr mich? Für eine Metze? Für eine Diebin? Ich gehöre nicht zu Kuadims Leuten und bin auch nicht in der Diebesgilde. Er war einmal mein Liebhaber, das ist wahr. Er weiß, daß ich ein weiches Herz besitze und als Tagelöhnerin bei den Beleuchtern nicht genug verdiene, um mich und mein Kind durchzubringen. Deshalb hat er Euch zu mir gebracht und mir etwas Geld gegeben.«

»Ich wollte Euch nicht beleidigen, Vanicella«, beteuerte Thalon. »Verzeiht mir, daß ich Euch Eure Tat so schlecht vergelte.«

Vanicella hatte ihm schon vergeben. Sie strich ihm über die Brust und dann über den Bauch. »Ich habe es gern getan, Thalon...«

Ihre Hand wanderte tiefer und kam auf seinem Glied und seinen Hoden zu liegen. Thalon spürte die Wärme, die von ihr ausging. Er fühlte, wie sich seine Männlichkeit zu regen begann, obwohl Vanicella nichts tat, als ihre Hand darüber zu stülpen. Einen Moment lang wollte er einfach nur daliegen und warten, was weiter geschehen würde. Er nahm an, daß sein wachsendes Glied sie ermutigen würde, mehr zu unternehmen. Er spielte sogar mit dem Gedanken, sie an sich zu reißen und ihr das Gewand über den Kopf zu ziehen.

Du hast den Fehler gemacht, Babbil zu vertrauen. Reicht das noch nicht? Du bist nicht nach Ghurenia gekommen, um Weiber zu stoßen oder dich von ihnen verwöhnen zu lassen!

Er sprang auf und streifte dabei ihre Hand ab. Er entdeckte seine Kleider, die am anderen Ende des Strohsacks auf dem Boden lagen. Also hatte Kuadim ihn doch nicht völlig ausgeplündert! Sogar sein Dolch lag bei den Sachen.

»Gefalle ich dir nicht?« fragte Vanicella enttäuscht. Sie starrte auf die Stelle zwischen den Beinen, die sie eben noch berührt hatte. »Warum folgst du nicht Rahjas Rat? *Er* will es.«

Thalon streifte sein Hemd über, um sein verräterisches Körperteil zu verbergen, und zog dann auch die Hosen an. »Du gefällst mir mehr, als du denkst. Und ich weiß dein Angebot zu schätzen. Bei den Zwölfen, es liegt allein an mir. Ich kann es jetzt nicht annehmen. Ich bin noch nicht bereit dafür.« Er ergänzte die Gründe noch um einen, der ihr vielleicht besser einleuchtete. »Die Kopfschmerzen hätten mich sowieso daran gehindert, Rahjas Gaben zu genießen.«

Vanicella seufzte und erhob sich ebenfalls. »Laß mich

wissen, wenn du es dir anders überlegst.« Nüchterner fuhr sie fort: »Ich habe dich ausgezogen, weil deine Kleider schmutzig waren. Sie waren getränkt mit den Rinnsalen des Sud und stanken entsetzlich. Ich habe sie für dich gewaschen und in der Sonne getrocknet. Dich selbst mußte ich übrigens auch erst einmal waschen – und zwar alles an dir. Du stankst nämlich genauso schlimm wie deine Kleidung.«

Thalon zog seine Stiefel an. Dabei tastete er die Innenfläche ab. Auf Anweisung von Cedira hatte ihm Mishia einen Silbertaler dort eingenäht. Er war noch vorhanden.

»Danke, Vanicella. Wie lange habe ich hier gelegen?«

»Einen Tag und eine Nacht und noch einmal einen halben Tag. Wir haben heute Rohalstag.«

Als Thalon ein paar Schritte tat, taumelte er. Der rasende Kopfschmerz machte ihm noch immer zu schaffen. Eigentlich hatte er jetzt aufbrechen wollen. Aber in diesem Zustand geriet er gewiß bald an die nächsten Räuber.

»Darf ich noch ein paar Stunden bleiben, Vanicella?«

»Solange du möchtest! Für dein Essen müßtest du allerdings selbst sorgen. Ich kann dir Arbeit als Tagelöhner bei der Beleuchtergilde besorgen. Wir müssen Öl und Brennholz zum Leuchtturm hinaufschleppen, je nachdem, womit das Feuer gerade betrieben wird. Oder Steine, um den Turm auszubessern. Verpflegung für die Beleuchter. Und manches andere.«

Thalon überlegte, dann nahm er das Angebot an. Das war weitaus besser, als sich sogleich auf die Suche nach einem anderen Quartier zu machen. Und eine Arbeit auf dem Leuchtturm anzunehmen, war eine gute Möglichkeit, in die Nähe der Festung, in die Nähe von Malurdhins Villa zu kommen. »Vielleicht…«, begann er, nach Worten suchend.

Vanicella wußte sofort, was er meinte. »Wir arbeiten zusammen, wir schlafen in der gleichen Kammer. Da kann sich manches ergeben. Aber ich will dich nicht drängen. Laß es geschehen oder auch nicht.«

Ganz sicher war Thalon nicht, ob er die richtige Entscheidung getroffen hatte. Ein wenig hatte er den Eindruck, daß Vanicella nicht nur von ihrer Lust getrieben wurde. Vielleicht suchte sie auch und vor allen Dingen einen Vater für ihr Kind. Er hatte ein bißchen Angst, in ihren Bann zu geraten. Er mußte auf der Hut sein.

»Da ist noch etwas«, sagte Vanicella.

Thalon sah sie fragend an.

»Das Mal auf deinem Arm«, sagte sie zögernd. »Ist es ein Sklavenzeichen?«

»Es sieht doch wie eine Tätowierung aus, oder?« entgegnete Thalon.

»Gewiß – aber auch wie ein Sklavenmal. Das zumindest hat Romali behauptet.«

Sofort wurde Thalon hellhörig. »Romali? Wer ist das? Wieso hat sie mich nackt gesehen?«

»Meine Schwester, die nebenan wohnt. Sie ist leider sehr neugierig und kam hereingeplatzt. Ich konnte sie nicht daran hindern, dich zu betrachten.«

Thalon erinnerte sich an die Warnungen von Cedira, sich nicht mit Weibern einzulassen. Er hatte sie beherzigt. Und doch wußten nun gleich zwei Frauen von diesem Mal, ohne daß er sich mit ihnen vergnügt hatte. Thalon empfand diesen Umstand als ungerecht, obwohl er sich das Vergnügen mit Vanicella selbst versagt hatte.

»Kann deine Schwester Geheimnisse für sich bewahren?«

Vanicella zögerte und sagte dann: »Ich fürchte, sie neigt zum Tratschen.«

»Kannst du sie davon abhalten?«

»Kaum. Romali hat ihren eigenen Kopf und läßt keine Gelegenheit aus, sich wichtig zu machen. Wir haben uns nie gut verstanden, obwohl sie wie eine Klette an mir hängt. Wenn ich sie bitte, niemandem von dir und deinem Mal zu erzählen, wird sie es erst recht tun. Noch vermutet sie nur, es könnte sich um ein Sklavenzeichen handeln. Wenn ich sie darauf anspreche, sähe sie ihre Vermutung vielleicht bestätigt.«

Das behagte Thalon überhaupt nicht. Unter diesen Umständen mußte er seine Entscheidung überdenken, sich bei Vanicella einzuquartieren. Er wußte aus Charypso, wie schnell Gerüchte die Runde machten. Thalon dachte nach. Unmittelbar bedroht fühlte er sich nicht. Er war niemand, der in Ghurenia gesucht wurde. In ein oder zwei Tagen, so schätzte er, wäre in den Wirtshäusern von einem Blonden die Rede, der bei Vanicella im Runden wohnte und möglicherweise ein entsprungener Sklave war. Irgendwann würde jemand davon hören, der sich ein Kopfgeld verdienen wollte. Bis dahin mußte er eine andere Bleibe gefunden haben. Vielleicht sollte er sich auch die Haare abschneiden oder sie mit Ruß oder Pechsalbe einschmieren.

Draußen wurde es hell. Erst war es nur ein hellgrauer Schimmer, der durch das Pergamentfenster sickerte. Doch die Übergänge zwischen Nacht und Tag waren kurz in Ghurenia. Das Grau verwandelte sich so schnell in ein strahlendes Weiß, daß die Augen diesem Wandel kaum zu folgen vermochten. Vanicella erhob sich und brachte mit einem Dochthütchen die Flamme der Öllampe zum Erlöschen.

Sie streifte das Gewand ab. Thalon sah ihr dabei zu und gab sich keine Mühe, dies zu verbergen. Schließlich war er selbst nackt und hatte ihr diesen Anblick ausreichend lange ermöglicht. Sie hatte breite Hüften und stämmige Beine, obwohl ihr Körper insgesamt eher mager aussah. Einige Knochen, vor allem die Schulterblätter, lagen dicht unter der Haut. Sie besaß ein Muttermal an der Schulter und eine Reihe von kleinen Leberflecken, vor allem an den Armen und Beinen. Die Brüste waren rund und schwer, und die dunklen Schamhaare wirkten verlockend. Vanicella hielt es für nötig, ohne ein bestimmtes Ziel mehrmals nackt vor Thalon auf und ab zu gehen. Offensichtlich genoß sie seine Blicke. Obwohl sie nichts sagte, sprach ihr Körper eine deutliche Sprache: ›Du bist ein Dummkopf, mein Geschenk nicht angenommen zu haben.‹

Schließlich schlüpfte sie in eine schmutziggelbe Kniebundhose und ein dünnes Wams von der gleichen Farbe. Sie zwängte die nackten Füße in Schuhwerk, das aus mehreren weich gegerbten Lederstücken bestand, die durch Lederschnüre miteinander verbunden waren. Dann griff sie nach einer Lederkappe und einem ebenfalls gelben Tuch, stopfte beides in einen aus Binsen geflochtenen Beutel und hängte sich diesen um. Nun brachte sie den immer noch schlafenden Säugling nach nebenan zu ihrer Mutter und brach zur Arbeit auf. Thalon wollte mitgehen, aber Vanicella bestand darauf, daß er sich noch schonen müsse.

Nachdem die Frau verschwunden war und Thalon den Raum von innen verriegelt hatte, legte er sich für eine Weile auf den Strohsack, um seiner Kopfschmerzen Herr zu werden. Lange hielt er es allerdings nicht aus. Das Bohren und Hämmern war geschwunden, und mit dem Rest glaubte er fertig werden zu können. Er erhob sich und ging in der Kammer auf und ab. Zufrieden stellte er fest, daß er nicht mehr schwankte. Er fand einen Krug mit Wasser und löschte seinen Durst. Jetzt sah er keinen Grund mehr, in der stickigen Luft der Kammer zu hocken. Frische Luft würde ihm eher dazu verhelfen, das verbliebene Schädelbrummen zu bekämpfen.

Als er diese Entscheidung getroffen hatte, brach er dennoch nicht Hals über Kopf auf. Vielmehr setzte er sich auf den Schemel, stützte den Kopf auf dem Tisch auf und grübelte. Er hatte einen schlimmen Fehler begangen, als er Babbil vertraute. Einen zweiten durfte er sich nicht leisten.

Sein erster Gedanke war, Babbil zu suchen. Aber der Junge war flink und kannte jeden Winkel der Stadt.

Selbst wenn Thalon ihn aufspürte, würde er gewiß mit Leichtigkeit entwischen. Und was half es schon, sich an Babbil zu rächen? Das würde Thalons Barschaft schwerlich zurückbringen. Gleichzeitig ertappte er sich dabei, daß er Babbil nicht so sehr zürnte, wie er es eigentlich hätte tun sollen. Er verübelte es dem Jungen, daß er sich in sein Vertrauen geschlichen und es mißbraucht hatte. Aber die kleine Ratte hatte nur das getan, was seine Diebesfreunde von ihm verlangten, war seiner Arbeit nachgegangen. Thalon hätte nicht so arglos sein dürfen. Irgendwie mochte er Babbil trotz alledem.

Der zweite Gedanke galt Kuadim. Er schien der Kopf der Diebesbande zu sein, und sicherlich befand er sich auch im Besitz der Münzen, die man Thalon abgenommen hatte. Zurückgeben würde er sie aber nur, wenn er dazu gezwungen wurde. Im Sud, umgeben von Kumpanen und Helfershelfern, würde Kuadim sich von Thalon zu gar nichts nötigen lassen. Es verlangte Thalon allerdings weniger nach der Barschaft als danach, sich mit Kuadim zu unterhalten und von ihm zu erfahren, was in den zurückliegenden Jahren geschehen war. Aber der Dieb hatte ihn warnen lassen, nicht in den Sud zu kommen. Im Augenblick schien es sinnvoller zu sein, ihn nicht herauszufordern.

Somit blieb die Kapitänin mit Namen Chelchia. Nach wie vor hielt Thalon den Mörder und Schänder Malurdhin für den Schlüssel zu seiner Vergangenheit. Aber vielleicht vermochte auch Chelchia dazu beizutragen, den Schleier zu lüften, der über den gestohlenen Jahren lag.

Was verbindet diese Frau mit Kuadim? Arbeitet sie Hand in Hand mit den Dieben? Verrät sie ihnen Dinge, die es ihnen erlauben, die Murenbrekers um Geld und Waren zu erleichtern? Und was habe ich mit einem Dieb sowie einer Kapitänin zu tun gehabt?

Endlich erhob sich Thalon. Er wußte nicht, wo im Runden sich Vanicellas Behausung befand. Doch er zweifelte nicht daran, daß es ein leichtes wäre, von jedem beliebigen Ort in Ghurenia den Weg hinab zum Hafen zu finden. Selbst wenn der Runde ausgehöhlt und mit Gängen durchzogen sein sollte wie ein Kaninchenbau, wiese ihm früher oder später ein Gefälle die Richtung.

Es war noch einfacher, als er gedacht hatte. Als er vor die Tür trat, stand er auf einem schmalen Felspfad und blickte hinaus auf das Meer. Vanicellas Hütte klebte wie ein Schwalbennest am Runden, dicht an dicht mit vielen anderen, solchen auf gleicher Höhe, solchen, die sich unter ihm dem Meer entgegenreckten, und solchen, die sich entlang der in den Stein geschlagenen Pfade den Berg hinaufwanden. Wie ein lehmig brauner Pilzbelag bedeckten die Hütten den Stein, allerdings nur an dieser schmalen Stelle, einer Einbuchtung im Runden. Links und rechts davon erstreckte sich der Fels in kahlem, schmutzigem Grauweiß. So hatte ihn Thalon vom Meer aus wahrgenommen, als er sich mit Cediras Piraten im Boot der Küste näherte. Allerdings konnte dies nicht der Ort sein, an dem er sich an Land gezogen hatte. Die Hütten wären ihm gewiß aufgefallen. Und der Pfad, den er schließlich gefunden hatte, berührte fast die Wasserlinie, während das Wasser an dieser Stelle fünfzig Schritte unter ihm lag.

Thalon reckte das Gesicht in die leichte Brise, die von der See hereinkam. Efferds kühler salziger Atem strich ihm über die Stirn und schob sich in sein wuscheliges, schulterlang gestutztes Haar, hob es an und plusterte es auf. Thalon spürte, wie Efferds Atem seinem mißhandelten Kopf guttat. Er atmete mehrmals tief ein. Obwohl der Gestank des Suds längst aus seiner Nase gewichen war, glaubte er, nunmehr die letzten Reste der üblen Düfte aus den Lungen zu vertreiben.

Der Runde lag noch im Schatten der Praiosscheibe, und es war kühl genug, daß Thalon fröstelte. Doch er genoß die Frische des Morgens, schaute hinaus auf die See, ließ den Wind Nester in seinen Haaren bauen. Er fühlte sich an jene Augenblicke erinnert, als er auf der *Schwarze Rose* und auch auf der *Seewolf* in den Wanten hing und die endlose Weite der See in sich aufnahm. Er war ein Kind des Dschungels gewesen und hatte sich in Charypso an die Steine der Stadt gewöhnt. Aber nichts kam an Schönheit und Erhabenheit, an ungestümer Wildheit und sanftem Liebreiz an Efferds Reich heran.

Cedira hat es von Anfang an gewußt: In deinem Herzen bist du ein zusha*!*

Thalon machte zwei Tulamiden mit dünnen, langen, geflochtenen Zöpfen Platz, die zwischen sich eine Trage stemmten, auf der sich eine Steinlast befand. Er sah ihnen nach, wie sie dem sanft geneigten Pfad folgten, der rasch zu einem Hohlweg wurde und zwanzig Schritt weiter als Stollen im Berg verschwand. Dies schien auch für ihn der richtige Weg zu sein. Er führte bergab, und Thalon vermutete den Hafen ein Stück weiter südlich.

Thalon sah den Runden hinauf und musterte die Mauern der Festung, die hoch über ihm, dreihundert Schritt oder mehr, aus dem Fels wuchsen. Von hier aus konnte man sie nicht erreichen. Sein Blick wanderte weiter zum Schroffen und dem Leuchtturm auf seiner Spitze. Die Festung auf dem Runden verdeckte Thalon die Sicht auf das Fundament des Turms, aber der Kopf, in dem sich das Leuchtfeuer befand, erhob sich jenseits der Zinnen in den Himmel. Irgendwo dort oben schleppte Vanicella ihre Last den Berg hinauf.

Steil und abweisend, rissig und kantig, trug der Schroffe seinen Namen zu Recht. Doch selbst er hatte erdulden müssen, daß sich einige Hütten und Häuser in seine Falten schmiegten. Der Sud, der zwischen den beiden Felsen lag, und die Steinbrücke, die ihn überquerte, konnte Thalon nur erahnen.

Sein Blick kehrte zurück zu den Hütten in seiner Nähe. Sie sahen ärmlich und weniger stabil als die Häuser im Sud aus. Aber Thalon glaubte nicht, daß die Bewohner sie freiwillig gegen ein Quartier unter der Brücke eintauschen würden.

Einen Moment lang überlegte er, ob er an den Türen links und rechts von ihm pochen und nach Romali fragen sollte. Wenn sie Vanicella nicht den Gefallen tun wollte, den Mund zu halten, dann vielleicht ihm. Aber dann verzichtete er darauf. Vanicella hatte recht. Die Bitte würde Romali nur in ihrer Meinung bestätigen, daß er ein entflohener Sklave sein mußte. Wahrscheinlich hielt sie ihn auch für Vanicellas Liebhaber. Das würde ihn in ihren Augen nicht erhöhen. Hinzu kam, daß sie gewiß wie ihre Schwester irgendwo in der Stadt ihren Unterhalt verdiente und an diesem Morgen nicht mehr anzutreffen war.

Eine buntbemützte Frau kam den Pfad herunter, breitbeinig und schwankend, ganz offensichtlich eine Matrosin, die es ungewohnt und beschwerlich fand, statt sich hebender und senkender Planken festen Fels unter den Füßen zu haben. Sie schien dem Gestein nicht zu trauen. Da sie mit sich selbst beschäftigt schien, vielleicht auch mit einem schweren Kopf nach durchzechter Nacht, widerstand Thalon dem sofort aufkeimenden Wunsch, sie anzusprechen. Statt dessen folgte er ihr mit einigem Abstand. Er zweifelte nicht daran, daß sie zum Hafen unterwegs war.

Der vermeintliche Tunnel erwies sich als scharf gekrümmter Felsdurchbruch, ein Knie, das sich schon nach wenigen Schritten wieder zu einem Hohlweg öffnete. Dieser wurde breiter, vergabelte sich mit anderen Pfaden und führte auf die erste Stufe einer dichtbebauten Terrasse. In weiteren Stufen senkte sich der Boden dem Wasser entgegen. Thalon sah enge Gassen und Kais, an denen Schiffe vertäut waren. Er mußte wahrhaftig nicht nach dem Wege fragen. Der Hafen lag unter ihm, zum Greifen nahe, obwohl die Schiffe aus dieser Höhe noch wie Spielzeuge aussahen.

Als Thalon einem Eselskarren auswich und in eine

enge Gasse einbog, verlor er die Matrosin aus dem Blick. In der Gasse herrschte emsiges Treiben. Männer und Frauen mit fleckigen Lederschürzen schleppten Linnenballen und Kiepen herbei, die mit verknoteten Lagen flauschiger, dick versponnener Wolle gefüllt waren. Zwei Frauen spannten feuchtes, purpurrot leuchtendes Linnen über einen Holzrahmen, um es in der Wärme der Praiosscheibe trocknen zu lassen. Vor und zwischen den Häusern und in den Höfen dahinter standen Holzbottiche, die meisten farbverkrustet. Einige leckten. Azurblaue, karminrote und dottergelbe Rinnsale tränkten den Felsboden und ließen ihn wie einen versteinerten Regenbogen aussehen. Ein scharfer, beißender Geruch lag in der Luft. Offenbar hatten sich in dieser Gasse die Färber der Stadt niedergelassen.

Thalon erreichte eine Treppe, die zu einem Platz führte. Einige Steinmetzen arbeiteten vor ihren Hütten und glätteten Kalktafeln. Andere arbeiteten in der Wand des Felsens und meißelten sich tiefer hinein. Gewiß gab es diesen Platz noch nicht lange. Thalon fühlte sich an Minlo erinnert. Er sah zwei Bauplätze, auf denen Zimmerleute und Maurer neue Häuser errichteten. Eines davon besaß bereits einen Dachstuhl und würde bald seiner Bestimmung übergeben werden. Man mußte kein Prophet sein, um sich auszumalen, daß der Platz schon bald drei oder vier Gassen weichen würde, eng und winklig wie die anderen auch.

Zwei glatzköpfige, krausbärtige Träger in kurzen hellblauen Kaftanen schleppten eine Sänfte heran. Thalon machte ihnen Platz.

»Anhalten, bitte! Ich will mir das anschauen!« kam eine glockenhelle weibliche Stimme aus dem Inneren der Sänfte.

Kaum hatten die Träger die Sänfte unmittelbar vor Thalon abgesetzt, sprang ein blutjunges Mädchen heraus. Offenbar hatte es Thalon nicht gesehen. Es bewegte sich so lebhaft und ungestüm, daß es gegen ihn prallte und ihn umriß. Es stieß einen leisen Schrei des Erschreckens aus und ging selbst zu Boden. Thalon war mit der Schulter gegen ein Gerüst geprallt und dann daruntergerutscht. Als er den Kopf hob, blickte er unversehens in ein von glatt herabfallendem dunklem Haar gesäumtes ebenmäßiges Gesicht mit großen braunen Augen. Das Mädchen, das nicht älter als sechzehn oder siebzehn Jahre alt sein konnte, lag beinahe in seinen Armen und drückte die schmalen Schultern gegen seine Brust, als es sich aufrichtete. Im ersten Moment blickte es bestürzt. Dann konnte es ein leises Kichern nicht unterdrücken. Verlegen hob es eine Hand vor den Mund und versuchte, das Lachen zu ersticken. Aber die schmelmisch blitzenden Augen verrieten es auch jetzt noch.

»Was ist so lustig an mir, daß Ihr mich auslacht?« fragte Thalon und versuchte grimmig zu klingen, obwohl ihn die Heiterkeit des Mädchens ansteckte.

»Verzeiht«, sagte es, »aber Ihr müßtet Euer verdutztes Gesicht sehen. Oh, verzeiht abermals, ich wollte Euch wirklich nicht kränken.« Jetzt trat ein Ausdruck ehrlicher Betroffenheit in seine Augen. »Es war meine Schuld, ich weiß. Ich habe Euch nicht gesehen und war ungeschickt.« Die Kümmernis verschwand sofort wieder. Mit einem beinahe vertrauensvollen Blick, als würde es ein Geheimnis mit ihm teilen wollen, verriet das Mädchen: »Ich bekomme immer Schelte von meiner Mutter, weil ich so stürmisch bin.«

Schicklich rutschte es ein Stück von ihm fort, ohne Rücksicht auf seine Kleidung zu nehmen. Es bewegte sich, als trüge es robuste Hosen. Tatsächlich war das Mädchen jedoch in ein kostbares hellblaues Seidengewand gehüllt, das die anmutige Gestalt malerisch umfloß. Die Gestalt war gertenschlank. Wunderschön geformte kleine Brüste zeichneten sich unter der Seide ab. Das Gewand war unten aufgerissen und ließ einen Blick auf lange Beine zu, auch diese hübsch gerundet.

Thalon rutschte unter dem Gerüst hervor und richtete sich auf. Er reichte dem Mädchen die Hand, um ihm auf die Beine zu helfen. Dankbar nahm es seine Hilfe an. Er umschloß die kleine schmale Hand und zog es zu sich hoch. Es hielt die seine einen Moment länger fest, als dies notwendig gewesen wäre. Dann schaute es auf sein Kleid hinab und bemerkte den Riß.

»O weh, das wird mir wieder Schelte einbringen. So etwas widerfährt mir fast immer, wenn ich ein Kleid geschenkt bekomme und es zum erstenmal trage.«

Das Mädchen strich über den Stoff, um den gröbsten Steinstaub zu entfernen. Thalon klopfte sich ebenfalls die Kleidung ab. Er hätte der Fremden gern seine Hilfe angeboten, aber er traute sich nicht. Er fürchtete, sie könnte es falsch verstehen. Oder richtig verstehen. Denn nur zu gern hätte er dieses anmutige Geschöpf berührt.

Er bemerkte, daß das Mädchen seine Bemühungen aufgegeben hatte und ihn verstohlen musterte. Er sah auf. Ihre Blicke kreuzten sich. Das Mädchen lächelte. Sanft, beinahe schüchtern.

Nie zuvor hatte Thalon ein Mädchen gesehen, das so hübsch und so gut gewachsen war. Er war ganz und gar verwirrt von diesem Übermaß an Zierlichkeit, Anmut und Liebreiz. Er bewunderte die wunderschönen großen Augen, das schmale Näschen, die vollen, geschwungenen Lippen, die Grübchen unter den Wangen. Das Gewand betonte die schmalen Schultern und ließ die Arme und den Hals frei. Alles an der Fremden war wohlgeformt, und die zartgebräunte Haut schimmerte makellos rein. Eine silberne Kette, an der ein daumennagelgroßes Medaillon hing, schmückte den Hals. Etwas verlegen ließ sie zu, daß er sie musterte, und schlug den Blick zu Boden. Es dauerte aber nicht lange, bis sie den Kopf wieder hob und ihn nun mit unverkennbarer Neugier betrachtete.

»Ihr habt so schönes blondes Haar«, sagte sie bewundernd.

»Euer dunkles Haar ist viel schöner als meines«, stammelte Thalon.

Sie lächelte. Dann schien ihr etwas einzufallen. »Laßt mich bitte den Schaden ersetzen, den Ihr erlitten habt. Zwar habe ich kein Geld dabei, aber ich kann es Euch bringen lassen. Oder es Euch selbst überreichen. Wo finde ich Euch?«

»Ich habe keinen Schaden erlitten«, erwiderte Thalon. »Ihr seid mir wirklich nichts schuldig.«

Die junge Fremde stand vor ihm und schien unschlüssig zu sein, was sie tun sollte. Vergeblich suchte Thalon nach Worten, um ihr zu sagen, wie sehr sie ihm gefiel, ohne sie durch Plumpheit zu beleidigen. Er war den Umgang mit Dienstmädchen und Piratinnen gewohnt, nicht jedoch mit wohlerzogenen jungen Damen. Die Sänfte, das teure Gewand, die Kette mit dem Medaillon, die Art, in der sie sich gab. Ohne Zweifel war sie eine Tochter aus reichem Hause. Er war sich darüber im klaren, daß er sich in dieses bezaubernde Geschöpf vom ersten Augenblick an verliebt hatte und von ihr träumen würde. Aber er tat gut daran, sie sich so schnell wie möglich aus dem Kopf zu schlagen. Sie befand sich weit außerhalb seiner Möglichkeiten und wäre für ihn niemals erreichbar.

»Travia möge Euch schützen«, sagte er und wandte sich beinahe brüsk ab.

Er sah die Enttäuschung in ihren Augen, aber sie machte keinen Versuch, ihn aufzuhalten. Als er seinen Weg fortsetzte, spürte er, daß ihre Blicke ihm folgten. Das Hämmern der Steinmetzen hinderte ihn daran, Geräusche wahrzunehmen, die von dem Mädchen oder den Sänftenträgern ausgingen. Als er das Ende des Platzes erreichte und sich umschaute, waren sowohl das Mädchen als auch die Sänfte verschwunden.

Thalon nahm die Umgebung kaum wahr, während er weiter zum Hafen hinabstieg. Seine Gedanken verweilten bei dem Mädchen. Noch immer sah er ihr hübsches

Gesicht, ihre schmale Gestalt, die ausdrucksvollen Augen vor sich. Er würde sie so schnell nicht vergessen, vielleicht sein ganzes Leben lang nicht.

Ich weiß nicht einmal ihren Namen. Aber vielleicht ist es besser so. Mag sie ein namenloses Traumbild sein, das mich auf meinen Wegen begleiten wird.

Mit seinen Tagträumereien beschäftigt, achtete er so wenig auf den Weg, daß er auf einem steil hinabführenden Hohlweg auf loses Geröll trat. Sein Gewicht drückte die Steine zur Seite. Ihm wurden die Beine weggerissen, und im Nu saß er auf dem Hosenboden. Vergeblich fuchtelte er mit den Händen und suchte nach einem Halt. Mit den Beinen voran rutschte er den Hohlweg entlang und wurde immer schneller. Vor ihm sprangen zwei Frauen zur Seite, um nicht mitgerissen zu werden. Empört schimpften sie hinter ihm her und drohten ihm mit den Fäusten. Er hörte ihre Stimmen, aber die Gebärden sah er nicht, da er ihnen den Rücken zukehrte.

Vor ihm machte der Hohlweg eine scharfe Biegung. Thalon wurde in der Kurve ein kleines Stück bergauf getragen. Im letzten Augenblick zog er den Kopf ein und vermied den Zusammenstoß mit einem überhängenden Felsen. Er ersparte sich damit eine Beule, die wohl kaum weniger groß und schmerzhaft als die erste gewesen wäre. Die wilde Fahrt endete mit einem schwungvollen Satz in einer Felsspalte. Dort landete er mitten in einem Distelfeld und konnte noch von Glück sagen, daß er den daneben siedelnden Dornbusch knapp verfehlte.

Fluchend erhob er sich, klaubte sich Disteln aus dem Haar und aus der Kleidung und kletterte in den Hohlweg hinab. Er mußte das Feixen und Gelächter von zwei kleinen Jungen und einem Mädchen erdulden, die den letzten Teil seiner Fahrt mit höchstem Entzücken verfolgt hatten.

Zu seinem eigenen Erstaunen hatte er sich nicht ernsthaft verletzt. Sein Hintern und sein Oberschenkel taten ein wenig weh, und gewiß würde ihm das Abenteuer ein paar blaue Flecke bescheren. Doch sonst war alles glimpflich ausgegangen. Allerdings erfühlte er einen ärgerlichen Riß im Hemd, wohingegen die Hose aus robustem, eng verwebtem Linnen keinen Schaden genommen hatte.

Nachdem er seine Kleidung wieder einigermaßen hergerichtet hatte, setzte er so würdig wie möglich seinen Weg nach unten fort. Er entdeckte eine Treppe, die es ihm ersparte, sich weiter durch das Gewirr der Gassen zum Hafen zu kämpfen. Die in den Stein getriebenen Stufen führten in mehreren Windungen geradewegs zu den Kais. Trotzdem lag die Treppe einsam und leer vor ihm. Wer zu dieser Stunde zwischen dem Hafen und dem Runden unterwegs war, schien Lasten zu befördern, mit denen auf der schmalen Treppe kein Durchkommen war. Oder gab es andere Gründe, die Treppe zu meiden?

Thalon achtete jetzt sorgfältig darauf, wie er seine Schritte setzte. Die Stufen waren uneben und rissig. Ein falscher Tritt wie im Hohlweg hätte üble Folgen gehabt. Wer hier ausrutschte, landete nicht in einem Distelfeld, sondern auf den weißen Klippen, die das Hafenbecken begrenzten. Das überlebte niemand.

Von irgendwo in nächster Nähe schien eine Art Röcheln zu kommen. Thalon versteifte sich. Die genaue Quelle des Geräuschs konnte Thalon nicht orten. Urplötzlich war das Gefühl wieder da, das ihn im Tunnel befallen hatte. Unruhe, Angst, eine sich steigernde Spannung, das Ahnen einer schrecklichen Gefahr! Thalon wußte sofort, daß nicht die Angst, in die Tiefe zu stürzen, der Auslöser dieses Gefühls war. Ohne es zu sehen, spürte er das Wesen aus dem Tunnel. Er hörte es leise röcheln. Es befand sich in allernächster Nähe, hatte ihm aufgelauert, wußte auf geheimnisvolle, magische Art, daß er diesen Weg nahm.

Thalon drehte sich auf der Treppe um und starrte auf den nackten Felsen hinter ihm. Es gab dort tiefe Schatten, aber keiner davon war undurchdringlich genug, um das Ungeheuer mit den roten Augen verbergen zu können. Er sah nach oben. Über ihm war auch nichts. Er beugte sich vor. Soweit er die Treppe einsehen konnte, schien dort keine Gefahr zu drohen. Nirgendwo leuchteten die schrecklichen roten Augen.

Aber der curga *ist hier! Er hat sich irgendwo versteckt und wartet darauf, zuschlagen zu können!*

Er erschrak über sich selbst, über die eigene Gedankenstimme. Er kannte kein Wesen, das *curga* genannt wurde. Oder doch? Etwas tief in ihm hatte gesprochen, etwas Verschüttetes. Etwas, das er in den verlorenen Jahre erlebt haben mußte. Er suchte verzweifelt nach weiteren Erinnerungen, zermarterte sich den Kopf, aber er konnte das irgendwo in ihm Schlummernde nicht fassen.

Die Angst in ihm nahm unaufhörlich zu. Sein Magen wurde zusammengedrückt, und er konnte kaum noch atmen. Quaderschwere Steine schienen sich gegen seine Brust zu schieben und drohten, ihn zu zerquetschen.

In diesem Moment griff der *curga* an. Thalon sah, wie milchiger Rauch unmittelbar vor ihm aus einer Felsspalte quoll und auf ihn zu wirbelte. Inmitten dieses Nebels glühten die haßerfüllten, mordgierigen Augen, die er im Tunnel gesehen hatte. Thalon klammerte sich an einem Felsvorsprung fest und blickte dem Rauch, den glosenden Augen entgegen. Er sah keine Möglichkeit, sich zu wehren. Rauch läßt sich nicht erschlagen und nicht erstechen. Das wabernde Etwas wirbelte schneller heran, als er auf der Treppe hätte flüchten können. Im Grunde blieb ihm nur die Wahl, sich seinem Schicksal zu ergeben oder in die Tiefe zu springen.

Nein, du besitzt eine Waffe gegen den Seelenräuber! Benutze sie!

Der Rauch umfloß Thalons Gesicht und nahm ihm die Sicht. Er spürte einen eisigen Hauch. Die roten Augen tauchten unmittelbar vor seinen eigenen auf. Neben Haß und Mordlust leuchtete jetzt Triumph in ihnen. Für einen schrecklichen Moment hatte Thalon den Eindruck, die Augen des *curga* verschmölzen mit den seinen.

Dann befand sich der Seelenräuber in seinem Kopf. Thalon spürte, daß etwas Fremdes, Bösartiges seine Gedanken berührte.

Und plötzlich wußte er, was er zu tun hatte.

Er griff das Schattenwesen an! Er wußte nicht genau, was er tat und wie er es tat. Aber er schleuderte dem *curga* seinen unbändigen Willen entgegen, sich nicht besiegen zu lassen. Er griff dabei in einen anderen fernen Raum und schöpfte dort Kraft – unendlich viel Kraft – für seinen Willen. Dieser baute sich wie ein Wall vor seiner Seele auf und ging zum Angriff über.

Verblüfft wich der *curga* zurück. Thalon empfing das Bild eines fauchenden Raubtiers, das von einem übermächtigen Gegner zurückgedrängt wird und sich nicht traut, noch einmal anzugreifen.

Dann war der Seelenräuber fort. Er hatte fluchtartig Thalons Kopf verlassen. Die schrecklichen, unheimlichen Augen waren verschwunden, der weiße Rauch hatte sich in Luft aufgelöst. Thalon konnte wieder frei und unbeschwert atmen. Der Druck auf der Brust und dem Magen hatte sich in nichts aufgelöst.

Er sah auf das Meer hinaus und freute sich, daß er lebte und dem Angriff widerstanden hatte. Aber er fühlte keine Genugtuung. Auf unbestimmte Art wußte er, daß der *curga* nicht aufgäbe. Er würde es immer und immer wieder versuchen, würde sein Heil darin suchen, ihn blitzartig zu überrumpeln. Nur der Tod konnte den *curga* davon abhalten, Thalons Seele zu jagen. O ja, auch das wußte Thalon aus der Tiefe seiner Erinnerungen: der Seelenräuber konnte getötet – oder besser ausgelöscht – werden. Aber dies zu vollbringen, war schwierig und gelang nur unter besonderen Umständen.

Wieder versuchte Thalon, seine verborgenen Erinnerungen zu befragen.

Wie habe ich es geschafft, den curga *zu vertreiben? Hat mir vielleicht ein Magier geholfen, ohne daß ich davon wußte? Wie kann ich den Seelenräuber töten? Was ist überhaupt ein Seelenräuber? Ist der* curga *ein Dämon? Warum hat er mich als Opfer erwählt?*

Aber die Erinnerungen ließen sich nicht befehlen. Sie antworteten nicht auf Fragen. Es schien in seinem Kopf eine Barriere zu geben, die er von seiner Seite aus nicht durchbrechen konnte. Die wenigen Bruchstücke des Wissens, die sich ihm im Augenblick höchster Gefahr erschlossen hatten, waren ohne sein Zutun zu ihm gelangt, von innen heraus. Eines spürte Thalon allerdings mit völliger Gewißheit: Das Wissen kam nicht von einer fremden Stimme in seinem Kopf, sondern war Teil seines eigenen Wissens, seiner ureigenen Erfahrungen, kam aus der verschütteten Tiefe, in der die verlorenen Jahre begraben lagen.

Thalon stand plötzlich klar vor Augen, was dies bedeutete: Irgendwann in den Jahren, an die er sich nicht erinnern konnte, war er dem Seelenräuber schon einmal begegnet, hatte vielleicht die Aufmerksamkeit oder den Zorn des *curga* geweckt. Und irgend etwas hatte ihn dazu gebracht, diese Begegnung zu vergessen.

Ich muß jemanden finden, der den Schlüssel im Schloß meiner Erinnerungen herumdreht. Vielleicht besitzt Chelchia diesen Schlüssel!

Das schreckliche Erlebnis mit dem *curga* konnte Thalons Magen nicht davon abhalten, seinen Anspruch auf eine Mahlzeit anzumelden. In der Marktschenke hatte Thalon zuletzt etwas zu sich genommen. Das lag zwei Tage zurück. Vanicella hatte ihm nur sich selbst angeboten, aber keine Speisen. Vermutlich war nichts Eßbares im Hause gewesen. Thalon beschloß, zuerst einmal Chelchia zu suchen, danach einen Geldwechsler und sich schließlich in einer billigen Garküche den Magen vollzustopfen.

Die Treppe endete in unmittelbarer Nähe eines Hafenkais, dessen Landseite von Felswänden und schmalen Häusern gesäumt wurde, wenn die Felsbuchten genügend Platz ließen. Fünfzig Schritte weiter wich der Stein zurück und machte Speicherhäusern Platz, die an ihren Giebelkränen zu erkennen waren.

Thalon tat ein paar Schritte, und das erste Schiff, eine Kogge, die er vorgestern noch nicht bemerkt hatte, lag längsseits vertäut vor ihm. Ein ungepflegter alter Kahn mit schlecht kalfaterten Ritzen im Schanzkleid, nachlässig gerefften Segeln und grobschlächtig ausgebesserten Schäden an den Aufbauten. Der Reeder mußte ein eifriger Besucher von Efferds Tempel sein. Anders war kaum zu erklären, daß der Gott der Meere den alten Kahn auf seinen Wogen duldete. Während der hohe Bug und das Heckkastell weit aus dem Wasser ragten, lag das Mitteldeck nur einen Spann über dem Kai. An Bord war alles still. Nur das Wasser zwischen Kai und Schiffsrumpf gluckerte leise.

Ein Stück weiter wurde ein Nachen mit Steinen beladen. Zwei Lastenträger kippten Steine von den Schultertragbrettern auf den Kai und trotteten davon. Zwei große Frauen, ebenholzschwarz und kräftig, verstauten die Steine im Nachen. Die jüngere der beiden, die ein schweißgetränktes blaßblaues Kopftuch trug, sah auf, als Thalon näher kam. Ihre Neugier schien vor allem seinem Haar zu gelten. Dem Riß im Hemd schenkte sie keine Beachtung.

»Travia zum Gruß«, sagte Thalon. »Wißt Ihr, wo ich die Kapitänin Chelchia finde?«

»Travia sei auch mit Euch«, erwiderte die Frau. »Aber uns dürft Ihr nicht fragen. Wir sind von Filipsidas und zum erstenmal in dieser Stinkstadt. Und wenn der Kahn voll ist, kehren wir schnellstens nach Filipsidas zurück, das kann ich Euch sagen.«

»Halt keine Reden, Moika!« nörgelte die Frau an Bord, als der Nachschub an Steinen ausblieb.

Thalon bedankte sich und ging weiter. Der Geruch

von gerösteten Maronen stieg ihm in die Nase, und hinter der nächsten Ecke entdeckte er den Verkäufer, der sich eine tragbare Feuerkiepe umgehängt hatte und sich gerade anschickte, sein Glück in einer belebteren Gasse zu suchen. Er humpelte und kam nur langsam voran.

»Wartet bitte!« rief Thalon ihm hinterher.

Der Maronenverkäufer, ein alter Mann mit einem weißen Backenbart und hervorquellenden Augen, wandte sich um. »Maronen, edler Herr?« fragte er hoffnungsvoll. »Beste Ware, wirklich allerbeste Ware! Ihr bekommt nirgendwo welche, die besser schmecken.«

»Nur zu gern würde ich von Euch Maronen kaufen«, beteuerte Thalon und meinte es auch so. »Doch leider wurde ich ausgeraubt und kann mir dieses Vergnügen nicht gönnen.« Tatsächlich würde der Mann den Silbertaler natürlich nicht einwechseln können, und er wollte ihn auch nicht im Hafen herumzeigen. »Trotzdem bitte ich Euch darum, mir einen Gefallen zu erweisen. Gewiß kennt Ihr Ghurenia so gut wie Eure Hosentasche. Wißt Ihr vielleicht, wo ich die Kapitänin Chelchia finde?«

Der alte Mann schwieg und musterte Thalon eingehend, während er die Maronen auf dem Rost mit einer Holzzange wendete. Dann griff er in ein Fach seiner Kiepe, zog ein großes Rhabarberblatt hervor, häufte eine Anzahl heißer Maronen darauf und reichte es Thalon.

»Vielleicht helfen Euch meine Maronen, über den Verlust hinwegzukommen«, sagte er mit einem zahnlosen Lächeln.

»Travia mag es Euch lohnen!« Dankbar griff Thalon zu. Die Freundlichkeit des Mannes versöhnte ihn mit manchem anderen. Er pustete gegen die heißen Maronen und kostete dann die oberste. Hungrig, wie er war, hätte er sie auch dann nicht verschmäht, wenn sie wie ein alter Fußlappen geschmeckt hätten. Aber der Alte hatte recht: Seine Maronen waren ausgezeichnet.

Der Mann beobachtete ihn und lächelte über Thalons Heißhunger.

»Was Chelchia angeht, so habt Ihr Glück«, fuhr er fort. »Da ihr Schiff in der Werft ausgebessert wird, findet Ihr sie bei ihrer Schwester in der Fischergasse. Dort drüben beginnt sie, vor dem braunen Speicherhaus. Es ist sodann das vierte Haus, jenes, das am weitesten in die Gasse hineinragt.«

Der Maronenverkäufer wehrte Thalons Dank ab und humpelte davon. Thalon war zu hungrig, um gleich loszustürzen, sosehr ihn auch die Erinnerung an den *curga* plagte. Statt dessen setzte er sich auf die Kaimauer, ließ die Beine baumeln und widmete sich seinen Maronen. Erst als die letzte verspeist war und das Rhabarberblatt als Nachtisch gedient hatte, erhob er sich. Erfreut stellte er fest, daß die Kopfschmerzen so gut wie verschwunden waren. Er spürte die Beule noch, dazu die anderen gepeinigten Stellen seines Körpers, fühlte sich dadurch jedoch nicht beeinträchtigt. Ein anderes Bedürfnis meldete sich. Er pinkelte vom Kai hinab ins Wasser. Dann machte er sich auf den Weg.

Ein nackter kleiner Junge, dem der Rotz aus der Nase rann, spielte mit bunten Steinen im Schmutz, als Thalon in die Fischergasse einbog. Der Knirps war in das Spiel versunken und sah nicht einmal auf. Eine griesgrämig dreinschauende Netzmacherin mit halblang herabhängendem, ölig schimmerdem schwarzen Haar, wahrscheinlich seine Mutter, saß vor der zweiten Hütte und knüpfte am Netz einer engmaschigen Reuse. Sie trug nur einen Lendenschurz, und ihre ausgemergelten Brüste hingen schlaff hinunter. Sie blickte Thalon vorwurfsvoll an, als sei sein Erscheinen daran schuld, daß sie einen falschen Knoten geknüpft hatte. Thalons Gruß wurde mit einem unverständlichen Murmeln beantwortet.

»Ist Kapitänin Chelchia zu Hause?« fragte er.

»Wo sollt sie denn sonst sein?« gab die Frau zurück und machte mit dem Kopf eine Bewegung die Gasse hinauf.

Thalon entdeckte das vorspringende Haus, von dem der Maronenverkäufer gesprochen hatte. Anders als die Lehmhütten links und rechts davon war es aus Stein gebaut und erst vor kurzem hellblau angemalt worden. Es besaß ein Obergeschoß und einen Giebel, nahm ansonsten aber kaum mehr Platz als eine der Hütten ein. Vor dem Eingang türmten sich leere Weidenkörbe und einige kleine Fässer ohne Deckel. In einem Bottich befand sich dicke schmutzigweiße Salzlake, von der ein strenger, ekelhafter Geruch nach verdorbenem Fisch ausging. Den beiden unteren schmalen Fenstern vorgelagert befand sich ein hüfthoher Vorbau, eigentlich nur ein nach vorn abfallendes Holzdach auf Pfählen, unter dem ein unordentlich zusammengelegtes Netz zu erkennen war. Ratten kletterten in den Nischen zwischen dem Tauwerk herum.

Die grob gezimmerte Eingangstür hing schief in den Angeln und stand einen Spaltbreit offen. Thalon zwängte sich an zwei Körben vorbei, stieß die Tür vollends auf und trat ein.

»Kapitänin Chelchia?« rief er und schaute sich um.

Das untere Geschoß des Hauses bestand aus einer einzigen großen Kammer, die von vier mächtigen Stützpfeilern aus Holz unterteilt wurde. Ein Teil des Raums diente Chelchias Schwester offenbar als Lager für Utensilien, die sie zum Fischfang benötigte. Auf einem niedrigen Tisch und in einem Wandregal lagen verschiedene Kescher, schmiedeeiserne Haken, zwei Beile und etliche Messer, dazu aufgerollte Lederbänder, eine fertig geknüpfte Schlaufe, um einen Holm zu befestigen, eine fleckige Schürze aus Segeltuch und ein mit blutrotem Wasser gefüllter Trog. Der Tisch starrte vor Glibber sowie eingetrocknetem und frischem Blut. Dutzende von dicken Fliegen tummelten sich auf ihm und in der Luft darüber. Auch im Haus roch es durchdringend nach Fisch, allerdings nach frischer Ware.

An der Rückwand des Zimmers gab es einen kleinen

Backofen, daneben einen Alkoven. Vor einem der Fenster standen ein weiterer Tisch sowie ein behaglich wirkender Lehnstuhl. Daneben war ein Regal angebracht, in dem sich ein zierlicher Zinnkrug, Holzgeschirr sowie allerlei Tiegel und Amphoren befanden.

Thalon wandte sich der Treppe zu, die links von der Tür in das obere Stockwerk führte. Die erste Stufe knarrte erbärmlich, als er einen Fuß darauf setzte.

»Kapitänin Chelchia? Seid Ihr zu Hause?« rief er die Treppe hinauf.

Oben näherten sich schwere Schritte.

»Wer will mich sprechen?« erklang eine rauhe weibliche Stimme.

»Mein Name ist Thalon.«

Die Schritte stockten für einen Moment. Dann polterten sie um so schneller die Treppe herunter und brachten diese zum Ächzen und Schwingen.

»Sagtet Ihr Thalon?« rief die Frau ungläubig, als sie noch außer Sicht war.

Eine untersetzte Gestalt tauchte auf, die etwa Mitte Vierzig sein mochte. Sie trug Kniebundhosen und ein Wams, beides aus abgeschabtem dunkelbraunem Samt, das sich zum Bersten über den vollen Brüsten, dem runden Bauch und den dicken Schenkeln spannte, dazu Holzpantinen. Das rundliche Gesicht der Frau war von pockenartigen Narben bedeckt. Das schwarze, bereits angegraute Haar hatte sie im Nacken zu einem unglaublich langen Zopf verknotet, der ihr bis zum Hintern reichte und beim Gehen wie eine Peitsche hin und her schwang.

»Ganz recht, mein Name ist Thalon«, gab er zur Antwort.

Die Frau packte ihn an den Schultern, schob ihn von der Treppe und drehte seinen Oberkörper so, daß ihm das Licht aus einem der Fenster ins Gesicht schien.

»Thalon!« stieß sie aus. »Ja, du bist es wirklich. Ein bißchen älter, ein bißchen kräftiger, ein bißchen müder.

Wie lange ist es her, daß wir uns zuletzt gesehen haben? Zwei Jahre, drei Jahre? Wo hast du gesteckt?«

Nach dem, was Kuadim ihm hatte ausrichten lassen, war Thalon darauf vorbereitet gewesen, unfreundlich empfangen zu werden. Die Sorge erwies sich als unbegründet. Chelchia freute sich aufrichtig, ihn zu sehen. Ihre Augen leuchteten, ihr rundes Gesicht strahlte. Sie nahm Thalon in den Arm und zog ihn an sich.

Thalon nahm die Umarmung überrascht hin. Er stellte fest, daß Chelchia einen halben Kopf kleiner war, aber bestimmt doppelt soviel wog wie er.

»Ich hab mich oft gefragt, was aus dir geworden ist«, sagte Chelchia und entließ ihn aus ihrem Griff. »Einfach ohne Gruß zu verschwinden! Aber junge Hüpfer machen nun mal große Sätze. Das kennt man.«

»Kapitänin Chelchia, Ihr ...«, begann Thalon.

»Warum so förmlich, Junge? Hast du vergessen, daß ich dich aus dem Wasser gezogen und vor der Praefosgarde beschützt habe? Bei den Zwölfen, ich hab dich wochenlang in diesem Haus versteckt, bevor ich dich in den Sud bringen mußte, weil einer meiner Matrosen im Suff geredet hat. Danach haben wir uns oft im Sud und später in Hôt-Alem gesehen. Und da nennst du mich Kapitänin und redest mich mit ›Ihr‹ an. Bist du noch bei Trost, Junge?«

Thalon konnte kaum glauben, was er hörte. Das Rätsel der verlorenen Jahre begann sich zu lüften. Wenn Chelchia ihn nicht anlog – er wußte keinen Grund, warum sie es tun sollte –, dann hatte sie ihn vor dem Ertrinken bewahrt und auch wohl davor, als Pirat an einer Rah aufgeknüpft zu werden. Nicht die Götter hatten ihn in das Leben zurückgeschickt. Chelchia war es gewesen. Sie mußte eines der Praefos-Schiffe befehligt haben, mit denen die *Schwarze Rose* im Gefecht lag. Diese Erkenntnis traf Thalon wie ein Hammerschlag. Was ihn noch mehr bestürzte, war allerdings die Tatsache, daß er sich noch immer nicht erinnern konnte. Chelchia reichte ihm einen Zipfel der Decke, die über seinen Erinnerungen lag. Und er war nicht in der Lage, die Decke zurückzuschlagen! Er konnte nicht einmal nach dem Zipfel greifen!

Bedrückt sah er sich erneut in der Kammer um, versuchte, sich an Einzelheiten festzuklammern, etwa an die Blumenornamente, die in das Balkenwerk der Decke geschnitzt waren, an die Intarsien des Tisches am Fenster, die ein Wellenmuster mit Fischen darin ergaben. Wenn er hier eine Weile gelebt hatte oder zumindest oft zu Besuch gekommen war, dann mußte er sich doch an derartige Dinge erinnern können. Aber da war nichts.

»Chelchia ... Ihr ... du hast leider recht. Ich habe es vergessen! Ich habe alles vergessen, was mit dir, mit meiner Rettung, mit Ghurenia zu tun hat! Mir fehlen vier Jahre. Vor kurzem fehlten mir sogar zwanzig Jahre, denn ich bin ohne jede Erinnerung als Sklave auf Minlo aufgewacht. An meine Jugend kann ich mich inzwischen wieder erinnern, aber der Rest ... Deshalb bin ich zu Euch ... zu dir gekommen. Ich hoffte, du könntest meine Erinnerungen zurückbringen. Aber bis jetzt hat diese Hoffnung getrogen.«

»Bei den Zwölfen!« fluchte Chelchia. »Wie konnte denn so etwas geschehen?« Sie grübelte. »Du kannst dich nicht an mich erinnern? Wie bist du dann überhaupt auf den Gedanken gekommen, mich zu suchen?«

»Ich wurde am Markttag ausgeraubt. Der Anführer der Räuber, Kuadim, ließ mir später ausrichten, er kenne mich von früher. Ich soll mich bei ihm nicht noch einmal blicken lassen. Er ließ sagen, ich hätte ihn genauso enttäuscht wie dich.«

»Kuadim ist ein Dummkopf«, schimpfte Chelchia. »Er hat es krummgenommen, daß du einfach verschwunden bist. Na gut, ich war auch nicht gerade begeistert, hielt dich für undankbar. Aber ich bin selbst von zu Hause ausgekniffen, um zur See zu fahren. Junges Blut braust. Das muß man hinnehmen.« Sie sah ihn an. »An Kuadim kannst du dich auch nicht erinnern? Daß du bei den Dieben warst? Daß wir dich nach Hôt-Alem geschickt haben?«

»Ich bin am Markttag nach Ghurenia gekommen, um mit Malurdhin abzurechnen.« Es mochte unvorsichtig sein, dies zu erwähnen, aber Thalon hatte das Gefühl, der Kapitänin trauen zu dürfen. »In meiner Erinnerung war es der erste Besuch in der Stadt. Kuadim, du selbst, dieses Haus – alles ist mir fremd.«

Chelchia schüttelte den Kopf. »Malurdhin also … Du willst deine Mutter rächen, wie?«

»Ich habe dir davon erzählt?« fragte Thalon überrascht.

»Wir sind doch gute Freunde, Thalon«, erwiderte Chelchia ungehalten. »Ja, du hast mir erzählt, was dieser Kotzbrocken getan hat. Du hast auch von Eiserne Maske erzählt und manches andere.«

Jetzt konnte es für Thalon keinen Zweifel mehr daran geben, daß Chelchia ihn wirklich aus dem Wasser gezogen hatte und daß auch alles andere stimmte, was sie erzählt hatte.

»Es ist nicht nur wegen meiner Mutter. Dafür soll er sterben, ja! Aber zuvor muß er mir Rede und Antwort stehen. Ich glaube … ich bin mir ziemlich sicher, daß dieser Hurensohn etwas mit dem Verlust meiner Erinnerungen und meiner Versklavung zu tun hat.«

Chelchia hielt plötzlich inne und lauschte. »Was war das für ein Geräusch? Hast du jemanden mitgebracht? Nein, es schien von oben zu kommen. Er werden diese verdammten Ratten sein. Man entgeht ihnen hier so wenig wie auf dem Schiff.«

Jetzt hörte Thalon den Laut ebenfalls. Es war wie ein Keuchen oder Röcheln. Er erstarrte. O nein, das waren keine Ratten! Dieses Röcheln hatte er schon zweimal gehört, zuletzt auf der Treppe im Berg. Im nächsten Moment brandete eine Woge der Angst über ihn hinweg. Der *curga* war zurückgekehrt! Er schien ihm aus sicherer

Entfernung gefolgt zu sein. Wie sonst hatte er ihn hier aufspüren sollen?

»Gefahr ...«, stammelte er. »Etwas ist mir auf der Spur. Ein Jäger, ein Seelenräuber. Keine Angst, ich werde mit ihm fertig. Ich habe ihn heute schon einmal besiegt. Aber du, Chelchia, du mußt dich in Sicherheit bringen! Renn aus dem Haus, Chelchia! Ich weiß nicht, ob er nur mich sucht und angreift! Renn um dein Leben und kümmre dich nicht um mich!«

Er versuchte, sich innerlich auf den bevorstehenden Angriff vorzubereiten. Er hatte Angst, aber zugleich spürte er, daß er gewappnet war. Noch war der weiße Rauch nicht zu sehen, noch leuchteten nirgendwo die schrecklichen roten Augen. Aber der *curga* konnte nicht weit sein, setzte vielleicht schon zum Sprung an!

Chelchia machte keine Anstalten, seinem Rat zu folgen. Thalon konnte es nicht wissen, aber die Kapitänin war als stur und unbeugsam bekannt. Diese Sturheit und weniger ein übergroßer Mut ließen sie verharren. »Ich fahre seit einunddreißig Jahren zur See«, sagte sie trotzig. »Ich hab alles kennengelernt, was sich zu Wasser und zu Lande zwischen den Zyklopen-Inseln und dem Golf von Perricum herumtreibt. Ich bin vielen Seelenräubern begegnet. Die meisten davon waren Piraten, aber es gab auch manchen Schurken unter meinen eigenen Leuten. Davor renne ich nicht davon. Was kann er mir mehr nehmen als mein Leben? Meine Seele gehört Praios, und der wird sie nicht hergeben.«

»Ich flehe dich an, Chelchia«, stieß Thalon in Panik hervor. »Geh! Um unserer Freundschaft willen! Ich will nicht schuldig sein, daß dir etwas Schreckliches widerfährt, ausgerechnet dir, der ich mein Leben verdanke!«

Selbst wenn sich die Kapitänin noch eines Besseren besonnen hätte, wäre es zu spät gewesen.

Thalon hatte die ganze Zeit über die Treppe im Auge behalten. Als er zufällig einmal zur Decke des Raumes blickte, bemerkte er den weißen Rauch, der an den Balken vorbei durch das Gebinde aus Stroh und Lehm sickerte. Er stieß einen erstickten Schrei aus, als er die gierigen roten Augen aus dem Rauch hervorlugen sah.

Der Rauch fiel geschwind wie ein Wasserschwall in die Mitte des Raumes. Dann griff der *curga* an!

Chelchia hatte den Rauch und die Augen ebenfalls bemerkt. Ungläubig und in höchstem Maße erschrocken starrte sie auf die Erscheinung. Die Augen schienen ihr aus dem Kopf zu quellen. Ihr Mund öffnete sich, als wolle sie etwas sagen, aber von ihren Lippen kam kein Laut.

Verzweifelt versuchte sich Thalon zu erinnern, was er getan hatte, als die roten Augen in die seinen eingedrungen waren.

Nichts, was sich befehlen ließe. Aber du wolltest die Bestie nicht siegen lassen. Dein Wille war eine Festung, die der Jäger nicht bezwingen konnte. Den Rest hat etwas hinzugetan, das tief in dir schlummert.

Nun gut! Er wollte sich nicht bezwingen lassen. Auf gar keinen Fall. Sein Wille *war* eine Festung, trutziger als das letztemal! Er wartete darauf, daß der *curga* in seinen Kopf eindrang.

Der *curga* schoß auf die beiden zu.

Und fuhr in Chelchia hinein!

Thalon begriff von einem Moment auf den anderen, was geschehen war. Mehr noch, er erkannte, daß der Jäger überhaupt nicht die Absicht besessen hatte, ihn anzugreifen. Er hatte keinen Augenblick lang gezögert, welchem der beiden Menschen er sich zuwenden sollte. Er schien zu wissen, daß er Thalon nur überwinden konnte, wenn dieser nicht gewarnt war.

Die Kapitänin verdrehte die Augen, stieß einen grellen Schrei aus und fiel schwer zu Boden. Thalon glaubte, die Trommelfelle der Ohren müßten ihm platzen, als sich der Schrei der Kapitänin von ihren Lippen löste. Schlimmer als die Lautstärke war jedoch das abgrundtiefe Entsetzen, das sich in diesem Schrei mitteilte. Nicht einmal seine Mutter hatte so geschrien, als Malurdhin sein gräßliches Werk verrichtete. Und die gräßlichen Bilder von damals verfolgten Thalon noch heute in seinen Träumen. Um so weniger würde er jemals den Schrei der Kapitänin Chelchia vergessen können, niemals in seinem Leben. Dessen war sich Thalon sicher.

Das weiße Etwas quoll Chelchia aus dem Mund, den Ohren und den Augen. Für einen winzigen Moment sah Thalon noch einmal die roten Raubtieraugen an der Stelle, wo der Nebel am dichtesten war. Sie glitzerten. Bösartig. Mörderisch. Und noch etwas sprach aus ihnen: Triumph.

Der Rauch löste sich von einem Augenblick zum nächsten auf, als hätte es ihn nie gegeben. Die Augen waren verschwunden. Die unnatürliche Angst entließ Thalon aus ihrem Griff. Sie wurde durch eine andere Art von Angst ersetzt, die Angst um die Kapitänin. Aber schon der erste Blick, den er auf die Augen der Frau warf, verwandelte diese Angst in Trauer und Hoffnungslosigkeit.

Warum Chelchia? Aus Rache, weil er mich nicht bekommen konnte? Oder ist er nicht wählerisch und nimmt die Beute, die am leichtesten zu schlagen ist?

Aber er wußte, daß dies nicht stimmte. Tief in seinem Inneren wußte er es. Und sein verborgenes Wissen spülte eine Erkenntnis hoch, die ihn tief betroffen und elend machte.

Er hat ihre Seele genommen, um sie am Reden zu hindern. Sie hätte so viele Einzelheiten über meine Rettung und die Zeit danach erzählt, daß ich vielleicht mein Gedächtnis zurückgewonnen hätte. Er wird auch Kuadim und jeden anderen angreifen, der mir die Erinnerungen an die verlorenen Jahre zurückbringen könnte.

Hilflos starrte er die Kapitänin an, schaute in leere Augen, sah, daß die kräftige Frau wie ein Säugling strampelte und sabberte. Thalon fühlte, daß sich seine Augen mit Tränen füllten, und er gab sich keine Mühe, sie zurückzuhalten.

Es ist allein meine Schuld! Ich hätte sie nicht aufsuchen dürfen!

Mit einer hilflosen Geste wischte er ihr den Speichel vom Kinn. Es machte ihn krank, sie so zu sehen. Er wünschte, der *curga* hätte den Anstand gehabt, sie zu töten. Einen flüchtigen Moment lang erwog er, ob er ihr nicht diesen letzten Gefallen erweisen sollte. Ob er nicht sogar dazu verpflichtet war. Aber er konnte es nicht tun. Er wandte sich ab, um nicht länger auf das seelenlose Bündel Mensch starren zu müssen. Er erhob sich. Ratlos. Ob er es wollte oder nicht, sein Blick kehrte zu der Kapitänin zurück.

»Chelchia, es tut mir ja so leid!« murmelte er. »Jetzt werde ich nicht einmal erfahren, was dich bewogen hat, einen Piratenjungen vor dem Aufhängen zu bewahren und zu Hause zu verstecken.«

Die Tür wurde so heftig aufgestoßen, daß der Kopf des Bronzeriegels klirrend gegen die Wand prallte und einen Steinbrocken herausschlug.

»Was geht hier vor?« rief eine tiefe Stimme.

Ein breitschultriger Mann mit stoppelkurzen dunklen Haaren und einem ebenso kurz geschorenen Bart stand in der Tür und füllte sie beinahe ganz aus. Seine Kleidung bestand vor allem aus einer langen Segeltuchschürze, die jener glich, die Thalon bei den Fischerutensilien entdeckt hatte. Seine sonnengebräunten nackten Oberarme waren dick wie anderer Leute Oberschenkel und von den Schultern bis zu den Handrücken tätowiert.

Der Mann starrte erst Thalon, dann die am Boden liegende Chelchia an. Thalon sah, wie er die Fäuste ballte und sie anhob.

»Du Dreckskerl! Was hast du mit ihr gemacht?«

Drohend kam er auf Thalon zu und zog ein langes Messer aus dem Gürtel. Kaum hatte er die Tür freigegeben, stürzte eine mit einem Lederwams bekleidete Frau an ihm vorbei, eilte auf Chelchia zu und kniete neben ihr nieder. Ihre Ähnlichkeit mit der Kapitänin ließ sich nicht leugnen, obwohl sie etwas jünger und etwas schlanker wirkte. Sie sah, daß sich Chelchia bewegte.

»Sie lebt, Dricus!« stieß sie erleichtert hervor, um dann bestürzt auszurufen: »Bei Efferd, was ist mit dir, Schwester? Erkennst du mich nicht? Ich bin es, Nikara!«

Chelchia antwortete nicht, würde nie mehr antworten. Und je länger Nikara den sabbernden Mund und die leeren Augen ihrer Schwester anschaute, desto mehr schien ihr zu dämmern, daß etwas Schreckliches, Unfaßbares geschehen sein mußte.

Thalon war noch zusehr in seinem Schmerz gefangen, um den beiden Rede und Antwort zu stehen. Er fragte sich auch, ob sie verstehen würden, was geschehen war, ob sie ihm glauben würden. Gewiß hatten sie noch niemals von einem Seelenräuber gehört. In ihren Augen würde es nach böser Magie aussehen, und der einzige, der Chelchia dies angetan haben konnte, war er.

Thalon sah sich nach einem Fluchtweg um. Doch es gab nur die eine Tür zur Gasse. Die Treppe hinaufzustürmen, erschien ihm sinnlos. Dort säße er in der Falle.

Dricus kam näher, grimmig entschlossen. Thalon fürchtete, der Mann werde kurzen Prozeß machen, wie er es bei seinen Fischen gewohnt war.

»Ich habe ihr nichts getan!« beteuerte er. »Im Gegenteil, ich wollte ihr helfen. Ich bin ein Freund der Kapitänin Chelchia!«

Die immer noch kniende Nikara wandte sich ihm zu. In ihren Augen stand Haß. »Jetzt erkenne ich dich, Bursche! Du bist Thalon, der lausige Piratenbengel, den Chelchia hier versteckt gehalten hat! Ich habe ihr von Anfang an davon abgeraten, aber sie wollte ja nicht hören. Weil du sie an ihren toten Jungen erinnert hast! Du, ein Stück Piratenscheiße, das sie aus dem Meer gefischt hat. Du weißt, ich habe dich nie gemocht. Aber selbst ich hätte dir nicht zugetraut, daß du zurückkehren würdest, um sie niederzuschlagen und auszurauben.«

Thalon war bestürzt über den Haß, der ihm entgegenschlug. Er kannte Nikara nicht, aber es lag nahe, daß sie ihn kannte, wenn Chelchia ihn hier versteckt hatte. War sie eifersüchtig auf ihn gewesen? Oder fürchtete sie, daß die Praefosgarde ihr Haus niederbrennen würde, wenn sie Thalon entdeckt hätte?

»Schaut Euch Chelchia an!« beschwor Thalon die beiden. »Seht Ihr vielleicht eine Wunde? Seht Ihr mich bepackt mit Diebesgut? Sie hat mit mir geplaudert und schrie plötzlich auf. Ich weiß nicht, was ihr fehlt, und bin genauso bestürzt wie ihr.«

Nikara drehte die Schwester auf die andere Seite, untersuchte ihren Kopf. Chelchia ließ es willenlos mit sich geschehen. Nikara eilte zum Tisch, nahm die Schürze, faltete sie zusammen und schob sie Chelchia unter das Haupt.

»Efferd hat immer seine Hände über sie gehalten, all die langen Jahre über«, sagte sie leise. »Es ist so falsch, was hier passiert ist. Er hätt ihr einen ihrer Kähne unterm Hintern wegreißen sollen. Sie hat es sich immer gewünscht, in seinen Armen zu sterben. Und jetzt liegt sie hier an Land und sagt nichts mehr. O Efferd, warum hast du das zugelassen?«

»Was fangen wir jetzt mit dem Burschen an?« fragte Dricus. Obwohl er immer noch das Messer in der Hand hielt, schien er seiner Sache nicht mehr so sicher zu sein.

»Ich lauf und hol den Büttel«, antwortete Nikara und stand auf. »Und wehe, du läßt den Piraten entkommen, Dricus! Dann kannst du dir ein anderes Boot und eine andere zum Rammeln suchen, falls du eine findest!«

»Ich finde jederzeit eine andere«, entgegnete Dricus wütend. »Aber keine Sorge, der entwischt mir nicht.«

Blitzschnell ließ er das Messer fallen, war mit einem Satz bei Thalon und packte ihn mit den mächtigen Pranken. Der Angriff kam so überraschend, daß Thalon keine Möglichkeit zum Ausweichen hatte. Ehe er wußte, wie ihm geschah, hatte Dricus ihn herumgewirbelt und hielt ihn von hinten umklammert. Sein Griff war so fest, daß Thalon nur mit Mühe atmen konnte. Der Mann stank nach Fisch, Salz und Schweiß. Und er war unglaublich stark.

»Gut so, ich bin gleich mit dem Büttel zurück.«

Bevor sie ging, baute sich Nikara vor dem hilflosen Thalon auf und spuckte ihm ins Gesicht. »Du hast Unglück über uns gebracht, Piratenbürschchen! Chelchia zuliebe werd ich dem Büttel nicht verraten, daß du ein elender Pirat bist. Aber er soll dich hochnotpeinlich befragen, was du mit meiner Schwester gemacht hast!«

Sie drehte sich um und verschwand.

7. Kapitel

Thalon stand nahe am Gitter, reckte den Kopf und schaute auf den Marktplatz hinaus. Viel gab es nicht zu sehen. Ab und zu ein paar nackte oder behoste Beine, die sich dicht an dem nur einen halben Schritt breiten runden Gitterfenster vorbeibewegten. Oder schemenhafte Gestalten, wenn sie den Platz auf der anderen Seite überquerten, wo sich auch der Pranger befand. Niemand war darin zu sehen. Offenbar hatte der Böttchergeselle seine Strafe verbüßt und durfte sich wieder zwischen den Schenkeln seiner Gattin beweisen.

»Wenn ich hier rauskomm, und ich komm hier raus«, sagte Monni, der neben ihm stand, »dann geh ich zu den Piraten.«

Thalon wandte sich dem Jungen zu, der ein einfaches bäurisches Gesicht besaß und für seine siebzehn Jahre recht kräftig aussah. »Tu das nicht«, sagte er. »Du findest dort nur einen schnellen Tod.«

»Und wenn schon. Ich hab die Schnauze voll. Will nicht den Rest meines Lebens als Sklave verbringen. Lieber in Freiheit rumvögeln, saufen, raufen und meinetwegen auch stechen. Wenn's dann aus ist, ist's eben aus.« Trotzig machte der Junge kehrt und warf sich auf seinen Strohsack.

Es hatte keinen Zweck, Monni zu erzählen, daß das Leben unter den Piraten alles andere als vergnüglich war, daß Dutzende wie er kamen und nach wenigen Wochen tot waren. Ein Siebzehnjähriger wollte so etwas nicht wissen. Es sei denn, er hatte es selbst erfahren.

Thalon wandte sich von den Gitterstäben ab und

setzte sich in Sichtweite des Gitters auf einen Schemel. Er teilte das Verlies mit Monni und zwei älteren Sklaven, die selbst zu günstigen Preisen nur schwer zu verkaufen waren. Es war nur dieser eine Schemel vorhanden, aber im Moment gab es niemanden anderen, der ihn für sich beanspruchte. Die beiden anderen Sklaven, Ramonz und El'Hiim, schnarchten auf ihren Strohsäcken.

Thalon löffelte einen Rest der Suppe, die wie Rattenpisse roch und es zu einem guten Teil vielleicht auch war. Dazu kaute er steinhartes Brot.

Nebenan gab es ein weiteres Verlies, in dem sich zwei Frauen befanden. Am Borontag, so hatte ihm Monni verraten, baute Grokko vor den vergitterten Kellerfenstern einen Holzkäfig auf, ließ seine Sklaven nach oben kommen und bot sie in dem Käfig feil. Ausgerechnet am Borontag, wenn alle anderen Geschäfte ruhten. Viele Ghurenianer murrten deswegen und betrachteten es als Schmähung der Zwölfgötter. Aber der Praefos hatte es so entschieden. Sklavenhandel und Hinrichtungen am Borontag, alles unter dem Schutz der Garde. So wollte es Praefos Gorm, und so setzte er es durch.

Thalon versank in dumpfes Brüten. Der junge Monni hatte wenigstens noch Pläne. Thalon besaß keine mehr. Was auch immer er in Ghurenia angepackt hatte, war ihm mißlungen. Das Vertrauen in Babbil war durch Ausraubung belohnt worden. Vanicellas Geschenk hatte er zurückgewiesen und sie damit vielleicht verärgert. Er hatte sich in ein Mädchen verliebt, dessen Namen er nicht kannte, das er vermutlich nicht wiedersehen würde und vor allem niemals erringen konnte. Ein *curga* verfolgte ihn. Durch seine Schuld war die Seele der Frau geraubt worden, der er sein Leben verdankte. Und nun war er wieder ein Sklave, der darauf wartete, in einem Käfig gaffenden Kauflustigen angeboten zu werden. Ferner konnte er seinem Ziel, Malurdhin in die Finger zu bekommen und etwas über die verlorenen Jahre zu erfahren, wirklich nicht sein.

Dabei mußte er noch von Glück sagen, daß man ihn nicht dem Scharfrichter oder dem Praefos überstellt hatte. Aber der Büttel, auf den ersten Blick ein schlaksiger Tolpatsch mit einem zu großen Helm, hatte sich der Angelegenheit mit Schläue und Sinn für die eigene Börse angenommen.

Als hätte Monni seine Gedanken gelesen, stellte er fest: »Du hätt'st dem Büttel nicht deinen blanken Arm zeigen dürfen. Trusbert hat gute Augen, das muß man ihm lassen.«

Er schaute zu Thalon hinüber und musterte neugierig den nackten Arm mit dem Mal. Thalon trug nur seine Hose. Das ohnehin zerfetzte Hemd hatte ihm der Büttel heruntergerissen, als dieser ihn nach Waffen durchsuchte. Trusbert hatte das Messer gefunden, das von Kuadim und seinen Spießgesellen verschmäht worden war, und in eine Ecke geworfen.

»Mir blieb überhaupt keine Wahl«, brummte Thalon. Im Gerangel mit Dricus war der Hemdärmel aufgerissen, und er hatte sich in der Umarmung des Kerls nicht rühren können. »Wenn du Dricus kennst, dann weißt du, was er für dicke Muskeln besitzt. Ich wette, der bricht einem Hai glatt alle Gräten oder fetzt ihm den Rachen auseinander. Falls ein Hai mal so dumm sein sollte, Dricus' Boot anzugreifen.«

Monni gluckste in sich hinein. Dann fragte er: »Ist's nun ein Sklavenzeichen oder nicht?«

»Der Büttel behauptet, es ist eins«, antwortete Thalon.

»Der würde auch einen Leberfleck für'n Sklavenmal nehmen, weil ihm das gutes Geld bringt. Wußtest du, daß er mit der Richterin und dem Aldermann teilt? So haben alle was davon.«

»Ich habe mich schon gewundert, daß in Ghurenia ein Büttel darüber entscheiden kann, ob Anklage erhoben wird oder nicht.« Tatsächlich hatte Büttel Trusbert flink festgestellt, daß Chelchia äußerlich nicht verletzt war und Thalon keine magischen Utensilien bei sich trug.

Also konnte dieser der Kapitänin nichts angetan haben. Allerdings, so hatte er ausgeführt, sei Thalon offensichtlich ein entflohener Sklave von fernen Gestaden, mit einem Zeichen, das in Ghurenia unbekannt sei. Da niemand auf ihn Anspruch erhebe, werde er zum Nutzen der Stadt verkauft. Man werde Grokko damit beauftragen. Nikara und Dricus stünden ein Zehntel aus dem Erlös zu, und sie besäßen ein Vorkaufsrecht. Nikaras Augen hatten vor Genugtuung gefunkelt, und sie hatte sofort zugestimmt. Daß Thalon sein restliches Leben als Sklave verbringen mußte, schien ihr außerordentlich zuzusagen, und wenn zusätzlich ein paar Taler für sie heraussprängen, hätte sie auch nichts dagegen einzuwenden.

»Gleichgültig, was der Büttel sagt – ist's nun ein Sklavenzeichen oder nicht?« fragte Monni noch einmal. Er konnte wirklich stur sein.

»Ich bin kein Sklave«, gab Thalon ärgerlich zurück.

»Bist du doch«, sagte Monni. »Wenn du's vorher nicht warst, dann bist du's jetzt. Und bevor du dich versiehst, kriegst du 'n neues Zeichen von deinem neuen Herrn.«

Thalon verzichtete auf eine Antwort. Was sollte er auch sagen? Im Grunde hatte der Junge recht. Wie es aussah, würde Thalon früher oder später wieder auf Minlo oder in einem anderen Steinbruch landen. Und er konnte nicht darauf hoffen, daß ihn Cedira noch einmal aufspürte und befreite.

»Edler Thalon?« fragte eine piepsige Stimme, die von der anderen Seite des Gitters kam.

Diese Stimme hätte Thalon unter Hunderten herausgehört. Er schnellte herum, stieß den Schemel um und stürzte zum Gitter. El'Hiim wachte auf, grunzte einen Fluch und drehte sich auf die andere Seite. Thalon sah gerade noch, wie der Knirps davonwieselte.

»Wenn ich dich jemals erwischen sollte, drehe ich dir den Hals um, Babbil!« rief er.

»Ich habe das nicht gewollt, edler Thalon!« beteuerte

Babbil, der sich außerhalb von Thalons Sichtkreis aufhielt. Seine Stimme klang aufrichtig zerknirscht. »Kuadim und die anderen auch nicht. Sie wollten Euer Geld, aber nicht Eure Freiheit. Wie hätten wir auch von dem Zeichen wissen sollen? Tragt Ihr es wirklich? Kuadim behauptet, es sei noch nicht vorhanden gewesen, als Ihr mit ihm im Sud lebtet.«

»Du redest mit Kuadim über diese Dinge? Bin ich schon zum Stadtgespräch von Ghurenia geworden?« fragte Thalon ärgerlich. »Zum Gespött der Diebe, des Gesindels im Sud?«

»Ihr solltet nicht so reden, edler Thalon«, klagte Babbil.

»Ich sollte überhaupt nicht mir dir reden. Wie hast du mich überhaupt gefunden?«

»Babbil hört vieles und sieht vieles«, meinte der Kleine. »Seit gestern geht das Gerücht um, Vanicella lasse es sich von einem blonden Sklaven besorgen. Andere wußten zu erzählen, daß Grokko am Borontag einen blonden Sklaven anbietet.« Seine Stimme wurde zu einem kaum noch verständlichen Wispern. »Ich will Euch helfen, edler Thalon!«

»Du wolltest mir schon einmal helfen«, erinnerte ihn Thalon. »Deiner sogenannten Hilfe habe ich es zu verdanken, daß ich in der Patsche sitze.«

»Diesmal ist es mir ernst«, versicherte Babbil. »Ich weiß, daß ich Euch etwas schuldig bin. Gebt mir die Möglichkeit, Euch zu helfen. Ich bin ein ehrlicher Dieb und weiß, daß ich Phex erzürnt habe. Ich möchte ihn wieder versöhnen.«

»Du kannst mir nicht helfen«, sagte Thalon. »Niemand kann mir helfen.«

»Sagt das nicht, edler Thalon!« Dann fragte er vorsichtig: »Darf ich näher kommen, ohne daß Ihr mir den Hals umdreht?«

Obwohl ihm gar nicht danach zumute war, mußte Thalon schmunzeln. Babbils Art war einfach unwiderstehlich.

»Komm näher, ich stelle diesen dringenden Wunsch für eine Weile zurück.«

Der Junge trat mit trippelnden Schritten an das Gitter, kniete nieder und sah Thalon mit großen Augen an. »Grokko ist nachlässig«, flüsterte er. »Besonders im Umgang mit Schlüsseln. Er glaubt nicht daran, daß einer seiner Sklaven fliehen könnte, und noch weniger, daß jemand ihm bei der Flucht behilflich wäre. Für einen guten Dieb wäre es einfach, ihm den Schlüssel für den Keller zu entwenden. Das könnte schon in dieser Nacht geschehen.«

Thalon überlegte und flüsterte dann zurück: »Es gibt gute Gründe, daß Grokko derart sorglos ist. Was sollte ein entflohener Sklave in Ghurenia anfangen? Das Einfangen von flüchtigen Sklaven ist eine lohnende Angelegenheit. Dutzende wären in den Gassen unterwegs, ihn zu suchen.«

»Ich kenne ein Versteck, wo man Euch nicht fände.«

»Ich bin nicht nach Ghurenia gekommen, um mich zu verstecken«, entgegnete Thalon. Aber er kam ins Grübeln. Was blieb ihm anderes übrig, als zu flüchten, sich zu verstecken, vielleicht aus dem Versteck heraus nach Malurdhin zu greifen? Am Ende müßte er genau das tun, was er um jeden Preis hatte verhindern wollen: zu den Piraten zurückkehren. Auch ihnen gegenüber mit leeren Händen.

Babbil wartete. Er drängte Thalon nicht.

»Ich nehme dein Angebot an«, flüsterte Thalon.

»Haltet Euch bereit, edler Thalon«, wisperte Babbil zurück. »Ich komme heute nacht, wenn Borons Macht am größten ist.«

Hastiges Aufstehen, trippelnde Füße, ein Windhauch, dann war Babbil verschwunden.

»Wer war das?« fragte Monni.

»Ein Freund«, sagte Thalon.

»Ein Sklave, der Freunde in Ghurenia hat?« staunte Monni. »Du willst flüchten, stimmt's? Nimmst du mich mit?«

»Es wäre dumm, von hier zu flüchten«, antwortete Thalon und gab seiner Stimme einen gleichmütigen Klang. »Es handelte sich nur um eine Botschaft, die der Knabe für mich überbringen soll.«

Thalon hatte nicht den Eindruck, daß Monni ihm glaubte. Aber immerhin gab sich der Junge mit der Auskunft zufrieden. Flüchtig überlegte Thalon, ob er Monni den Wunsch erfüllen sollte, wenn es Babbil tatsächlich gelänge, die Schlüssel zum Verlies zu stehlen und die Tür aufzusperren. Thalon konnte mit Monni nichts anfangen. Er wäre ihm nur eine Last. Und Thalon wollte nicht schuldig daran sein, daß der Junge zu den Piraten ging.

Es wird darauf hinauslaufen, daß wir die Tür nicht wieder absperren. Wer fliehen will, der kann es tun. El'Hiim und Ramonz werden sich gewiß nur auf die andere Seite drehen und weiterschlafen. Und Monni? Wenn es ernst wird, überlegt er es sich vielleicht noch einmal. Will er dann immer noch flüchten, dann soll er es tun. Aber auf eigene Kappe.

Die Praiosscheibe stand noch am Himmel, doch die Schatten wurden bereits länger. Jetzt, da er den Entschluß zur Flucht gefaßt hatte, wurde Thalon ungeduldig. Aber er mußte sich gedulden. Babbil mochte schnell wie der Wind sein und flinke Finger haben, aber bevor Grokko sich nicht in seine Kammer und dort in seinen Alkoven zurückzog, konnte er ihm schwerlich den Schlüssel stehlen. Außerdem benötigten Babbil und Thalon bei ihrer Flucht den Schutz der Dunkelheit, um die Gassen, Terrassen und Treppen der Stadt bis zum Versteck unbemerkt passieren zu können.

Auf der Treppe, die zum Keller herabführte, waren laute Stimmen und die Schritte von mehreren Personen zu hören. Thalon hob den Kopf. Monni richtete sich auf seinem Lager auf. El'Hiim wälzte sich auf die andere Seite und stellte das Schnarchen ein. Allein Ramonz ließ sich nicht stören und verweilte im Schlaf des Gerechten.

»Ich scheiße auf Eure dämlichen Bedenken, Händler

Grokko!« tönte eine männliche Stimme, die sowohl anmaßend als auch weingeschwängert klang. »Wenn Ihr Wert darauf legt, dann scheiße ich auch auf Euch selbst, und dies wortwörtlich. Ihr müßtet Euch nur hinlegen, um es möglich zu machen.«

»Mäßige dich, Nhood«, beschwichtigte ihn ein anderer Mann. »Händler Grokko gibt sich doch alle Mühe, deinen Wünschen gerecht zu werden.«

»Ich zeige Euch den Blonden doch gewiß, verehrter Kaufherr Murenbreker«, erklang Grokkos ölige Stimme. »Weshalb sonst sind wir hier unten? Wie Euer Bruder freundlicherweise bemerkte, komme ich Euch wirklich in jeder erdenklichen Hinsicht entgegen und hoffe, Ihr werdet Euch daran erinnern, sobald Ihr das Haus Murenbreker leitet und Sklaven in Eure Dienste nehmt. Allein, Ihr wißt, der Praefos erlaubt den Verkauf von Sklaven nur am Borontag.«

»Ach ja?« Der mit Murenbreker angesprochene Mann schnaubte. »Wenn Ihr so gut darüber Bescheid wißt, was dem Praefos nutzt und frommt, dann solltet Ihr auch wissen, daß ich zu den besten Freunden des Praefos gehöre. Ein Wort von mir, und Gorm untersagt Euren Handel. Malurdhin liegt ihm deswegen ohnehin in den Ohren. Dann könnt Ihr dorthin zurückkehren, woher Ihr gekommen seid, und in Brabak wieder Eure stinkenden Huren anbieten. Das war es doch, was Ihr früher getrieben habt, nicht wahr?«

Grokko ließ sich nicht anmerken, ob ihn die Vorwürfe des anderen getroffen hatten. »Immer zu Diensten, Kaufherr Murenbreker, immer zu Diensten. Ich weiß es zu schätzen, was Ihr auf der Festung für mich bewirkt. Was den geschätzten Herrn Malurdhin angeht, so weiß ich nicht, warum er mir meinen kleinen Handel mißgönnt. Gegen ihn bin ich doch nicht mehr als ein Höker im Vergleich zu einem Handelsherrn. Was sagt Ihr dazu, Kaufherr Kunus Murenbreker?«

Kunus, der versucht hatte, mäßigend auf seinen Zwillingsbruder Nhood einzuwirken, lachte. »Ich halte mich aus diesen Dingen heraus. Das einzige, was ich Euch raten kann: Legt Euch niemals mit Malurdhin an. Das ist noch niemandem bekommen.«

»Redet nicht soviel Stuß, ihr beiden! Händler Grokko, schließt endlich auf!« forderte Nhood Murenbreker ungeduldig.

Die Schritte und die Stimmen hatten sich stetig dem Verlies genähert, in dem die männlichen Sklaven gehalten wurden. Thalon war aufgesprungen, als er hörte, daß von ihm die Rede war. Er verpaßte keines der Worte, die geredet wurden. Murenbreker, Malurdhin. Das waren Namen, die ihn in höchstem Maße aufhorchen ließen. Offenbar war in Ghurenia selbst ein Sklavenkeller kein Ort, an dem man ihnen entging.

Ein Schlüsselbund klirrte und schepperte, einer der Schlüssel drehte sich im Schloß der schweren Tür, die aus einem Bronzerahmen und darin eingepaßten dicken Holzbohlen bestand. Jetzt wurde sogar Ramonz wach und schielte im Liegen zu der Quelle des Geräuschs. Endlich schwang die Tür auf und kreischte dabei erbärmlich in den Angeln.

Als erster drängte ein Mann mit kurzen dunklen Haaren in das Verlies, den Thalon auf Mitte Zwanzig schätzte. Er besaß ein ebenmäßiges rundes Gesicht, das man hätte hübsch nennen können, wenn die Nase nicht eine Spur zu breit gewesen wäre. In beide Nasenflügel war ein Edelstein eingelassen. Irgend etwas an diesen Zügen kam Thalon auf merkwürdige Art entfernt vertraut vor, als hätte er diesen Mann schon einmal gesehen und sich nur eine Besonderheit gemerkt. Die herrisch blickenden Augen waren es nicht, aber vielleicht die Linien um den Mund… Das hellblaue Seidenhemd, das rot eingefärbte Lederwams und die Hose aus vornehmstem Brokat konnten nicht verbergen, daß dieser Mann einen starken und wohl auch geübten Körper besaß. Wenn er eines Tages darin nachlassen würde, sich zu ertüchtigen, würde er rasch Fett ansetzen.

Der hinter ihm eintretende Mann zeigte bereits Ansätze zu einer Rundlichkeit, die nicht allein aus Muskeln gespeist wurde. Ansonsten sah er dem anderen jedoch auf verblüffende Weise ähnlich. Allerdings wirkte die Kleidung dunkler, schlichter und biederer.

Es konnte kein Zweifel daran bestehen, daß es sich bei den beiden Männern um Nhood und Kunus Murenbreker handelte. Thalon fiel ein, daß Cedira von Zwillingen gesprochen hatte. Das erklärte die starke Ähnlichkeit.

Nhood schrie sofort nach mehr Licht, weil ihm das Tageslicht, welches durch das Gitterfenster einfiel, nicht ausreichte. Kurzerhand riß er dem als letzten eintretenden Grokko die Fackel aus der Hand. Er fuchtelte damit im Raum herum, leuchtete erst Monni ins Gesicht, entdeckte dann Thalon und marschierte schnurstracks auf ihn zu. Er reckte die Fackel vor. Ein leichtes Schwanken des Körpers war nicht zu übersehen.

»Ahh... der blonde Sklave«, sagte er. »Ja, er gefällt mir. Ich will ihn haben.«

Thalons Kopf zuckte leicht zurück, um seine Haare vor der Fackel in Sicherheit zu bringen. Über den Pechgeruch hinweg nahm er Nhoods Ausdünstungen wahr. Sein Atem war mit dem Geruch von Wein und Bier getränkt, sein Hemd roch nach Schweiß und das Wams nach Kotze.

»Nhood, laß es bleiben!« beschwor ihn der Bruder. »Du weißt, Mutter duldet keine Sklaven im Haus!«

»Mutter, Mutter...«, schnaubte Nhood verächtlich. »Die kann mich mal... Wie dem auch sei, der Sklave muß ja nicht in der Villa wohnen. Er kann im alten Speicherhaus schlafen.«

»Was willst du denn überhaupt mit ihm?« fragte Kunus.

»Weiß noch nicht.« Nhood rülpste. »Erst mal will ich ihn haben. Vielleicht mache ich aus ihm meinen Leibsklaven, der mir meine Stiefel bürstet oder mir den Sack kratzt, wenn es mich juckt.« Er schien diesen Gedanken höchst spaßig zu finden und lachte lauthals heraus. Er stieß Thalon den Mittelfinger vor die Brust. »Was hältst du davon, Sklave, mir den Sack zu kratzen? Gewiß hast du in jüngeren Jahren deinem früheren Herrn noch ganz andere Dienste erwiesen.« Er lachte noch lauter und wandte sich wieder seinem Bruder zu. »Vielleicht schenke ich ihn unserem ach, so zarten Bruder Balos oder leih ihn zumindest mal aus. Einen blonden Liebhaber hat er bestimmt noch nicht gehabt.«

Thalon spürte, wie der Zorn in ihm wuchs, als Nhood über ihn verfügte, als wäre er ein Stück Vieh. Thalon der Pirat hätte jetzt vielleicht nach seinem Florett gegriffen. Aber er war kein Pirat mehr und besaß auch kein Florett. Er war Thalon der Sklave, eine Rolle, die er schon einmal hatte spielen müssen. Seine Erinnerungen an die Zeit auf Minlo, an Cassims stummes Erdulden von Erniedrigungen jeder Art, halfen ihm zu schweigen. Es war nicht der richtige Zeitpunkt für Stolz und Aufbegehren. Er sah, daß Nhood ein langes Messer im Gürtel trug. Betrunken, wie er war, würde er bestimmt nicht zögern, es einem Sklaven in die Brust zu rammen, wenn dieser ihm ein paar unpassende Wahrheiten sagte.

Nhood musterte Thalon noch einmal von Kopf bis Fuß. Etwas nüchterner fuhr er fort: »Er ist gut gewachsen und könnte einen brauchbaren Kämpfer abgeben. Vielleicht lasse ich ihn mit den Gardisten üben. Er hat das Zeug, ein guter Leibwächter zu werden. Wenn ich ihn nicht selbst behalte, kann ich ihn Gorm für die Garde schenken.« Er grinste Thalon an. »He, Sklave, du kannst getrost die Zwölfe preisen, vor allem Boron, den wir in Ghurenia auf besondere Art verehren. Heute ist dein Glückstag, Sklave, weil ich dich kaufe. Wenn du dir ein bißchen Mühe gibst, bist du mit dreißig ein freier Mann und stehst im Sold des Praefos. Was sagst du dazu?«

Ohne eine Antwort abzuwarten, wandte sich Nhood um. Er zog eine Börse aus dem Hemd und warf sie Grokko zu. »Nehmt Euch, was der Sklave wert ist, ohne mich zu bescheißen! Ich will ihn gleich mitnehmen!«

Grokko schien mit sich zu kämpfen. Einerseits lockte ihn das Gewicht der Börse, andererseits plagte ihn der Gedanke, gegen die Anordnungen des Praefos zu verstoßen. »Was tue ich, wenn Praefos Gorm davon erfährt? Er könnte von dem blonden Sklaven gehört haben und ihn selbst kaufen wollen...«

Nhood zuckte die Achseln. »Dann sagt Ihr ihm, was Ihr eben gehört habt. Nhood Murenbreker hat den Sklaven gekauft, um ihn auf seine Kosten an den Waffen auszubilden und später dem Praefos zu schenken.«

Diese Erklärung schien Grokko zu gefallen. Er nickte und nahm unter Kunus' wachsamen Augen eine größere Anzahl Goldstücke aus der Börse. Schnell verschwanden die Münzen in seinem langen Gewand. »Ihr braucht nicht zufällig noch zwei weitere kräftige und zuverlässige Sklaven? Sie sind zwar schon etwas älter, aber gerade deshalb mit einem reichen Schatz an Erfahrungen...«

»Meint Ihr etwa die beiden Schnarchsäcke hier?« unterbrach ihn Nhood. Diesmal lachte er so laut, daß er sich daran verschluckte. »Vermiete sie als Scheißeträger«, keuchte er mit Tränen in den Augen. »Für etwas anderes sind sie schwerlich zu gebrauchen.«

»Dann vielleicht der Junge hier...«, versuchte es Grokko noch einmal und zeigte auf Monni.

»Ich will nur den Blonden, Grokko! Wenn ich die faulen Kommis und Lastenträger aus den Speichern jage und durch Sklaven ersetze, kann ich Leute wie ihn vielleicht gebrauchen. Aber soweit ist es noch nicht.«

Grokko gab noch immer nicht auf. Offenbar wog Nhoods Börse zu schwer in seiner Hand, und er versuchte sie noch ein wenig zu seinen Gunsten zu erleichtern. »Wollt Ihr Euch nicht kurz nach nebenan bemühen, verehrter Kaufherr Murenbreker? Ich habe dort ein paar ausgesprochen hübsche und willige Sklavinnen …«

»Wenn Ihr die hättet, wäre ich häufiger bei Euch Kunde.« Nhood winkte ab. »Was ist los mit Euch, Grokko? Erst wollt Ihr mir gar nichts verkaufen, und plötzlich soll ich Euch dabei helfen, Euren ganzen Stall an alten Böcken und Vetteln auszumisten? Sucht Euch einen anderen dafür, aber keinen Murenbreker.«

Er riß Grokko die Börse aus der Hand und wandte sich brüsk um. »Komm mit, blonder Sklave!« rief er über die Schulter. »Du gehörst jetzt mir.«

Gehorsam setzte sich Thalon in Bewegung. Der Wortwechsel der beiden hatte ihm Zeit gegeben, sich auf diesen Moment vorzubereiten. Es wäre sinnlos gewesen, sich zu sträuben. Grokkos Gehilfen, die vor der Tür warteten, hätten ihn geschlagen und ihm Fesseln angelegt. Wenn er keinen Widerstand leistete, behielt er einen größeren Spielraum für eigene Entscheidungen.

Als er an Monni vorbeiging, raunte er ihm zu, ohne die Lippen zu bewegen: »Wenn heute nacht jemand kommt, dann erzähl ihm, wer mich gekauft hat.«

Der Satz ging in den Geräuschen scharrender Füße und dem Quietschen der Tür unter, als die Murenbrekers und Grokko sich anschickten, das Verlies zu verlassen. Thalon hoffte, daß Monni ihn trotzdem verstanden hatte und seinen Wunsch erfüllen würde. Der Junge selbst zeigte keine Regung und sah ihm teilnahmslos hinterher.

»Kaufherr Murenbreker«, wandte sich Grokko an Nhood, nachdem er die Tür zum Verlies verschlossen hatte, »wir wissen wenig über diesen Sklaven, aber er scheint schon einmal seinem Herrn davongelaufen zu sein. Seid also auf der Hut.«

Nhood winkte mit der Hand ab. »Er wird mir gewiß nicht davonlaufen.«

»Ich möchte ihn trotzdem ermahnen, wenn Ihr es erlaubt«, sagte Grokko.

»Von mir aus.«

»Sklave Thalon.« Grokko schaute Thalon an.

Dieser erwiderte ruhig den Blick. Er sah in unstet flackernde kleine Augen unter einer schweißnassen Stirn und einer dreieckigen Mütze aus olivgrünem Samt. Die Flügel der schmalen Nase bebten. Händler Grokko zog einen winzigen Flakon aus seinem sackartigen Gewand, schob ihn rasch in eine Nasenöffnung und atmete tief ein. Entweder hatte er Schwierigkeiten, seine Lunge mit Luft zu füllen, oder er benötigte eine Essenz aus Rauschkraut, um sich wohl zu fühlen. Die Augen beruhigten sich, wirkten jetzt unbeteiligt.

Endlich redete er weiter. »Du gehörst jetzt einem der vornehmsten und mächtigsten Herren dieser Stadt. Erweise dich des Vertrauens würdig, das in dich gesetzt wurde. Solltest du erneut fliehen und gefaßt werden, woran nicht zu zweifeln ist, wird dir der Scharfrichter einen Fuß abschlagen.«

»Er wird es zumindest versuchen«, ergänzte Nhood und grinste dabei. »Wenn Eitel Galantes versucht, einen Fuß abzuschlagen, kann es leicht etwas mehr werden.«

Kunus, der sich bisher zurückgehalten hatte, schien es ebenfalls für nötig zu halten, den Sklaven einzuschüchtern. Er tat es auf eine überraschende Weise. Wie unabsichtlich drehte er sich zur Seite und wollte aus dem Schwung heraus Thalon die geballte Faust ins Gesicht schmettern. Dafür jedoch war er zu langsam. Thalon erkannte die Attacke im Ansatz, warf sich zur Seite, packte Kunus' herumwirbelnden Arm und zog ihn energisch nach unten. Diese Art, sich zu verteidigen, hatte ihm Cedira beigebracht. Kunus wurde vom eigenen Schwung sowie Thalons Verstärkung von den Beinen gehebelt und landete krachend an der Wand des Kellergewölbes. Er konnte sich glücklich schätzen, daß er die volle Wucht des Aufpralls mit den Schultern statt mit dem Kopf abgefangen hatte. Er sackte an der Wand zusammen und schüttelte den Kopf, halb benommen und halb ungläubig.

Das Ganze hatte sich so schnell vollzogen, daß Nhood und Grokko dem Ablauf kaum folgen konnten. Einen Moment lang herrschte Totenstille. Thalon hatte gehandelt, ohne zu denken. Jetzt stand er regungslos da. Nach außen hin versuchte er zu zeigen, daß er keinen Angriff plante. Innerlich bereitete er sich darauf vor, Nhood das Messer aus der Hand zu treten, falls dieser ihn attackieren sollte. Gleichzeitig behielt er Grokko und seine Knechte im Auge. Einer der Gehilfen hielt eine Lanze umklammert, aber der schwerfällige, verwachsene Tulamide schien kein ernsthafter Gegner zu sein. Die Lanze diente ihm vor allem als Stütze und würde im Ernstfall wohl eine größere Gefahr für ihn selbst als für andere darstellen.

Tatsächlich blitzten Nhoods Augen kurz auf, und seine Rechte zuckte zum Gürtel. Thalon bemerkte, daß sich Nhood wesentlich schneller bewegte als sein Bruder und gewiß ein zäher, vielleicht sogar überlegener Gegner wäre. Aber dann überlegte Nhood es sich anders. Er zog seine Hand vom Messergriff zurück, der Arm kam hoch. Mit ausgestrecktem Finger zeigte Nhood auf seinen Bruder. Dann lachte er voller Schadenfreude schallend los.

Mühsam rappelte sich Kunus hoch. In seinen Augen stand unbändige Wut. Da er keine eigene Waffe trug, sah er sich wild um und entdeckte die Lanze des Tulamiden. Er entriß sie ihm so heftig, daß der Mann ins Straucheln geriet, hob sie und machte Anstalten, auf Thalon loszugehen.

Nhoods Lachen riß ab.

»Rühr mein Eigentum nicht an, du Arschloch!« brüllte er und trat zwischen Kunus und Thalon.

Erschrocken senkte Kunus die Lanze. »Aber … aber …«, stammelte er. »Dieses Stück Sudscheiße hat mich angegriffen und … und …«

»Du Narr hast ihn angegriffen, und er hat sich nur verteidigt«, stellte Nhood klar. »Was sollte dieser dämliche Faustschlag, he? Mußt du dich unbedingt vor einem Sklaven lächerlich machen?«

»Ich wollte ihm beibringen, daß er ein Sklave ist und die Launen seines Herrn hinzunehmen hat«, verteidigte sich Kunus. »Er hat den Schlag nicht hingenommen! Du mußt ihn bestrafen!«

Nhood zog die Augen zu schmalen Schlitzen zusammen. »Ich bestrafe ihn, wann es mir paßt! Es ist *mein* Sklave, du Dumpfbeutel! *Du* hast ihn überhaupt nicht zu schlagen. *Du* bist nicht sein Herr! Mir hat es gefallen, wie er gekämpft hat. Er ist schnell und geschickt. Aus dem mach ich einen Leibwächter, an dem Rondra ihre Freude haben wird! Ich freue mich schon darauf, mich mit ihm zu messen.« Versöhnlicher fügte er hinzu: »Sei unbesorgt, ich werde ihn schon noch gehörig verdreschen. Für dich gleich mit. Ich geb ihm als erstes dreißig auf den Rücken, mindestens. Wenn ich mit ihm fertig bin, wird er seine eigene Scheiße fressen, sich dafür bedanken und ihren köstlichen Geschmack loben. Glaub es mir. Aber das kann warten.«

Thalon glaubte Nhood aufs Wort, daß dieser ihn auf brutalste Art zum Gehorsam zwingen, ihn erniedrigen würde, schlimmer, als dies Kunus' Faustschlag hätte bewirken können. Er sah es Nhoods Augen an. In ihnen standen Herrschsucht und Boshaftigkeit geschrieben. Für den Moment beschützte Nhood ihn, aber dies hatte nichts mit einer großmütigen Einstellung gegenüber Sklaven zu tun. Im Gegenteil. Er verteidigte lediglich sein Eigentum und das Recht, es allein und ausschließlich für sich zu verwenden.

Allerdings wußte Thalon auch, daß Nhood an ihm wenig Freude hätte. Thalon würde vorher fliehen. Wenn ihm das nicht gelänge, wollte er sich wehren. Kämpfen bis aufs Blut, den Tod in Kauf nehmen. Beugen würde er sich dem mißratenen Sproß der Murenbrekers nicht.

»Grokko, ich hab es satt, in deinem stinkenden Kellergewölbe herumzukriechen«, meinte Nhood. »Wir steigen jetzt nach oben. Kunus, laß uns sogleich zum alten Speicher gehen. Ich denke, Mutter wird noch die Ladung für *Efferds Braut* zusammenstellen. Was meinst du? Ich brenne darauf, ihr den Sklaven zu zeigen.«

»Sie wird toben«, sagte Kunus unbehaglich.

»Das will ich hoffen.« Nhood grinste. »Vorwärts, Sklave. Du gehst zwischen Kunus und mir.«

Grokko eilte voraus, öffnete beflissen die Tür am Ende der Treppe und schließlich jene, die zum Markt hinausführte. Thalon sah keinen Grund, sich widerspenstig zu zeigen. Er schwieg weiterhin, wie er es als Sklave Cassim getan hatte, und gab sich den Anschein, sich dem Willen seines Herren zu unterwerfen. Grokko verbeugte sich und empfahl sich noch einmal, als die Murenbrekers und ihr Sklave sein Haus verließen. Er versprach, den Kauf des Sklaven im Rathaus besiegeln und Nhood das Besitzdokument überbringen zu lassen. Man sah ihm an, daß er heilfroh war, sie endlich loszuwerden. So gern er mit ihnen Geschäfte machte, so wenig behagte es ihm, in ihre Streitigkeiten verwickelt zu werden.

Obwohl er den Blick meistens gesenkt hielt, sah sich Thalon unauffällig um, während sie den Marktplatz überquerten. Er hoffte darauf, daß Babbil in der Nähe war. Ein Zeichen von ihm, und er würde sich auf der Stelle von seiner Begleitung absetzen. Aber Babbil ließ sich nirgendwo blicken. Thalon sah ein, daß er zuviel erwartete. Die Praiosscheibe spendete noch immer etwas Licht, zuviel, um Flüchtlinge bequem von den Schatten verschlingen zu lassen. Gewiß war Babbil noch damit beschäftigt, das erwähnte Versteck vorzubereiten oder einen anderen geeigneten Schlupfwinkel ausfindig zu machen. Und selbst wenn er in der Nähe war, konnte er schwerlich damit rechnen, Thalon außerhalb der Räume des Sklavenhändlers anzutreffen.

Kunus und Nhood beachteten Thalon nicht weiter

und unterhielten sich über die Zielhäfen ihrer Schiffe und die Preise, die sie dort mit Stockfisch, Pemmikan, Töpferwaren oder Pechfackeln zu erzielen hofften. Da Thalon nichts von diesen Dingen verstand, hörte er nur mit einem Ohr zu. Er fragte sich, ob er auch ohne Babbils Hilfe die Flucht wagen sollte. Immerhin mochte es sein, daß Nhood ihn unter Bewachung stellte oder sogar anketten ließ, wenn sie erst einmal das Speicherhaus erreicht hatten. Doch Thalon beschloß, die Gunst der Zwölfgötter bei einer besseren Gelegenheit zu erflehen. Zu viele Tagelöhner, Handwerker, Dienstboten, Bettler und müßig herumlungernde Eckensteher waren noch auf den Gassen zu finden. Ein zorniger Schrei eines Murenbreker, die Aussicht, belohnt zu werden, und schon wäre so mancher bereit, einem flüchtenden Sklaven den Weg zu verstellen.

Die frische Luft schien Nhood ein wenig zu ernüchtern. Er übernahm die Führung der Gruppe. Sein anfangs noch schwankender Schritt wurde fester, als sie eine der zum Hafen hinabführenden Gassen passierten. Am Südwestkai angelangt, bewegte sich Nhood zielstrebig auf ein dunkelrotes zweistöckiges Haus zu, das einen unter dem Treppengiebel angebrachten Flaschenzug sowie Toröffnungen auf jedem der Stockwerke besaß. Obwohl die Umgebung in der Dämmerung noch gut zu erkennen war, klemmten neben dem ebenerdigen Eingangstor bereits lodernde Pechfackeln in rußgeschwärzten Bronzeringen.

Nhood stieß eine hagere Frau zur Seite, die nahe dem Eingang die abgerollte Bahn eines Tuchballens ausmaß und für seinen Geschmack nicht schnell genug aus dem Weg sprang. Mit stummem Entsetzen nahm sie es hin, daß er über das strohgelbe Tuch spazierte. Als Thalon den Schritt verhielt, brachte sie es schnell in Sicherheit.

Links vom Eingang befand sich eine kleine Kammer. Ein Fenster in der Wand erlaubte den Blick auf die Vorgänge im Speicher. Umgekehrt sah man vom Speicherraum aus die Umrisse eines Stehpults und dahinter zwei Fensteröffnungen, die auf den Kai hinausgingen. Offenbar diente die Kammer als Kontor. Schnurstracks begab sich Nhood zu dem Fenster, beugte sich hinab und steckte den Kopf hinein.

»Mutter, ich möchte dir meinen Sklaven zeigen!« rief er und gab sich keine Mühe, die Häme in seiner Stimme zu verbergen. »Ich habe ihm noch keinen Namen gegeben. Nenn ihn einfach Sklave. Es ist *mein* Sklave, hörst du, aber du hast einen Wunsch frei. Was ist? Soll er für dich tanzen? Oder dir sein Gemächt zeigen? Wie ich hörte, ist meine Mutter trotz ihres Alters noch immer für derlei Dinge zu haben.«

Thalon hielt den Atem an, als er Nhood derart respektlos mit seiner Mutter reden hörte. Daß dies obendrein vor den Ohren der Kommis, Stauer und Lastenträger geschah, die in nächster Nähe und im Hintergrund des Raums mit den Waren beschäftigt waren, wollte ihm als unverzeihbare Beleidigung erscheinen.

Kunus, der dicht hinter Thalon stand, scharrte verlegen mit den Füßen. Für einen Moment schien jedes andere Geräusch im Speicher zu ersterben.

»Mutter?« fragte Nhood ärgerlich und drehte den Kopf zur Seite. Offenbar hatte er seine Schmähworte gesprochen, ohne sich zu vergewissern, daß sich seine Mutter in dem Raum befand.

»Ich habe gehört, was du gesagt hast, Nhood«, sagte eine tonlose Stimme aus dem hinteren Teil des Raums.

Nhood zog den Kopf aus dem Fenster und fuhr herum. Eine schlanke, fast hagere Gestalt in einer kurzen, mit Silberfäden durchwirkten dunkelblauen Robe kam mit kurzen, schnellen Schritten heran. Die an den Wänden angebrachten Öllampen spendeten genug Licht, um erkennen zu lassen, daß die Dame etwa vierzig Jahre alt und immer noch eine – wenn auch etwas herbe – Schönheit war. Sie trug das dunkle Haar kurz und lockig wie ein Jüngling, und knabenhaft wirkte die gesamte Erscheinung. Es schien kaum vorstellbar, daß diese Frau die Mutter von Nhood und Kunus sein sollte.

Sie muß noch ein Kind gewesen sein, als sie die Zwillinge zur Welt brachte. Nhood und Kunus mit ihren kräftigen Körpern und runden Gesichtern müssen sehr nach ihrem Vater gekommen sein. An die Mutter erinnert nur wenig.

Verwirrt schaute Thalon in das Gesicht der Frau. Eine hohe Stirn, eine schmale Nase, wie eingerahmt von den kurzen Locken. Ein paar harte Linien um den Mund zeigten allerdings, daß diese Frau es gewohnt war, ihren Willen durchzusetzen. Thalon war sich ganz sicher, sie schon einmal irgendwo gesehen zu haben. Ihm fiel ein, daß er beim ersten Anblick von Nhood ähnlich empfunden hatte, wenn auch in abgeschwächter Form. Offenbar spiegelte Nhoods Gesicht, obwohl runder, doch einige Züge seiner Mutter.

Ist Canja Murenbreker eine Gestalt aus meinen verlorenen Jahren? Dann müßte sie mich erkennen.

Aber die Kaufherrin beachtete ihn nicht. Sie schaute nur ihren Sohn an, der sie grundlos beschimpft hatte, um sie zu verletzen und einen Streit vom Zaun zu brechen. In den braunen Augen standen allerdings keine Verletztheit, keine Wut und kein Haß. Es war etwas anderes, das Thalon zunächst nicht deuten konnte. Als die Kaufherrin mit beherrschter Stimme erneut sprach, wußte er, was die Augen ausdrückten: eine Spur Traurigkeit und sehr viel Verachtung.

»Nhood, du bist betrunken«, sagte sie schneidend. »Deshalb will ich darauf verzichten, dich für dein Gerede zur Verantwortung zu ziehen. Obwohl ich weiß, daß aus dir nicht nur der Wein, sondern auch dein rabenschwarzes Herz spricht. Aber sei vorsichtig, Nhood, du könntest den Bogen überspannen. Du weißt, daß ich immer noch die Macht habe, dich meinem Willen zu unterwerfen, und sei es durch die Gesetze der Gilde.«

Nhood lachte rauh, aber in diesem Lachen steckte eine Spur Unsicherheit. Offenbar trafen Canja Murenbrekers

Worte zu. Auch wenn es ihr nicht mehr möglich war, ihren Sohn im Zaum zu halten, so hielt sie offenbar im Handelshaus noch die Fäden in der Hand und hatte somit Macht und Einfluß in der Gilde der Kaufleute. Thalon wußte aus Charypso, daß die Gilden unerbittlichen Druck auf unbotmäßige Mitglieder ausüben konnten, und dieser Druck reichte bis tief in die Familien hinein.

»Du wirst in mir einen Sohn erleben, der seiner Mutter mit allergrößter Liebe und mit Respekt gegenübertritt«, sagte Nhood mit unverschämtem Grinsen. »Sobald du Kunus und mir die Leitung des Hauses überträgst.«

»Liebe ist ein Wort, das aus deinem Munde wie Hohn klingt«, entgegnete die Kaufherrin kalt. »Aber was deinen Respekt angeht, so werde ich mich dessen nicht auf die von dir gewünschte, sondern auf andere Art versichern. Ich habe mich gerade entschlossen, dich mit einer Handelsmission zu beauftragen. Du wirst mit *Efferds Braut* nach Al'Anfa auslaufen und dort die Niederlassung unseres Hauses übernehmen. Ich hätte dich schon vor Jahren wegschicken sollen!«

»Nichts dergleichen wirst du tun!« brüllte Nhood, außer sich vor Wut. Wie es schien, kam diese Wendung für ihn gänzlich unerwartet und schien seine Pläne in Ghurenia zu gefährden.

»Die Gilde wird es beschließen«, erklärte seine Mutter gleichmütig.

»Ich scheiße auf die Gilde!« schrie Nhood.

»Wenn es sein muß, werden dich Gildenknechte an Bord schleppen, und Chelchia erhält Anweisung, dich bis Al'Anfa in Eisen zu legen.«

»Auf Chelchia kannst du nicht mehr zählen!« höhnte Nhood. »Sie ist ...«

Die Kaufherrin zeigte, daß man ihr bereits zugetragen hatte, was Chelchia widerfahren war. »Wenn Chelchia sich nicht erholt, wird es ein anderer Kapitän tun. Ich werde unter diesen Umständen jemanden aussuchen, der härter ist als Chelchia!«

»Der Praefos wird nicht zulassen, daß du mich an Bord bringen läßt!« behauptete Nhood, der jetzt wie ein kleines Kind wirkte, das sich hinter einer Person von Rang und Würden verschanzt.

»Wir werden sehen«, sagte Canja Murenbreker. »Gorm braucht die Kaufleute, und deren Unterstützung erhält er nur, wenn er die Gilde respektiert. An deiner Stelle würde ich mich darauf vorbereiten, Ghurenia in vier oder fünf Wochen zu verlassen.« Abrupt wechselte sie das Thema. »Wie war das mit dem Sklaven? Du weißt, daß die Murenbrekers keine Sklaven auf ihren Schiffen und in ihren Häusern dulden.«

Wie es aussah, hatte die Kaufherrin Nhood erheblich erschüttert und in die Enge getrieben. Statt mit einer frechen Antwort aufzuwarten, sagte er kleinlaut: »Er soll ja nicht für das Handelshaus arbeiten.« Etwas trotziger fügte er hinzu: »Ich will ihn zu meinem Leibwächter ausbilden. Aber vielleicht schenke ich ihn auch dem Praefos.«

»Menschen sind keine Ware wie Datteln oder Quarzsand«, erklärte die Kaufherrin. »Das ist ein Grundsatz, dem die Murenbrekers seit jeher treu geblieben sind. Es ist auch der Standpunkt der Gilde. Deshalb duldet sie keine Sklavenhändler. Du bringst wieder einmal Schande über uns, Nhood.«

Zum erstenmal schaute sie Thalon an. Mit großer Anspannung hatte er auf diesen Moment gewartet. Die Frau musterte ihn mit unverkennbarer Aufmerksamkeit. In ihren Augen las er eine Spur Bedauern, zugleich aber auch Mißtrauen. Dem Blick war allerdings keineswegs zu entnehmen, daß sie ihn früher schon einmal gesehen hatte.

»Du mußt der Bursche sein, der zugegen war, als Chelchia großes Unglück widerfuhr«, stellte sie fest. Es klang bitter und wie ein Vorwurf.

Thalon wagte eine Antwort. Wenn die Kaufherrin die Sklaverei verabscheute, würde sie ihm dieses Recht zubilligen. So hoffte er zumindest. »Ich war Zeuge dieses unerklärlichen Vorfalls«, sagte er. »Nichts weiter als ein Zeuge. Ich bin ein *Freund* von Chelchia, kein Feind!«

»Wer hat dir erlaubt zu reden, Sklave?« herrschte ihn Nhood an.

Die Kaufherrin wurde Thalons Erwartungen gerecht. »*Ich* habe es ihm erlaubt, wenn es denn einer Erlaubnis bedurft hätte!«

Einen Moment lang sagte niemand etwas. Die Kaufherrin schien nachzudenken, während Nhood einstweilen wohl seinen Vorrat an Unverschämtheiten aufgebraucht hatte. Die Stille lastete so greifbar über den Anwesenden im Speicher, daß dies selbst den Bediensteten bewußt wurde. Bisher hatten alle atemlos dem Wortwechsel zugehört. Die Lautstärke, mit der er geführt wurde, ließ ihnen gar keine andere Wahl. Daß darüber alles Arbeiten und jedes andere Gespräch zum Erliegen gekommen waren, erwies sich in dieser Stille.

Eine breitschultrige Frau, wohl die Vorfrau der Stauer, fand als erste die Sprache wieder. »Ihr da hinten! Haltet keine Maulaffen feil! Hoch mit den Fässern! Oder muß ich euch erst Beine machen?«

Der Bann war gebrochen. An mehreren Stellen zugleich setzte geschäftiges Treiben ein. Jemand stöhnte vor Anstrengung, ein anderer fluchte, eine Frau beschwor die Zwölfgötter, nicht immer nur die dümmsten Ghurenianer auf den Gedanken zu bringen, sich als Stauer durchs Leben zu bringen.

Kunus hatte sich aus allem herausgehalten, als wolle er abwarten, wer als Sieger aus dem Streit hervorging. Jetzt endlich versuchte er sich als Vermittler. »Ich mag es nicht, wenn soviel Unfrieden im Hause herrscht. Ihr solltet euch wieder vertragen. Nhood, vielleicht überlegt es sich Mutter ja noch einmal mit Al'Anfa und ...«

»Du hast bisher geschwiegen, also halt auch jetzt

die Klappe«, unterbrach ihn die Kaufherrin. »Es bleibt dabei, was ich gesagt habe. Und was den Jungen angeht, so dulde ich keinen Sklaven in der Villa. Nhood, bist du bereit, den Kauf rückgängig zu machen?«

»Nein«, antwortete Nhood knapp. »Und ich sage dir gleich, er wird heute nacht hier im Speicher bleiben, wenn er nicht mit in die Villa darf. Morgen bringe ich ihn zur Festung, um ihn bei der Garde ausbilden zu lassen.«

Canja Murenbreker nahm dies wortlos zur Kenntnis.

»Nhood wird ihn in zehn Jahren oder so freilassen«, versuchte Kunus die Mutter noch einmal zu besänftigen. »Das ist mehr, als ein Sklave üblicherweise erwarten darf.« Er wandte sich seinem Bruder zu. »Nicht wahr, Nhood? Du hast es vorhin gesagt!«

»Wenn ich mit ihm zufrieden bin«, brummte Nhood.

»Laß ihn sofort frei«, forderte seine Mutter. »Laß ihn frei, und er kann bei uns als Lastenträger arbeiten.«

»Auf keinen Fall«, gab Nhood ärgerlich zurück.

»Mutter, du weißt, daß dies gar nicht möglich ist«, mischte sich Kunus ein. »Sklaven dürfen in Ghurenia frühestens nach fünf Jahren freigelassen werden.«

»Wer sagt das? Deine Frau? Oder vertrittst du ausnahmsweise eine eigene Meinung?«

»Praefos Gorm hat es so bestimmt.«

Canja Murenbreker verzog das Gesicht, als der Name fiel. Aber sie verzichtete darauf, das Feuer des Streits neu zu entfachen, indem sie ihre Meinung zum Praefos Gorm äußerte. »Wir könnten es stillschweigend so handhaben und ihm Lohn zahlen.«

»Er kommt mit mir zur Festung«, entschied Nhood. »Und wenn es sein muß, nach Al'Anfa. Als Sklave!«

Thalon gab sein Bestes, sich seinen Ärger nicht anmerken zu lassen, daß Nhood ihn wie ein Stück Vieh behandelte. Seine eigene Entscheidung stand bereits fest.

Wenn ich zur Festung gehe, dann aus eigenem Entschluß. Um mit Malurdhin abzurechnen. Ich lasse mich nicht zu einem Sklavensöldner ausbilden. Wenn Babbil mich heute nacht nicht findet, fliehe ich im Morgengrauen.

»Komm mit, Sklave!« Nhood stieß Thalon hart vor die Brust. »Ich sorge dafür, daß man dir oben im Speicher eine Strohschütte bereitet und dir etwas zu essen gibt.«

Ohne seine Mutter und seinen Bruder weiter zu beachten, wandte sich der junge Murenbreker um und ging zur Treppe, die sich rechts vom Eingang befand. Thalon heuchelte Gehorsam und folgte ihm. Er spürte, daß die Blicke der Kaufherrin ihm folgten.

Nhood stürmte die schmalen Stufen der Wendeltreppe hinauf, als habe er oben etwas Dringendes zu erledigen. Man merkte ihm an, daß er wütend war. Obwohl er seinen Willen zu einem Teil hatte durchsetzen können, war die Unterredung alles in allem wohl bei weitem nicht so verlaufen, wie er es sich ausgemalt hatte. Gewiß dachte er an die Drohung seiner Mutter, ihn nach Al'Anfa zu senden. Ebenso gewiß grübelte er bereits darüber nach, wie er dies verhindern konnte. Thalon ahnte, was in ihm vorging. Eine Niederlassung in Al'Anfa leiten! Was für die Söhne oder Töchter anderer Familien eine Auszeichnung gewesen wäre, empfand Nhood als das, was es tatsächlich war: als Abschiebung. Er wollte keine Niederlassung, er wollte das ganze Geschäft für sich. Dann wäre er vielleicht sogar mit Freuden nach Al'Anfa gegangen, um die Macht und den Reichtum des Hauses zu vergrößern. Aber nur dann, wenn es ihm selbst und nicht seiner Mutter oder seinen Geschwistern nutzte.

Thalon erkannte, daß Nhood nur dieses eine Ziel vor Augen hatte: die Herrschaft über das Haus der Murenbrekers. Anders war nicht zu erklären, daß er sich nicht längst auf eigene Füße gestellt hatte. Andere hatten Mitte der Zwanzig längst eine eigene Familie, mit dreißig waren manche schon Großväter oder Großmütter. Kunus schien diesen Weg gegangen zu sein. Doch Nhood stellte diese Dinge zurück, dem einen großen Ziel zuliebe.

Im obersten Stockwerk angekommen, rief Nhood eine Stauerin herbei, die gerade ihren Stauhaken an die Wand gehängt hatte und ihre Lederschürze ausziehen wollte. Offenbar wollte sie ihr Tagewerk beenden. Mürrisch befahl Nhood, sie möge dem Sklaven eine Ecke zum Schlafen herrichten, ihm zu essen und zu trinken bringen und ihn dann einschließen. Es sei nur für eine Nacht, und der Kerl sei nun mal nichts weiter als ein Sklave. Besondere Umstände seien nicht angebracht.

»Ganz, wie Ihr wünscht, Kaufherr Murenbreker«, sagte die plumpe große Frau, die eine große Hakennase und eine Wangennarbe ihr eigen nannte. Ihre Stimme klang gleichmütig. Offenbar war sie es gewohnt, die Dinge zu nehmen, wie sie kamen. Sie schlurfte davon.

Nhood sah Thalon grimmig an. »Ich verzichte darauf, dich an deine Pflichten als Sklave zu erinnern. Die Folgen einer Flucht wurden dir bereits ausführlich erläutert. Habe ich erwähnt, daß einer meiner Freunde Fardin o'Chim heißt? Vielleicht hast du den Namen schon einmal gehört. Er war der beste Dieb in Ghurenia, bevor er sich für den aufrechten Pfad entschieden hat. Ein Mann wie ein Schatten. Wenn er nicht will, daß du ihn siehst, dann wirst du ihn nicht sehen. Fardin wird dich jagen und zurückbringen, falls du auf dumme Gedanken kommst. Oder ich selbst werde es tun. Fardin hat mich die Geheimnisse seiner Zunft gelehrt, und ich bin fast so gut wie er. Boron mag dir gnädig sein, wenn es dazu kommt, daß wir dich jagen müssen!« Die Rede schien ihn wieder etwas aufgemuntert zu haben. Fast fröhlich fuhr er fort: »Morgen früh gehen wir zur Festung. Es wird dir dort gefallen.«

Brüsk wandte er sich ab und stiefelte die Treppe so schnell wieder hinunter, wie er heraufgekommen war.

Thalon dachte über Nhoods Worte nach. Er glaubte nicht, daß dieser Fardin o'Chim so gut war. Noch weniger traute er Nhood zu, sich verstohlen und still wie ein Schatten bewegen zu können. Und wenn es doch stimmte, so würde es ihn nicht von seinen Plänen abhalten. Er nahm sich vor, Babbil nach Fardin o'Chim zu befragen. Allerdings kamen ihm Zweifel, daß der Junge ihn in dieser Nacht hier oben im Speicher finden würde.

Es roch eindringlich nach Stockfisch. Thalon empfand diesen Duft nach allem, was seiner Nase in den letzten Tagen zugemutet worden war, keineswegs als unangenehm. Tatsächlich entdeckte Thalon in einer Ecke des Raumes Dutzende von Weidenkörben, die randvoll mit getrockneten Heringen gefüllt waren. Von einem der Körbe führte eine mit Fischen gespickte Leine zum Dachfirst, wo Hunderte und Aberhunderte weiterer Fische zum Nachtrocknen hingen. Die Stauerin hatte die zum Korb führende Schnur noch nicht durchtrennt. Man reihte die Fische auf, indem man ihnen die Augen mit einer Bronzenadel durchstach und die in der Öse befindliche Leine hindurchzog.

Die Stauerin brachte ein Bündel Stroh und warf es ihm vor die Füße. »Schlaf hier, oder such dir einen anderen Platz«, sagte sie. »Wenn du noch mehr Stroh brauchst, findest du es dort drüben. Ein Krug mit Wasser steht neben der Treppe. Und du kannst soviel von dem Stockfisch essen, wie du möchtest und wie es dir bekommt. Sei vorsichtig mit der Öllampe. Wenn du hier Feuer legst, bist du selbst der Dumme.« Sie wollte schon gehen, als ihr noch etwas einfiel. »Scheiß oder piß mir ja nicht auf die Waren. Benutz den Kübel. Steht ebenfalls neben der Treppe.« Mit einem Anflug von derbem Humor fügte sie hinzu: »Ich an deiner Stelle würde darauf achten, den Wasserkrug nicht mit dem Scheißekübel zu verwechseln. Wenn du aus dem Scheißekübel trinkst, geht es dir ziemlich schnell ziemlich dreckig. Haha. Aber wenn du in den Wasserkrug pißt oder scheißt, dann geht es dir noch erheblich dreckiger, und zwar morgen früh, wenn ich es entdecke.«

Mit diesen Worten trat sie durch die Tür, die zur Treppe führte. Nhood hatte sie offenstehen lassen. Die

Stauerin schloß sie hinter sich. Thalon hörte, wie sie die Tür von außen verriegelte, einen Schlüssel in das klobige Schloß steckte und ihn umdrehte.

Als die Schritte der Frau auf der Treppe verklungen waren, untersuchte Thalon die Tür. Sie war aus schweren Balken gezimmert und schien unüberwindbar. Dieser Fluchtweg schied also aus. Er hatte auch nicht ernsthaft damit gerechnet, so einfach durch die Tür hinauszukommen. Es sei denn, Babbil konnte den Schlüssel an sich bringen.

Größere Hoffnung setzte Thalon auf das Ladetor an der Vorderseite, durch das man die Lasten ins Innere zog, die an der Außenseite des Speichers hochgehievt wurden. Diese Öffnung war ebenfalls mit einer solide gearbeiteten Holztür verschlossen. Thalon stellte jedoch fest, daß die Tür lediglich von innen verriegelt worden war. Obendrein war die Mauerfuge, in die der Riegel glitt, innen aufgebrochen. Man konnte das Ladetor zur Not sogar mit vorgelegtem Riegel aufdrücken. Für den Moment ließ er es dabei bewenden.

Er entdeckte noch etwas, als sein Blick den Leinen folgte, an denen die Fische hingen. Der Giebel war im hinteren Bereich des Raumes mit schweren Holzbohlen zu einem kleinen Dachgeschoß ausgebaut, das nur über eine Lukenöffnung erreichbar war. Das machte ihn neugierig. Er fand eine ausreichend lange Leiter, steckte sie in die Öffnung und schaute, was es dort oben zu sehen gab. Der Raum war nicht hoch genug, daß man aufrecht darin stehen konnte. Tatsächlich wurde er wohl nur genutzt, um ausgedientes oder selten gebrauchtes Gerät zu lagern. Thalon sah eine geborstene Truhe mit verrosteten Scharnieren, zwei aufgeplatzte Weidenkörbe und ein paar Stauerhaken, dazu unglaublich viel Staub und davonhuschende Spinnen. Er verzichtete darauf, mit den alteingesessenen Bewohnern des Dachbodens durch den Staub zu krabbeln, und kletterte die Leiter wieder hinab.

Er richtete sich eine Strohschütte in einer Ecke her.

Dann nahm er sich einen Stockfisch und begann darauf herumzukauen. Einmal hörte er, daß Canja Murenbreker und Kunus sich ein Stockwerk unter ihm über die Qualität der dort lagernden Waren unterhielten. Dann schien es ihm, als würden die beiden letzte Anweisungen erteilen und den Speicher verlassen. Er nahm an, daß sie sich zur Villa der Murenbrekers begaben. Beflissene Dienstboten würden sich ihrer annehmen. Erlesene Speisen und edler Bosparanjer Wein, ein entspannendes Bad, die Salbung mit ätherischen Ölen und Kräutern und andere Freuden ihres Reichtums mochten dort auf sie warten und sie die Unbill des Tages vergessen lassen. Aber vielleicht täuschte sich Thalon auch. Es war möglich, daß die Kaufherrin noch Pflichten im Gildenhaus nachkommen mußte. Vielleicht traf sie bereits Vorkehrungen, um Nhoods Abreise nach Al'Anfa in die Wege zu leiten. Die Vorzüge der Villa würden ihr nicht davonlaufen.

Nhood selbst schien bereits das Weite gesucht zu haben, nachdem er Thalon der Stauerin übergeben hatte. Vielleicht nahm auch er die Annehmlichkeiten der Villa entgegen, oder er setzte fort, was er den Tag hindurch in den Wirtshäusern der Stadt, vielleicht auch in den Badestuben oder dem Hurenhaus am Hafen getrieben hatte.

Unten im Haus verebbten allmählich die Geräusche. Türen wurden geschlossen, ein Schlüsselbund klirrte, Metall quietschte. Offenbar schickten sich die letzten Bediensteten an, den Speicher zu verlassen, um ihre Kammern, Hütten und Häuser aufzusuchen oder was immer ihnen als Unterschlupf diente. Thalon hoffte, daß außer ihm und den unvermeidbaren Ratten und Mäusen niemand im Speicher übernachtete.

Nachdem er gegessen und getrunken sowie seine anderen Bedürfnisse verrichtet hatte – er machte der Stauerin wie sich selbst keinen Kummer und benutzte die vorhandenen Behältnisse für die ihnen zugedachten Zwecke –, sah er sich die Tür genauer an. Draußen war es inzwischen dunkel geworden. Nur ein schwacher Widerschein der vor dem Speicher allmählich herabbrennenden Pechfackeln war durch die Ritzen zwischen der Tür und dem Mauerwerk zu erkennen. Er lauschte. Unten im Haus schien alles still zu sein. So leise wie möglich schob er den Riegel zurück. Er öffnete die Tür einen Spaltbreit, weit genug, um hinauszublicken und die Möglichkeiten zur Flucht zu beurteilen.

Es schien beinahe zu einfach. Unmittelbar über ihm im First des vorspringenden Giebels hing der Flaschenzug an einem dicken Eisenhaken. Zwei Tauenden hingen lose herab und reichten bis auf den Kai. Er brauchte nur zuzupacken und sich hinabgleiten zu lassen. Oder er benutzte beide Taue, um den quietschenden Flaschenzug nicht in Bewegung zu setzen. In den Wanten und auf den Rahen der Piratenschiffe hatte er halsbrecherische Klettereien überstanden, und das bei stürmischer See, gepeitscht von sprühender Gischt, umtost von Windböen, tief unter sich ein schwankendes Deck.

Thalon schloß die Tür bis auf einen schmalen Spalt, um Babbil besser hören zu können, falls dieser draußen nach ihm rufen sollte. Er verschob die Flucht auf die frühen Morgenstunden, falls Babbil ihn nicht vorher aufspürte. Bis dahin wollte er seinem Körper ein wenig Schlaf gönnen.

Er streckte sich auf der Stohschütte aus, lag mit offenen Augen auf dem Rücken und schaute hinauf zu den Schatten im Dachfirst, wo die getrockneten Heringe wie stille Fledermäuse hingen. Ein Flackern der Öllampe scheuchte die Schatten auf, als würden die Fledermäuse aus ihrem Schlaf erwachen und mit den Flügeln schlagen. Thalon spürte, wie Boron Macht über ihn gewann, aber noch fühlte er sich nicht müde genug, um die Augen zu schließen. Müßig überlegte er, ob er die Lampe löschen oder von allein ausgehen lassen sollte, wenn der Ölvorrat verbraucht war.

Plötzlich hörte er ein leises Geräusch auf der Treppe. Er schrak zusammen. Dann richtete er sich auf.

Babbil? So früh hatte er mit dem Knirps nicht gerechnet. Und daß er den Weg über die Treppe nehmen sollte, überraschte ihn.

Regungslos lauschte er in Richtung der Tür.

Leichte Füße näherten sich. Vorsichtig bemüht, so wenig Geräusche wie möglich zu machen. Doch das leise Knarren einiger Bohlen vereitelte diese Absicht. Thalon erwuchsen Zweifel, daß es Babbil war, der sich dort draußen näherte. Seine kurzen, trippelnden, fast tänzelnden Schritte konnten dies nicht sein.

Die Schritte verharrten unmittelbar vor der Tür. Dann ertönte ein leises Pochen.

Thalon hielt unwillkürlich den Atem an. Er wußte nicht, was er tun sollte. Er war als Sklave in dieses Haus geführt worden. Jeder, der hier etwas zu sagen und etwas zu suchen hatte, durfte sich ihm ungefragt nähern. Er hatte es nicht nötig zu klopfen. Der Besucher jedoch, der dort draußen stand, war auf leisen Sohlen gekommen und klopfte. Dies konnte eigentlich nur bedeuten, daß seine Heimlichkeit jenen galt, die sich vielleicht noch unten im Speicher aufhalten mochten. Endlich fand er die naheliegende Erklärung: Wenn es nicht Babbil war, dann jemand, der in seinem Auftrag kam. Er hatte einen Helfershelfer geschickt. Thalon rollte sich zur Seite und erhob sich, um zur Tür zu gehen.

Wieder pochte es, diesmal etwas lauter.

»Thalon?« wisperte eine helle Stimme, die in der Tat nicht Babbil gehörte. Dessen war sich Thalon gewiß. Sie klang wie die eines Mädchens. »Hört Ihr mich? Antwortet bitte, dann öffne ich die Tür.«

Thalon legte die wenigen Schritte zur Tür zurück. »Wer seid Ihr?«

»Alina«, kam die Antwort. »Aber der Name wird Euch nichts sagen.«

Thalon glaubte die Stimme schon einmal gehört zu haben. Wo? Bei den Piraten? Hatte Cedira ihm jemand nachgeschickt? Mishia? Oder war es Vanicella, die ihn suchte? Nein, natürlich nicht. Vanicella besaß eine Altstimme.

Ein Schlüsselbund klirrte leise, ein Schlüssel wurde ins Schloß gesteckt und drehte sich, quietschend wie vorhin, als die Stauerin abgeschlossen hatte. Dann wurde der Riegel zurückgeschoben. Die Tür bewegte sich nach innen. Gespannt starrte Thalon auf den sich rasch vergrößernden Spalt. Er sah eine schmale Hand, die eine brennende Öllampe trug.

Die Lampe wurde gegen sein Gesicht gereckt. Dann huschte eine zierliche Gestalt in den Raum und schloß die Tür hinter sich. Sie wandte sich um und richtete das Licht gegen das eigene Gesicht.

»Erkennt Ihr mich wieder?«

Thalon blickte in ein zart geformtes Antlitz mit großen braunen Augen, ein Antlitz, das ihm so zauberhaft erschienen war, daß es sich sehnsuchtsvoll in seine Erinnerung gebrannt hatte. Niemals hätte er zu hoffen gewagt, dieses Antlitz noch einmal zu sehen. Er gestand sich ein, daß er eigentlich schon ihre Stimme hätte erkennen müssen. Aber von allen, die er sich an diesem Ort vorstellen konnte, wäre sie die allerletzte gewesen.

»Ihr?« fragte er mit grenzenlosem Erstaunen.

Es war das Mädchen, das ihn umgerannt hatte, als es allzu ungestüm aus der Sänfte sprang. Es hatte das bei dem Sturz in Mitleidenschaft gezogene Seidengewand gegen Bundhosen, ein blütenweißes Hemd mit geklöppelten Spitzen und ein Wams aus weichem Hirschleder eingetauscht. Dazu trug es Stulpenstiefel. Obwohl es in dieser Kleidung knabenhafter wirkte als in dem Gewand, kam die Zierlichkeit der Gestalt darin noch stärker zur Geltung.

»Da Ihr mir nicht sagen wolltet, wo ich Euch finden konnte, war ich gezwungen, es selbst herauszufinden«, antwortete das Mädchen mit schelmischem Unterton. Aber sogleich wurde es wieder ernst, beinahe traurig. »Mir wäre es allerdings lieber gewesen, Euch an einem anderen Ort und unter anderen Umständen wiederzusehen.«

»Ihr nehmt mir das Wort aus dem Mund«, sagte Thalon, der sich inzwischen ein wenig gefangen hatte. Verwundert, aber nicht ohne Bitterkeit, fügte er hinzu: »Ihr redet mitten in der Nacht, obendrein heimlich und ohne Begleitung – mit einem *Sklaven*?«

»Ich bin nicht allein«, sagte Alina rasch.

Thalon fuhr herum, konnte aber niemanden entdecken.

Das Mädchen ließ ein glockenhelles leises Lachen hören und hielt sich gleich darauf erschrocken die Hand vor den Mund. »Verzeiht, Thalon. Ich wollte damit sagen, daß ich mich zwar allein zu Euch hinaufgewagt habe, aber nicht allein in diesem Hause bin. Bela, die Vorfrau der Stauer, hat im Stockwerk unter uns eine Kammer. Keine Sorge, sie schläft tief und fest wie ein Murmeltier und schnarcht dabei, daß die Ölkrüge vor ihrer Kammer klirren. Außerdem wartet Swattekopp im Erdgeschoß auf mich. Er ist ein alter Vertrauter unserer Familie und mein bester Freund.«

»Alina …«, begann Thalon und benutzte zum erstenmal ihren Namen. Mit einem Schlag war ihm alles klar geworden. Er wußte jetzt, wer dieses Mädchen war. Eine ferne Spur ihrer Gesichtszüge hatte er bei Nhood und Kunus gefunden. Mehr, sehr viel mehr von Alina spiegelte sich im Antlitz von Canja Murenbreker. Deshalb hatte er geglaubt, die Kaufherrin schon einmal gesehen zu haben. Sie hatte ihn an Alina erinnert, ohne daß er sich dessen bewußt gewesen war. »Ihr seid eine Murenbreker!«

»Das läßt sich nicht leugnen«, antwortete Alina leise. »Und ich kann gut verstehen, daß dies aus Eurem Mund wie eine Anklage klingt. Eine Schande, wie Nhood sich aufgeführt hat! Euch gegenüber und Mutter gegenüber. Ich konnte meinen Bruder früher einmal gut leiden, aber das ist längst vorbei.«

»Woher wißt Ihr dies alles und kennt sogar meinen Namen?« fragte Thalon. »Ihr habt gelauscht?«

»So etwas habe ich nicht nötig!« wehrte sich das Mädchen mit trotziger Stimme. »Tatsächlich wurde so laut geredet, daß jeder im Hause es hören mußte, ob er nun wollte oder nicht.«

»Verzeiht mir die ungeschickten Worte«, sagte Thalon erschrocken. »Sie sind mir einfach so herausgerutscht.«

Alina war bereits wieder versöhnt. »Ich gab mir allerdings keine Mühe, meiner Mutter und meinen Brüdern zu verraten, daß ich mich im Speicher aufhielt«, erklärte sie. »Um ehrlich zu sein: Meine Mutter hat mir verboten, in den Hafen zu gehen.«

»Dann seid Ihr gewiß auch jetzt nicht mit dem Einverständnis Eurer Mutter hier?«

»Natürlich nicht.«

»Eure Mutter meint es nur gut mit Euch. Es ist gewiß nicht ungefährlich für ein junges Mädchen, so spät am Abend ...«

»Thalon, Ihr redet genauso wie meine Mutter!«

Thalon mußte lächeln, und Alina ließ sich sofort davon anstecken.

»Ich danke Euch wirklich für Eure Sorge«, sagte das Mädchen. »Doch sie ist unbegründet. Draußen wartet eine Sänfte mit starken, zuverlässigen Trägern. Außerdem wird Swattekopp mich begleiten.«

»Aber... Ihr werdet doch Ärger bekommen, Alina! Wie wollt Ihr Eurer Mutter erklären, wo Ihr gesteckt habt?«

»Werde ich nicht. Swattekopp wird bezeugen, daß er mich zum Tempel des Phex begleitet hat.«

»Dieser Swattekopp scheint Euch sehr zu mögen. Aber wen vermag dies zu wundern? Den möchte ich sehen, der Euch nicht gut leiden kann.« Thalon sagte einfach, was er empfand, ohne lange darüber nachzudenken.

»Ihr macht mich verlegen, Thalon«, sagte Alina verschämt und schlug die Augen nieder. Ein verstecktes Lächeln verriet allerdings, daß ihr seine Worte ganz und gar nicht unangenehm gewesen waren.

Nie zuvor hatte sich Thalon in der Gegenwart eines Mädchens so unsicher gefühlt. Und zugleich wünschte er sich, sie möge niemals fortgehen. Er stellte fest, daß er während des Gesprächs im Raum auf und ab gegangen war, ohne es selbst zu bemerken, und daß ihm Alinas Augen dabei gefolgt waren.

Du benimmst dich wie ein Trottel. Du hast sie nicht einmal gefragt, warum sie hergekommen ist. Hast du Angst davor?

Alina nahm ihm die Frage ab. In das verlegene Schweigen hinein sagte sie stockend: »Es ... es hat mich tief betroffen gemacht, Euch als Eigentum von Nhood zu sehen ... Ich möchte Euch unbedingt versichern, daß ich nicht wie Nhood, sondern wie meine Mutter über die Sklaverei denke ... Niemand sollte anderen Menschen so etwas antun ... Das mußte ich Euch unbedingt sagen, versteht Ihr?«

Thalon schwieg. Er stand ganz unter dem Eindruck von Alinas Worten. Er spürte, daß sie aufrichtig und von Herzen gekommen waren.

Leise fügte sie hinzu: »Und ... und ich sähe Euch gern wieder. Für mich seid Ihr kein Sklave.«

Alles in Thalon drängte ihn, ihr zu versichern, daß auch er sie um jeden Preis wiedersehen wollte. Daß er niemals zuvor ein so liebenswertes Geschöpf kennengelernt hatte. Daß er sich schon bei ihrem ersten Anblick auf der Stelle unsterblich in sie verliebt hatte und jeder Moment mit ihr sein Entzücken vergrößerte. Statt dessen sagte er nur tonlos: »Wie stellt Ihr Euch das vor, Alina?«

Sie biß sich auf die Lippe und gab zu: »Ich weiß es nicht. Ich habe noch nicht darüber nachgedacht. Ich ... ich werde Nhood anflehen, auf Mutters Vorschlag einzugehen und Euch für Lohn im Speicher arbeiten zu lassen, bis Eure Freilassung erwirkt ist. Ich werde ...« Zufällig sah sie zur Ladeöffnung und bemerkte die nur angelehnte Tür. »Thalon, bei den Zwölfen, Ihr wollt doch wohl nicht fliehen? Nhood wird Euch finden und schrecklich bestrafen! Ihr dürft das nicht tun!«

Eine innere Stimme versicherte Thalon, daß er Alina bedingungslos vertrauen konnte, daß sie jedes seiner Geheimnisse in ihrem Herzen verschlossen halten würde. Niemals hatte es seit dem Tod seiner Mutter einen Menschen gegeben, dem er soviel Vertrauen entgegenbrachte, nicht einmal Cedira.

»Alina«, sagte er und wagte es, nach ihrer Hand zu greifen. Sie fühlte sich warm und weich an und wurde nicht zurückgezogen. »Ich bin kein Sklave von Geburt an. Ich wurde frei geboren und bin es die ersten sechzehn Jahre meines Lebens geblieben. Dann ... Vor einigen Monden erwachte ich auf der Insel Minlo, trug ein Sklavenmal und mußte im Steinbruch arbeiten. Ich konnte mich nicht an mein früheres Leben erinnern. Inzwischen ist die Erinnerung an die ersten sechzehn Jahre zurückgekehrt, nicht aber jene an die letzten vier Jahre. Ich bin als freier Mann und aus freien Stücken nach Ghurenia gekommen, um das Geheimnis meiner verlorenen Jahre zu entschleiern.«

Alina hatte mit weit aufgerissenen Augen zugehört. Ihre Hand verkrampfte sich in der seinen. »O Thalon ... Wie ist es Euch gelungen, von Minlo zu flüchten? Und warum hofft Ihr, gerade in Ghurenia Eure verlorenen Jahre zu finden?«

Thalon führte sie an der Hand, die er nicht mehr freigeben wollte, zu seinem Lager und bat sie, sich neben ihn zu setzen. Dann erzählte er ihr von der Schändung und Ermordung seiner Mutter durch Malurdhin, von der Kindheit bei den Waldmenschen, von seiner Zeit als Küchenjunge in Charypso, von Parazzin, Cedira und Eiserne Maske, dem *kulko* der *Schwarze Rose*. Er ließ nichts aus, was ihm wichtig erschien. Er schilderte, wie ihn der Piratenkapitän seines eigenen Vorteils wegen ins Meer gestoßen und wie ihn die treue Cedira auf Minlo aufgespürt und befreit hatte. Er vergaß nicht zu erwähnen, daß er eigentlich in Ghurenia einen Auftrag der Piraten zu erfüllen hatte und dieser Auftrag darin bestand, Alinas Mutter für ein Bündnis mit den Piraten zu gewinnen, das die Herrschaft des Praefos brechen sollte. Er erzählte von Babbil, von Vanicella, von den Angriffen des schrecklichen Seelenräubers, von dem Besuch bei Chelchia, von der tapferen und hochherzigen Tat der Kapitänin, die er erst aus ihrem Mund erfuhr und an die er sich noch immer nicht erinnern konnte, schließlich davon, was der *curga* Chelchia angetan hatte und daß er, Thalon, sich für ihr Schicksal verantwortlich fühlte. Er schilderte alles, wie es wirklich gewesen war, und nahm sich nur dort zurück, wo es um Dinge ging, die er für zu roh oder zu derb für die Ohren eines empfindsamen jungen Mädchens hielt, das wohlbehütet im Schoß einer begüterten Familie aufgewachsen war.

Alina war seiner Erzählung atemlos und mit größter Anteilnahme gefolgt. Sie durchlitt, was Thalon durchlitten hatte, und freute sich, wenn er sich gefreut hatte. Sie errötete vor Zorn, erblaßte vor Schreck oder strich ihm voller Mitleid über die Haare. Einmal strich sie ihm sogar über das Gesicht, was ihn gleichermaßen verwirrte wie entzückte. Mehrmals weinte sie, und als Thalon erzählte, was seiner Mutter widerfahren war, mußte er das Mädchen in den Arm nehmen, um ihren Tränenfluß zu beenden und sie zu trösten. Er tat dies sehr vorsichtig und zog sich sofort wieder zurück, als sie sich ein wenig beruhigt hatte. Auf Malurdhin beschwor sie den Zorn der Zwölfgötter herab, die Taten des *kulko* entsetzten sie, und Chelchias Schicksal rührte sie an.

»Mit diesem grausamen Seeräuber, durch den Ihr beinahe zu Tode gekommen wärt, soll meine Mutter zusammenarbeiten?« fragte sie, als Thalon noch einmal auf die Piraten zu sprechen kam.

»Er mag grausam sein und nur für seine eigenen Ziele

leben«, verteidigte Thalon den Piratenkapitän. »Aber ich habe Euch ja geschildert, daß er auch gerecht ist und mir geholfen hat. Wenn er denn ein Schurke und Halsabschneider ist, so ist er doch keineswegs so verdorben wie der Praefos Gorm oder Malurdhin, gegen die sich das Bündnis richtet.«

Zögernd nickte Alina. »Ich werde versuchen, mit meiner Mutter darüber zu reden.«

»Dann sagt ihr bitte, daß nicht Eiserne Maske, sondern ein gewisser Murenius hinter allem steht. So wurde es mir aufgetragen.« Es fiel Thalon schwer, ihr nicht auch in diesem Punkt die Wahrheit zu sagen. Aber wenn aus dem Bündnis etwas werden sollte, dann war diese Notlüge wohl angebracht.

»Murenius?« Alina verzog das Gesicht.

»Ihr kennt ihn?«

»Bevor er vor Jahren aus Ghurenia verschwunden ist, war er der… nun, der Liebhaber meiner Mutter. Aber ich mag ihn nicht.«

»Ihr werdet es trotzdem so weitergeben?«

»Wenn meine Mutter bereit ist, sich die Sache überhaupt anzuhören – ja.«

Jemand hüstelte an der Tür.

Erschrocken fuhren Thalon und Alina herum. Alina sprang auf. Sichtlich verlegen entzog sie Thalon schnell ihre Hand, die zu halten er die ganze Zeit hindurch nicht müde geworden war. Thalon sah in der Tür einen gebeugten alten Mann stehen, das Haar nur noch ein schmaler Kranz, der Backenbart um so üppiger, beides silbergrau. Alina und er waren so sehr in ihr Gespräch vertieft gewesen, daß keiner von ihnen die doch gewiß schweren und schlurfenden Schritte des Mannes auf der Treppe gehört hatte.

»Alina«, sagte er mit mildem Tadel. Thalon stellte fest, daß der Mann freundliche, gütige Augen besaß. »Das Madamal steht bereits hoch am Himmel, und der Nachtwächter ruft die neunte Stunde aus. Wir müssen jetzt wirklich aufbrechen. Deine Mutter macht sich sonst Sorgen und nimmt uns nicht ab, daß wir uns so lange dem Zwiegespräch mit Phex gewidmet haben … Phex möge uns die Lüge verzeihen!«

»Bei den Zwölfen, die Zeit ist wie im Fluge verronnen!« rief Alina leise aus. »Lieber Swattekopp, geht bitte schon voraus, ich komme sofort nach.«

Sie wartete, bis Swattekopp sich umgedreht hatte und auf der Treppe zu hören war. Dann wandte sie sich Thalon zu. »Lieber Thalon, ich könnte Euch noch die ganze Nacht zuhören. Seid darauf gefaßt, daß ich Euch immer und immer wieder bitten werde, mir alles noch einmal und viele, viele weitere Einzelheiten aus Eurem Leben zu erzählen. Aber jetzt muß ich wirklich gehen.« Sie griff nach seinen beiden Händen und hielt sie fest. Dann sah sie ihm tief in die Augen. »Ihr müßt mir bei den Zwölfen und beim Andenken an Eure unglückliche Mutter versprechen, nicht zu fliehen!« beschwor sie ihn. »Ich kann Euch nur wiedersehen, wenn Ihr bleibt. Nur so kann ich Euch helfen! Und … ich könnte es nicht ertragen, Euch nicht wiedersehen zu dürfen oder erleben zu müssen, wie Ihr für Eure Flucht bestraft würdet. Bitte, Thalon, versprecht es mir!«

Thalon konnte gar nicht anders, als ihrem Wunsch zu folgen. Er versprach es und beschwor es, wie sie es von ihm verlangt hatte, bei seiner Mutter und bei den Zwölfen. Für den Moment warf er alle seine Pläne über Bord. Für ihn zählte nichts anderes, und er wollte nichts anderes, als in der Nähe dieses Mädchen bleiben.

»Danke, lieber, lieber Thalon …«, hauchte Alina.

Blitzschnell beugte sie sich vor und küßte ihn mitten auf den Mund. Es war ein ungemein kurzer, aber durchaus kein flüchtig gemeinter Kuß. Thalon spürte, wie sich die warmen, feuchten Lippen des Mädchens diesen winzigen Moment lang innig gegen die seinen drückten. Bevor er jedoch überhaupt wußte, wie ihm geschehen war, bevor er irgend etwas sagen oder tun konnte, hatte sie den Kopf bereits zurückgezogen, seine Hände losgelassen und wirbelte davon.

An der Tür wandte sie sich noch einmal um. Er sah, daß sie errötet war und ein wenig verlegen wirkte. Doch dann schenkte sie ihm einen letzten Blick, in dem Thalon romantische Verliebtheit, überschäumende Lebenslust, Schelmerei und ein bißchen Stolz über ihren Mut entdeckte.

Alina winkte ihm zu und verschwand hinter der Tür. Thalon hörte, wie sie den Riegel vorlegte und abschloß. Dann klickten die Absätze ihrer Stiefel in munterem Rhythmus auf der Treppe und wetteiferten mit dem Knarren der Stufen. Das Geräusch verklang. Irgendwo im Erdgeschoß des Speichers quietschten die Angeln einer Tür, noch einmal gab ein Schloß ein metallisches Knirschen von sich. Danach kehrte wieder Ruhe ein.

8. Kapitel

Alina, Alina ... – Die Wiederbegegnung mit dem Mädchen hatte Thalon so aufgerührt, daß er kaum an etwas anderes denken konnte. Alinas zauberhaftes Antlitz, ihre Anmut, ihr Mitgefühl, ihr mitreißendes Ungestüm ... Vergeblich versuchte er immer wieder, sich zur Vernunft zu ermahnen. An den Umständen, die beider Leben bestimmten, hatte sich nichts verändert. Welten klafften selbst dann zwischen ihnen, wenn es Thalon gelang, das Sklavenjoch abzuschütteln. Mit der Unbekümmertheit ihrer sechzehn Jahre – sich selbst als Sechzehnjährigen zu sehen, der er seinen greifbaren Erinnerungen nach war, kam Thalon nicht in den Sinn – schien Alina bereit zu sein, alle Schranken zu überwinden. Thalon liebte sie dafür um so mehr. Zugleich wußte er jedoch, wie wenig die Umwelt Grenzüberschreitungen dieser Art schätzte und mit welchen Zwängen sie zuverlässig unterbunden wurden. Und doch, gegen alle Vernunft hoffte er, dieses Mädchen für sich zu erringen.

Thalon schloß die Giebeltür und legte den Riegel vor. Ihm war bewußt, daß er damit seinen Fluchtweg versperrte und darauf verzichtete, Nhood und der drohenden Söldnerausbildung auf der Festung zu entgehen. Die verschlossene Tür war die greifbare Einlösung des Wortes, das er Alina gegeben hatte. Endlich gelang es ihm, sich mit den Folgen dieses Versprechens auseinanderzusetzen.

Er haßte den Gedanken, unter Söldnern zu leben und zum Töten ausgebildet zu werden. Aber er hatte keine Angst vor ihnen, auch nicht vor Nhood. Thalon war durch die harte Schule der Piraten gegangen. Schlimmer als Parazzin und einige andere Galgenvögel würden die Söldner auch nicht sein. Er wußte sich zu wehren. Bei den Piraten hatte er nicht nur gelernt, sich zu verteidigen und sogar zu töten, wenn es sein mußte. Eiserne Maske und Parazzin hatten ihn gezwungen, seine Fertigkeiten auch anzuwenden. Das gleiche galt für die Risso. Thalon hatte getötet, hatte es tun müssen. Er hatte die Absicht, einen weiteren Mann zu töten, wenn ihm dies vergönnt war: Malurdhin. Aber er wollte das Töten nicht zu seinem Handwerk machen. Wenn es Alina nicht gelang, Nhood umzustimmen, würde Thalon selbst einen Weg suchen, dem Dienst in der Praefosgarde zu entgehen. Möglichst einen Weg, der ihn nicht von Alina fortführte.

Widerwillig begann er, in der Anwesenheit auf der Festung, dazu womöglich bewaffnet und inmitten der Garde, einen Vorteil zu sehen. Gewiß, er hatte sich gewünscht, zu seinen eigenen Bedingungen Malurdhin in seiner Villa nahe der Festung aufzusuchen. Aber vielleicht wurde dieses Vorhaben sogar erleichtert, wenn er als Söldner auf der Festung Dienst tat.

Warte ab, was geschieht und was sich daraus ergibt. Womöglich dauert es eine Weile, bis sie einem Sklaven trauen. Vielleicht geben sie dir nur ein Holzschwert und machen sich lustig über dich.

Flüchtig fragte sich Thalon, was er tun würde, wenn er überraschend die Gelegenheit erhielt, Malurdhin zu überwältigen, ihn über die verlorenen Jahre zu befragen und ihn dann zu töten.

Denkst du dann an deine Mutter oder an Alina? Malurdhin zu töten, wird Flucht und die endgültige Trennung von Alina bedeuten.

Er verscheuchte den lästigen Gedanken. Insgeheim hoffte er, daß ihm und Alina noch ein wenig Zeit blieb, bis er vor eine solche Wahl gestellt wurde.

Er spürte, daß er müde wurde, und legte sich auf das

Stroh. Er nahm sich vor, so flach wie möglich zu schlafen und auf Geräusche zu achten. Obwohl er nicht wußte, wie man dies anstellte, glaubte er, daß seine innere Unruhe dies bewirken würde. Einen schrecklichen Moment lang dachte er an den Seelenräuber. Wie spürte ihn der *curga* auf? Fand und überfiel der Jäger auch einen Schlafenden? Wartete er am Ende nur darauf, daß Thalon sich in Borons Reich entführen ließ, um ihn dann ohne Gegenwehr zu überwältigen? Irgend etwas in seinem Inneren beruhigte ihn. Ob er nun schlief oder nicht – er würde den *curga* spüren, wenn er versuchte, in ihn einzudringen. Und er würde ihn zurückschlagen.

Gegen seinen Willen schlief er fest und traumlos. Im Morgengrauen weckten ihn laute Geräusche, die aus den unteren Stockwerken des Speichers zu ihm heraufdrangen. Wenig später kam jemand rumpelnd die Treppe herauf. Thalon war bereits auf den Beinen und reckte sich, als die Stauerin, die ihn gestern abend eingeschlossen hatte, die Tür aufsperrte und zu ihrer Arbeit zurückkehrte. Sie bedachte ihn sogar mit einem gemurmelten Gruß und reichte ihm ein frisches Fladenbrot. Dankbar nahm Thalon es entgegen, brach sofort etwas davon ab und stopfte es sich in den Mund.

Schlagartig kehrten die Erinnerungen an den gestrigen Tag zurück, die schlimmen und die schönen. Er lächelte selig, als er an Alina dachte. Bevor die Stauerin das Lächeln sah, erstickte er es mit einem weiteren Stück Fladenbrot.

Offenbar hatte Babbil ihn nicht gefunden, oder es war ihm nicht gelungen, in den Speicher einzudringen. Daß der Knirps unten auf dem Kai gestanden und vergeblich nach ihm gerufen hatte, glaubte Thalon nicht. Selbst nach einem harten Tag im *Anker* oder im Steinbruch, erst recht bei den Piraten war Thalon bei ungewöhnlichen Geräuschen stets aufgewacht. Er hoffte, daß Babbil die Suche nicht aufgeben würde. Außer Alina und vielleicht Vanicella hatte er sonst niemanden in Ghurenia, der ihm helfen würde und auch wirksam helfen konnte. Ein gerissener Dieb wie Babbil, mochte er erst zwölf oder vielleicht schon fünfzehn Jahre alt sein, konnte Thalon von großem Nutzen sein. Er mußte seine Schuld nicht abtragen, indem er ein Versteck besorgte. Es gab andere Möglichkeiten. Flüchtig dachte er daran, Babbil als Boten einzusetzen, um sich mit Alina zu verständigen, vielleicht ein heimliches Treffen mit ihr zu verabreden. Wenn er überhaupt jemandem zutraute, sich in die Villa der Murenbrekers zu schleichen, dann Babbil.

Nhood ließ sich noch nicht blicken. Im stillen hoffte Thalon, daß er noch eine Weile seinen Rausch ausschlief. Vielleicht erinnerte er sich gar nicht mehr an Thalon und die Pläne, die er mit ihm hatte. Oder er bereute den Kauf. Möglicherweise sah er die Dinge heute in einem anderen Licht, empfand den Sklaven als lästig und ging bereitwillig auf den Vorschlag seiner Mutter ein, Thalon als Stauer arbeiten zu lassen und ihm Lohn zu zahlen. Oder er tat Alina den Gefallen, den er seiner Mutter nicht tun wollte.

Sei kein Träumer! Nhood ist aus anderem Holz geschnitzt. Er wird niemals nachgeben, schon gar nicht seiner Mutter. Seiner kleinen Schwester wohl auch nicht. Und ihm wird auch nüchtern der Gedanke gefallen, einen Sklaven zu besitzen.

Nachdem Thalon gesättigt war, erbot er sich, frisches Wasser zu besorgen und den für andere Zwecke gedachten Kübel zu leeren. Die Stauerin hatte nichts dagegen.

»Wasser gibt's an der Pumpe um die Ecke«, sagte sie. »Aber sie werden nicht wollen, daß du den Speicher verläßt. Frag Bela, ob schon frisches Wasser im Hause ist. Sag ihr, daß Stauerin Holtrud dich schickt.«

Thalon nickte. Immerhin kannte er nun den Namen der Stauerin, die sich ansonsten wenig gesprächig zeigte und bereits wieder mit ihren Heringen beschäftigt war. Er nahm den Wasserkrug in die eine, den Henkel des Bottichs in die andere Hand und verließ den Raum. Auf der Treppe begegnete er zwei Männern mit Lederschürzen und einem weiblichen Kommis, die auf die Männer einredete und sehr wichtig tat. Sie trug ein schweres Buch und hatte eine der Pergamentseiten aufgeschlagen. Offenbar stimmten die Aufzeichnungen nicht mit den tatsächlichen Lagerbeständen überein. Die Frau schwor bei ihrer grenzenlosen Verehrung für Phex, daß es ihr Fehler nicht sein könne. Sie kündigte den Männern an, sie notfalls die Tage und die Nächte hindurch bis in die Morgenstunden des Borontags Stück um Stück den ersten Stock des Speichers umräumen zu lassen, bis die fehlenden Säcke mit Ölsaat gefunden seien. Die Männer hörten gelassen zu. Ihnen schien es gleich zu sein, ob sie nach Ölsaat oder nach Silberwaren von den Zyklopeninseln suchen sollten, und das mit den Nächten schienen sie nicht allzu ernst zu nehmen.

Die Männer machten Platz, um Thalon vorbei zu lassen, kümmerten sich ansonsten aber nicht um ihn.

Die Frau mit dem Buch musterte ihn kurz. Sie besaß kurze, kastanienbraune Locken, eine etwas zu große Nase und einen etwas zu kleinen Mund. »Aha, Nhoods Sklave«, stellte sie etwas hochnäsig fest. »Kannst du lesen, rechnen oder schreiben?«

»Nein«, erwiderte Thalon, ohne nachzudenken. In Wahrheit war er von dem Druiden Amanjo in diesen Fertigkeiten unterrichtet worden, als er bei den Waldmenschen lebte. Aber Thalon hatte sich angewöhnt, seine Kenntnisse nicht preiszugeben. Er hatte die Erfahrung gemacht, daß die meisten einfachen Menschen, mit denen er bisher zusammengekommen war, Leuten ihrer Schicht mißtrauten, die diese Künste beherrschten. Sie hielten es für Anmaßung und bestraften ihn, indem sie ihn nicht die feineren, sondern die schmutzigsten Arbeiten tun ließen. Bei einem Sklaven mußten solche Fertigkeiten noch unangebrachter erscheinen.

Als ihm die Antwort über die Lippen gerutscht war, kamen ihm allerdings sogleich Zweifel, ob er nicht besser die Wahrheit gesagt hätte. Vielleicht hatte er eine Gelegenheit verpaßt, sich nützlich oder gar unentbehrlich zu machen. Alles für den Fall, daß Alina wider Erwarten Nhood umstimmen konnte.

»Nun, bei den Zwölfen, das wäre auch ein Wunder gewesen«, meinte die Frau, die sich offenbar in ihrem Dünkel bestätigt fühlte. »Und gleichgültig ist es obendrein, da Nhood ja andere Pläne mit dir hat.«

Offenbar wußte jeder im Speicher über die Sache Bescheid. Wer den gestrigen Streit nicht selbst mitverfolgt hatte, war längst von den anderen eingeweiht worden.

»Krüge mit frischem Wasser stehen im Eingang«, bemerkte die Frau noch und bewies damit zumindest ein waches Auge. »Aber frag Bela, bevor du einfach einen nimmst.«

Thalon bedankte sich und setzte seinen Weg nach unten fort. Im Erdgeschoß kommandierte eine Frau eine Reihe von Lastenträgern, die Säcke und Fässer in den Speicher schleppten. Von den Murenbrekers war weit und breit nichts zu sehen. Die Tür zu der Kammer neben dem Eingang stand offen. Es schien sich niemand in dem Kontor zu befinden. Thalon spürte eine leise Enttäuschung. Insgeheim hatte er gehofft, Alina anzutreffen. Aber dann fiel ihm ein, daß ihre Mutter ihr untersagt hatte, sich am Hafen herumzutreiben. Gerade jetzt, da sie Thalons wegen auf den guten Willen ihrer Familie angewiesen war, durchbräche sie dieses Verbot sicherlich nicht ohne Not.

»Seid Ihr die Vorfrau Bela?« fragte Thalon die Frau, die ein breiteres Kreuz besaß als der Preisringer, der einmal im *Anker* gegen einheimische Kraftprotze angetreten war und jeden Gegner in kürzester Zeit auf die Dielenbretter gezwungen hatte. Dieser Mann hatte Thalon damals stark beeindruckt.

»Das bin ich, und das bleibe ich!« erklärte die Frau, als hätte er ihr den Titel nehmen wollen. Aber dann grinste sie. Es sollte wohl doch eine Art Scherz sein. »Und du bist Thalon, ich weiß. Thalon darfst du bleiben, aber

Sklave wirst du hoffentlich nicht für alle Zeit sein, mein hübscher blonder Jüngling.«

Irgendwas muß an mir sein, das namentlich den etwas älteren und stämmigen Frauen zusagt! Welch ein Glück, daß dieses Etwas offenbar auch Alina gefällt.

»Stauerin Holtrud schickt mich nach Wasser, meint aber, ich dürfe den Speicher wohl nicht verlassen.«

Bela zeigte auf vier Wasserkrüge in einer Reihe. »Nimm dir einen. Aber Holtrud ist ein Schaf. Natürlich wirst du den Speicher verlassen! Oder denkst du vielleicht, ich lasse zu, daß du den Scheißepott vor meinen Füßen auskippst? Ab damit zum Kai und ins Wasser mit der Scheiße. Die Fische wollen auch leben.«

Im nächsten Moment hatte sie sich bereits wieder einem Lastenträger zugewandt. »Ingerimm soll dich in seinem heißesten Feuer rösten, du elender Trottel, wenn du nicht sofort den Sack aus dem Eingang nimmst! Denkst du vielleicht, wir hätten keine Türen und müßten statt dessen dort Säcke aufstapeln? Du bist hier bei den Murenbrekers! Wir haben von allem reichlich. Leider gilt das auch für traurige Gestalten aller Art und Hanswürste, die sich für Lastenträger halten!«

Thalon stellte den leeren Wasserkrug ab und machte, daß er sich mit dem stinkenden Kübel an den Tagelöhnern vorbeiquetschte. Er mußte nur ein paar Schritte tun, bis er das Ende der Kaimauer erreicht hatte. Schwungvoll kippte er den Inhalt des Bottichs ins Wasser. Es war eine passende Stelle dafür. Wenige Schritte entfernt befand sich der Bretterverschlag einer Scheißnase, die im Moment allerdings nicht benutzt wurde. Thalon bückte sich und spülte den Bottich kurz aus. Er war sich ziemlich sicher, daß Bela ihn im Auge behielt. Trotzdem war er ihr dankbar für das Vertrauen, das sie in ihn setzte. Er verstand es als Geste. Tatsächlich wäre eine Flucht wenig sinnvoll gewesen, wenn ihm danach noch der Sinn gestanden hätte. Mehr als zwanzig Lastenträger waren auf dem Kai unterwegs. An ihnen hätte er sich vorbeischlängeln müssen. Ein Befehl von Bela, und einer von ihnen hätte ihn bestimmt gefaßt oder zu Fall gebracht.

Unauffällig hielt Thalon Ausschau nach Babbil. Er hätte ihn gern nach dem Dieb Fardin o'Chim befragt, der mit Nhood im Bunde stand. Aber der Knirps war nirgends zu sehen.

Ein lautes Quietschen ließ Thalon herumfahren. Aber es drohte keine Gefahr. Ein Stück kaiabwärts hatte sich der klobige Drehkran in Bewegung gesetzt. Er sah aus wie ein hölzernes Ungeheuer. Vier Gestalten bewegten sich in der Lauftrommel. Langsam drehte sich der Kran mit seiner Last, die aus vier schweren Fässern bestand, zur Wasserseite, wo eine Potte vertäut lag. Thalon fragte sich, ob die Krandreher – drei Männer und eine Frau, wie es schien – Sklaven oder Tagelöhner waren.

In den Speicher zurückgekehrt, nahm Thalon einen der gefüllten Krüge und ging zur Treppe. Er ließ sich Zeit und schaute sich in dem großen Raum um. Es roch nach Leinöl und Pech, nach Gerbsäure und Leder, nach Zimt, Pemmikan, getrockneten Seesternen und Schafskäse. Entlang den Wänden reckten sich Regale aus dunklem Zedernholz bis zur Decke. Beinahe jedes war bis zum Bersten mit Waren gefüllt, einige mit Säcken und Bündeln, andere mit Tuchballen, wieder andere mit Amphoren. An einigen Regalen lehnten Leitern, vor anderen stapelten sich auf dem Steinfußboden Waren, die keinen Platz mehr auf den Brettern gefunden hatten. Wieder andere besaßen im unteren Bereich riesige Schubladen. Alles schien seine feste Ordnung zu haben. Jedes der Regale war mit mindestens einem handgroßen, mit Blumenranken und anderen Schnitzereien verzierten, muschelartig geformten Brett verdübelt, auf denen mit roter Farbe aufgemalte verschnörkelte Zeichen und manchmal auch Nummern standen. Manche der Schilder waren um weitere Zeichen und Nummern ergänzt worden, die man mit Kreide aufgetragen hatte und den zurückgebliebenen Spuren zufolge häufig wieder auswischte oder abänderte. Thalon nahm an, daß diese Zeichen und Nummern den Kommis dabei halfen, ihre Bücher zu führen.

Ein graugetigerter Kater strich ihm mit steil erhobenem Schwanz um die Beine und rieb sich an seinen Waden. Thalon setzte seine Last ab, bückte sich und streichelte das Tier.

Er hatte schon mehrere Katzen im Speicher gesehen, aber die anderen gaben sich weniger zutraulich. In nächster Nähe einer Katze ließen sich keine Mäuse sehen. Aber sobald sie ihnen den Rücken zukehrte, huschten die kleinen Nager wieder aus ihren Verstecken. Einige der größeren Ratten bekundeten den Katzen nur soviel Respekt, daß sie ihre Bewegungen verfolgten und auf Abstand hielten. Wirkliche Angst schienen sie vor ihnen nicht zu haben. Lediglich ein großer Hund mit geflecktem glatten Fell und grimmigen gelben Augen, der mürrisch seine Runde ging, erreichte, daß die Ratten bei seinem Erscheinen Reißaus nahmen.

Thalon fiel erst jetzt auf, daß die meisten Regale in Schritthöhe vorgezogene, schräg abfallende Blenden besaßen, die es den Nagern erschweren sollten, die oberen Bretter zu erreichen. Trotzdem hatte er schon Ratten und Mäuse entdeckt, die bis dicht unter der Decke zwischen den Vorräten herumturnten.

Thalon nahm dies alles in sich auf und fragte sich, ob es einmal Teil seiner Welt sein konnte. Die Fülle der verschiedenen Waren zog ihn in den Bann, und er malte sich die Orte aus, von denen sie kamen, und jene, zu denen sie an Bord eines Schiffes gebracht werden sollten. Er hätte auch gern gewußt, wie ein solches Lager wohl geführt wurde. Er fragte sich, ob Kaufherren wie die Murenbrekers nachts gut schlafen konnten. Schließlich drohte ihnen jederzeit der Verlust ihrer Waren durch dreiste Diebe, Feuer, plündernde Piraten und Söldner, Erdbeben, Sturm, Überschwemmungen und manch andere Schicksalsschläge. Zumindest in dieser Hinsicht ging es ihm besser, denn an Gütern besaß er so gut wie nichts, was er verlieren konnte. Ihm wurde zum erstenmal klar, daß Besitz auch eine Bürde sein konnte. Aber natürlich wurde diese Last durch zahllose Annehmlichkeiten versüßt, die damit verbunden waren.

Der hintere Bereich des Speichers bestand aus mehreren kleinen Kammern, die durch Balkengerüste und durch drei Schritt hohe Bretterwände abgetrennt waren. Gewölbte, nicht durch Türen verschlossene Portale erlaubten den Zutritt. Neugierig sah Thalon in zwei dieser Kammern hinein. In der einen lagerten Gerätschaften wie Besen, Rechen, Hämmer und Holzeimer, dazu Fackeln und Feuerkiepen. Die andere sah mit zwei Alkoven, einem Stuhl und einer holzwurmzernagten Runddeckeltruhe halbwegs wohnlich aus, obwohl der Boden lange nicht mehr gefegt worden war. Thalon entdeckte ein Eckregal, in dem ein Rasiermesser und ein vom häufigen Benutzen speckiger Lederriemen lagen, wie er zum Wetzen eines Messers benutzt wurde. Unwillkürlich griff er sich an das Kinn und fühlte die Bartstoppeln. Gern hätte er das Messer benutzt, und er spürte auch das Bedürfnis, sich zu waschen. Doch solche Wünsche wären gewiß auf Unverständnis gestoßen. Schließlich war er nur ein Sklave, dem man nicht zubilligen würde, eigene Wünsche zu äußern. Flüchtig überlegte er, ob er das Messer als Waffe einstecken sollte. Aber der Besitzer konnte es vermissen, und der Verdacht fiele leicht auf ihn. Thalon wollte nicht als Dieb dastehen. Er wandte sich ab.

Er hatte den Eindruck, daß die Kammer zumindest gelegentlich als Unterkunft diente. Es war anzunehmen, daß es im ersten Stockwerk ähnliche Räume gab und in einer von ihnen die Vorfrau Bela hauste.

Endlich hatte Thalon genug gesehen. Er verzichtete darauf, sich die Besonderheiten des ersten Stockwerks anzuschauen, und kehrte zu Holtrud zurück. Sie war immer noch damit beschäftigt, getrocknete Heringe in Weidenkörbe zu legen, und sah nur flüchtig auf, als er Bottich und Wasserkrug an den ihnen bestimmten Plätzen absetzte.

Gerade wollte Thalon die Stauerin fragen, ob er ihr bei der Arbeit helfen solle, als im unteren Geschoß des Speichers eine Stimme brüllte: »Sklave, wo steckst du? Komm sofort zu mir!«

Nhood war eingetroffen.

Thalon beeilte sich, der Forderung des Murenbreker-Zwillings nachzukommen. Als er die Treppe hinuntereilte, brüllte Nhood bereits ein zweitesmal. »Sklave, sitzt du auf den Ohren? Beweg gefälligst den Arsch! Dein Herr will dich sehen!«

»Ich komme!« rief Thalon. Er fragte sich, ob von ihm erwartet wurde, Nhood mit ›Herr‹ anzureden. Freiwillig täte er ihm diesen Gefallen nicht, aber weigern wollte er sich nicht, wenn es von ihm verlangt wurde. Für ihn war es nur ein Wort. Er empfand Nhood nicht als seinen Herrn. In seinem Innersten war er niemandes Knecht. So hatte er schon empfunden, als Eiserne Maske ihm sein Zeichen aufzwang. Namen und Zeichen bedeuteten nichts, wenn der Geist dahinter sie nicht anerkannte.

Nhood erwartete ihn am Fuß der Treppe. Finster sah er ihm entgegen. Die ungesunde Rötung seines Gesichts war einer fahlgelben Tönung gewichen. Thalon erkannte sofort, daß Nhood heute morgen nüchtern war. In seinen Zügen zeichneten sich Mißmut und Verdruß ab, die Augen wirkten müde und seltsam abwesend. Es war, als würde er dem Rausch, den ihm Rahja gewährt hatte, nachtrauern und empfände dessen Abwesenheit als Leere.

Thalon rechnete damit, daß Nhood seine schlechte Laune an ihm auslassen, ihn vielleicht sogar schlagen, sein Versprechen von gestern wahrmachen würde. Fieberhaft versuchte er, sich darauf vorzubereiten. Er wußte, daß es ihm nur schwer gelingen würde, Schläge und Demütigungen einzustecken, ohne sich zu wehren. Er besaß nicht den Geist eines Sklaven. Doch Alina zuliebe wollte er alles tun, sich zu beherrschen.

Zu seiner Überraschung machte Nhood lediglich eine knappe Bewegung mit dem Kopf in Richtung Kontor. »Da hinein, Sklave. Ich habe jemanden mitgebracht, der dich zu sehen wünscht.«

Eine unvernünftige Hoffnung keimte in Thalon auf.

Alina? Hat sie mit Nhood gesprochen? Es muß Alina sein! Wer sonst sollte ein Interesse an mir haben? Wer sonst sollte Nhood dazu bringen, diese Vergünstigung zu gewähren?

Thalon sprang die beiden letzten Stufen der Treppe hinab und stürzte an Nhood vorbei. Er rannte beinahe, um die wenigen Schritte bis zur geschlossenen Tür des Kontors zurückzulegen. Nhood war stehengeblieben und machte keine Anstalten, ihm zu folgen. Aus den Augenwinkeln heraus sah Thalon die Verblüffung, die sich im Gesicht des Kaufherren abzeichnete.

Thalon riß die Tür des Kontors auf und stürmte in den Raum. Das Licht der Praiosscheibe fiel aus einem der Außenfenster herein. Thalon wurde geblendet, da die Praiosscheibe genau in der Höhe des Fensters über dem Meer hing. Einen Moment lang sah er nichts als die Umrisse des Pults.

Hinter ihm drückte jemand die Tür zu. Bevor Thalon wußte, wie ihm geschah, packten ihn von hinten kräftige Fäuste und zwangen ihm die Arme auf den Rücken. Er konnte nicht sehen, wer ihn gepackt hatte, und wurde daran gehindert, sich umzudrehen. Aber er roch den sauren Schweiß und den Knoblauchatem eines Mannes.

»Was wollt Ihr von mir?« stieß Thalon hervor.

Der Mann antwortete nicht.

Thalon spürte an der Schulter eine breite Brust, die mit einem Kettenhemd bedeckt war. Eine klobige Gürtelschnalle und der Knauf einer Waffe drückten sich in seine Hüfte.

»Auf die Knie, Sklave!« forderte eine rauhe Stimme, die nicht dem Mann gehörte, der Thalon festhielt.

Eine Gestalt, die auf der anderen Seite hinter der Tür gelauert hatte, trat heran. Es war eine Frau. Sie trug ein kurzes graues Gewand, darüber ein Kettenhemd, dazu einen Lederhelm und im Gürtel ein Kurzschwert. Ihr hatte die Stimme gehört, die fast so tief wie die eines Mannes klang. Die Augen in dem grobknochigen Gesicht funkelten angriffslustig wie die eines bissigen Hundes.

Sie bückte sich und schlug ihm mit der Handkante und der vollen Länge des Unterarms in beide Kniekehlen.

Thalons Beine knickten ein, und er stürzte seitlich nach vorn. Hätte der Mann ihn nicht in seinem eisernen Griff gehalten, wären ihm die Knie beim Aufkommen auf den Steinboden blutig geschlagen worden. So kam er mit ein paar Kratzern davon. Auch den Fußgelenken schien nichts passiert zu sein. Die Verlangsamung des Sturzes hatte Thalon Zeit genug gelassen, die Füße zur Seite zu drehen, bevor die Gelenke überdehnt wurden. Am schlimmsten schmerzten noch die Arme, die ihm immer noch auf dem Rücken festgehalten wurden und ihn zwangen, den Oberkörper weit nach vorn zu beugen.

Endlich hatte sein Bewacher, der sich selbst nach vorn beugen mußte, um Thalon zu halten, ein Einsehen. Er ließ die Arme los, umklammerte statt dessen den Oberkörper mit einem seiner kräftigen Arme und setzte ihm mit der anderen Hand einen Dolch an die Kehle.

Thalon richtete sich so weit auf, daß er sicheren Halt hatte. Er spürte die Spitze der Klinge, die sich schmerzhaft in den Hals bohrte. Zum Glück schien sie nicht besonders scharf zu sein. Andernfalls hätte sie bereits die Haut geritzt, und er hätte das aus der Wunde sickernde Blut spüren müssen.

Die Söldner hatten Thalon nicht nur körperlich überrumpelt. Schlimmer war, was sich in seinem Inneren abspielte. Er hatte sich auf Alina gefreut und war statt dessen Söldnern in die Hände gefallen. Was hatte sich Nhood dabei gedacht? Wollte er seinem Sklaven zeigen, daß dieser ihm bedingungslos ausgeliefert war? War es eine Art von absonderlichem Humor? Oder wollte er ihm schlicht und einfach eine Kostprobe dessen geben, was ihn bei den Praefosgardisten erwartete? Als Thalon die Frau musterte, kamen ihm allerdings Zweifel, daß sie zur Garde gehörte. Er vermißte den ledernen Brustpanzer mit der roten Faust. Oder trugen die Gardisten den Lederpanzer mit dem Symbol nur bei besonderen Gelegenheiten?

Die Frau besaß ein hartes, kantiges Söldnergesicht. Es lagen soviel Rohheit und Erbarmungslosigkeit in ihren Zügen, daß Thalon sich an einige der blutigsten Piratinnen erinnert fühlte. In den Augen der Frau sah Thalon Dummheit, dumpfe Angriffswut und Unlust über den allzuleicht errungenen Erfolg. Sie schien nach einem Grund zu suchen, den Sklaven noch mehr zu erniedrigen. Ein Gesichtsmuskel zuckte. Dann ballte sie die rechte Hand zur Faust und holte mit dem Arm aus. Thalon hatte einen harten Schlag zu erwarten. Die klobige Faust und die ausgeprägten Muskeln der Frau versprachen es. Aber sie führte den Schlag nicht aus, sondern ließ den Arm sinken. Etwas hatte sie gestört. Ein Geräusch.

Jetzt hörte auch Thalon die schweren Stiefelschritte eines Mannes. Die Frau versperrte ihm die Sicht auf den hinteren Bereich des Kontors, wo ein aus Backsteinen gemauerter Bogen in ein Nebengemach führte. Von dorther kamen die Schritte.

Die Söldnerin trat zwei Schritte zur Seite und schaute dem Mann entgegen, der aus dem Rundbogen in das Kontor trat. Er ging leicht gebückt und zog das linke Bein nach.

Als er vier Schritte von Thalon entfernt war, fiel durch

eines der Fenster das Licht der Praiosscheibe auf ihn und enthüllte jede Einzelheit seiner Gestalt. Thalon sah einen für seine Begriffe alten, ungemein fetten und zugleich großen Mann. Er mußte Mitte der Fünfzig sein und war durch Suff, Völlerei und gewiß noch viele andere Laster gezeichnet. Ein knöchellanges, gürtelloses Gewand aus reich bestickter ockerfarbener Seide verbarg die Leibesfülle so gut wie möglich, obwohl es sich über dem gewaltigen Bauch wölbte. Das Fleisch der Wangen hing schlaff herunter, und der Hals war dick wie der eines Stiers. Das Haar des Mannes war stark gelichtet, doch die verbliebenen graumelierten Strähnen waren geölt und hinten zu einem Zopf verflochten. Das breite Doppelkinn wurde weitgehend von einem Knebelbart verdeckt, der einen Spann lang steif nach vorn stand, auch er geölt und gesalbt. Kleine, stechende graue Augen blickten aus dem aufgeschwommenen Gesicht. Augen, die mehr Härte versprachen, als der Körper vermuten ließ. Augen, die jedoch nur auf den ersten Blick denen der Söldnerin glichen. Es lag mehr als Härte in ihnen. Auch mehr Klugheit. Vor allem jedoch sprachen diese Augen von unbändiger Lust auf Grausamkeiten, von abgrundtiefen Leidenschaften, wie sie nur dem Namenlosen vertraut waren. Und doch glommen die Augen lediglich in verhaltener Leidenschaft. Lodern würden sie erst, wenn sich vor ihnen ein anderes Wesen in unerträglichen Qualen wand.

Damals war sein Haar noch voll gewesen, und statt des Knebelbarts hatten Stoppeln das Gesicht bedeckt. Damals war der Mann kräftig gewesen, aber nicht dick. Das Gesicht hatte harte Züge besessen, wie sie der Söldnerin zu eigen waren, während es jetzt zu einer Fettgeschwulst verlaufen war. Damals hatte der Mann keine Gebrechen gehabt, sondern konnte jeden in seinem Gefolge in den Staub zwingen. Aber das war fünfzehn Jahre her.

Thalon hätte den Mann nicht wiedererkannt, wenn

nicht diese Augen gewesen wären. Diese Augen hatten sich nicht verändert. Diese Augen würden sich niemals verändern. Bis sie brachen.

Die Zwölfe mögen mir beistehen, daß dies bald geschieht!

»Malurdhin!« stieß Thalon hervor.

Er war außer sich. Er wand sich im Griff des Söldners, schlug mit den Armen um sich. Er mißachtete die sich in seine Kehle bohrende Messerspitze. Er wollte aufspringen. Er hatte nur noch den einen Wunsch, den Schänder und Mörder seiner Mutter umzubringen. Aber der Söldner hielt ihn unerbittlich fest.

Im nächsten Moment traf ihn die Faust der Söldnerin mitten ins Gesicht.

Der Schlag hatte Thalon zur Besinnung gebracht. Er war hart genug gewesen, ihm die Nase zu brechen. Aber die Frau hatte ihn ein Stück höher getroffen, fast genau zwischen den Augen. Eine Braue war geplatzt, und dickes dunkelrotes Blut sickerte aus der Wunde, nahm ihm auf dem linken Auge fast die Sicht.

»Wenn du nicht sofort ruhig bist, trete ich dir die Eier weg!« schrie die Frau ihn an.

Es hätte dieser Drohung nicht mehr bedurft. Thalon hing still im Griff des Söldners und starrte Malurdhin an. Schmerzhaft wurde ihm bewußt, daß die Wiederbegegnung die verschollenen Erinnerungen nicht zurückgebracht hatte.

Malurdhin hatte beinahe belustigt zugeschaut, als Thalon sich aufbäumte, und die tückischen Augen funkelten, als der Hieb der Söldnerin traf. Jetzt starrte er mit unverhohlener Neugier auf die verletzte Augenbraue und das an den Wangen herablaufende Blut.

Er kam noch einen Schritt näher, griff Thalon mit seinen fleischigen Fingern an das Kinn und zog es hoch, blickte ihm voll in die Augen. Mit dem Mittelfinger der anderen Hand strich er über das Mal auf Thalons Oberarm.

»Ja, kein Zweifel, du bist Thalon«, stellte er fest. Er

ließ Thalons Kinn wieder los und wischte sich die blutigen Finger am Gewand der Söldnerin ab. Im Plauderton fuhr er fort: »Und du trägst mein Zeichen auf dem Arm, obwohl jemand versucht hat, es zu verfälschen. Aber ich war mir meiner Sache schon sicher, als Nhood dich beschrieb und deinen Namen erwähnte. Ich glaube nicht, daß es mehr als einen blonden Sklaven auf den Inseln des Südmeers gibt, der auf diesen Namen hört.«

Thalon blickte stumm zu Boden. Er mißachtete die Schmerzen und das Blut, so gut es möglich war. Er bemühte sich, seinen Körper auch in dieser mißlichen Lage unter die Herrschaft seines Geistes zu zwingen, ihn anzuspannen, die Muskeln und Sehnen auf einen plötzlichen Einsatz vorzubereiten. Cedira hatte ihn gelehrt, wie man so etwas machte. Der scheinbar Unterlegene besaß den Vorteil der Überraschung. Aber er hatte nur einen Versuch.

Unvermittelt griff Malurdhin erneut nach Thalons Kinn und zwang es hoch. Sein Daumen und seine Finger krallten sich so fest in den Unterkiefer, daß Thalon glaubte, die Zähne würden ihm brechen. Aber er verkniff sich jeden Laut des Schmerzes.

»Als ich dich zuletzt sah, warst du ein sabbernder Narr!« sagte Malurdhin mit messerscharfer Stimme. »Wenn du jetzt wieder deinen eigenen Namen und auch den meinen kennst – was weißt du dann noch, Sklave? Rede!«

Thalon versuchte zu antworten, brachte aber kein Wort über die Lippen. Malurdhins Griff erlaubte es nicht. Endlich ließ ihn sein Peiniger los. Diesmal verzichtete er darauf, sich die Finger abzuwischen.

»Du verfluchter Hurensohn hast meine Mutter geschändet, gefoltert und umgebracht!« sagte Thalon mit gepreßter Stimme. »*Das* weiß ich, Malurdhin! Und ich weiß, daß die Zwölfgötter dich dafür bestrafen werden!«

Die Hand des Söldners, die das Messer hielt, versteifte sich. Er schien nur noch auf ein Zeichen Malurdhins zu warten, um zuzustechen. Aber der große fette Mann lachte nur. »Dieser dreckige Sklave kann mich überhaupt nicht beleidigen. Soll er noch einmal reden, wie es ihm gefällt. Gönnen wir es ihm. Wenn ich mich im Gewölbe meiner Villa ausführlicher mit ihm beschäftigt habe, wird er nie mehr etwas sagen können.« Er wandte sich Thalon zu. »Du überschätzt die Anteilnahme der Götter an diesen Dingen. Und du langweilst mich mit deinen Vorwürfen. Ich kenne sie schon aus unserer ersten Begegnung. Damals sagte ich dir bereits, daß ich mich an deine Mutter nicht erinnern kann. Für mich ist sie nur eine von vielen Schlampen ohne Namen und ohne Gesicht, mit denen ich mich vergnügt habe.«

Diese Antwort war schlimmer als das Eingeständnis, Thalons Mutter mit Freuden gequält und getötet zu haben.

Dieser Mann ist eine Bestie. Ein Schandmal in den Augen der Zwölfgötter. Er hat Tod und Qual, Kummer, Not und Pein über viele gebracht. Ihn zu töten, ist ein Akt der Reinigung.

Es fiel Thalon schwer, mit dem Mörder zu reden. Aber er zwang sich dazu, die Fragen zu stellen, deren Antworten die verlorenen Jahre erschließen mochten. »Was reizt dich so an mir?« stieß er bitter hervor. »Warum hast du mich zu einem Sklaven gemacht? Und warum habe ich meine Erinnerungen verloren?«

Malurdhin begriff sofort, was diese Fragen bedeuteten. Seine Augen wurden zu schmalen Schlitzen. »Du kannst dich nicht daran erinnern?« fragte er lauernd. »Du weißt nicht einmal, wer dich zum Sklaven gemacht hat? Aber du weißt, daß wir uns vor zwei Jahren begegnet sind, oben in meiner Villa, oder?«

Verzweifelt versuchte Thalon den Hinweis zu verarbeiten, aber seine innere Stimme aus den Tiefen der verlorenen Jahre wollte oder konnte nichts damit anfangen. Sie schwieg.

»Ich weiß nichts davon, daß ich in deiner Villa war«, sagte Thalon. »Und ich glaube es dir auch nicht. Du lügst! Wenn ich jemals deine Villa betreten hätte, dann gewiß nur, um dich zu töten!«

»Jaaa«, sagte Malurdhin gedehnt. »Das wolltest du in der Tat. Aber es ist dir nicht gelungen, wie du siehst.« Er holte kurz aus und schlug Thalon mit der flachen Rechten ins Gesicht, einmal links, einmal rechts. »Hör zu, Sklave, ich bin es leid, mit dir zu plaudern. Du besitzt etwas, das mir gehört! Du hast es mir bei deinem Besuch in der Villa gestohlen. Ich will es zurückhaben, hörst du!«

Thalon war es ebenfalls leid. Leid, ins Gesicht geschlagen zu werden. Leid, von Söldnern festgehalten zu werden. Leid, wie ein Sklave behandelt zu werden. Leid, mit dem Mörder seiner Mutter ein Gespräch führen zu müssen. So sehr ihn die aufgezwungene Unterhaltung mit Malurdhin auch in Anspruch genommen hatte, so wenig war er darüber von seinem Plan abgekommen. Seine Muskeln hatten sich stetig verhärtet, seine Schultern sich nach außen gedrückt, sein Rücken war rund geworden. Der Söldner, der ihn hielt, hatte seinen Griff anpassen müssen.

Von einem Augenblick auf den anderen entspannte Thalon seine Muskeln. Der Söldner faßte für einen winzigen Moment ins Leere, und der Druck der Messerspitze an Thalons Kehle ließ nach. Der Spielraum, den Thalon dadurch gewann, war gering, aber er reichte für seine Zwecke voll aus. Er konnte den rechten Arm weit genug bewegen, um Schwung für eine Aufwärtsbewegung zu holen, in die er alle Kraft legte, über die er verfügte. Der Unterarm sprengte die Umklammerung. Die Faust sauste nach oben, traf die Messerhand des Mannes und schmetterte sie zur Seite. Klirrend fiel die Klinge zu Boden. Thalon rutschte aus der Umklammerung, spannte die Muskeln wieder an und rammte dem Mann mit aller Kraft den rechten Ellbogen in die Hoden. Der Söldner stieß einen erstickten Schrei aus und klappte zusammen. Thalon hatte es nicht bei den sorgsam überlegten Bewegungen des rechten Arms bewenden lassen. Gleichzeitig schnellte seine Linke zum Gürtel des Mannes, faßte den Knauf des Kurzschwertes, zog es in einem Ruck aus der Scheide. Er drückte sich mit den Knien in einer schlängelnden Bewegung nach oben. Als der Söldner nach vorn kippte, stand Thalon schon mit blank gezogener Waffe neben ihm. Mit einem kurzen, aber kräftigen Streich zog er dem Söldner das Schwert über den Schädel. Der Helm bewahrte den Mann wahrscheinlich vor dem Schlimmsten, aber der Hieb reichte zumindest aus, um ihn kampfunfähig zu machen. Er landete auf dem Bauch und blieb regungslos liegen.

Thalon hätte sich gewünscht, ein Florett in der Hand zu haben. Das Kurzschwert lag ihm ungewohnt und schwer in der Hand. Aber er war wild entschlossen, das Beste aus der Sache zu machen. Notfalls hätte er seine Peiniger auch mit bloßen Händen angegriffen. Er mußte zugeben, daß ihm das Schwert des Söldners ungleich bessere Dienste leistete.

Malurdhin und seine Leibwächterin waren von den Ereignissen völlig überrascht worden. Viel zu spät griff die Söldnerin nach ihrer Waffe. Es gelang ihr gerade noch, sie aus der Scheide zu ziehen, bevor Thalon angriff. Zu einer Parade seines schräg von unten geführten Streichs reichte es nicht mehr. Die Schneide des Schwerts traf das Kettenhemd oberhalb der Brust, glitt ab, sauste auf dem Kettenhemd wie auf einer Ölschicht weiter nach oben und fraß sich in das erste Hindernis, das ihr den Weg versperrte. Mit Schaudern sah Thalon, daß der Frau zuerst das Kinn und dann das halbe Gesicht abgerissen wurde. Das halb erhobene Schwert der Söldnerin fiel zu Boden. Mit beiden Händen versuchte die Frau nach dem verlorenen Gesicht zu greifen. Dann stieß sie einen gurgelnden Laut aus und brach blutüberströmt zusammen, das Gesicht eine schreckliche rote Masse aus rohem Fleisch und abgehackten Knochen.

Endlich wandte sich Thalon dem Mann zu, der vor

fünfzehn Jahren vor den Augen ihres kleinen Sohns eine Frau geschändet, sie aufgeschlitzt und schließlich getötet hatte. Der seinen widerlichen Gelüsten damals wohl nicht zum ersten- und nicht zum letztenmal gefrönt hatte.

Malurdhin hatte keinen Laut von sich gegeben, sondern war lediglich einen Schritt zurückgewichen. Sein Gesicht wirkte bleich vor Schrecken, und er hatte die kleinen Augen so weit aufgesperrt, wie das in seinem fettfaltigen Gesicht möglich war. Er tat Thalon nicht den Gefallen, um sein Leben zu betteln. Er rief nicht einmal um Hilfe. Thalon fragte sich später, warum er darauf verzichtet hatte, und beantwortete sich die Frage selbst. Malurdhin war früher selbst ein Söldner gewesen, genauso wie sein Kumpan, der Praefos Gorm. Er war es gewohnt, nahe am Tode zu leben. Die vielen schrecklichen Taten, die er in seinem langen Leben anderen zugefügt hatte, hatten in ihm sicherlich die Gewißheit genährt, daß er eines Tages selbst über die Klinge werde springen müssen. Zu viele hatten Grund, ihn zu hassen, und irgendwann würde einer die schnellere Klinge führen. Daß Thalon dieser eine war, nahm er als Möglichkeit in Kauf, nicht jedoch als unumstößliche Tatsache.

Plötzlich griff er in sein Gewand, zog einen Dolch hervor und warf ihn gegen Thalon, dies alles mit einer Schnelligkeit und Gewandtheit, die man ihm nicht zugetraut hätte. Die Waffe war mit der ganzen Wucht des schweren Körpers geschleudert worden und folgte einer zielsicheren Bahn. Doch Thalon hatte aus dem Augenwinkel heraus die blitzschnelle Bewegung Malurdhins wahrgenommen und sprang instinktiv zur Seite. Ohne die durch Cedira geschulte Körperbeherrschung hätte der Dolch ihm die Brust durchbohrt. So verfehlte er ihn um Haaresbreite und senkte sich tief in den Türpfosten.

Thalon handelte, ohne zu denken. Er lief mit dem halbhoch erhobenen Schwert auf Malurdhin zu und rammte es ihm bis zum Heft in den feisten Wanst.

Der Sklavenhändler brach zusammen, fiel auf den Rücken, verdrehte die Augen und starb. Ein dünner Blutfaden lief ihm den Mundwinkel entlang.

Stumm sah Thalon auf Malurdhin hinab. Beinahe leidenschaftslos stellte er fest, daß der Schänder und Quäler seiner Mutter tot war. Er nahm es mit einem Gefühl der Befreiung auf. Zugleich entdeckte er kaum noch Ähnlichkeiten zwischen der toten Hülle und dem Schänder, nachdem die Seele entwichen war. Thalon empfand nicht jene Art von Befriedigung, die er sich in seinen Träumen ausgemalt hatte. Gewiß, er bedauerte den Tod des Sklavenhändlers nicht – daß er die Leibwächterin auf so grausame Art hatte töten müssen, machte ihm mehr zu schaffen –, aber er spürte auch keinen Triumph. Er sah sich als Werkzeug der Zwölfgötter, ein Werkzeug, das nur einen ersten Schritt vollzogen hatte. Die wahre Bestrafung wäre ein Akt, mit dem Thalon nichts zu tun hatte. Diese Bestrafung würde Malurdhins schwarzer Seele zuteil werden.

Die Tür wurde aufgerissen, und Nhood stürzte in das Kontor. »Ihr habt mich gebeten zu warten, aber die Geräusche ...«, begann er.

Er stolperte, als sein Fuß gegen die Leiche des Söldners prallte. Im gleichen Moment sah er die Frau mit dem verlorenen Gesicht, dann Malurdhin. Fassungslos starrte er erst den riesigen leblosen Haufen, der einmal Sklavenhändler Malurdhin gewesen war, dann den wie in stiller Andacht versunkenen Thalon an. Seine Hand fuhr zum Gürtel, wo das lange Messer steckte.

Ich kann ihn nicht töten, dachte Thalon. *Nicht Alinas Bruder!*

Aber er wußte auch, was ihm bevorstand, wenn Nhood ihn überwältigte. Entweder sah der Murenbreker-Zwilling es als sein Recht und seine Pflicht an, seinen Sklaven auf der Stelle zu töten, oder er überließ dies Eitel Galantes, dem wenig zielsicheren Scharfrichter. In keinem Fall konnte Thalon auf eine geringere Strafe als den Tod hoffen. Es sprach sogar einiges dafür, daß der Praefos die Sache in die Hand nehmen würde, um seinen alten Freund zu rächen. Gorms Folterknechte hatten Mishia verunstaltet. Thalon würden sie Schlimmeres antun.

Dies alles schoß ihm in Windeseile durch den Kopf, während er sich schon bückte und das Schwert der Söldnerin aufhob.

Als Nhood mit gezogenem Messer lossprang, hatte Thalon das Schwert bereits in der Hand. Mit einem plötzlichen Schritt zur Seite und einer ruckartigen Drehung der Schultern ließ er Nhoods Stich ins Leere gehen. Die Wucht des Stoßes trieb Nhoods Körper an Thalon vorbei. Dieser nutzte die Gunst des Augenblicks. Er hob das Schwert hoch über den Kopf, schlug jedoch nicht mit der Klinge, sondern mit dem Knauf des Griffes zu. Er traf Nhood an der Schläfe. Wie vom Blitz gefällt, krachte der schwere Körper zu Boden und blieb regungslos liegen. Thalon hatte sich bemüht, nicht zuviel Kraft in den Schlag zu legen, und hoffte, daß Nhood nur besinnungslos war. Dies nachzuprüfen, blieb ihm allerdings keine Zeit. Thalon wußte, daß seine Lage mit jedem Augenblick des Zögerns hoffnungsloser wurde. Gewiß war Nhood nicht der einzige im Speicherhaus, der die Geräusche des Kampfes vernommen und sich dazu eine Meinung gebildet hatte. Nun war ein weiterer Körper krachend zu Boden gestürzt. Die Stille danach gäbe zu denken. Hinzu kam, daß jederzeit ein anderes Mitglied der Familie Murenbreker im Speicher erscheinen und schnurstracks das Kontor aufsuchen konnte. Thalon mußte dringend etwas tun, um seine Haut zu retten.

Alina, es tut mir so leid …

Er legte das Schwert neben Nhood auf den Boden und richtete sich auf. Er schaute zu dem Fenster, das die Sichtverbindung zum Lagerraum herstellte. Noch war draußen niemand zu sehen, der versuchte, einen Blick in das Kontor zu werfen. Der Respekt vor Malurdhin und Nhood war offenbar größer als die Neugierde. Obendrein verdeckte das schwere Stehpult den direkten Blick auf die am Boden liegenden Körper. Thalon eilte zur Tür und öffnete sie einen Spaltbreit. Er versuchte sein Bestes, etwaigen Beobachtern den Einblick in den Raum zu verwehren. Einer plötzlichen Eingebung folgend, löste er Malurdhins Dolch aus dem Türpfosten und steckte ihn sich in den rechten Stiefel. Dann trat er rückwärts aus dem Kontor und verbeugte sich zur Mitte des Raums.

»Ja, Herr«, sagte er laut. »Ganz wie Ihr wünscht. Ich eile!«

Er schloß die Tür und rannte zum Ausgang des Speicherhauses. Er sah, daß mehrere Stauer und Lastenträger ihre Arbeit ruhen ließen und ihn anstarrten. Verzweifelt hoffte Thalon, daß ihm die Spuren des Kampfes nicht allzudeutlich anzusehen waren. Bisher beschränkten sich die Leute auf das Glotzen. Niemand griff ein, niemand sprach ihn an.

Noch wenige Schritte, dann hatte Thalon den Ausgang erreicht. Die Tür stand sperrangelweit offen. Plötzlich trat jemand vor und verbaute ihm den Fluchtweg.

»Wohin so eilig?« fragte Bela, die Vorfrau der Stauer. An ihrer breiten Gestalt gab es kein Vorbeikommen.

»Der Herr Malurdhin hat einen Anfall erlitten und wild um sich geschlagen«, haspelte Thalon herunter. »Einer seiner Leibwächter versuchte ihn zu beruhigen und wurde verletzt. Ich erhielt ebenfalls einen Schlag.« Er deutete auf die aufgeplatzte Augenbraue. »Kaufherr Murenbreker befahl mir, den Wundbader zu holen.«

Ungläubig sah Bela ihn an. Thalon konnte sich gut vorstellen, was in ihrem Kopf vorging. Die Geschichte klang mehr als wunderlich. Aber die andere Möglichkeit, daß der Sklave Thalon vier bewaffnete Männer außer Gefecht gesetzt hatte, mußte noch weitaus unglaubwürdiger erscheinen.

»Bitte!« flehte Thalon und trippelte nervös vor der

Vorfrau auf und ab. »Es heißt, der Herr Malurdhin benötige dringend eine Arznei!«

Endlich gab Bela den Ausgang frei. Thalon rannte an ihr vorbei, bevor sie es sich anders überlegte. Er rechnete jeden Augenblick damit, daß sie mit ihren Pranken nach ihm griff, um ihn festzuhalten. Aber sie tat es nicht.

Auf dem Kai blieb Thalon stehen, drehte sich um, machte ein scheinbar ratloses Gesicht und rief Bela zu: »Kaufherr Murenbreker vergaß mir zu sagen, wo ich den Wundbader finde …«

»In der Spitzgasse«, antwortete Bela. »Am Ende des Kais. Die Gasse rechts hinauf, die zum Markt führt.«

»Peraine mag es Euch lohnen«, bedankte sich Thalon. Schnell fügte er noch hinzu: »Kaufherr Nhood fürchtet, es könnte sich um eine ansteckende Krankheit handeln. Er sagte, niemand außer dem Bader solle das Kontor betreten.«

Thalon hoffte, daß Bela durch diese Behauptung ein paar Augenblicke länger davon abgehalten wurde, sich Klarheit über die Ereignisse zu verschaffen. Vielleicht würde sie zunächst durch das Fenster lugen und nach Nhood rufen. Jede Verzögerung half ihm, seinen Vorsprung zu vergrößern.

Dann rannte er in die angegebene Richtung davon. Auf dem Kai waren Lastenträger mit Ballen, Bündeln und Weidenkörben unterwegs. Thalon schlängelte sich an ihnen vorbei. Als er einmal flüchtig zum Speicherhaus zurücksah, war die Frau mit der Ringerstatur im Inneren verschwunden. Jeden Moment mußte Thalon damit rechnen, daß ein lauter Schrei ertönte und jedermann aufgefordert wurde, den blonden Sklaven aufzuhalten.

Noch blieb der Schrei aus. Seine List schien Früchte zu tragen. Ein paar Matrosinnen, die nichts von den Aufregungen mitbekommen hatten, schlenderten aus der Gegenrichtung am Kai entlang und drängten sich zwischen Thalon und die Lastenträger. Ein dickbäuchiger Mann mit lockigem Haar und einem Schnauzbart kam mit nacktem Hintern aus einem der Prunzhäuser. Bevor er sich die Hose hochzog, rief er den Matrosinnen anzüglich hinterher: »He, ihr Schönen, ihr kennt euch doch mit Masten aus! Wollt ihr meinen mal sehen?«

Eine der Frauen wandte sich um, sah sich das Gemächt des Mannes an und grinste. »Einen Mast nennst du dein Zipfelchen? Dieses armselige Würmchen? Geh lieber zurück auf die Scheißnase und angle dir damit 'nen Fisch.«

Der Mann bückte sich, zeigte den Frauen verärgert den blanken Hintern und zog sich die Hose wieder hoch.

Erst jetzt wurde Thalon bewußt, daß sich kaum jemand um ihn kümmerte. Die Lastenträger gingen gebückt und waren ganz und gar mit ihren Lasten beschäftigt. Eine Frau rief ihre Kinder zum Essen ins Haus. Irgendwo quietschten die Holzrollen eines Flaschenzugs. Jemand fluchte über ein Mißgeschick. Noch immer kein Schreien aus dem Speicherhaus.

Thalon bog in die Gasse ein, die zum Marktplatz führte. Er verlangsamte den Schritt, um nicht als Flüchtling aufzufallen. Mit gesenktem Kopf bahnte er sich seinen Weg, die aufgeplatzte Augenbraue mit einer Hand verdeckend. Zum Glück blutete die Wunde nicht mehr. Aber Thalon wußte nur zu gut, daß sein Gesicht und sein Oberkörper blutverschmiert waren. Wer ihn etwas genauer betrachtete, würde sofort erkennen, daß mit ihm etwas nicht in Ordnung war.

Babbil, wo bist du? Wenn ich dich jemals gebraucht habe, dann jetzt!

Thalon wußte nicht, wo er sich verstecken sollte, hatte keinen Plan. Er hoffte auf eine Eingebung und folgte der schmalen Gasse. Nur nicht stehenbleiben!

In dem engen Spalt zwischen zwei Häusern entdeckte er eine Regentonne. Sie schien ihm wie ein Geschenk der Zwölfgötter. Er sah auf. Niemand schien ihn zu beobachten. Er quetschte sich in den Mauerspalt, schöpfte mit den Händen Wasser aus der randvollen Tonne und ließ es über Gesicht und Oberkörper laufen. Er wischte sich das Blut ab, so gut es ihm möglich war. Die Wunde brannte, aber er kümmerte sich nicht darum.

»Was machst du da?« lispelte eine dünne Stimme.

Ein kleines Mädchen von fünf oder sechs Jahren, das als einziges Kleidungsstück ein zerschlissenes und viel zu langes Hemd trug, stand an der anderen Seite des Spalts und sah ihn mit großen Augen an. Sie hatte ein schmutziges Gesicht, in dem muntere Augen leuchteten.

»Ich bin durstig und trinke einen Schluck.« Thalon ließ der Behauptung die Tat folgen, schöpfte erneut Wasser und trank aus den hohlen Händen.

Das Mädchen kicherte und zeigte eine Zahnlücke. »Du kannst aber schlecht trinken. Du hast dich ganz naß gemacht.«

Thalon lächelte. »Ja, ich weiß, ich bin ein Tolpatsch. Sagt mein Meister auch immer, wenn ich mir mal wieder auf den Daumen haue.«

»Hast du geblutet?« fragte die Kleine.

»Ich kann nicht nur schlecht trinken, sondern habe mich auch gestoßen«, erklärte Thalon. »Aber jetzt geht's mir wieder besser.«

Er beeilte sich, in die Gasse zurückzukehren, um weiteren neugierigen Fragen zu entgehen. Sein Haar und seine Brust waren naß, desgleichen seine Hose. Aber er hoffte, daß er zumindest nicht mehr wie jemand aussah, an dem Eitel Galantes seine Künste mehr schlecht als recht erprobt hatte.

Unbehelligt erreichte Thalon den Marktplatz, ging gesenkten Hauptes an der geschlossenen Tür der Marktschenke vorbei. Von Babbil noch immer keine Spur. Thalon überquerte den Platz, auf dem nur wenige Männer und Frauen unterwegs waren, alle mit ihren eigenen Verrichtungen beschäftigt. Er machte einen weiten Bogen um den Pranger und vermied es, zu Grokkos Sklavenkeller hinüberzusehen.

Er fragte sich, ob Bela inzwischen Nhood und die anderen regungslosen Körper entdeckt hatte. Was würde sie unternehmen? Den Büttel holen? Die Praefosgarde? Die eigenen Leute ausschwärmen lassen? Oder würde Nhood – falls er den Schlag gut überstanden hatte – die Sache in die Hand nehmen? Ihm diesen früheren Dieb namens Fardin o'Chim auf die Fersen schicken?

Ohne sich dessen bewußt zu sein, schlug Thalon den Weg ein, den er am Markttag mit Babbil genommen hatte. Erst als er sich im Tunnel befand, der zum Sud führte, stockte ihm der Schritt.

Du kannst dich nicht im Sud verstecken! Dort werden sie zuerst nach dir suchen. Jeder zweite, dem du dort begegnest, wird bereit sein, dich für ein paar Kreuzer zu verraten. Der Sud ist eine Falle!

Trotzdem ging er weiter. Was blieb ihm sonst übrig? Unwillkürlich mußte er an den *curga* denken. Hatte der Seelenräuber aufgegeben, weil seine Beute sich zu verteidigen wußte? Oder seine Spur verloren? War seine Gier erloschen, nachdem er Chelchias Geist verwüstet hatte? Hier im Tunnel hatte Thalon ihn zum erstenmal gespürt, seine roten Augen aus dem Stollen leuchten sehen ...

Plötzlich wußte Thalon, wo er sich für eine Weile verstecken konnte. Er wußte, daß er den *curga* dort nicht mehr und nicht weniger zu fürchten hatte als an jedem anderen Ort. Der Jäger war an keine bestimmten Plätze gebunden. Und selbst wenn der *curga* in den Stollen zurückkehren sollte: Thalon war es gleich. Alles war ihm gleichgültig. Er wollte nichts weiter als sich verkriechen.

9. Kapitel

Edler Thalon, seid Ihr hier?« wisperte eine helle Stimme.

Thalon schreckte von dem Strohlager hoch und lugte aus dem Versteck. Es war Babbil.

»Hier bin ich, Babbil«, flüsterte Thalon erleichtert zurück.

Der Junge kroch zu ihm in den Stollen. Er trug ein Bündel auf dem Rücken und schob es zur Seite, als es ihn störte.

»Ich habe nichts anderes erwartet«, verkündete der Knirps zufrieden. »Man kann es hier gut aushalten, nicht wahr?«

»Wenn man wie ich nicht wählerisch sein darf«, stimmte Thalon zu und rückte auf dem Stroh beiseite, damit Babbil dicht genug zu ihm herankriechen konnte, um vom Gang aus nicht gesehen zu werden. »Ich muß zugeben, ich habe deine Geschichte nicht geglaubt, daß sich hier Paare treffen, um es miteinander zu treiben. Das Stroh hat mich eines anderen belehrt. Tatsächlich war ich in Sorge, die von dir erwähnten Jungfrauen könnten kommen und mich bedrängen.«

Babbil kicherte leise. »Seid unbesorgt, edler Thalon. Jungfrauen sind knapp geworden in Ghurenia, wie ich hörte. Und es erfordert einen gewissen Mut, sich zu dieser Tageszeit an diesem Ort Rahjas Wonnen zu öffnen. Ich glaube nicht, daß Ihr und Euer Gemächt in Gefahr seid. Am Vorabend des Borontags sieht es anders aus. Da wird hier wirklich gestoßen.«

»Babbil, du redest von Dingen, die dir noch fremd sein sollten.«

»Die mir fremd sind, edler Thalon«, versicherte der Junge eifrig. »Der arme Babbil redet viel, wie Ihr inzwischen wißt, und oft sind es die Weisheiten von anderen, die er von sich gibt.«

»Wie bist du auf den Gedanken gekommen, mich hier zu suchen?« fragte Thalon.

»Ich fragte mich, wo sich jemand in dieser Stadt verstecken würde, der hier fremd ist. Da fiel mir diese Höhle ein, in der Ihr rote Augen zu sehen meintet.«

»Du meinst, ich neige dazu, mich in Gefahr zu begeben? Indem ich arglos kleinen Jungen vertraue, die mir ein Quartier versprechen, um mich dann in Räuberhöhlen zu führen?«

Babbil zog es vor, auf die zweite Frage nicht näher einzugehen. »Rote Augen oder nicht. Hitzige Weiber hin, Rahjaspiele her. Ich sagte mir, daß Euch keine andere Wahl bliebe.«

»Du bist ein bemerkenswert kluger Bursche, Babbil. Aber woher wußtest du, daß ich geflüchtet bin?«

»Ganz Ghurenia spricht nur von einem blonden Sklaven, der zuerst den Geist der armen Kapitänin Chelchia verwirrte ...«

Thalon unterbrach ihn. »Chelchia ist eine gute Freundin von mir. Ich habe ihr nichts getan. Allerdings werfe ich mir vor, ungewollt den Seelenräuber zu ihrem Haus geführt zu haben.«

Nur das ferne Licht der Fackeln spendete etwas Licht in dem Stollen. Es war zu dunkel, um viel mehr von Babbils Gesicht zu sehen als das Weiße in seinen Augen. Und doch schien es Thalon, als hätten sich diese Augen geweitet. »Ein Seelenräuber?« fragte er ungläubig.

»Ein *curga*. Ich sah ihn zum erstenmal in diesem Stollen. Die roten Augen, die du gerade erwähnt hast.«

»Ihr seid ein edler Herr, der schon viel von der Welt gesehen hat. Im Gegensatz zu dem armen Babbil, der nur die Gassen und Tunnel von Ghurenia kennt. Wenn Ihr mir sagt, daß es einen Seelenräuber gibt, der rote Augen hat, *curga* genannt wird und Chelchias Geist verschlungen hat, dann muß ich es Euch wohl glauben.«

»Chelchias Geschick hat mich in Grokkos Sklavenkeller geführt«, sagte Thalon. »Soviel war dir schon gestern bekannt. Du wolltest mir erzählen, wie du meine Spur zu den Murenbrekers aufgenommen hast. Ich nehme an, der Sklave Monni hat dir mitgeteilt, was ich ihm aufgetragen habe. Daß Nhood Murenbreker mich gekauft hat.«

»Ihr hattet mich vorhin unterbrochen, edler Thalon«, erinnerte ihn Babbil freundlich. »In der Tat erfuhr ich durch den Sklavenjungen von dem Kauf. Aber ich konnte Euch zunächst nicht finden. In der Villa der Murenbrekers suchte ich Euch vergebens.«

»Nhood brachte mich im alten Speicherhaus unter. Er wollte mich als Söldner ausbilden lassen.«

»Heute morgen hörte ich davon«, sagte Babbil. »Und mehr. Wie ich schon sagte, in den Gassen erzählt man von einem blonden Sklaven, der bei Chelchia aufgegriffen wurde, dann Malurdhin und eine Leibwächterin erstach, dazu einen zweiten Leibwächter sowie den ehrenwerten Kaufherren Nhood Murenbreker niederstreckte und seither wie vom Erdboden verschluckt ist. Kapitänin Chelchia war bei allen beliebt. Das nimmt man Euch übel. Ihr müßt das verstehen. Schließlich wissen die Leute nichts von einem Seelenräuber. Aber daß Ihr den Sklavenhändler Malurdhin getötet habt, hält man hinter vorgehaltener Hand für eine brave Tat. Und Nhood Murenbreker gönnt man auch, was ihm widerfahren ist. Alles rätselt nun, ob Ihr ein Abgesandter der Zwölfe oder ein Freund des Namenlosen seid. Auf jeden Fall hält man Euch für einen Geist oder zumindest doch für einen Magier. Ich allerdings meine Euch besser zu kennen.«

»Ich bin kein Geist und auch kein Magier«, beteuerte

Thalon. »Vielmehr werde ich, wie ich dir schon sagte, selbst von einem Wesen gejagt, das man diesem Bereich zuordnen könnte.«

»Ich sagte ja, edler Thalon, daß ich das Gerede der Leute nicht teile. Aber Ihr müßt damit rechnen, daß man Euch fürchtet. Diejenigen, die geneigt wären, Euch zu helfen, weil Ihr den Sklavenhändler Malurdhin geschlitzt habt, werden Euch dennoch nicht helfen, weil sie Euch fürchten.«

»Ich vermute, das gilt auch für Kuadim«, sagte Thalon bitter.

»Für den ganz besonders«, stimmte Babbil zu. »Er hat gute Geschäfte mit der Kapitänin gemacht. Sein Mißtrauen gegen Euch stammt aus der Zeit, als Ihr selbst ein Dieb wart und dann die Gilde verlassen habt. Jetzt hat es neue Nahrung bekommen.«

»Warum hilfst du mir dann?« fragte Thalon den Jungen.

»Weil ich mich schäme«, gab Babbil zu. »Weil ich glaube, daß Ihr ohne mich nicht so tief in der Scheiße stecken würdet.«

»Da hast du nicht ganz unrecht«, meinte Thalon. »Obwohl... In der Scheiße würde ich auch ohne dich stecken. Vielleicht nicht so tief, das mag stimmen, denn ich hätte mich nicht mit den Murenbrekers angelegt, und wohl auch nicht so früh. Aber eines sollst du wissen, Babbil: Ich bin vor allem nach Ghurenia gekommen, um Malurdhin zu töten.«

»Das dachte ich mir, edler Thalon.«

»Die Ratte hat meine Mutter geschändet und ermordet, vor meinen Augen. Ich möchte, daß du es allen erzählst. Sie sollen wissen, daß der Kerl der letzte Abschaum war und den Tod mehr als verdient hat.«

»Das wissen alle längst, auch ohne Eure traurige Geschichte zu kennen«, sagte Babbil.

»Ja, mag sein, aber sie sollen wissen, daß Malurdhin von einem normalen Menschen getötet wurde, von einem seiner Opfer. Nicht von einem Magier mit besonderen Fähigkeiten und schon gar nicht von einem Geist. Sie sollen daraus lernen. Wenn sie nur wollen, dann können sie alle, einfache Menschen wie ich, ihre Peiniger dafür bestrafen, was sie ihnen angetan haben. Ich denke da vor allem an den Praefos Gorm. Sie müssen nicht auf Magier, Geister oder gar die Zwölfgötter warten, um ihn für immer loszuwerden.«

»Ich werde es allen erzählen, die es hören wollen, edler Thalon«, beteuerte Babbil. »Und jenen, die es nicht hören wollen, erst recht. Aber nicht jetzt und nicht an diesem Ort. Deshalb seid bitte nicht so laut, edler Thalon. Man könnte auf uns aufmerksam werden.«

Für einen Augenblick hatte Thalon vergessen, wo er sich befand und in welcher Klemme er steckte. Er nickte. Babbil hatte recht. Nur wenige Schritte entfernt bewegten sich Menschen durch den Tunnel. Jemand mit guten Ohren hätte die Geräusche aus der Dunkelheit zu deuten gewußt. Zum Beispiel jemand, dem bewußt war, wonach er lauschte.

»Kennst du einen gewissen Fardin o'Chim?« fragte Thalon mit deutlich leiserer Stimme. »Es soll sich um einen früheren Dieb handeln.«

»Gewiß kenne ich ihn. Warum fragt Ihr?«

»Nhood Murenbreker hat ihn erwähnt. Er drohte mir damit, ihn auszusenden, falls ich es wagen sollte zu fliehen. Nun muß ich fürchten, daß dieser Fadin o'Chim meine Spur aufnimmt.«

»Oh, oh, oh…«, jammerte Babbil. »Die Zwölfgötter meinen es wirklich nicht gut mit Euch. Ausgerechnet Fardin o'Chim!«

»Was ist mit ihm?«

»Die Gilde haßt ihn, weil er sie verraten hat. Aber niemand hat es je gewagt, ihn für seinen Verrat zu bestrafen. Jeder weiß, daß Fardin o'Chim ein Meister seiner Kunst ist. Man nennt ihn auch den Schatten. Ich glaube nicht, daß es einen anderen Dieb in Ghurenia gibt, der sich wie Fardin o'Chim auf das Tarnen und Schleichen versteht. Ihr, edler Thalon, und ich, wir beide würden ihn nicht bemerken, wenn er jetzt neben uns stünde und dies vor uns verbergen wollte.«

»Du meinst also, er wird mich finden?«

Babbil nagte an der Unterlippe. »Selbst ein Fardin o'Chim kann nicht zaubern. Es wird seine Zeit brauchen, bis er diesen Tunnel untersucht. Aber wir dürfen keine Zeit verlieren. Gut, daß ich darauf vorbereitet bin.« Der Junge zog das Bündel hervor, das er vorhin auf dem Rücken getragen und dann abgelegt hatte. Er löste die Schnur, die es zusammengehalten hatte.

»Was ist das?« fragte Thalon.

»Kleidung, die Euch hoffentlich passen wird. Ich habe sie mir von Vanicella ausgeliehen. Seid unbesorgt, sie ist in keine Einzelheiten eingeweiht.«

Babbil reichte Thalon ein Wams, eine Lederkappe und ein Tuch. Das diffuse Licht einer fernen Fackel reichte gerade aus, um Thalon zu zeigen, daß das Wams und das Tuch gelblich schimmerten.

»Kleidung der Beleuchtergilde?« wunderte sich Thalon.

»Wo wir hingehen, wird sie uns nützlich sein«, sagte Babbil. »Ich hatte gehofft, wir könnten die Dunkelheit abwarten, bevor wir zu dem Versteck aufbrechen. Aber jetzt muß es bei Tageslicht bewerkstelligt werden. Die Kappe wird helfen, Euer blondes Haar zu verstecken. Zieht sie Euch tief ins Gesicht hinein. Aber legt Euch erst das Tuch in den Nacken, bevor Ihr die Kappe aufsetzt. Die Ölträger machen es genauso, um ihr Haar vor dem stinkenden Tran zu schützen.«

Thalon zwängte sich in das Wams, das ein wenig zu eng war. Valicella besaß erheblich schmalere Schultern. Daß es überhaupt paßte, verdankte Thalon den schweren Brüsten der Frau, die sonst darin Platz haben mußten. Dann verdeckte er mit dem Tuch das blonde Nackenhaar und stülpte die Kappe über. Es gelang ihm, die hervorschauenden Haarsträhnen unter die Kappe zu stopfen. Sie war großzügig bemessen, da Vanicella ihr Haar ebenfalls lang trug und wohl auf die gleiche Weise schützte.

»Vanicella trägt auch eine gelbe Hose«, fiel Thalon ein.

»Sie hätte Euch nicht gepaßt, edler Thalon«, sagte Babbil. »Aber die Hose ist nicht so wichtig. Die Gilde besteht nur auf dem gelben Wams. Niemand wird Euch daran hindern, den Schroffen hinaufzusteigen, wenn Ihr das Wams tragt.«

»Wir müssen auf den Schroffen, um zu dem Versteck zu gelangen? Ich dachte, dort oben gibt es nur den Leuchtturm.«

Babbil kicherte in sich hinein. »Aber wir wollen ja auch zum Leuchtturm. Um genau zu sein, in das Gewölbe unter dem Turm, in das Lager. Es gibt da einen Geheimgang und ein paar Kammern, von denen nicht einmal die Älterfrau der Gilde etwas ahnt.«

Thalon staunte. »Wie kommt es denn, daß du etwas von diesen Kammern weißt?«

»Diebeswissen«, sagte Babbil nur.

»Du selbst trägst kein gelbes Wams«, stellte Thalon fest. Ein Aufflackern der Fackel hatte ihm enthüllt, daß Babbil genauso gekleidet war wie am Markttag und gestern vor dem Sklavenkeller.

»Den armen Babbil hält niemand auf«, verriet der Junge listig. »Wie jedermann weiß, steigt er manchmal den Schroffen hinauf, um die Gildenleute mit den neuesten Gerüchten aus der Stadt zu versorgen. Oder er verkauft frisches Obst. Gelegentlich tanzt er auch für sie, wenn sie ihm einen Kreuzer spendieren. Niemand käme auf den Gedanken, ihn danach zu fragen, was er am Leuchtturm zu suchen hat. Aber nun laßt uns aufbrechen, edler Thalon.«

Sie lauschten auf die Geräusche im Tunnel. In der Ferne waren Schritte zu hören, aber sie entfernten sich. Die beiden schlüpften aus ihrem Versteck. Babbil zupfte

Thalon am Wams, als er sich anschickte, dem Tunnel in Richtung Sud zu folgen.

»Wir müssen in die andere Richtung. Dort gibt es eine Abzweigung, die zur Brücke führt.«

Eine Weile gingen sie stumm nebeneinander her. Sobald sich von irgendeiner Seite Schritte näherten, senkte Thalon den Kopf und studierte den Felsboden zu seinen Füßen. Er schaute auch dann nicht auf, wenn jemand in nächster Nähe an ihm vorüberging. Er versuchte, einen müden und gleichmütigen Eindruck zu machen, ganz so, wie ihn die meisten Lastenträger erweckten. Auf diese Weise nahm er nur wenig von seiner Umgebung wahr. Als sie die Abzweigung erreichten, übernahm Babbil die Führung. Der Pfad, der sich teils durch den Berg, teils an seinem Rücken dahinschlängelte, führte stetig bergauf.

Sie erreichten die Steinbrücke, die über den Sud führte. Thalon blieb seiner Rolle treu und widerstand der Versuchung, neugierig hinabzusehen, um vielleicht die Gasse zu erkennen, wo Kuadim und seine Kumpane ihn niedergeschlagen und ausgeraubt hatten. Mit schleppendem Schritt trottete er hinter Babbil her, ohne den Eindruck zu erwecken, etwas mit dem Jungen zu tun zu haben. Als er darüber nachdachte, war er selbst erstaunt, wie sehr er Babbil vertraute. Immerhin folgte er einem vermutlich erst zwölfjährigen Jungen, der ihn schon einmal hineingelegt hatte. Ein Junge, der trotz seiner klugen Reden im Grunde noch ein Kind war. Oder doch nicht? Gab es ein magisches Geheimnis um Babbil, welches erklärte, warum sich der Junge so wenig wie ein Kind benahm? Thalon verscheuchte diesen Gedanken, der zu nichts führte. Wichtig war allein, daß Babbil es diesmal ehrlich meinte. Und dessen war sich Thalon gewiß. Offensichtlich bereute der Junge aufrichtig, Thalon Schaden zugefügt zu haben, und versuchte, seine Tat wiedergutzumachen.

Am Ende der Brücke hatten sie die Wahl zwischen

einem Tunnel, der in den Berg hineinführte, und einem Pfad, der sich in Serpentinen den Fels hinaufschraubte. Ganz oben, auf der Spitze des Schroffen, dreihundert Schritt über ihnen, vielleicht noch höher, reckte sich der Leuchtturm der Praiosscheibe entgegen. Der Turm war ein abgestufter runder Steinbau, dessen nach oben verjüngte Ringe sich zur Spitze schraubten, wo sich die aus nahezu unbrennbarem Basaltholz gefertigte Leuchtkammer befand. Man konnte das seitlich angebrachte Windrad und das von ihm angetriebene Steinrad erkennen, das sich in einer Mulde des obersten Ringes bewegte. Sobald das Madamal am Himmel stand, ließ der wachhabende Gildenmeister das Feuer entzünden und gab den Mechanismus des Rades frei, woraufhin sich die Leuchtkammer des Turms in Bewegung setzte. Fehlte es an Wind, schickte er zehn seiner Leute in das Tretrad. Denn die Spitze des Turms mußte sich drehen. So wollten es die Gesetze der Gilde. Die Leuchtkammer war zu drei Vierteln geschlossen, während das letzte Viertel offenstand. So bewegte sich der Lichtschein über Ghurenia, über Efferds Tränen und über das Meer. Er wies den Schiffen den Weg und kündete zugleich vom Wissen und von den Fertigkeiten der Beleuchtergilde, von ihrer Verehrung für Ingerimm und Efferd, für Phex und Travia und natürlich für Praios. Das Feuer loderte und sprach vom Dienst der Beleuchtergilde am Menschen.

Obwohl die Gilde nichts damit zu tun haben wollte, kündete das Feuer zugleich von Reichtum und Macht. Ghurenia mochte ein Nichts sein gegen die großen Städte des Nordens. In Al'Anfa und Brabak, in Mengbilla und Kuslik, in Kunchom und Perricum, erst recht in Havena oder Thorwal gab es wohl kaum jemanden, der jemals den Namen der Stadt auf dem Archipel gehört hatte. Nur ein paar Seeleute, die mit den Häfen des Südmeers vertraut waren, machten eine Ausnahme. Und vielleicht jene wenigen Kaufherren, die Waren aus dem Südmeer bezogen und selbst etwas dorthin verkauften. Sogar unter ihnen gab es allerdings manchen, der eher etwas mit Namen wie Murenbreker, Froberti oder Ganaches anfangen konnte als mit dem Sitz der Stammhäuser dieser Familien. Doch im südlichen Teil des Südmeers, auf den kleinen und großen Inseln, in den Fischerdörfern und Piratennestern, war Ghurenia eine feste Größe, ein Zentrum der Macht. Die Stadt des Praefos. Die Stadt der Knechtschaft. Die blutige Träne unter Efferds Tränen.

Auf halber Höhe zwischen Brücke und Turm, als niemand in ihrer Nähe war, fragte Thalon, was ihn in dem Versteck erwartete.

»Nur ein Lager aus altem Stroh, das schon andere benutzt haben, edler Thalon«, gab Babbil zur Antwort. »Später am Tage bringe ich Euch zu essen und zu trinken. Ich hatte noch keine Gelegenheit, etwas vorzubereiten.«

»Ich meinte nicht diese Dinge, sosehr ich deine Freundlichkeit und deine Hilfe zu schätzen weiß«, sagte Thalon. »Laß mich anders fragen: Wie groß ist die Gefahr einer Entdeckung? Und wie lange kann ich mich dort verstecken?«

»Mein Wissen um die geheimen Kammern stammt von einer alten Diebin, die inzwischen als Stern am Nachthimmel leuchtet«, antwortete der Junge. »Nur wenige kennen sie, und niemand von denen gäbe sein Wissen ohne Not preis. Ihr seid dort unbedingt sicher.«

»Weiß Kuadim von den Kammern?«

»Ja, aber das soll Euch nicht kümmern, edler Thalon. Selbst wenn er Euch dort vermuten würde, wird er Euch nicht verraten. Sosehr haßt er Euch nicht. Und das Geheimnis der Kammern zu bewahren, ist für die Eingeweihten wichtiger als alles andere. Es ist unser Notanker für die Wechselfälle des Lebens, versteht Ihr? Ich muß Euch deshalb das Versprechen abnehmen, unter allen Umständen das Geheimnis für Euch zu bewahren.«

»Ich verspreche es bei den Zwölfgöttern!« beteuerte

Thalon, und es war ihm ernst damit. Er hatte inzwischen genug von Ghurenia gesehen, um würdigen zu können, was Babbil für ihn tat. Angesichts der Enge dieser Stadt besaß ein Versteck, von dem außer ein paar Eingeweihten niemand wußte, den Wert eines Schatzes. Zumal dann, wenn in dieser Stadt nicht nur kleinen Dieben jederzeit Tod und Verderben durch den Praefos und seine Garde drohten. Es mochte sein, daß dieses Verderben schneller zuschlug, als ein Dieb laufen konnte. Aber die Gewißheit, notfalls ein Ziel zu haben, das der Feind nicht kannte, bedeutete viel für das eigene Hoffen.

»Wird ...«, begann Thalon.

»Ich weiß es nicht«, antwortete Babbil, bevor Thalon die Frage gestellt hatte.

»Was weißt du nicht?« fragte Thalon verblüfft.

»Ob Fardin o'Chim Euch dort finden kann. Das wolltet Ihr doch fragen, nicht wahr, edler Thalon?«

Thalon staunte. »Bist du ein Hellseher?«

Babbil verzog das Gesicht. »Nein, edler Thalon. Aber der arme Babbil kann sich gut vorstellen, was Euch im Kopf herumgeht. Fadim o'Chim ist ein gefährlicher Feind. Ich bin sicher, er weiß nichts von dem Versteck. Aber er könnte herausfinden, daß wir beide uns kennen. Ich muß vorsichtig sein.«

»Ich möchte keine Bürde für dich sein, Babbil. Und auf keinen Fall will ich zulassen, daß dir etwas geschieht. Ich habe Chelchia Unglück gebracht. So etwas darf sich nicht wiederholen.«

»Ich habe keine Angst vor Fadim o'Chim«, behauptete Babbil großspurig. »Er weiß, daß Kuadim mich schützt, und wird es nicht wagen, mich anzurühren. Aber er könnte versuchen, mir zu folgen, wenn ich Euch besuche. Ich muß mir etwas einfallen lassen.«

Die beiden durchquerten ein kurzes Tunnelstück und erreichten ein Felsplateau, auf dem mehrere Stollen und Pfade zusammenliefen. Ein langgestreckter Schuppen, die Seitenwände aus unbehauenen Steinen zusammengefügt, das flache Dach aus dunklem, fast schwarzem Holz, schmiegte sich an die Felswand des Schroffen, während die offene Seite des Plateaus einen freien Blick auf den Archipel erlaubte. Ein feiner Dunst, der sich in der Ferne zu Nebel verdichtete, lag über dem Wasser, und nur die Umrisse der näheren Inseln schälten sich aus dem Weißgrau. Vor dem Schuppen hatten sich einige Lastenträger in gelben Wämsern versammelt, die darauf warteten, daß ihnen aus dem weitgeöffneten Eingangstor Amphoren mit Fischöl, Tragebretter mit Mörtel oder behauenen Steinen, Holzstapel oder Reisigbündel zugereicht wurden. Einige andere Träger stiegen bereits mit ihrer Last einen steilen Pfad hinauf, der in schier endlosen Windungen auf die Spitze des Berges führte.

»Das oberste Lager der Gilde«, flüsterte Babbil. »Reiht Euch nicht in die Wartenden ein, edler Thalon. Wir gehen direkt den Pfad hinauf. Geht Ihr schon voraus.«

Babbil löste sich von ihm und trippelte leichtfüßig zu den Wartenden, die sich müßig über das Wetter oder die schlechte Bezahlung unterhielten. Thalon lauschte, ob sie auch über die Suche nach einem blonden Sklaven tratschten, hörte aber nichts dergleichen.

Thalon bemerkte eine ältere Frau, die ganz in Gelb gekleidet war und statt einer Lederkappe einen gelben Filzhut trug. Sie stand im Eingang des Schuppens, begutachtete jede herausgehende Last und addierte sie auf ihrem Rechenbrett. Thalon spürte, daß ihr Blick auf ihm ruhte, als er neben Babbil den Schuppen erreichte.

»Travia zum Gruß, ihr werten Herren«, grüßte Babbil die Lastenträger und wieselte zwischen ihnen herum. »Ein kleines Tänzchen gefällig? Soll ich vielleicht quieken wie ein Selemferkel? Oder furzen wie ein Krakenmolch? Oder den neuesten Gassenhauer singen, den die Seeleute aus Brabak mitgebracht haben? Für ein paar Kreuzer tut der arme Babbil fast alles!«

Eine Lastenträgerin grinste. »Versuch den Gassenhauer zu furzen«, forderte sie ihn auf. »Aber einen Kreuzer ist es mir trotzdem nicht wert.«

Die anderen Lastenträger schienen noch weniger in Stimmung für Babbils Darbietungen zu sein und achteten kaum auf den Knirps.

»Schwere Zeiten, schwere Zeiten«, beklagte sich Babbil. »Ihr werten Damen und Herren seid aber auch wirklich und wahrhaftig arge Sauertöpfe. Nun ja, auf dem Turm ist man lustiger, wie ich weiß.«

Er flitzte davon und hatte Thalon bald wieder eingeholt.

»Wer ist die Frau am Eingang?« flüsterte Thalon ihm zu.

»Gildenmeisterin El'Hamad«, klärte Babbil ihn auf. »Sie wacht über das Lager und den Pfad.«

»Warum hat sie mich nicht aufgehalten? Sie sollte doch jeden einzelnen ihrer Leute kennen.«

»Die Lastenträger sind Tagelöhner, die meistens im Unterlager angeworben werden. Es ist nicht ungewöhnlich, daß ab und zu ein neues Gesicht darunter ist. Man braucht im Moment viele Träger, weil eine Menge Sturmschäden auszubessern sind. Außerdem ist El'Hamad ziemlich träge. Das gelbe Wams reicht ihr als Beweis, daß alles in Ordnung ist. Sie nimmt bestimmt an, daß man Euch beauftragt hat, Abfälle vom Turm zu holen. Merkt Euch das, edler Thalon, falls Euch da oben jemand fragen sollte. Es bietet uns einen guten Vorwand, in das Kellergewölbe hinabzusteigen.«

Sie hatten bereits die halbe Höhe zwischen Lager und Turm überwunden, als Babbil so plötzlich auf dem Pfad stehenblieb, daß Thalon gegen ihn prallte. Im nächsten Moment preßte sich der Junge unter einen Felsüberhang und zog Thalon mit sich.

»Was ist los?« fragte Thalon.

Er konnte weit und breit keine Ursache für Babbils Verhalten entdecken. Auf dem einsehbaren Wegstück befand sich niemand außer ihnen. Die vorausgestiegenen

Lastenträger befanden sich bereits im letzten Abschnitt des Pfads, während die anderen Träger ein gutes Stück zurücklagen.

Babbils Augen flackerten unruhig, als er sich Thalon zuwandte. »Zwei Kehren über uns wartet eine graue Gestalt«, flüsterte er. »Ich konnte sie nur entdecken, weil sie sich gerade bewegte, um einem Lastenträger Platz zu machen. Es ist Fadim o'Chim!«

Thalon spürte, wie es ihm kalt den Rücken hinunterlief. »Bist du sicher?«

»Völlig sicher, edler Thalon. Die spitze Nase, der dünne Schnurrbart, die graue Kappe – es gibt niemanden sonst in Ghurenia, der wie Fadim o'Chim aussieht.«

»Hat er uns gesehen?«

»Nein, ausgeschlossen. Seine Aufmerksamkeit galt allein den Trägern, die ihn überholten.«

»Er könnte uns schon seit einiger Zeit beobachtet haben.«

»Kaum. Der untere Teil des Pfades ist von oben nicht einsehbar.«

»Gibt es einen anderen Pfad zum Turm?« fragte Thalon.

»Nein, edler Thalon, nur diesen einen.«

»Dann müssen wir umkehren.«

Babbil seufzte. »Das müssen wir wohl, edler Thalon. O Phex, was sollen wir denn jetzt tun?«

Thalon dachte fieberhaft nach. »Am besten kehren wir in das alte Versteck im Runden zurück. Wenn Fadim o'Chim hier oben wartet, kann er mich dort unten nicht suchen.«

Babbil nickte zögernd. »Wir versuchen den Aufstieg noch einmal, wenn es dunkel geworden ist.«

»Nein«, entschied Thalon. »Wer sagt dir, daß Fadim o'Chim nicht auch im Dunkeln auf uns lauert? Warum ist er überhaupt dort oben? Er muß etwas über das Versteck im Gewölbe wissen.«

»Ausgeschlossen!« stieß Babbil hervor.

»Dann weiß oder ahnt er zumindest, daß wir aus irgendwelchen Gründen zum Turm hinaufsteigen …«, beharrte Thalon. »Wie kann er das in Erfahrung gebracht haben?«

Babbil schnippte mit den Fingern. »Vanicella! Vielleicht hat sie sich verplappert. Oder ihre garstige Schwester hat uns belauscht und die Sache herumerzählt.«

»So wird es sein«, gab Thalon ihm recht. »Und sie muß nicht einmal gelauscht haben. Sie weiß, daß Kuadim mich zu Vanicella gebracht hat. Es mag Fadim o'Chim genügt haben zu hören, daß ich bei einer Tagelöhnerin genächtigt habe, die für die Beleuchtergilde arbeitet. Er wird vermutet haben, daß ich mich bei ihr verstecke. Daran habe ich gestern tatsächlich gedacht. Als er mich dort nicht fand, hat er sich zusammengereimt, ich könnte versuchen, Vanicella im Turm zu treffen. Vielleicht hat er Vanicella auch zum Reden gebracht und von der ausgeliehenen Kleidung erfahren.«

Schritte auf dem unteren Teil des Pfades kündigten die Nachhut der Lastenträger an. Thalon und Babbil verloren keine Zeit mehr. Sorgsam darauf bedacht, im Schutz des überhängenden Felsens zu bleiben, kletterten sie den Pfad zurück, auf dem sie gekommen waren. Sie preßten sich gegen die Felswand, um die Träger vorbeizulassen. Niemand von ihnen schien es zu verwundern, daß die beiden es sich anders überlegt hatten. Sie waren voll und ganz damit beschäftigt, ihre Lasten zu balancieren und für die Füße einen festen Halt zu finden.

Als Thalon und Babbil den Schuppen erreichten, war weit und breit kein Träger mehr zu sehen. Gildenmeisterin El'Hamad schien sich in das Innere des Schuppens zurückgezogen zu haben. Die Eingangstür war geschlossen. Unbehelligt überquerten Thalon und Babbil die Steinbrücke über dem Sud, paßten im Tunnel dahinter einen günstigen Moment ab und kehrten in den verborgenen Stollen zurück. Unglücklich ließ sich Thalon auf das Strohlager sinken. Babbil blieb unschlüssig stehen.

»Troll dich, Babbil«, forderte Thalon ihn auf. »Und hab Dank für alles. Niemand erwartet von dir, daß du mir Gesellschaft leistest. Mir wird schon etwas einfallen.«

»Ich lasse Euch nicht im Stich, edler Thalon!« erwiderte der Junge trotzig.

»Davon kann keine Rede sein. Du hast wirklich dein Bestes versucht. Deine Schuld ist abgetragen.«

»Aber Ihr könnt hier nicht ewig bleiben, edler Thalon!« beschwor ihn Babbil. »Irgendwann wird Fadim o'Chim die Suche am Turm aufgeben. Er wird im Sud nach Euch spüren und früher oder später auch an diese Höhle denken!«

»Ich bleibe nur, bis es dunkel ist«, erklärte Thalon. »Wenn Fadim o'Chim mich vorher aufstöbert, habe ich immer noch meinen Dolch. Du brauchst dir um mich keine Sorgen zu machen.«

Flüchtig dachte er daran, ob sie vielleicht doch zum Turm hinaufsteigen sollten. Wenn er Fadim o'Chim auf dem Pfad stellte, mochte er eine gute Möglichkeit haben, den Dieb zu besiegen.

Nein, nicht schon wieder töten müssen!

Aber es gab auch praktische Gründe, sich diesem Kampf nicht zu stellen. Es war anzunehmen, daß der Dieb seine Pläne mit Nhood Murenbreker erörtert hatte. Würde Fadim o'Chim getötet oder verschwände er auf Nimmerwiedersehen, zöge der Kaufherr seine Schlüsse daraus und würde die Praefosgarde gegen den Turm schicken. Gewiß fände man dann auch das Versteck im Gewölbe.

»Ich komme zurück, bevor die Dunkelheit hereinbricht, edler Thalon«, versprach Babbil. »Bis dahin habe ich bestimmt ein anderes Versteck ausfindig gemacht oder einen Weg gefunden, Fadim o'Chim vom Schroffen herunterzulocken.«

»Nein, Babbil!« widersprach Thalon, dem plötzlich ein Einfall gekommen war. »Ich habe bereits ein anderes Versteck! Es ist so naheliegend, daß ich längst darauf hätte kommen müssen. Niemand wird mich dort suchen!«

Babbil sah ihn mit großen Augen an. »Wollt Ihr es mir verraten?« fragte er vorsichtig. »Ich meine, Ihr habt doch nicht etwa Angst davor, daß ich ...«

»Unsinn«, unterbrach ihn Thalon. »Ich vertraue dir. Hör zu, Babbil. Sobald es dunkel ist, kehre ich in das Speicherhaus der Murenbrekers zurück. Ich kann gut am Seil des Flaschenzugs hinaufklettern und hineingelangen. Die Ladetore sind leicht zu öffnen.«

»Aber ...«, begann Babbil.

»Nichts aber! Überleg doch einmal, Babbil! Ich bin von dort geflohen! Das Speicherhaus ist der allerletzte Ort, an dem man mich vermuten würde.«

»Nachts mag es dort sicher sein, edler Thalon«, meinte Babbil. »Aber tagsüber ... Ihr wißt, wie viele Leute in dem Haus arbeiten.«

»Ich verstecke mich in einem Winkel unter dem Giebel und werde mich leise verhalten. Niemand kommt dorthin, und niemand wird mich hören!«

»Nun ...« Babbil zögerte. »Ihr habt recht, edler Thalon. Je länger ich darüber nachdenke, desto sicherer erscheint mir dieses Versteck. Soll ich Euch dahin begleiten und Euch helfen?«

»Danke, aber das schaffe ich allein.«

»Dann kann ich gar nichts mehr für Euch tun, edler Thalon?«

»Nein ... Das heißt, wart mal, da gibt es doch etwas ...« Die sich überstürzenden Ereignisse, die heillose Verwirrung, die in seinem Inneren herrschte, dies alles hatte ihn kaum zum Nachdenken kommen lassen. Aber im Grunde wußte er längst, daß ihm nun keine andere Wahl blieb, als zu den Piraten zurückzukehren. Wenigstens für kurze Zeit. Auf die Gefahr hin, erneut Eiserne Maske zu begegnen. Wichtig war allein, einen Weg zu finden, Ghurenia zu verlassen. »Es gibt da einen Flickschuster namens Ramurdas. Kennst du ihn?«

»Ramurdas? Der flickt nicht nur Schuhe, sondern hat seine Finger in vielen Töpfen.«

»Gerade das zeichnet ihn aus, obwohl ich davor gewarnt wurde, ihm zu vertrauen. Babbil, geh bitte zu ihm und versprich ihm zwei Silbertaler. Gib ihm schon einmal diesen einen ...« Er zog den Stiefel aus, riß die innen angenähte Tasche auf, nahm die Münze heraus und reichte sie Babbil. »Den anderen erhält er von der Piratin Cedira. Falls er mit dem Namen nichts anzufangen weiß, dann sag ihm, daß Cedira zu den Leuten von Eiserne Maske gehört.«

»Eiserne Maske«, flüsterte Babbil ehrfurchtsvoll. »Edler Thalon, Ihr müßt in der Welt dort draußen wirklich ein großer Herr sein, wenn Ihr den von allen gefürchteten Piratenkapitän zu Euren Freunden zählt!«

Thalon verzichtete darauf, dem Jungen zu erklären, daß er nicht gerade ein Freund von Eiserne Maske war. »Ich bin selbst ein Pirat«, sagte er schlicht. »Die Piraten werden mir nicht nur helfen, sondern suchen wahrscheinlich schon nach mir. Ich wollte nicht nur Malurdhin töten, sondern hatte noch einen anderen Auftrag zu erfüllen. Wie auch immer, laß Ramurdas wissen, daß ich lebe und darauf brenne, Ghurenia zu verlassen. Verrat ihm aber nicht, wo ich mich verstecke. Er soll dich mit Cedira zusammenbringen. Ihr kannst du vertrauen und das Versteck verraten. Aber nur ihr allein! Du erkennst Cedira ganz einfach daran, daß ...«

»... sie eine Zwergin ist«, unterbrach ihn Babbil. Er war sichtlich aufgeregt. »Glaubt Ihr im Ernst, ich hätte noch nicht von der Piratenzwergin gehört? Sie ist fast so berühmt wie Eiserne Maske!«

»Um so besser. Willst du das für mich tun, Babbil?«

Der Junge war Feuer und Flamme. Plötzlich stand Thalon in einem ganz anderen Licht vor ihm da. »Ihr könnt Euch auf mich verlassen!«

»Dann geh jetzt! Efferd möge dich schützen. Und Phex. Und alle anderen Götter.«

Der Kleine nickte ernst. Dann lauschte er. Als alles ruhig war, schlüpfte er in den Tunnel zurück.

Allein in seinem Versteck, zog Thalon den Stiefel wieder an und rückte das Messer zurecht. Er hatte reichlich Zeit, die Ereignisse der letzten Zeit zu überdenken und sich den Entscheidungen zu stellen, die er getroffen hatte.

Malurdhin war tot, aber Thalon hatte seine Erinnerungen an die verlorenen Jahre nicht zurückgewonnen. Er wußte jetzt, daß Chelchia ihn aus der See gezogen und im Sud versteckt hatte. Er war in Hôt-Alem gewesen. Was immer er jedoch getrieben und wo er sich sonst noch aufgehalten hatte – er war zwei Jahre später ein Dieb gewesen, hatte mit Kuadim zusammengearbeitet und war in Malurdhins Villa eingebrochen. Dort mußte er etwas gestohlen haben, das für Malurdhin von großer Wichtigkeit gewesen war. Offenbar gelang es Malurdhin zwei weitere Jahre lang nicht, Thalon in seine Gewalt zu bringen. Dies glückte ihm erst, als Thalon seine Erinnerungen bereits verloren hatte. Aus Rache, aus Wut oder ganz einfach, weil er jederzeit bereit war, einen sich bietenden Vorteil wahrzunehmen, hatte Malurdhin dem Hilflosen das Sklavenzeichen eingebrannt und ihn nach Minlo bringen lassen.

Dies alles weiß ich aus den Erzählungen anderer. Nichts davon berührt mein Innerstes, keine Erinnerung wird wachgerufen. Warum habe ich auf Minlo soviel Angst vor Malurdhin gehabt? War es allein die Angst des kleinen Jungen vor dem Schänder und Mörder seiner Mutter? Eine Angst, die durch alle erloschenen Erinnerungen hindurchkroch? Als er vor mir stand, habe ich ihn nur gehaßt. Hätte die Angst in mir, die schon dem Namen galt, nicht doppelt zuschlagen müssen? Ich verstehe das nicht.

Thalon wußte, daß er sich mit den wenigen Antworten auf seine Fragen nicht zufriedengeben würde. Das größte Rätsel stellten die beiden letzten Jahre dar, die damit geendet hatten, daß er sein Gedächtnis verlor.

Wenn Malurdhin nichts damit zu tun hatte, wer dann? Der einzige Hinweis, den Thalon auf diese Zeit besaß, war der Haß eines Piraten. Wenn Flacco Thalon doch nicht mit einem anderen verwechselt hatte, dann …

Dann hast du Dinge getan, an die du dich vielleicht nicht mehr erinnern möchtest … Sind sie so schrecklich, daß du nicht mehr du selbst sein konntest? Hast du deshalb alles vergessen?

Schließlich gab es noch den *curga,* den Jäger, den Seelenfänger. Er schien zu den Chimären der letzten beiden Jahre zu gehören. Und so schrecklich dieses Wesen auch sein mochte, in einer Beziehung weckte es Hoffnung in Thalon: Der *curga* war ein Hinweis auf andere Mächte, die ihm Übles wollten, finstere Mächte, die mit Dämonen und Geistern im Bunde waren. Wenn er sich wirklich so weit vom Pfad der Zwölfgötter entfernt hatte, dann hätten ihm diese Mächte willkommene Verbündete sein müssen. Aber sie waren seine Feinde und jagten ihn. Das war ihm ein kleiner Trost und ein Schimmer von Zuversicht.

Thalon dachte an Cedira. Er hatte Babbil darauf eingeschworen, nur ihr zu vertrauen. Konnte er wirklich erwarten, daß sie das Wagnis einging, in eigener Person nach Ghurenia zu kommen und nach dem Rechten zu sehen? Ihm wurde warm ums Herz, als er an die derbe Freundlichkeit der Zwergin dachte. O ja, er hatte die Piraten verachtet, und ihre Grausamkeit gab ihm allen Grund dazu. Und nun mußte er feststellen, daß er auf ihre Hilfe angewiesen war. Er mochte sich dagegen wehren, aber die Seiten waren längst gewählt. Er war ein *zusha.* Das wußte er längst. Aber er war noch mehr. Er war ein Pirat. Die Umstände hatten ihn dazu gemacht.

Alina … Du wirst immer in meinen Träumen sein … Bezaubernd und schön und unerreichbar … Aber eines Tages könnte ich dir auf deinem eigenen Schiff begegnen, mit einem blutigen Florett in der Hand … Die Zwölfe mögen mir gnädig sein und mich sterben lassen, bevor dies geschieht …

Thalon erschauderte und versuchte seine Gedanken auf Dinge zu lenken, die weniger weit in der Zukunft lagen. Er lauschte wieder auf die Laute des Tunnels. Er achtete auf kleinste Geräusche in seiner Nähe, auf das Trippeln kleiner Füße und das Huschen grauer Leiber. Die Ratten und Mäuse verloren allmählich ihre Scheu vor dem Besucher. Sie schienen zu spüren, daß sie von ihm nichts zu fürchten hatten. In der Tat beachtete Thalon sie nicht weiter. Er bereitete sich darauf vor, irgendwann einen größeren Schatten auftauchen zu sehen. Wenn Fadim o'Chim seinem Ruf auch nur halbwegs gerecht wurde, dann mußte es ihm gelingen, sich nahezu lautlos an die Höhle heranzuschleichen. Aber Thalon beruhigte sich wieder. Der Dieb mochte fähig sein, mit seinem eigenen Schatten zu verschmelzen. Doch wenn er in die Höhle gelangen wollte, mußte er den schmalen Eingang passieren und einen Moment lang das Licht der Fackel verdecken. Es würde ihm nicht gelingen, Thalon zu überraschen.

Wie lange war es her, seit Babbil ihn verlassen hatte? Stand bereits das Madamal am Himmel? Thalon hatte in der dunklen Höhle jedes Zeitgefühl verloren.

Zweimal wechselte jemand eine heruntergebrannte Fackel gegen eine neue aus, aber Thalon hatte nicht darauf geachtet, wie lang und wie dick die Fackeln waren, konnte ihre Brenndauer nicht einmal schätzen. Er versuchte, an der Zahl der Vorübergehenden und dem Schwung ihrer Schritte abzulesen, ob die Praiosscheibe oder das Madamal den Weg dieser Menschen beschien, als sie den Tunnel betraten. Wenn es über längere Zeit ruhig blieb, glaubte er, in diesem Umstand ein Anzeichen zu sehen, daß sich die Abenddämmerung über die Stadt gesenkt und die mit Arbeit verbundenen Verrichtungen zum Erliegen gebracht hatte. Schlurfte jemand mit schweren Beine über den Felsboden, deutete er dies als den Schritt eines Handwerkers oder Tagelöhners, der sein Tagewerk vollbracht hatte. Doch wann immer er sich entschloß, dieses Zeichen als Signal zum Aufbruch zu werten, straften ihn muntere Schritte, oft die einer Gruppe, und fröhliches Geplapper Lügen.

Viermal hörte er den harten Marschtritt von Soldaten und erinnerte sich an die erste Begegnung mit den Praefosgardisten. Vermutlich verband der Tunnel die Festung mit einer Wachstube im unteren Teil der Stadt, und der Durchmarsch der Söldner deutete auf einen Wachwechsel hin. Tatsächlich kamen die Schritte in kurzem Abstand teils aus der einen, teils aus der anderen Richtung. Dann war eine lange Zeit nichts von den Soldaten zu hören, bis die gleichen Geräusche wieder in kurzem Abstand ertönten. Leider half ihm diese Erkenntnis nur wenig, da er nicht wußte, in welchen Abständen sich ein Wachwechsel vollzog. Vergeblich lauschte er darauf, daß ein Nachtwächter seine Runden zog und die Zeit ausrief. Am Hafen gab es einen, aber offenbar gehörte der Tunnel nicht zu seinem Revier.

Endlich hatte er den Eindruck, daß der Tunnel schon seit einer Weile still dalag. Er wartete ab, bis erneut Söldner in die eine und wenig später vermutlich andere Söldner in die andere Richtung zogen. Dies war nach seiner Rechnung der zweite Wachwechsel. Er ging davon aus, daß ähnlich wie auf See der Tag von Mitternacht bis Mitternacht in vier Wachen aufgeteilt wurde. Da er noch vor dem höchsten Stand der Praoisscheibe zusammen mit Babbil in das Versteck zurückgekehrt war, mußte es demnach Mitternacht sein. Falls er sich täuschte, war zumindest die Wahrscheinlichkeit gering, Praefosgardisten in die Arme zu laufen.

Mit schnellem Schritt durchquerte er den Tunnel und erreichte den Abschnitt, der ins Freie führte. Das Madamal stand hoch am Himmel. Jetzt verfluchte er sein Zögern. Würde er mit seinem gelben Wams und gelben Nackentuch, auf die er nicht verzichten wollte, um diese Stunde nicht Aufmerksamkeit erregen, falls ihm jemand begegnete? Die Tagelöhner der Beleuchtergilde lagen gewiß längst in ihren Alkoven oder auf ihren Strohsäcken. Er wollte schon beides ablegen, aber dann fiel ihm ein, daß gerade die Beleuchter gute Gründe hatten, nachts durch die Stadt zu streifen. Ein halbnackter Mann mit blonden Haaren, noch deutlich gezeichnet von dem Kampf am Morgen, fiele um einiges mehr auf.

Ich muß mir dringend die Haare färben oder abschneiden! Und die Bartstoppeln abrasieren!

Das Haupt gesenkt, überquerte er den Marktplatz. Niemand begegnete ihm. Eine bleierne Stille lag über Ghurenia, die nur einmal durchbrochen wurde, als durch dicke Mauern gedämpftes Gelächter aus der Marktschenke kam. Thalon sah einen fahlen Lichtschein, der durch die staubige Pergamentbespannung der Fenster nach draußen drang. Er war froh, als er die Spitzgasse erreichte, ohne daß sich die Tür der Schenke geöffnet hatte.

In der Gasse regte sich nichts, und der Kai lag still und verwaist vor ihm. Zwei Nachen und ein größeres Schiff, offenbar eine Potte, rieben sich im Takt der gemächlich anlaufenden Wellen sanft an den Tauen, die sie mit den steinernen Pollern des Kais verbanden. Das leise Plätschern des Wassers, gelegentliches Knarren, Ächzen und Quietschen von Holz oder Tauwerk stellten die einzigen Geräusche dar, deren Takt Efferds Gelassenheit verkündete und etwas Beruhigendes an sich hatte. Im Licht des Madamal grinsten die Dämonengesichter der Pollerköpfe gespenstischer, als ihnen dies im Licht der Praiosscheibe gelang, aber Thalon ließ sich davon nicht beeindrucken. Das waren nur Steine. Wer die roten Augen des *curga* gesehen hatte, konnte darüber nur lachen.

Die einzige Bewegung, die Thalon außer dem leichten Dümpeln der Schiffe bemerkte, nahm er beinahe heiter auf. Eine fette Ratte kletterte an einem der Taue entlang, um zu der Kogge zu gelangen. Thalons Erscheinen schien sie verunsichert zu haben. Sie rutschte ab und klammerte sich mit Mühe am Tau fest. Aber dann gelang es ihr, sich wieder hinaufzuschwingen und in Windeseile den Rest des Weges zurückzulegen.

Dunkel lag das Speicherhaus der Murenbrekers vor ihm. Die Fackeln am Eingang waren heruntergebrannt. Thalon horchte kurz an der Tür und drückte die Klinke herab, als er keine Geräusche hörte. Wie er es nicht anders erwartet hatte, war die Tür verschlossen.

Er griff nach den beiden Seilen des Flaschenzugs, die unmittelbar vor seiner Nase vom Giebel herabhingen. Er schlang sie umeinander, um die Rollen nicht in Bewegung zu setzen, und kletterte hinauf. Obwohl die Seile bei seinen Kletterbewegungen hin und her schwangen, machte ihm der Aufstieg keine Mühe. Er dachte an die Takelage der *Schwarze Rose* und fühlte sich ganz in seinem Element. Die Kletterpartie erschien ihm wie ein Spaziergang.

Er passierte die Ladeöffnung des ersten Stockwerks und achtete darauf, das Tor nicht zu berühren. Irgendwo dahinter schlummerte Bela, die Vorfrau der Stauer, der Alina jedoch einen robusten Schlaf nachgesagt hatte. Tatsächlich gab Thalon ihr kaum einen Anlaß, daraus zu erwachen. Außer einem leisen Quietschen, das der Eisenhaken in der Giebelöse erzeugte, war kein Laut zu hören.

Schließlich erreichte er die Ladeöffnung des zweiten Stocks. Seine Rechte ertastete eine der unteren Rollen des Flaschenzugs, und dann bekam er den Block zu fassen. Er klammerte sich daran fest, zog sich mit den Beinen noch ein Stück an den Seilen hoch und drückte mit der Linken gegen das Ladetor. Er hatte damit gerechnet, den Riegel durch die Öffnung in der schadhaften Mauer drücken zu müssen. Doch zu seiner Überraschung schwang die Tür sofort auf. Offenbar hatte Holtrud vergessen, den Riegel vorzulegen. Er griff nach dem Mauersims unter dem Ladetor, fand festen Halt und ließ den Block los. Der Flaschenzug schwang in die alte Lage zurück, was der rostige Haken und die nicht minder rostige Öse mit einem dumpfen Knirschen beantworteten. Thalons Füße lösten sich von den Seilen, und er kletterte ins Innere des Speichers.

Es zog die Tür hinter sich zu. Es war beinahe so, als kehrte er nach Hause zurück. Selbst den durchdringenden Fischgeruch empfand er wie einen Willkommensgruß. Er ertastete einen schweren, mit Stockfisch gefüllten Weidenkorb, der gestern schon an diesem Fleck gestanden hatte, und richtete sich auf. Seine Augen stellten sich rasch darauf ein, daß es hier noch erheblich dunkler war als am Kai. Nur durch zwei schmale, hochgezogene, eng vergitterte Fenster am anderen Ende des Raumes spendete das Madamal ein wenig Licht. Es genügte, damit Thalon einige grobe Umrisse erkannte. Er tastete sich zu Holtruds Arbeitsecke, wo sich seiner Erinnerung nach ein Regal mit mehreren Öllampen, ein Ölkrug sowie Feuerstein und Zunder befanden. Dabei stieß er gegen die Kante des grob zusammengezimmerten Arbeitstisches und strich über dessen Oberfläche. Er ertastete eine noch warme Lampe sowie eine Steinschale mit Feuersteinen, Zunder und einem Fidibus. Damit konnte er sich das Suchen im Regal ersparen.

Schon beim ersten Versuch mit den Feuersteinen glomm der Zunder. Thalon entzündete den Fidibus und mit ihm den Lampendocht. Dann löschte er Fidibus und Zunder. Er sah, daß beide schon mal benutzt worden waren und gewiß noch für einen weiteren Versuch taugten. Er glaubte nicht, daß Holtrud bemerken würde, daß etwas mehr von beiden verkohlt war als am Abend zuvor.

Das warme gelbe Licht der Lampe, so winzig die Flamme auch sein mochte, erschien ihm nach all den Stunden in der Dunkelheit und dem blassen Leuchten des Madamal anheimelnd und strahlendhell. Als erstes befreite er sich von der Lederkappe und dem Schultertuch, dann von den Stiefeln. Er schüttelte die Haare, damit sie nicht mehr so platt am Kopf anlagen. Jetzt vermochte er die Dinge in seiner Umgebung zu erkennen, sah Holtruds Stauerhaken, einen Vorrat an dünnen Schnüren zum Aufziehen der Fische und sogar die Leiter, die er gestern benutzt hatte, um sich den Dachboden anzusehen. Er sah hinauf zu der Lukenöffnung. Dort oben wollte er sich sein Versteck einrichten, aber das hatte noch Zeit. Zunächst wollte er seinen Hunger auf mindestens einen der getrockneten Heringe stillen.

»Ich wußte, daß Ihr hierher zurückkehren würdet, Thalon«, sagte eine zarte Stimme in seinem Rücken.

Er war bei dem ersten Laut herumgefahren.

»Alina?« fragte er ungläubig, hob die Lampe an und schaute in die Ecke, aus der die Stimme erklungen war.

Er sah ein frisch aufgeschüttetes Strohlager, genau an der Stelle, wo er in der Nacht zuvor geschlafen hatte. Das Mädchen erhob sich gerade von dem Lager, strich sich das Gewand glatt und rieb sich schlaftrunken die Augen. Dann kam es langsam, beinahe schüchtern auf ihn zu. Es trug eine kurze weiße Tunika, die unten kaum mehr als die Hüften bedeckte und oben eine der schmalen Schultern freiließ. Die Arme und die Beine waren nackt. Das lange Haar trug sie offen. Es umfloß ihr schmales Gesicht wie dunkler Wein. Unter der Tunika zeichneten sich ihre Brüste ab.

Dies alles nahm Thalon in allen Einzelheiten wahr, und doch war ihm, als würde er ein Traumbild betrachten. Sie erschien ihm so schön und so kostbar, so zierlich und so zerbrechlich wie eine Figurine aus Alabaster, die ein begnadeter Künstler erschaffen hatte.

»Ja, ich bin es, Thalon«, sagte sie sanft. »Ihr habt mich lange warten lassen. So lange, daß ich darüber eingeschlafen bin.«

»Aber ...«, stammelte er. »Wißt Ihr denn nicht, daß man mich jagt, weil ich Malurdhin getötet habe? Und Nhood habe ich ... Ihm ist doch hoffentlich nichts geschehen? Ich wollte ihn wirklich nicht töten und habe die Götter angefleht ...«

»Außer dem Praefos gibt es niemanden in Ghurenia, der um Malurdhin trauert. Und was Nhood angeht... Nun, er trägt eine dickere Beule als Ihr durch die Gegend und flucht wie ein Scheunendrescher. Er risse Euch in Stücke, wenn er Eurer habhaft werden könnte. Aber ansonsten geht es ihm gut.«

»Efferd sei Dank!« stieß Thalon erleichtert hervor.

»Nhood ist mein Bruder«, sagte das Mädchen bitter. »Aber für das, was er Euch angetan hat, verachte ich ihn.« Mit nur mühsam unterdrückter Empörung fuhr sie fort: »Malurdhin auf Euch zu hetzen! Es ist eine Schande, unwürdig eines Murenbrekers! Wie es eines Murenbrekers unwürdig war, überhaupt einen Sklaven zu kaufen. Nhood ist es nicht wert, daß Ihr ihn trotz allem so hochherzig behandelt habt!«

»Was Nhood mir antat, ist wenig im Vergleich dazu, was mir andere angetan haben«, antwortete Thalon. »Dafür wollte ich ihn nicht töten. Und ich wollte nicht, daß Ihr mich als Mörder Eures Bruders in Erinnerung behaltet.«

Sie schlug die Augen nieder. »Wenn Ihr aus Rücksicht auf mich so gehandelt habt, dann möchte ich Euch dafür danken. Ich bin sehr froh, daß Ihr ihn nicht getötet habt. Aber seid gewiß, daß ich niemals schlecht von Euch gedacht hätte. Schließlich mußtet Ihr in Notwehr handeln.«

Alina stand jetzt dicht vor Thalon. Er roch einen zarten Duft, der ihn an Rosen erinnerte. Ihre Nähe verwirrte ihn. Er mußte an den Kuß denken, den sie ihm gegeben hatte. Schnell versuchte er, sich selbst davon abzulenken.

»Swattekopp wird allergrößte Mühe haben, Eurer Mutter zu erklären, daß Ihr weit über Mitternacht hinaus Phex Eure Ehrerbietung im Tempel erwiesen habt«, sagte er.

Sie sah zu ihm auf, und Thalon nahm zum erstenmal bewußt wahr, daß sie einen Kopf kleiner war als er.

»Swattekopp liegt in seinem Alkoven und schläft den Schlaf der Gerechten«, sagte sie mit einem unschuldigen Ausdruck in den Augen. »Zumindest nehme ich das an.«

»Ihr seid ohne Begleitung hier?« fragte Thalon entsetzt. »Aber wie wollt Ihr dann ...«

Sie unterbrach ihn, ohne auf seine Frage einzugehen. »Habt Ihr bemerkt, daß ich für Euch das Ladetor entriegelt habe?« Sie lächelte spitzbübisch. »Ich ahnte, daß Ihr diesen Weg nähmt.«

Sie schien keine Antwort zu erwarten, sondern drehte sich lachend um die eigene Achse. Ihre Haarspitzen streiften Thalons Kinn. Für einen winzigen Moment hob sich der untere Saum des Gewands hoch genug, um Thalon zu zeigen, daß das Mädchen darunter nackt war. »Wie gefällt Euch meine Tunika, Thalon? Ich habe sie selbst genäht!«

»Ihr seid sehr hübsch ... Ich meine, alles was ich sehe ... Die Tunika gefällt mir sehr«, stammelte Thalon verlegen. »Seid mir nicht böse, aber Euer Gewand ist sehr kurz, und ich hielt es zuerst für eine Art Nachtgewand ...«

Alina lachte und drehte sich noch einmal. »Aber es ist doch ein Nachtgewand! Was erwartet Ihr denn? Schließlich habt Ihr mich im Schlaf überrascht!«

Die Logik dieser Antwort wollte Thalon nicht recht einleuchten, aber er lächelte ebenfalls.

Alina musterte ihn kritisch und sagte dann mit gutmütigem Spott: »Was Euer Wams angeht, so muß ich Euch leider sagen, daß Euer Gewandschneider schlecht gearbeitet hat. Oder habt Ihr in letzter Zeit allzu gut gespeist? Es sieht nämlich entschieden zu eng aus.«

»Es ist wahr«, sagte Thalon. »Es kneift entsetzlich unter den Armen.« Er nahm ihren Scherz auf. »Ich werde nie wieder bei dem Mann arbeiten lassen.«

»Wenn es Euch kneift, warum zieht Ihr es dann nicht aus?« meinte Alina unbekümmert. »Mir müßt Ihr ja nun wahrlich nicht vorgaukeln, in die Gilde der Beleuchter aufgenommen worden zu sein.«

»Da habt Ihr allerdings recht!«

Thalon knöpfte das Wams auf und streifte es ab. Er war wirklich heilfroh, es loszuwerden. Vanicella besaß nun einmal einen etwas anderen Körperbau als er.

Alina trat noch einen Schritt näher. Die Fingerspitzen ihrer beiden Hände glitten über seine Brust. Sie folgten der Kreuznarbe, die das Florett von Eiserne Maske hinterlassen hatte, und den frischeren Narben vom Dreizack des Rissodruiden. Dann strich sie über sein stoppelbärtiges Kinn. Obwohl ihre Handflächen ihn gar nicht berührten, spürte er die Wärme, die von ihnen ausging. Er hielt still und genoß den Augenblick.

»Armer Thalon«, sagte sie voller Mitgefühl. »Ihr habt einiges erdulden müssen. Sagt mir bitte, wenn ich Euch weh tue.« Sanft streichelte sie ihm die Stirn. »Eure Augenbraue ...«, begann sie.

»Das war Malurdhins Leibwächterin«, murmelte Thalon. »Aber glaubt mir, deshalb habe ich sie nicht getötet. Der Hieb traf sie so unglücklich ...«

»Pschscht«, machte sie und legte ihm den Finger auf den Mund. Sie reckte sich auf die Fußspitzen. Ganz langsam näherte sich ihr Gesicht dem seinen. Dann zog sie blitzschnell den Finger weg, gab ihm einen Kuß auf den Mund und lief lachend ein paar Schritte von ihm weg, bevor er nach ihr greifen konnte. Als sie sich wieder umwandte, wirkte sie verlegen und blickte zu Boden. Tatsächlich glaubte Thalon eine zarte Röte in ihrem Gesicht zu entdecken. Aber das unstet flackernde Licht der Öllampe mochte ihn auch täuschen.

Thalon fühlte sich ebenso unsicher wie das Mädchen. Alles in ihm drängte danach, Alina in den Arm zu nehmen, sie zärtlich zu streicheln und zu liebkosen. Aber er traute sich nicht. Sie war noch so jung ...

Es half ihm wenig, sich klarzumachen, daß er im Geiste, in den Erinnerungen, auf die er einen Zugriff hatte, nicht älter war als sie. Sie war als behütete Tochter einer Kaufherrin aufgewachsen, während er sich von Kind auf in einer harten Welt hatte behaupten müssen. Und die vier verlorenen Jahre hatten ihn zusätzlich reifen lassen, waren entscheidende Jahre im Leben eines jungen Menschen. Auch wenn er sich an sie nicht erinnerte, waren sie in ihm vorhanden, hatten sich seinem Körper mitgeteilt. Thalon wußte, daß er kein Junge mehr war, sondern ein Mann. Aber war Alina bereits eine Frau? War für sie diese Begegnung mit ihm nur ein fröhliches Spiel? Oder ein romantisches Abenteuer, das ganz den zartfarbenen Traumbildern eines jungen Mädchens folgte? Dann wollte er ihr diesen Traum nicht zerstören.

Unschlüssig blieb er stehen. Alina hob langsam den Kopf. Aus ihren Augen sprach mädchenhafte Scham, zugleich aber auch Sehnsucht. Sie streckte beide Hände aus.

»Komm«, flüsterte sie.

Wie ein Schlafwandler ging Thalon zwei Schritte auf sie zu, die ihm unendlich lang und zögernd vorkamen. Er hob die Hände und griff nach den ihren. Sie entzog sie ihm nicht. Ihre kleinen Hände verschwanden in den seinen. Er spürte, wie weich diese Hände waren und wie warm sie sich anfühlten.

Sie lächelte ihn an. Dann zog sie ihn sanft mit sich und ließ sich auf das Strohlager gleiten. Thalon blieb gar keine andere Wahl, als ihr zu folgen, wollte er diese zarten Hände nicht verlieren.

Endlich war sie es, die ihm ihre Hände entzog und diese statt dessen um seine Schultern legte. Thalon ließ es geschehen, noch immer unsicher, was er tun sollte. Alina schmiegte sich an ihn und kuschelte ihren Kopf in die Rundung zwischen Hals und Schultern. Wie von selbst schlossen sich seine Hände um ihren Körper. Mit der Linken umfaßte er leicht ihre Taille, mit der Rechten ihre Schulter.

»Nimm mich bitte ganz fest in den Arm«, bat sie ihn.

Er vergaß, was er über ihre Zerbrechlichkeit gedacht hatte, und zog sie fest an sich.

»O bitte, Thalon, nicht ganz so fest!« japste sie. »Ich bekomme keine Luft mehr!«

Erschrocken ließ er sie wieder los.

Sie lachte leise. »Jetzt ist es entschieden zuwenig. Kannst du mich nicht so umarmen, daß ich es merke, mir dabei aber trotzdem nichts breche?«

Er versuchte es.

»So ist es schön, so gefällt es mir«, lobte sie und schmiegte sich in die Umarmung.

Ohne zu wissen, was er eigentlich tat, folgten seine Hände ihren Rundungen und streichelten ihre weiche, zarte Haut. Alina seufzte leise. Offenbar gefiel ihr das, was er tat.

Thalon spürte, wie ihn das Gefühl erregte, dieses liebliche Mädchen in den Armen zu halten. Er hoffte, sie würde es nicht bemerken.

Er streichelte sie weiter, folgte der sanft geschwungenen Kurve ihrer rechten Schulter, fuhr die Linien ihres Nackens nach und liebkoste die linke Schulter. Er spürte den seidenen Stoff der Tunika und verharrte.

Sie drehte sich leicht in seinen Armen und bewegte dabei die Schultern. Plötzlich war der Stoffwiderstand verschwunden. Seine Hand folgte dem Schulterblatt und glitt über ihren Oberarm. Dort spürte er wieder den Stoff. Das Schulterteil der Tunika schien bei Alinas Bewegung hinuntergerutscht zu sein.

Wieder hielt er inne.

»Mach weiter«, flüsterte sie. »Bitte.«

Seine Hand glitt den Arm hinab und nahm dabei die Tunika mit.

Lächelnd richtete sie sich auf, sah ihm dabei tief in die Augen und drehte den Arm aus dem Stoff heraus. Die Tunika fiel ihr dabei bis zum Bauchnabel hinab. Die weißen Brüste mit den rosafarbenen Spitzen reckten sich ihm entgegen. Er wollte danach greifen, aber sie entzog sich seinen Händen mit einem schelmischen Lächeln und erhob sich vollends von ihrem Lager. Mit einem feinen Rascheln rutschte ihr die Tunika den Bauch hinab, glitt ihr über die Hüften und fiel zu einem kleinen Stoffhaufen zu ihren Füßen zusammen. Mit einer grazilen Bewegung entstieg sie der abgestreiften Tunika. Dann sah sie zu ihm hinab. Mit einem halb bangen, halb verschämten Lächeln fragte sie ihn: »Gefalle ich dir, mein Liebster?«

Thalon betrachtete ihren schlanken Körper, die zierlich gerundeten Schultern, die bezaubernden Brüste, halb bedeckt von dem herabfallenden Haar, die schmale Taille, den flachen Bauch, das Dreieck aus dunklem Schamhaar zwischen den Beinen, die schlanken Oberschenkel und Waden, die kleinen Füße.

Er schluckte und räusperte sich dann. »Ich habe noch nie etwas so Schönes gesehen«, flüsterte er.

Sie kniete nieder, beugte sich über ihn und küßte ihn auf die Stirn. Dann legte sie die Arme zurück und ließ zu, daß er ihre Brüste streichelte und schließlich küßte. Thalon richtete sich auf und nahm ihre Brustwarzen sanft zwischen die Lippen. Er spürte, wie sie sich verhärteten, als er daran saugte. Er fühlte ihre Hände an seiner Taille, dann an seinem Gürtel. Im Nu hatte sie die Schnalle geöffnet und streifte ihm die Hose ab.

Mit großen Augen betrachtete sie sein Glied, umfaßte es dann mit beiden Händen und streichelte es.

Thalon stand auf, nahm das Mädchen bei der Hand und zog es zu sich herauf. Er tat es Alina nach und befreite sich von den letzten Resten seiner Kleidung, die ihm an den Beinen hinabhingen. Nackt standen sie einander gegenüber. Zärtlich nahm Thalon das Mädchen in die Arme, beugte sich hinab und begann sie zu küssen, erst die Stirn, dann die Wangen, schließlich den Mund. Die Lippen der beiden fanden sich zu einem langen Kuß. Thalons Zungenspitze drang in Alinas Mund ein. Im ersten Moment war sie überrascht. Ihre Zunge wich zurück, kehrte aber wenig später zurück und umspielte die seine.

Nach einer halben Ewigkeit löste Thalon seine Lippen von den ihren und ließ sie den Hals hinabwandern. Er küßte Alina zwischen und unter den Brüsten, kniete vor ihr nieder, bedeckte ihren Bauch mit Küssen, ließ die Zunge in ihren Bauchnabel gleiten, streichelte mit den Händen ihre Hüften, drückte seinen Mund schließlich zwischen ihre Beine.

Sie entzog sich ihm, indem sie sich leicht zur Seite drehte, legte ihm einen Arm um die Hüfte, ließ sich wieder auf das Strohlager gleiten und zog ihn mit sich. Sie legte sich auf den Rücken und öffnete sich ihm. Thalon glitt über sie. Sein Glied bewegte sich zwischen ihre Beine. Als er sich ein wenig ungeschickt anstellte, griff sie danach und half ihm, in sie einzudringen.

Sie stieß einen leisen Schrei aus, als er sich tief zwischen ihre Schenkel drückte. Zunächst bewegte er sich nur langsam in ihr. Er war bereits stark erregt und fürchtete, gar zu schnell den höchsten Wonnen entgegenzueilen. Als er jedoch merkte, daß ihre Erregung kaum geringer war, daß sie leise stöhnte und ihm die Finger in die Schultern grub, schwemmte ihn die Leidenschaft davon. Seine Bewegungen wurden schneller, und er drang immer tiefer vor. Ihr Keuchen und Stöhnen wurden heftiger, und im gleichen Moment, als er sich in ihr ergoß, stieß sie einen kleinen spitzen Schrei aus.

Allmählich kamen die beiden verschwitzten, keuchenden Körper zur Ruhe. Thalon blieb noch eine Weile auf ihr und stützte sich weiter mit den Armen ab, um sie nicht mit seinem Gewicht einzuengen. Dann rollte er sich vorsichtig zur Seite und nahm sie mit sich. Er begann sie wieder zärtlich zu streicheln und zu küssen. Sie erwiderte seine Zärtlichkeiten.

O Rahja, ich hätte niemals gedacht, daß es so schön ist!

»Alina, ich liebe dich, ich liebe dich, ich liebe dich!«

flüsterte er immer wieder, während er ihren Hals mit Küssen bedeckte.

»Ich liebe dich ebenfalls«, flüsterte sie zurück. »Über alles, mein Liebster, über alles ...«

Zum erstenmal wurde sich Thalon bewußt, daß er immer gedacht hatte, romantische Liebe und körperliche Lust seien verschiedene Dinge, die nichts miteinander gemein haben könnten. Die körperliche Lust hatte er stets für etwas zwar Erregendes, aber auch Grobes, beinahe Schmutziges gehalten, das allein durch das Verlangen der Lenden bestimmt wurde. Er wußte nicht, ob er in den Jahren, an die er sich nicht erinnern konnte, eine Frau in den Armen gehalten hatte. Er wollte es gar nicht wissen. Selbst wenn die verlorenen Erinnerungen ihm später wieder zugänglich und darunter auch solche an Frauen sein sollten, verlöre diese Nacht mit Alina ihren Zauber nicht. Sie sollte – und dessen war er sich unbedingt sicher – seine erste und schönste Erfahrung mit einem Mädchen sein. Die Liebe zu Alina hatte ihm bewiesen, daß romantische Verzauberung und körperliches Verlangen zu einer Einheit verschmelzen konnten, von deren Vorhandensein er zuvor nie etwas geahnt hatte und deren überwältigende Schönheit ihm wie ein Wunder erschien.

»Alina?« fragte er leise.

Sie kuschelte sich an ihn und seufzte.

»Habe ich dir weh getan?«

»Du hast mir alles andere als weh getan«, flüsterte ihm das Mädchen ins Ohr. »Du hast mir unbeschreibliche Wonnen beschert.«

»Aber du hast geschrien«, meinte Thalon unsicher.

»Nicht vor Schmerz, mein Liebster, sondern vor Wonne«, beruhigte ihn das Mädchen. »Hat es dir auch gefallen?«

»Es war das Schönste, was ich je erlebt habe.«

Alina küßte ihn auf die Lippen. Dann löste sie sich sanft aus seinen Armen.

»O weh«, sagte sie, als sie an sich hinuntersah. »Ich habe geblutet. Mein Liebster, es ist ganz schrecklich, aber ich fürchte, wir dürfen das nie wieder machen. Deine Manneszierde ist einfach zu groß für mich.«

Erschrocken sah Thalon auf. Tatsächlich lief ein dünner Blutfaden an Alinas Oberschenkel entlang. Aber dann fiel ihm der Grund dafür ein. »Alina, du mußt keine Angst haben. Das ist ganz normal und hat nichts mit der Größe meines ... meines Glieds zu tun. Da warst noch eine Jungfrau, nicht wahr?«

»Natürlich war ich noch eine Jungfrau!« entrüstete sie sich. »Was hat das denn damit zu tun?«

Thalon wollte zu einer Erklärung ansetzen, aber dann sah er, daß Alina sich nur mit größter Mühe ein Lachen verkniff.

»Du machst dich über mich lustig. Na warte!«

Er warf sich auf sie und begann sie zu kitzeln. Sie wand sich, kicherte und beschwor ihn, damit aufzuhören. »Nicht, Thalon, bitte! Ich war vorhin schon ziemlich laut. Bela könnte uns hören!«

Thalon hörte auf und vergrub sein Gesicht in ihrem Haar. Nach einer Weile spürte er, wie ihre Hände seinen Nacken und Rücken streichelten und dabei immer fordernder wurden. Er roch ihren zarten Duft, fühlte, wie sie die Hüften sanft bewegte und erneut die Schenkel öffnete. Ihre Beine schlossen sich um seine Hüften. Seine eigene Leidenschaft loderte erneut auf. Engumschlungen wälzten sich die beiden auf dem Stroh.

Diesmal dauerte es länger, bis Rahja ihnen die höchsten Wonnen spendete, aber erneut erlaubte sie ihnen, dieses Glück im gleichen Moment zu genießen. Nachdem die Erregung abgeklungen war, blieben sie auch diesmal eng umschlungen beieinander und hörten nicht auf, sich zu streicheln.

Nach einer Zeit, die Thalon wie eine Ewigkeit vorgekommen war, schweiften seine Gedanken ab.

»Alina, du darfst nicht hierbleiben«, sagte er. »In wenigen Stunden wird die Praiosscheibe aus dem Meer aufsteigen. Bis dahin mußt du zu Hause sein. Ich werde dich hinbringen, damit dir in den Gassen kein Unheil widerfährt.«

»Ich kehre nicht nach Hause zurück«, sagte das Mädchen leise, aber bestimmt.

Thalon glaubte, nicht richtig gehört zu haben. »Waaaas?«

»Ich kehre nicht nach Hause zurück«, wiederholte sie. »Denkst du vielleicht, ich lasse dich allein, mein Liebster?«

»Aber ... Alina, man jagt mich und will mich töten. Ich muß Ghurenia verlassen!«

»Das wußte ich schon, als ich mich am Abend hier einschließen ließ«, sagte Alina. »Ich habe mir das alles gut überlegt, Thalon. Ich weiß, daß du flüchten mußt und wahrscheinlich niemals nach Ghurenia zurückkehren kannst. Ich würde dich niemals wiedersehen. Deshalb komme ich mit dir.«

Sie griff hinter einen Weidenkorb, der neben dem Lager stand, zog einen Seesack hervor, wie ihn Thalon bei einigen Piraten gesehen hatte. »Er gehörte meinem Vater«, erklärte das Mädchen. »Darin befinden sich ein paar Gewänder und Hosen sowie einige andere Dinge, auf die ich nicht verzichten wollte. Ich habe auch zwei Hemden und zwei Hosen für dich eingepackt. Sie gehörten ebenfalls meinem Vater, aber ich denke, sie passen dir. Er war ein schlanker Mann. Ach ja, beinahe hätte ich den Säbel vergessen. Sicher brauchst du eine Waffe. Möchtest du ihn sehen? Jemand hat ihn meinem Vater einmal geschenkt, aber er hat ihn nie benutzt. Er war kein Kämpfer.«

»Langsam, langsam ...«, unterbrach Thalon ihren Redefluß. »Nein, ich will den Säbel jetzt nicht sehen!« Er holte tief Luft und stieß dann hervor: »Alina, du weißt nicht, was du sagst!«

»Ich weiß genau, was ich sage!« antwortete sie trotzig.

»Verzeih, Alina, so war es nicht gemeint«, entschuldigte sich Thalon. »Aber weißt du wirklich, was du aufgibst, wenn du mit mir gehst? Weißt du überhaupt, was dich dann erwartet? Ich gehe zu den Piraten!« Thalon geriet in Panik, als er sich dieses zarte, geliebte Mädchen in der Enge eines Schiffs unter Piraten vorstellte, denen die Götter und die Menschen nichts oder nur wenig bedeuteten.

»Davor fürchte ich mich nicht!« behauptete Alina.

»Du kennst sie nicht, Alina! Sie sind schmutzig, grausam und gemein, manchmal eher Tiere als Menschen. Sie werden dich mir neiden. Sie werden versuchen, dich zu schänden. Und wenn es schlimm kommt, hast du es nicht nur mit einem, sondern vielleicht mit einer ganzen Horde zu tun.«

Das Mädchen war zusammengezuckt. Aber dann sagte sie tapfer: »Ich glaube nicht, daß sie wirklich wie Tiere sind, zumindest nicht alle. Du hast selbst erzählt, wie dir Cedira immer wieder geholfen hat. Sie werden mir nichts tun. Außerdem wirst du mich beschützen!«

»Ja«, sagte Thalon schlicht. »Das werde ich allerdings tun. Bei Tag und bei Nacht. Aber ich weiß nicht, ob das genügt.«

»Cedira wird uns beide schützen.«

Thalon gab es auf. Sie hatte ja recht. Es gab Piraten wie Cedira. Sogar Eiserne Maske besaß eine Art Ehrgefühl. Und hatte Thalon nicht selbst erlebt, daß sich die Piratinnen gegenseitig schützten? Wenn einer von ihnen von seiten eines Mannes Gefahr drohte, war jede Feindschaft untereinander sofort vergessen. Trotzdem grauste ihm bei dem Gedanken, Alina die Gesellschaft dieser Gestrandeten Aventuriens zuzumuten. Es würde für sie die Hölle sein.

Alina schien zu spüren, was ihm im Kopf herumging. »Thalon, mein Liebster«, sagte sie sanft, »ich weiß, daß ich verwöhnt wurde, und ich weiß auch, daß ich jung bin und noch viel lernen muß. Aber sieh bitte in mir nicht nur ein hübsch aussehendes Püppchen. Wenn es sein muß, weiß ich mich durchaus meiner Haut zu erwehren. Ich falle auch nicht gleich in Ohnmacht, wenn jemand vom Stoßen redet oder mir mit eindeutigen Absichten sein Gemächt zeigt.«

»Er wird es kaum Gemächt nennen«, meinte Thalon trocken.

»Er wird sagen, er möchte liebend gern seinen Schwanz in meine Möse stecken«, sagte Alina.

Thalon atmete tief durch, als er sie so reden hörte.

Alina lachte. »Na und? Ich werde mein Messer ziehen und damit drohen, ihm das Ding abzuschneiden, falls er es versuchen sollte. Das habe ich schon mehrmals getan – ich meine, ich habe ihm damit gedroht. Aber ich besitze ein Messer und kann damit umgehen. Denkst du denn, die Seeleute, die in unsere Lagerhäuser kommen, sind soviel anders als deine Piraten?«

»Aber ...«, begann Thalon.

Alina richtete sich auf und sah ihm aufmerksam in die Augen. »Thalon, deine Bedenken ehren dich. Aber du kannst nichts vorbringen, was mich davon abschreckt, meinem Liebsten zu folgen. Es gibt nur eines, was mich davon abbringen könnte: Du müßtest hier und jetzt sagen, daß du mich nicht bei dir haben willst, daß wir uns niemals wiedersehen sollen.«

»Das kann ich nicht, weil es nicht wahr ist!« stieß Thalon hervor. »Ich möchte dich unter keinen Umständen verlieren.«

»Dann ist es gut«, sagte Alina und lächelte selig. »Ich komme mit dir, wo immer du auch hingehst.«

Thalon zog sie nur stumm an sich und hielt sie fest. Nach einer Weile sagte er: »Ohne deinen Entschluß ins Wanken bringen zu wollen: Du weißt hoffentlich, daß du deiner Mutter sehr weh tun wirst?«

»Kaum«, sagte Alina leichthin. »Weißt du, sie ist eine harte Frau. Ich glaube nicht, daß ich ihr viel bedeute. Und selbst wenn es anders sein sollte: Ich bin im heiratsfähigen Alter und hätte ohnehin bald das Haus verlassen. Es war die Rede davon, daß ich einen Kaufherrn in Al'Anfa ehelichen solle, um die Geschäftsbeziehungen der Murenbrekers auszuweiten.«

»Hmm ...«, machte Thalon. Von dieser Warte hatte er die Sache noch gar nicht betrachtet. Wahrscheinlich hatte Alina recht. Ihm fiel ein, davon gehört zu haben, daß in den vornehmen Familien das Heiraten zur Geschäftspolitik gehörte. Manche Töchter kamen schon mit vierzehn unter die Haube. »Al'Anfa ist weit weg, das stimmt. Aber ihr hättet euch gelegentlich vielleicht einmal gesehen. Wenn du wirklich mit mir fortgehst, wirst du deine Mutter und deine Brüder vielleicht nie wiedersehen.«

»Da wäre ich mir nicht so sicher. Vielleicht sehe ich sie früher wieder, als mir lieb ist. Ich habe nämlich deine Botschaft ausgerichtet, und der Name Murenius hat wahre Wunder bewirkt. Meine Mutter ist bereit, sich mit Eiserne Maske zu treffen. In drei Wochen am Feuertag, in einer genau bezeichneten Bucht der Insel Ulikkani. Ich habe eine von ihr gezeichnete Skizze dabei. Sie läßt Eiserne Maske ausrichten, daß sie auf der *Stolz von Ghurenia* reist, ausgesuchte Leute dabei hat und ihn zu seinem eigenen Vorteil dringend davor warnt, ihr Vertrauen zu mißbrauchen.« Sie holte tief Luft. »So, jetzt bin ich meine Botschaft losgeworden. Ich wollte dich vorhin schon damit überfallen, aber dann ... erschien mir dieses Thema etwas unpassend ...«

»Du kannst Cedira die Skizze persönlich geben«, meinte Thalon.

»Wann brechen wir auf?« fragte Alina. »Ich meine, bleibt uns noch ein wenig Zeit, um ...«

»Ich weiß es nicht«, gab Thalon zu. »Babbil versucht, Cedira eine Nachricht über meine Not zukommen zu lassen. Es kann sein, daß ich mich ... daß wir uns noch tagelang verstecken müssen. Und zwar dort oben ...« Er deutete zu der Öffnung im Dachboden. »Willst du nicht doch lieber einstweilen nach Hause zurückkehren,

Alina? Ich verspreche dir bei den Zwölfen, daß ich dir Bescheid gebe, sobald ich Nachricht von Cedira habe.«

»Ausgeschlossen«, erwiderte Alina. »Wenn ich nach Hause zurückkehre, wird meine Mutter mich wochenlang in der Villa einsperren und bewachen lassen. Aber vielleicht könnte ich mich zu Swattekopp schleichen und ihn bitten, uns zu helfen. Er könnte uns solange ein Quartier bei Leuten mieten, die keine Fragen ...«

Sie schreckte zusammen. »Was war das? Hast du das Geräusch gehört?«

Thalon hatte nichts gehört. Eng umklammert, lauschten die beiden in die Dunkelheit.

Pling.

»Da ist es wieder«, flüsterte Alina.

Diesmal hatte Thalon es ebenfalls gehört. Es hörte sich an wie ein leises, helles Scheppern.

»Es schien vom Ladetor zu kommen.«

Er löste sich sanft von Alina und richtete sich auf.

Pling. Pling.

Thalon sprang auf und schlich, nackt, wie er war, zum immer noch nur angelehnten Tor. Vorsichtig zog er es einen Spalt weiter auf und spähte hinaus.

Ein Kiesel flog von unten heran und hätte ihn fast im Gesicht getroffen. Aber dann berührte er einen Spann weit von Thalons Kopf das Holz der Tür und fiel mit dem schon vertrauten *Pling* auf den Mauersims.

»Edler Thalon!« flüsterte unten eine hohe Stimme.

Thalon riß die Tür vollends auf, trat bis zum Rand des Simses und blickte hinab.

Unten auf dem Kai stand Babbil und winkte. Der Knirps riß die Augen auf, als er sah, daß Thalon vollständig nackt war.

»Babbil!« raunte Thalon aufgeregt.

Der Kleine hielt sich nicht mit langen Vorreden auf. »Wir haben Glück, edler Thalon! Cedira hatte sich bereits bei Ramurdas nach Euch erkundigt und kannte die Gerüchte, die in der Stadt umgehen. Sie läßt Euch sagen, daß sie den Schutz des Nebels nutzt und noch vor dem Morgengrauen mit der *Seewolf* in den Hafen einläuft. Ihr sollt am oberen Kai auf sie warten. Sie hat geschworen, Euch zu finden und aus allem Ungemach herauszuhauen, falls Ihr nicht am Kai seid.«

»Ramurdas hat dir das gesagt?« fragte Thalon leise zurück. »Bist du sicher, daß es sich nicht um eine Falle handelt?«

»Ramurdas sagt, die Zwergin läßt dir ausrichten, selbst ein Adler bleibe für sie ein Spatz. Was immer das heißen mag.«

»Ich habe den Sinn dieser Worte verstanden«, sagte Thalon. »Das kann wirklich nur Cedira gesagt haben. Es wird keine Falle sein. Danke für alles, Babbil!«

»Ich warte auf Euch und begleite Euch zur *Seewolf*, edler Thalon«, flüsterte Babbil. »Sofern Ihr es mir erlaubt. Ich möchte gern einmal ein wahrhaftiges Piratenschiff sehen.«

»Ich bringe jemanden mit«, gab Thalon zurück.

»Ein Mädchen?« fragte Babbil.

»Bist du ein Hellseher?«

»Das habt Ihr mich schon einmal gefragt, edler Thalon. Der arme Babbil ist wirklich kein Hellseher. Aber er hat gute Augen und kann sich Dinge zusammenreimen.«

»Wir sind in wenigen Augenblicken bei dir.«

Thalon schloß das Tor und wandte sich zu Alina um.

10. Kapitel

Drei Gestalten liefen durch Nacht und Nebel. Der Kai lag einsam und verlassen, kalt und grau vor ihnen. Angeführt wurde die Gruppe von einem Mann mit langen blonden Haaren, bekleidet mit einer dunklen Hose, hohen Stiefeln und einem seidig schimmernden weiten Hemd. In der Linken trug er einen blank gezogenen Säbel, den er herausfordernd nach vorn gestreckt hatte, als gelte es, die Welt in ihre Schranken zu weisen. Die Rechte ruhte auf der Taille eines schlanken, zierlichen Mädchens, das in ein langes Gewand aus dunkelrotem Samt gehüllt war. Das Mädchen hatte Mühe, dem Schritt des Mannes zu folgen, was sie aber nicht daran hinderte, sich innigst an ihn zu schmiegen. Den Abschluß bildete ein kleiner dicker Junge, dessen trippelnde, aber ungemein flinke Schritte an die eines Tänzers erinnerten und die Plumpheit seines Körpers Lügen straften. Sein Kopf bewegte sich aufmerksam hin und her, und ihm schien nicht die kleinste Maus zu entgehen, die im Umkreis von zwanzig Schritt aus ihrem Versteck lugte.

Die Umrisse eines Schiffes schälten sich aus dem Nebel. Wer sich mit Schiffen auskannte, hätte es anhand der Stellung der Rahen und der bunten Bemalung vielleicht als Lorcha erkannt. Wer nahe genug herankam, konnte am Heck den Namen des Schiffes lesen: *Seewolf*. Außer den dreien, die darauf zu eilten, war niemand bisher dem Segler an diesem Ort so nahe gewesen. Ein finster blickender Mann mit einer Glatze, einem dunklen Bart, einem großen Ohrring und einer Narbe auf der

Stirn wartete am Kai. Eine Streitaxt im Arm, hielt er einsame Wache.

Am oberen Rand des Schanzkleides tauchte eine stämmige kleine Gestalt auf, die eine Laterne in der Hand trug. Es handelte sich um eine Zwergin. Zwei dicke rote Zöpfe rahmten ihr Gesicht ein. Als sie den Blonden mit der Waffe erkannte, leuchteten ihre Augen auf, und der Mund verzog sich zu einem breiten Grinsen. Sie schwenkte die Laterne und zeigte mit der anderen Hand auf die Planke, die vom Kai zum Mitteldeck führte.

Der Blonde und das Mädchen bewegten sich zügig die schwankende Planke hinauf. Die Zwergin griff dem jungen Mann unter den Degenarm und zog ihn über das Schanzkleid. Dann faßte der Blonde das Mädchen an der Taille und hob sie an Deck, während sie sich an ihm festklammerte.

Der Glatzkopf mit der Streitaxt löste die Tauschlinge vom Dämonenkopf des Pollers, stieg schwerfällig die Planke hinauf und warf sie, als er sich an Bord befand, mit Schwung auf den Kai zurück.

Mehrere Gestalten tauchten an Bord auf, drückten mit Enterhaken und Stangen gegen die Kaimauer. Langsam driftete das Schiff davon. Die Entfernung zwischen Schanzkleid und Kaimauer wuchs. Bald waren es zwei Schritt, wenig später schon vier. Ein leises Kommando ertönte. Ein Segel wurde aufgegeit.

Langsam verschwand das Schiff im Nebel. Der Blonde und das Mädchen winkten dem Jungen am Kai noch einmal zu. Er winkte zurück und sah dem Schiff mit weit aufgesperrten Augen nach. Dann verschwanden die beiden mit der Zwergin unter Deck.

Das letzte, was der Blonde von der Stadt Ghurenia sah, war das kreisende Feuer des Leuchtturms auf dem Schroffen.

Er hätte wohl erleichtert sein sollen, daß Ghurenia und die Toten, die er zurückgelassen hatte, hinter ihm im Nebel verschwanden. Und glücklich, daß dieses eine, sein über alles geliebtes Mädchen an seiner Seite war.

Aber das einzige, was er fühlte, war Sorge.

Ihm war im Herzen bang.

Anhang

Erklärung aventurischer Begriffe

Die Götter und Monate

1. Praios = Gott der Sonne und des Gesetzes – entspricht Juli
2. Rondra = Göttin des Krieges und des Sturmes – entspricht August
3. Efferd = Gott des Wassers, des Windes und der Seefahrt – entspricht September
4. Travia = Göttin des Herdfeuers, der Gastfreundschaft und der ehelichen Liebe – entspricht Oktober
5. Boron = Gott des Todes und des Schlafes – entspricht November
6. Hesinde = Göttin der Gelehrsamkeit, der Künste und der Magie – entspricht Dezember
7. Firun = Gott des Winters und der Jagd – entspricht Januar
8. Tsa = Göttin der Geburt und der Erneuerung – entspricht Februar
9. Phex = Gott der Diebe und des Handels – entspricht März
10. Peraine = Göttin der Heilkunde und des Ackerbaus – entspricht April
11. Ingerimm = Gott des Feuers und des Handwerks – entspricht Mai
12. Rahja = Göttin des Weines, des Rausches und der Liebe – entspricht Juni

Die Zwölf = die Gesamtheit der Götter
Der Namenlose = der Widersacher der Zwölf

Maße, Gewichte und Münzen

Meile = 1 km
Schritt = 1 m
Spann = 20 cm
Finger = 2 cm
Dukat (Goldstück) = 50 DM*
Silbertaler (Taler, Silberstück) = 5 DM*
Heller = 0,5 DM*
Kreuzer = 0,05 DM*
Unze = 25 g
Stein = 1 kg
Quader = 1 t

Himmelsrichtungen

Rahja = Osten
Efferd = Westen
Praios = Süden
Firun = Norden

Aventurische und seemännische Begriffe

Aal = Torsionsgeschütz, das Harpunen verschießt
Achaz = Eigenname der Echsenmenschen, wörtlich ›ewiges Volk‹
Al'Anfa = wichtigste Handelsmetropole des Perlenmeers
aufgeien = ein Segel an Tauen aufholen
basha = urtümliches, gepanzertes Meeresungeheuer; wahrscheinlich handelt es sich um ein Piratenwort für die riesigen Meeresschildkröten, die im restlichen Aventurien als Totalas bekannt sind
Backbord = linke Schiffsseite, vom Heck aus gesehen

---

* Neue DSA-Regeln sehen einen realistischen Umrechnungsfaktor vor. Hiernach ist der Dukat ca. DM 250,– wert. Auch die anderen Münzwerte sind entsprechend anzuheben.

Belegnagel = Stange aus Holz oder Metall zum Befestigen von Tauen
Besanmast = bei Viermastern der hinterste Mast
brassen = Drehen der Rahen in der Horizontalen
Bramsegel = oberstes Segel (nach Hauptsegel und Marssegel)
Ch'Rabka = aus der Echsenmenschen-Sprache übernommener Begriff, übersetzt ›Mutter der Schlünde‹, der ein Ungeheuer bezeichnet, das für die Bildung von Mahlströmen verantwortlich ist
Ch'Ronch'Ra = Wesenheit, das möglicherweise ein Echsengott, vielleicht auch ein Dämon ist
chica = Geschützmeister(in)
colba = Peitsche, Statussymbol der Schiffsoffiziere
curga (chur' chaj) = niederer Dämon aus dem Gefolge des Nirraven. Manifestiert sich als weißlicher Nebel mit zwei rot leuchtenden Augen; tilgt Erinnerungen und Wissen aus dem Geist seines Opfers
drastag = Zahlmeister(in)
Efferds Tränen = ringförmiger Archipel im Südmeer
falon = Piratenflagge
fhadiff = Schiffsschamane
Fockmast = vorderer Mast
Gangspill = Winde bzw. Ankerwinde
gesha = Piraten, die vorrangig Waffendienste leisten
Ghurenia = Stadt am Eingangs des Archipels Efferds Tränen
glahb = Peitsche mit mehreren Schnüren, die meistens mehrere Knoten aufweisen. Manchmal sind in die Knoten Metallsplitter oder sogar Widerhaken eingearbeitet.
gorda = Verschluß des *gordiums*
gordium = Klause des *fhadiff*
Großmast = Hauptmast des Schiffes
Gwen-Petryl-Steine = Leuchtsteine, die keine Wärme abgeben; der Sage nach Bruchstücke der gleißenden Zitadelle von Alveran
Hornisse = Torsionsgeschütz, das Armbrustbolzensalven verschießt
H'Ranga = echsische Bezeichnung für Gottheit
jhabo = unterrangiger Schiffsoffizier, eine Art Bootsmann
Karracke = Schiffstyp

Karavelle = Schiffstyp
Kogge = Schiffstyp
Kombüse = Schiffsküche
Kommis = Kaufmannsgehilfe bzw. -gehilfin
Krähennest = Mastkorb für den Ausguck
Kreuzmast = bei Dreimastern der hintere Mast
kulko = Kapitän(in) und Befehlshaber(in) der Piraten
Lee = dem Wind abgekehrte Seite
Luv = Windseite
malrhas = Händel zwischen Piraten, oft ein Kampf auf Leben und Tod. Normalerweise sind blutige Kämpfe unter den Piraten auf See verboten. Eine *malrhas* darf deshalb nur erklärt werden, wenn schwerwiegende Gründe vorliegen.
Marssegel = zweites Segel von unten
masha = Vorratsraum des *fhadiff* und Gegengewicht zum *gordium*
Messe = Eßraum
mustag = Segelmeister; in der Regel nur auf kleineren Schiffen
patas = Brei aus Talg, Honig und Brotteig bzw. aufgeweichtem Brot
Potte = Schiffstyp
Praefos = Titel des Herrschers von Ghurenia
Praefosgarde = Leibwache und Elitetruppe des Praefos
Rah = quer hängende, in der Mitte am Mast befestigte Segelstange
rasho = Zweiter Steuermann bzw. Steuerfrau
rashi = Steuerleute
rashu = Erster Steuermann bzw. Steuerfrau
reffas = Proviantmeister
reffen = Verkürzung eines Segels
Rotze = Torsionsgeschütz, das Steine, Metallkugeln und Gefäße mit Hylailer Feuer verschießt
Schivone = Schiffstyp
stehendes Gut = Taue, Taljen und andere feste Teile der Takelage
Steuerbord = rechte Schiffseite, vom Heck aus gesehen
taba = Kajüte des Kapitäns
Thalukke = Schiffstyp
Topgast = Ausguck

urfhana = Bronzehorn mit zwei Trichtern
vorschooten = Segel mit Tauen auseinanderspreizen
Want = straff gespannte Strickleiter
zusha = Piraten, die zur Stammbesatzung eines Schiffes zählen und vorrangig seemännische Aufgaben ausführen

Anmerkung:
Eine Reihe von Wörtern, etwa *jhabo* oder *kulko,* entstammen der Piratensprache, sind zum Teil aber auch in die Seemannssprache eingegangen und wurden bisher nur selten schriftlich wiedergegeben. Der Einfachheit halber wurden diese Wörter einheitlich klein geschrieben und kursiv wiedergegeben. Es gibt regional abweichende Bezeichnungen.

Das Schwarze Auge
„Deutschlands bekanntestes Rollenspiel“
Das Schwarze Auge
Fantastische Fantasie-Spiele
Abenteuer Basis-Spiel
Die Helden des schwarzen Auges
Regelbuch II
Schmidt Spiele
Hotline: 08165/924260
Schmidt Spiele